MINGUO TONGSU XIAOSHUO
DIANCANG WENKU

民国通俗小说典藏文库·冯玉奇卷

文素臣

冯玉奇◎著

中国文史出版社

目　录

三　集

初　集

第一回

行昙出都　沿途采花

太阳已失却了它炎热的淫威，奄奄一息似的涨红着脸儿，慢慢向地平线下沉沦，暮色已整个地降临了宇宙，夜风是不停地吹。随着那夜风，播送出一阵阵清晰的钟声，余音袅袅地兀是在静寂的空气中流动，这便是北京城内保国寺中钟鸣晚斋的时候了。

说起这个保国寺，真是了不得，不但寺院的面积大，建筑巍峨，僧徒众多，而且它的势力更是超过了一切。漫说京师中富翁绅士不敢去得罪它一根汗毛，就是京中大小官员，谁敢不去奉承呢？但这其中到底有个缘由，太祖朱元璋自得天下以后，遂建都南京，国号大明，在他的意思，以为最好能够世世代代传下去，谁料得到他孙子建文帝即位不久，就被他四叔燕王篡位。燕王既把建文帝赶走，他想南京建都不利，因此他便迁都北京。一个人的手段不能太厉害，自己身上虽然可以保牢，对于子孙就顾不到了。果然燕王传到成化帝即位，国政便一天一天腐败起来。原因是成化帝醉迷酒色，昏庸失政，因此逆藩景王和权阉靳直便狼狈为奸，窥窃神器，无所不为了。

他们要想谋反篡位，先要收罗武士，作为爪牙。保国寺中当家姓何名继晓，乃是崆峒派名下，本领高强，有万夫不当之勇，因此景王和靳直遂收用之，一面奏本皇上，封为大明国师。因此继晓更加无恶不作，京师中人也无有不怕他了。

这夜继晓吃毕晚斋，坐在方丈室中做功课，忽见小沙弥进来报

3

道："大师父，景王爷和靳公公来了。"

继晓一听，慌忙离座，接入方丈室让座，一面命小沙弥泡茶端烟，一面笑问："二位王爷黑夜到此，未知有何贵干？"

靳直道："皇上昏庸无道，好色如命，怎能够管理国家大事？所以特来与国师相商。"

继晓早知其意，因笑道："在公公眼中瞧来，何人能掌管国事？"

靳直道："景王爷聪敏过人，且为太祖嫡派后裔，实可当之无愧。"

景王听了，假意谦道："靳公公哪里话，我无德无能，怎敢有此妄想。"

继晓道："这也不难，贫僧定可帮忙成其大事。"

景王乐得心花怒放，急问国师有何妙计，继晓道："皇上昏庸，不足忧虑，贫僧意思，先废东宫，这样不是帝业垂手可得了吗？不晓得两位以为怎样？"

靳直点头道："国师的主见很对，但是我所虑的倒并不是这个。"

继晓急问道："难道京中尚有天大本事的能人吗？"

靳直道："不是，江南有一个才子，姓文名素臣，实是个当今英雄，若不先把这个人除了，事情恐怕颇难成就。"

继晓道："靳公公，你切不要长他人志气，灭自己威风，谅他是个文弱书生，手无缚鸡之力，有什么怕他呢？"

靳直正色道："国师，你倒不要小觑了人家，文素臣不但熟读经诗，且十八般武艺件件皆精，若和国师交手，恐怕也难以胜他哩。"

继晓一听这话，直气得贼秃头顶生烟，环眼圆睁，怪叫如雷，跳起来道："靳公公放心，贫僧若不把这个小子杀死，誓不为人。"

靳直说这一句话，原是激将之法，现在见他果然中计，心中暗暗欢喜，便哈哈笑道："国师，你这话可当真吗？"

继晓正色道："在公公之前，岂敢说谎？今我先着徒儿前去探听这个文素臣，若有下落，我必亲自前去手刃之。"

靳直、景王一听，齐道："如此甚好，事不宜迟，请国师快速进行。日后事成，国师实乃第一功臣呢。"

继晓听了，方才浓眉一扬，哈哈大笑起来。遂吩咐小沙弥即喊师兄行昙、子净、凡尘到来，叫他们即刻动身云游江南，若遇文素臣，便暗杀之，回寺自有重赏。三人得令，遂各去整装。靳直、景王见事已进行，便告辞回宫，继晓率众僧拜送出寺，等两人上车，方始回进寺来。

且说行昙、子净、凡尘三人，带了川资，连夜出京，分道而行。先表行昙，披星戴月，昼行夜宿，一路上探听文素臣的行踪。这天到了浙江地界，心想杭州普照寺中住持松庵，乃是我的师兄，我何不到他那里去探问，也许他知道文素臣的行踪，这不是省却我许多的麻烦吗？行昙想定主意，便急急赶往杭州去。待到了山阴县时候已经日薄西山，想来是杭州赶不到了，只好找个宿店住下，明日再说。

行昙想着，抬头一看，正是一家客店，叫作方便栈。店小二早来招呼道："大师父可是要房间？里面清洁的尽有，请进里面瞧吧。"

行昙一面点头，一面跟店小二进内。到了一间房里，收拾颇觉洁净，行昙点头表示满意，店二泡上好茶，又问大师父可曾用饭。行昙道："还没有吃过，你先拿十斤酒来吧。"

店小二听了这话，心中好生奇怪：怎么和尚竟要喝酒了？因迟疑一会儿。行昙见他呆着不答，不由大怒，猛可把桌子一拍，高声喝道："你这狗养的，呆着做什么？还不快给我拿酒拿菜来！你爷爷难道吃了是不会钞的吗？"

店小二见他这副穷凶极恶的丑态，早已吓得不敢回答，只得连声说是。退出外面，心中暗想：这和尚绝非善类，不好惹他，还是百依百顺地待他是了，免得惹出是非来，倒叫我的饭碗儿也要打碎了。

想罢，便烫好十斤酒，端进一盘素菜。行昙见没有荤的，便伸

5

手把盘打翻，扭住店小二举手要打，一面又大骂道："你这畜生，真瞎了眼珠。我在京中，官府尚且惧怕三分，不敢得罪，你这儿一个小小县城，敢欺侮我吗？"

店小二跪下哀求道："小的怎敢欺侮大师父？"

行昙道："那么为何不拿烤牛肉来？打量咱家是吃不起荤菜的吗？"

店小二忙道："这是哪里话，小的不知者不罪，立刻去取荤菜与大师父吧。"

行昙听了，方始放手，店小二连忙抱头奔出，暗暗骂声贼秃，还亏是佛门子弟，什么酒肉竟公然吃喝起来？真是有犯佛门清规，可杀可杀！这种和尚，应该可以报官究办。但听他说话口气多大，想来定是京中保国寺里出来的了。保国寺是景王爷和靳公公最得意的，这事千万别鲁莽，若弄僵了，那还了得，不要说客栈封门，恐怕还有性命之忧呢。店小二想到这里，哪敢再去想他不守清规，立刻端进一盘烤牛肉，行昙见了，方才无话，便独个儿狼吞虎咽吃喝起来。不到一刻，早把一盘牛肉吃完，遂喊店小二再添。这样一连竟吃了五盘，方才吃饱，叫店小二上了账，说明儿总算。店小二不敢有违，答应了一个是，回身退出。

行昙靠在床上，心中暗想：我从京师下来，所有盘川早已花光，明天若付不出账来，倒很是难为情的，今天夜里总要想个办法才行。他这样地盘算一会儿，单等三更一敲，外面杳无人声的时候，他便穿上夜行衣，怀中暗藏匕首，推开窗户，便飞身跃出。

这时街上不要说灯火全熄，寂静得一丝声息都没有，简直连一个鬼也找不出来。好在蔚蓝的天空中，万里无云，悬挂着一轮皓月，照得街头小景清晰可见，所以走路尚不困难。行昙走了一截，只见每户人家的窗户都是黑漆漆的，想来人家这时都在做好梦。后来瞥见有家楼窗上里面灯火尚明，行昙心想：我的机会来了。因赶步走近那户人家，纵身一跃，跳上屋顶，两脚钩住屋檐，做个燕儿入巢之势，探头向窗隙空中望去。这一望，把行旵的一颗心别别跳起来，脸儿一阵热燥，也涨得血红，暗暗骂声贼养的东西，你们倒玩得好快乐。因把窗户撬开，飞身跳进房去。

这时里面两个年轻男女，一丝不挂地正在床上欢乐，突见窗外飞进一个浓眉环眼的大和尚，一时早已吓得魂飞魄散，赤条条地跪倒地上，口叫大师饶命。行旵把匕首向他们一扬，喝声道："你们究竟是不是正式的夫妻？为何夜半深更还在窝心？"

那男的脸色铁青，两眼停了起来，呆若木鸡似的一声都不敢回答。那女的娇声求道："我们是正式的夫妻，大师父要什么拿什么，请发个慈悲，饶了我们的性命吧。"

行旵本待要了几两银子就走的，今见那女的跪在地上，全身好像雪白粉嫩的一只肥羊，两只金莲窄小得不满盈盈一握。那一头青丝光亮乌黑，淡淡的两弯蛾眉，一双水汪汪的眼儿，在眉目中瞧来，也可知她是个十足道地的淫妇。虽然她因害怕，粉脸稍许变了颜色，但还是红润润地可爱。现在放着一块肉不吃干吗，这也太呆了。

行旵这样一想，便起了淫心，笑呵呵道："你既然答应我要什么拿什么，现在我单要你这个人，你能答应吗？"

男女两人都只求饶命，行旵把匕首狠命向男的头顶戳去，只听呀的一声，鲜血飞溅，那男的早已跌倒在地，两脚一伸，呜呼哀哉了。那女的回头见那男的头顶上尚刺着一柄匕首，鲜血直淌，这一吓真的把她浑身乱抖，拼命合拢双手，向行旵拜个不住。

行旵哈哈笑道："小娘子，不要害怕，我是绝不难为你的。"

说着，便一撩衣袖，将那女的搂到床上。那少妇哪敢说半个不是，只得随他摆布，像暴风雨似的狂了一阵，到后来直把那少妇乐得大喊亲爷起来。行旵暗想：果然不出我之所料，原来她是个水性杨花的荡妇。因笑问她道："好娘子，你还怕吗？"

少妇娇笑道："再也不怕了，大师父真是个救苦救难的好人。"

行旵好笑道："我问你，这个狗养的小子，到底是不是你的丈夫?"

妇人摇头道:"不是。"

行昙道:"刚才为什么骗我?"

少妇瞟他一眼,浪声咯咯地笑,却并不回答。行昙见她这副骚态,真是令人欲火高燃,忍不住又狂了一阵,一面又问她丈夫到哪儿去了。少妇道:"我丈夫叫杨平江,他是到外埠经商去了。一月两月回家一次,是说不定的。"

行昙道:"那你就饥荒了要找野食吃吗?"

少妇不答,忽然又淌泪道:"我是实在过不惯这种寂寞生活,大师父,请你可怜我,常来玩玩好吗?"

行昙见她粉颊着泪,很觉楚楚可怜,因笑道:"你伤心什么,这时你很爱我了吧?方才为什么要恨我呢?"

妇人一听,便拧他一下腿儿道:"别人家正经和你说话,大师父又要说笑话了,请问大师父法号是叫什么啦?"

行昙道:"你只叫我大师父是了,还用得着什么法号吗?"

少妇不依,把他两腿夹住,使他不能行动,叫他说出。行昙没法,只好假造一个告诉。两人款款谈情,不知东方之既白。

正在万种恩爱,忽听房门外一阵播鼓似的敲门声,又有人大喊道:"少奶,不好了,爷回来了。"

少妇听丈夫回来,急得半晌说不出话。行昙知事不好,万一闯出祸来,师父面前不好交代。于是他推开少妇,也不及束衣,就飞身跳出窗外,急急回到店中。这时倒有些头疼起来,便倒身就睡,这一睡直到午时才起身。

店小二进来服侍,行昙洗过脸,饱了腹,叫他把账结来。店小二答应,开上账单,共计四两五钱银子。行昙伸手到袋内一摸,不觉目停口呆,那伸进去的一只手竟回不出来。你道为什么?原来昨夜他本是出外去找钱的,后来和那妇人缠到天亮,又被她丈夫回来一惊,一时匆忙间,哪里还记得起这件事来?依旧空手出来,空手回去，他还以为身上已有了银钱呢。

店小二见他这个模样，心知不妙，便先拱手笑道："大师父，请原谅，这儿小店是不挂账的。"

行昙正在难为情，被他带嘲带讥地一说，顿时恼羞成怒，猛可站起，只听啪的一声，那店小二的颊上早已着了一下耳刮子，翻身跌倒。行昙一脚把他踏住，犹大骂不息。这时惊动了外面账房，连忙进来。行昙心想一不做二不休，遂把账房抓住喝道："你们店中这班王八羔子，都是这样对待客人的吗？"

账房慌忙赔笑道："客官有话可讲，不必动气，小的们不是，咱来赔不是吧。"

行昙给他这样一说，不好发作，心生一计，大声道："我乃京中保国寺靳公公特地派来，因路中遗失了川资，所以欲把所有账目暂挂账上，回头尽可到普照寺前来领取。不料你们这个狗养的，竟敢出言不逊，真是岂有此理！"

账房一听京中靳公公派来，直吓得屁尿直流，扑地跪倒，忙叩头道："敝店有眼不识泰山，还请大师父海涵。这一些儿账目算不了什么，大师父这样客气，那不是瞧不起敝店了嘛。"

店小二见账房如此，也早叩头不已。行昙见事已了结，方才大踏步地出店去。账房还送出门外，回头又骂店小二不识时务，靳公公派来的人可以得罪吗？那还了得？店小二挨了一顿打，又挨了一顿骂，只好自认晦气，不敢出声，从此见了和尚，就有些儿怕了。

再说行昙出了方便栈，只听大街上三五成群地谈着道："这桩案子真稀奇，杨平江妻子和人通奸，齐巧平江回来了，只见房中奸夫已被杀死，他妻子却躲在床上乱抖。平江因见窗户大开，料定奸夫不止一个。你想，平江的妻子可厉害吗？但是这个奸夫为什么被人杀死了？那另一个奸夫究竟是怎等样人，那是要待明天知县审问出来才知道哩。"

行昙一听，知这事已破案，三十六招走为上招，于是他便急急

9

赶到杭州。时已黄昏将近，只见一条街上开着一家糕团店，行昙因腹中颇饿，遂走进店去。只见里面已有两个小沙弥在买，说要定购一百个素团子。柜上的掌柜却不是个男子，乃是年轻貌美的一个少妇。行昙见了心中一动，暗想：世上有这样美丽的女子，我若能够和她真个地销魂，那就是死了也情愿的。

行昙正在这样呆想，忽听那少妇娇声含嗔道："大师父，你放尊重些。做买卖的规规矩矩，别动手动脚的，成个什么样儿？还亏你们是佛门子弟，岂不罪过吗？"

行昙抬头瞧去，原来这两个小和尚涎皮嬉脸地正想在揩油呢，因假装正经地大喝道："你们的当家是谁，怎么凭你们在外放肆？"

两个小和尚回头一瞧，认得是自己师父的师弟，因忙叩头道："原来是师叔，不知何日到此，快随小的到寺院去吧。"

行昙见他们正是普照寺松庵的徒儿，因忙扶起。三人出了糕团店，行昙还回过头去向那少妇微微地一笑。

第二回

别母赴杭　游湖遇旧

一个卧房里，上首有一张紫檀的木床，挂着湖色的锦帐，床上铺着雪白的被单，绣红花的被儿折得整整齐齐，上面还叠着一对鸳鸯戏水的枕儿。帐门中间宕着一个花球儿，打横两只玻璃镜子的大橱，对面摆梳妆台子。房中是暖和和地包含着无限春意，并且还有一阵阵的细香，好像是从那张床上散发出来似的，这很明显是个结婚不久的新房。

四周是静静的，忽然听得一阵女子咻咻的笑声，这就见房中桌旁坐着一个少妇，她把两臂摆在桌沿边，蟒首伏藏在臂上，两眉还不住地耸动，显见她是笑得这一份儿有劲。那少妇的身旁，又站着一个少年，面如冠玉，唇若涂朱，一表人才，只管向少妇打躬作揖。一会儿，那少妇抬起粉颊，秋水盈盈地瞟他一眼笑道："臣哥，你瞧身后，菊儿来了，不被人笑话吗？"那少年一听，慌忙回到桌边坐下，向后一瞧，哪儿有什么菊儿。少妇见他被自己骗信，忍不住又咻咻笑起来。

作书的趁此便把这两个人来与诸君介绍一下。原来那个少年不是别人，正是江南第一才子姓文名素臣。文素臣父名静槎，前为礼部侍郎，不幸早亡。现在只有老母水夫人在堂。素臣尚有兄长名古心，娶嫂何氏。去年水夫人因素臣年长，遂给他娶房媳妇，姓田名慧娟。夫妇感情颇融洽，寸步不离，共叙闺房之乐。

这天他们坐在房中，两口子又在开玩笑了呢。不料正在这时，

11

菊儿果然进来喊道："二爷，老太太在叫你呢。"

素臣一听，遂忙跟着菊儿到上房来。见了水夫人，便请安问好，一面叫道："母亲叫孩儿到来，不知有何事吩咐？"

水夫人一面叫他坐下，一面说道："目今国势日衰，奸臣弄权，皇上又昏庸无道，社稷危在旦夕。我儿既素怀大志，岂忍心坐守家园，而同草木共腐吗？"

素臣听母亲这样一问，顿时满脸羞惭，十分惶恐道："孩儿久欲以身报国，怎奈母亲年老多病，故而恋恋未忍远离。"

水夫人听了这话，心中颇觉不快道："这是哪里话，为我一人，岂可废国家大事？孩儿若不忍远离，我就跟汝父后尘而去，那你总安心出外前去游学，结识天下英雄，共为国家效力了？"

素臣一听这话，拜伏在地道："母亲何出此言，孩儿即日动身是了。"

水夫人方含笑道："我儿既已答应，何必匆匆，待明日动身，亦未为迟。"

素臣谢过母亲，遂退回自己房去。

慧娟接入，笑问道："母亲喊你有什么事啦？"

素臣携着她手，同坐床边，望着她道："慧妹，明天我要出外去游学了，不知妹妹得此消息，心中有难受吗？"

慧娟眉儿一扬，哧地笑道："臣哥，你这是什么话？妹妹喜欢还来不及，干吗要难受？况男儿志在四方，岂能久居家园，恋恋做儿女态呢？"

素臣一听，心中大喜，把她手握起，放在嘴边吻香，笑道："慧妹真是大贤大德，但我出外后，家中一切，还希格外小心，母亲身边，亦须柔顺服侍。哥身虽在外则心自安，感妹之情，亦将永铭肺腑了。"

慧娟不悦道："这是妹妹分内的事情，哥哥说这个话，倒真叫我心里有些儿难受呢。"

素臣因忙将她拥入怀中，偎着她粉颊，赔笑道："哥哥说话造次，一切还请妹妹原谅。"

慧娟见他这样，回嗔作喜，含羞笑道："哥哥，请快放手吧，被人瞧了，多不好意思。"

素臣道："在我们闺房里面，那怕什么。况夫妻应有琴瑟之欢，画眉之乐。"

慧娟咐咐一笑，便就柔软地偎在他的怀里温存了一会儿。这夜两人睡在鸳鸯枕上，唧唧喁喁的，正是说不尽的郎情若水、妾意如绵。

次日，慧娟替他整理行装，素臣拜辞水夫人和兄嫂，带了小童柳儿，一路上遂向杭州进发。

话分两头，再说两个小沙弥伴着行昙，到了普照寺，报与松庵知道。松庵一听行昙到来，慌忙接入方丈室，吩咐倒茶送烟，一面问道："师弟远道而来，定有要事，不知能否告诉一闻？"

行昙道："有何不可，而且我还要请师兄竭力帮忙呢。你这儿可知道有一个叫文素臣的人吗？"

松庵昂头想了一会儿道："名儿好生耳熟，但却不曾瞧见过。要找他做什么啦？"

行昙便凑过嘴去，附着他耳朵，低低地把要害死素臣的意思告诉一遍。松庵道："这也不难，我就随时替你留心着是了。咱们师弟兄多年不见，来来，大家痛喝一会儿吧。"

说着，正欲吩咐徒僧摆席，忽见小沙弥急急奔入道："报告大师父，外面有个文相公前来投宿。"

行昙慌忙站起，啊了一声道："姓什么啊？"

小沙弥道："姓文的。"

行昙望了松庵一眼，又问道："是这么样的个子儿，可知道吗？"

小沙弥道："年纪二十开外，相貌很是漂亮。"

行昙一听，跳起来嚷道："就是他，就是他。"

13

松庵连忙把手向他嘴一扪，丢个眼色道："师弟，你快进里面去吧。"

行昙点头，松庵连忙迎出来。只见为首一人，身长六尺，气概不凡，后面跟一个童子，年约十四五岁，身背一个包袱和一柄宝剑。两人相见，彼此施礼。松庵笑容可掬地问道："请问相公尊姓大名？"

那少年道："敝人文素臣就是。"

松庵一听，脸上不免变了颜色，但竭力镇静态度道："原来是文相公，久闻大名，如雷贯耳。小寺地方鄙陋，文相公如不嫌丑，只管住下。"

素臣客气一套，也还问他名号，松庵笑着回答。素臣见他生得暴眼赤腮，油头紫面，一部落腮胡须，脑后项间青筋虬结，知非善类。估量他的膂力，想也不小，会拳会脚，但尚不甚牢实，大约是被酒色淘虚的缘故。幸喜囊中无物，自揣力量，还制得住他，遂也不放在心上。

这时松庵亲自陪到一个房间，让素臣安顿行李，遂告别出去。临走又向素臣道："文相公要什么应用物件，只管叫小沙弥拿是了。"

素臣忙道了谢，松庵又招小沙弥出外，附耳道："瞧他有什么行动，前来报与为师知道。"小沙弥点头答应。

柳儿见他鬼鬼祟祟的样子，因向素臣道："二爷，这个贼秃不是好人，我们倒要防着些呢。"

素臣点头，叫他不要多言。不多一会儿，用过晚饭，将房内墙壁、房外路径细看了一遍，方才收拾安睡。素臣吩咐柳儿把一柄宝剑藏在枕下，睡到一更之后，忽然听得远远地传来一阵男女嬉笑声，中间还夹着一阵隐隐妇女哭泣声，四周寂寂，在夜的空气中更是清晰。素臣好生奇怪，回顾柳儿，他却酣然沉睡，再细听哭泣的声音，却又绝不听见了。只有呼呼的夜风，吹着窗外树叶儿瑟瑟的音调。素臣遂又躺身睡下。这一睡直到次早日上三竿，方才醒来。和柳儿用过早点，带了一些银钱，吩咐柳儿把门关上，遂出了寺门，到六桥那边玩景子去了。

时正艳阳天气，鸟语花香，桃红柳绿，芳草鲜美。远望断桥那边，只见青烟横抹晓山，紫燕斜翻春水。湖中心抛着一只大船，打着抚院旗号，船舱中坐着一个老者，员外装束，旁边又坐着一个少女和女孩。少女身后立着一个丫鬟。只见那少女面如芙蓉，眉若远山，眼似秋波，樱口银齿，虽西子再生，也及不来她的美丽。再看那女孩，约莫六七岁光景，四个人大家都一声儿也不言语。那个员外忽然轻轻叹口气，少女因开口道："爸爸，好好儿的为什么叹气？莫非又想着了妈妈吗？"

员外道："想我已年过半百，你虽已长成，但却尚没有婆家。你妹妹年纪又这样小，天有不测风云，人有旦夕祸福，万一爸爸病死，剩下你这两个孩子，叫我思想起来怎不心里难受？"

那少女听了这话，眼皮儿渐渐地红起来，柔声道："爸爸，你怎么想到这些事上去呢？凡事都有定数的，我劝爸爸还是想得明白些儿，再不要忧愁烦闷了。"

作者趁他们父女互相慰藉的时候，来把那员外的身世说明一下。这个员外姓未名澹然，前任户部侍郎，现在年老力衰，遂退归林下。澹然娶妻李氏，生一女，名叫鸾吹。李氏不幸早亡，澹然因无子，遂置一妾，果生一女一子。不料一子竟夭亡，只存幼女容儿，而次年妾亦逝去。故澹然每思往事，无不涕泗交流。澹然本江西原籍，此次回乡，路过杭州，因抚台乃他的好友，所以顺道拜访。又因为要想探听文素臣的下落，预备在杭耽搁几天，因抚辕不便安顿细弱，故借游览为名，赁舟暂住。澹然和文素臣究属是什么交谊，在后自有交代，这儿也不细述了。

当时澹然听了长女鸾吹的话，便点头道："我儿说得是，爸爸再不想过去的事了。今天风和日暖，倒可以上岸去玩一会儿，不知鸾儿可有兴趣吗？"

鸾吹含笑道："爸爸有兴，孩儿自然同去。"

容儿一听，便笑嘻嘻拉着澹然的手笑道："爸爸，我要跟你一块儿去的。"

澹然抚髯笑道："孩子别闹，你好好儿地随着姐姐吧。"

说着，遂喊管家未能把船平岸。鸾吹一手携着妹子容儿，一手扶着丫鬟素娥，遂跟澹然一同上岸。这时湖滨游人如云，两两三三，无不笑意生春。澹然对鸾吹道："你可有乏力？要不在湖滨大石凳上息息力？"

鸾吹虽不吃力，但因太阳暖烘烘地晒在身上，不觉已香汗盈盈，因点了一下头，手挽容儿，同坐石凳上。只见湖心中的荷叶已渐渐张盖，浮萍绿油油地铺满了湖面，再缀上几瓣鲜红的桃花，更觉美丽好看。

容儿指着从那边六桥下驶来的小艇，对鸾吹道："姐姐，我们住在大船上一些儿不好玩，你瞧划着小艇多高兴。"说着，把两只小手捧着她姐姐的脸儿，偎到自己颊上来。

鸾吹因抱她坐在膝踝上，吻着她香笑道："妹妹又说痴话了，这些都是他们男人家玩的，我们女孩儿家去荡着玩，那还成什么样儿呢？"

容儿听了，乌圆的眸珠一转，噘着小嘴儿道："姐姐这话真好没理由，他们男人家偏是人，我们女孩儿就难道不是人吗？"

鸾吹倒给她说得笑起来，竟没话来回答。素娥笑道："二小姐真了不得，将来你也和男人家一样，到京中做官去吧。省得老爷常常叹着没有公子，这样公子和小姐不是一样了吗？"

鸾吹叹道："自古以来，重男轻女，女子就好像不是人，处处都受束缚。妹妹既有这个志向，将来倒可以替我们女界争一口气呢。"容儿听了，便望着姐姐咻咻地笑。

素娥道："鸾小姐，你瞧那苏堤春晓、柳浪闻莺，正是好一片天然的春色，可惜不曾是带得画具，否则小姐在这儿坐对西子，真是一个写生绝妙的好资料呢。"

鸾吹笑道："你倒也说得好逍遥自在。"

素娥道："人生在世，有玩乐得玩，有吃乐得吃。譬如像老太太死了，便什么都用不到了。"

鸾吹听她说出这话，心中不觉有些儿感触，深深叹了一声，不知怎样，泪水竟会夺眶而出。容儿见姐姐伤心，因埋怨素娥道："别人家高高兴兴的，你又说什么死啦活啦，害得姐姐哭了。"

鸾吹紧抱容儿身子，拭泪道："我哪儿有哭，妹妹别胡说吧。"

素娥见鸾吹粉颊犹带泪痕，因不敢多说。三人默默地向湖心出了一会儿神，容儿忽然叫起来道："啊哟，爸爸呢？"

鸾吹、素娥回头一瞧，果然已不见澹然和未能的影儿。素娥道："老爷叫我们息息力，他和未能一定玩过去了，回头一定仍会来找我们的。"

鸾吹道："不错，我们就在这儿多坐一会儿等着吧。"

且说澹然和未能一路欣赏着烟堤嫩柳，拖来桃叶香裙，心境颇觉畅快。主仆两人且谈且行。正在这时，忽然迎面走来一个少年，和澹然正撞个满怀，少年慌忙站起，打躬作揖，连赔不是。澹然见他彬彬有礼，因也忙答不要紧。

少年身后尚有一个童子，口喊二爷道："我们到那边柳荫下去吧。"

少年一听，便随他过去。澹然见了那少年，似乎好生面熟，呆了一会儿，忽然猛可想起，啊了一声道："莫非就是他吗？这正是踏破铁鞋无觅处，得来全不费工夫了。"

未能忙问道："老爷敢是认识这个少年吗？"

澹然道："我和他是好多年头不见，一时有些儿记不起，但颇觉面善。未能，你快给我追上去，说我家老爷请你过去一叙，你就把他直领到船上来就是了。我等着你，快去，快去！"

未能见老爷这份儿要紧，自然不敢怠慢，加快了步伐，向前追去。澹然一面回身去找鸾吹，一面只是呵呵地笑。容儿见爸爸这样

17

高兴地走来，她便从姐姐身怀里跳下，奔到澹然面前，笑着道："爸爸，你在哪儿呀？"

澹然哈哈笑道："爸爸遇见了一个人，我们快快地回船上去吧。"

容儿跳着道："我要爸爸抱着回去。"

澹然笑道："爸爸年老了，怎么还抱得动你呢？"

鸾吹这时也站起来道："爸爸，你遇见了什么人啦？"

澹然眉开眼笑地道："就是我常常对你说的文素臣呀？我这次所以耽搁杭州，完全是为了他。现在竟被我无意中撞见，哈哈，我这老怀是多么高兴呀。"

鸾吹一听"文素臣"三字，想起平日爸爸对自己说的话，一时羞涩十分，遂拉容儿的手道："妹妹，你痴了，怎好叫爸爸抱呢？还是快随姐姐回船去吧。"

容儿不依，一定要澹然抱。澹然这时心中兴奋得了不得，竟伸开双手，真把容儿抱回船舱去。到了舱中，鸾吹扶着素娥回进里房，澹然却携着容儿的手，站在船头的甲板上，眼瞧着那沿湖的一排垂柳。大约不到一顿饭的工夫，就见未能在前，那少年和童子在后，匆匆地在柳枝那边绕过来。

第三回

有鸾求凤　暴雨出蛟

澹然见了那少年，好像得着了珍宝一般，立刻拱手笑道："足下可不就是文素臣吗？"

那少年听了一怔，向他上下打量一周，点头道："在下正是，老丈如何认得？"

澹然听果然是的，便仰天呵呵笑道："正是天可怜我，无意中竟给我找到了。"说着，遂十分亲热地携着素臣的手进舱。

素臣还弄得莫名其妙，瞧他容貌堂堂，三绺长髯差不多已斑斑花白，知非歹人，因放心入内。素臣不敢就座，便还问道："请问老丈尊姓大名？与鄙人如何识得？还希详细告明。"

澹然扬着眉毛儿哈哈大笑道："异乡客地，遇我故人之子，老侄一表人才，如此少年英俊，谓我老友不死亦无不可呢。"

素臣一听，慌忙问道："哦，老丈原来是先父的朋友，晚生因幼年失怙，一切都懵无所知，敢问伯父和先父是在何时为友？"

澹然道："先严与令先祖为道义交，老夫任户部侍郎的时候，和令先尊尤为莫逆，彼此通家往来。那时你和令兄都还在褓褓之中。不料彼此一别，竟这么许多年了。"澹然说着，抚着飘飘银髯，大有不胜今昔之感。

素臣听了，方始恍然大悟道："原来就是澹然老伯，这次小侄出门，临行的时候，家母亦曾吩咐，到老伯那里前来叩谒，不料反在这儿无意相遇，真是可喜得很。前曾闻说老伯母逝世消息，家母非

19

常感伤，时系心怀。想这位庶伯母，定必康健。小侄因向少问候，方才老伯若不说出台号，小侄实睹面茫然，罪真擢发哩。"

澹然道："说哪儿话来？彼此相隔了这许多年，况那时老侄尚在孩童时代，哪有如此好记性呢？只是贱妾却在前年过世了，剩下这两个幼年弱女，真使老夫受累不浅。"说时，深深地叹了一口气。

素臣呀了一声道："庶伯母已不在人世了吗？伯母仁慈成性，竟这样早年逝去，真令人不胜痛惜。"素臣说到这里，眼皮儿渐渐红了起来，似乎十分悲伤。

澹然因吩咐未能摆席，向素臣道："久不相逢，老夫与你要好好儿地谈谈哩。"

素臣听了，便向澹然执子侄之礼，澹然扶起，呵呵笑着，连说免了吧，回头要想叫容儿来见礼，她却早已进里房去了。

这时席已摆上，澹然请素臣上座，素臣执意不允，澹然只得罢了。

酒过三巡，澹然道："今与老侄邂逅，当令小女辈拜见，想老夫已是风烛残年，日后要老侄帮助的地方正多，免得将来大家见面不相识。"说着，遂叫未能进后舱去传话，叫素娥服侍大小姐二小姐出来。

素臣尚在谦让，早见一个丫鬟携着小女郎，后随一个丽姝，娉娉婷婷地出来。素臣只觉眼前一亮，宛然置身天宫，暗暗不觉叹为国色。正在这时，澹然便指着介绍道："这就是大女鸾吹，这是小女容儿，这是丫鬟素娥，她家本也世代书香，倒不是寻常婢女呢。日后倘我不在世间，主婢伶仃，老侄应加倍顾恤才好。"

素臣听了这话，一时回答不出。澹然又向鸾吹道："这位就是你的世兄文素臣，你们快来拜见。"

鸾吹一听，不慌不忙，笑盈盈走近前来，向素臣跪了下去，容儿也随姐姐拜了四拜。素臣回礼不迭，连说不敢当。

澹然叫两人坐在旁边，素臣道："两位世妹请坐，今日真是巧极。但若不是老伯叫我，几乎要成陌路人。"

鸾吹秋波一转，嫣然含笑道："这是因为彼此隔久，所以反而生疏了。我记得从前，我们也只不过像妹妹一样儿高罢了。"

素臣笑道："可不是，光阴过得真好快啊。"说着，把酒壶握着，向鸾吹道："世妹可能喝酒？"

鸾吹连忙站起笑道："我是不会喝的。啊呀，今天臣哥做客，怎么倒叫你来执壶，那我真太不知礼貌了。"

澹然笑道："这话正是，贤侄可不必客气，还是交与小女吧。"

鸾吹伸手来接，因为是太匆促一些，所以两人的手儿一碰，素臣只觉其柔软若绵，宛然无骨，心中不觉荡漾一下，笑道："如此我就不客气了。"

鸾吹也已觉着，红晕了双颊，瞟他一眼，把壶接过，就在素臣杯中满筛一杯。素臣连说谢谢，澹然道："贤侄不必客气，往后小女全仗你来照顾，只敬杯酒儿值得谢吗？"

素臣道："这是小侄分内事。"说着，又向鸾吹笑道，"那么鸾妹自己也该喝些儿。"

鸾吹微笑道："我的量是一些儿没有，臣哥海量，就多喝上几杯吧。"

澹然抚髯笑道："既然你世兄这样说，我儿该奉陪一杯才是。"

素臣忙道："鸾妹若真的不会喝，就别强饮。因酒这东西，到底是有害无益的。"

鸾吹向自己筛了半杯，眉儿一扬，眸珠在长睫毛里一转，掀着酒窝儿笑道："但是少喝些儿，也能活血脉的呢。"

澹然笑道："久闻贤侄少年老成，果然名不虚传。令尊是个古学家，贤侄幼年即能文能诗，想现在定大有进步了，我儿应师事之。"

鸾吹嫣然笑道："只怕臣哥不愿有我那样愚笨的弟子吧？"

素臣微红了脸，慌忙笑道："鸾妹妹，愚兄正应向妹妹讨教才是，怎么倒说起这个话儿来？"

鸾吹听了，垂头哧哧地笑。澹然道："彼此不用客套，还是从实。来来来，贤侄，我们喝酒吧。"说着把杯举起。

鸾吹因又抬头，向素臣偷瞧一眼，不料素臣也正在望着自己，四目相对，都觉有些儿不好意思。鸾吹忍不住又低垂脸儿，澹然把杯放到唇边，昂头望着素臣笑道："我知道你哥哥已经娶妻，不知贤侄可有定亲了吗？"素臣略欠身子道："小侄于去年，家母已替娶过了……"

澹然还没听完，脸上突然变色，手中酒杯顿时落地，呀了一声道："什么？贤侄已娶了妻吗？怎么老夫竟一些儿也不知道啊？"

素臣倒吃了一惊，忙道："是的，小侄已娶了妻。"

澹然这时若有所失，拉住素臣的手，颤抖着道："唉，贤侄娶妻，为何不早和老夫来谈一谈呢？"

素臣还道没有请吃酒，他所以不高兴，后来瞧到鸾吹双蛾紧蹙，粉颊低垂，似有万分幽怨无从倾诉，心中就已恍然。但既已使君有妇，又有什么办法？不觉呆若木鸡，半晌说不出话来。

本是喜气洋洋的一席酒筵，这时大家忽然忧愁起来。孩子不懂什么，容儿忍不住开口问道："爸爸，你怎么啦？呀，姐姐，你又为什么淌泪啦？"

鸾吹被妹妹一说破，真是万分娇羞，而又万分哀怨，因忙拭去泪痕，破涕笑道："妹妹又说痴话，好好儿的，姐姐又何曾淌过泪？"说着，站起来向素臣强作笑容道，"臣哥多喝一会儿，妹子少陪了。"说着转向扶素娥回进后舱。才踏进一步，那辛酸的泪珠，再也忍不住滚滚而下。

容儿不知何事，还追问姐姐有什么不舒服。素臣当时见鸾吹离座，连忙也站起身来，眼瞧她两眼盈盈，虽辩说不曾淌过泪，但粉颊上分明泪痕宛在，好像着雨海棠，愈觉楚楚可怜，心中老大不忍，那眼眶儿也慢慢地红起来。

澹然见素臣两眼盯住鸾吹身后，虽然已经进舱，他却犹呆呆出神，因拉他坐下。老仆未能早已给他酒杯拾过，换上新的，退在旁边。

澹然道："贤侄，老夫此来，实为小女婚事。本拟探询尊府，欲

22

与老嫂子面洽，把小女配给贤侄。不想贤侄竟已娶室，怎能不使老夫怅然而悲呢？"说着，不觉掉下泪来。

素臣瞧此情形，心中好不难受，但这叫自己回答什么好呢？因此默不作答，唯有低头长叹。

正在这个时候，忽然见素臣的小童柳儿奔进来，大喊道："二爷，不好了，快出来瞧吧！"

素臣抬头，只见阳光早已没有，天空浓黑得像涂了墨一样。一时船上诸人，及旁边船里的人，个个都喧闹起来，人声鼎沸。只听得耳中有人大喊"潮来了，潮来了"，此时天更昏黑，四面山谷全然隐灭，那潮中水势掀波，直欲接天，雨好像倾盆似的倒泻而下。船身荡摇不定，本来傍岸则泊，这时缆索早断，漂到湖心。也不知道哪是苏堤，哪是白堤，只见一片汪洋，无边无际，狂浪澎湃，夹杂着满船啼号之声，惨不忍听。澹然早已吓得面无人色，不知所为。素臣暗想：西湖哪里有潮，这一定是非常的变异了。一时也觉着慌。不料这时一个浪头打进来，把舱中桌子早已掀翻，素臣顾不得船中人，便跳出船头，踏着甲板上，预备瞧个仔细。谁知才站住脚，那前面浪涛滚卷过来，势如破竹，好像万马奔腾，船轻如叶，好像在虚空抛掷一样。素臣身子一歪，砰然一声，早随波逐流而去。

素臣被一阵浪花，将他身一卷，竟像旋风作势，愈转愈紧，霎时间已深入湖底。无奈西湖荇藻交横，且下面泥土又极松浮，根叶荡漾，既不能站住，又不能支搭，心知空明处乃是水底，不敢向下钻，只从黑层层的地方穿冒上来。但才得透过头顶，又是一个波浪，兜盖身子一滚，重新坠下数尺。这样一连有十多次，气力用尽，身体就慢慢感到沉重起来，渐渐支撑不住。

这时忽见水面上浮有一物，首大如牛，浑身碧氄氄的毛，长有尺许，身子很是笨重，在那里蹭来蹭去。素臣暗想：这不像是水牛，但湖中又没有什么猪婆龙，这究竟是何怪物呢？要想瞧个仔细，便竭力冒身穿出水面，齐巧有一根船腔木浮到面前，素臣伸手抱住，追游到那怪物身边。只见它头上两角矗起，足有二尺多长，昂起了头，只管喷水。它愈喷得起劲，那浪花愈飞溅得高。素臣方始明白湖水泛滥的原因，就是这个怪物在作祟，我若能将它除掉，岂不是替湖上人弥灾解难吗？但自己这时的气力，一半已用在那狂涛上面，现在再和那怪物抵敌，恐怕不能制它，倒反而伤了自己性命。不过转念一想，我既已浸身在水中，何不运用我生平的气力，来和它搏斗一下，能够除掉当然更好，万一敌不过，自己逃也来得及的。

素臣打定主意，遂觑定那根牛尾，将身直扑上去，两手把它尾巴拖住，但颇觉刺手。素臣狠命把身儿一纵，跨将上去。那怪物只管喷水，又因身子呆笨，所以竟一些儿也不觉得。素臣好不恼怒，将两腿在怪物腹间用力一夹，这一夹足有五六百斤的力量，那怪物方始负痛，大吼一声，回过头来。素臣见它眼珠并不大，倒是那张血口，令人瞧了毛发悚然。怪物似乎已晓得它背上有了人，便将身子乱耸，还把血口向素臣大张。素臣笑道："你这蠢东西，想掀我下来吗？"因复将两腿一夹，一手又把它颈骨一拗。那怪物痛极，狂吼一声，直腾起来，向前直冲，波浪更狂。素臣竟被它颠落，因为一手尚拉住它的尾巴，死也不放，却被它扭断。这时水势更大，风声愈狂，瞧那怪物，早已不知去向。

素臣伏在船舱上面，趁着水势游行约半里许，方始靠近湖滨。这时惊魂略定，但颇觉乏力，遂在堤上站住，预备找座。不料那水犹没膝半尺，天空雨点仍不停地下落，里湖水势，奔腾冲突，直溢到外湖来。水流受阻，其势愈急，澎湃之声，充塞两耳，雷霆霹雳，直令人目眩神摇，骇怪万状，和方才身子出没水中又换了一番景象。远望南北山头，自天竺云林栖霞至葛岭一带，白云弥漫，游漾不定，真是一幅雨中景致。但再瞧那大佛头宝石塔顶，迤逦至普照寺后山，仍然是天黑地昏，峰峦黝暗，一派模糊，不可辨识。低头瞧那水面的倒影，只觉黑云万道，自山罅喷激而出，层叠不穷。山脚石壁间，奔泉突泻，白如练布，直灌到里湖去。

素臣瞧清楚了水的源头，知这水并非湖决，亦并不是江流灌入，这一定是山中发蛟无疑了。此时水势浩荡，雨更大注。素臣长衣早无，帽子亦落，秃头站立良久，雨水从眼皮直淌到颊上，再淌到嘴角，湿淋淋地好像落汤鸡一样，因想找一个沿堤人家暂为躲避。抬头望见孤山一带，颓垣没水，板扉竹片，荡漾中流，景象非常凄惨。跨步涉水，一路过去，忽见山凹坦处，有许多人在避水，团坐路隅，五三人一堆，六七人一堆，从风雨声中，还送来一阵儿啼女哭之声。其声哀而惨，令人酸鼻，不忍卒听。再向外湖一望，洪流滚滚，自六桥至南屏，葑田万顷，尽失所在。那湖心亭子，四隅都被涨没，只有亭角翼然浮于水面。满湖不见一船，眼前唯见丝丝雨点，如烟如雾。

　　素臣走近堤边，忽然瞥见堤旁有大船一只，底已朝天，舱门窗隔，零落漂流。素臣一时陡忆澹然老伯，难道一家人都葬身湖底了吗？还有我的柳儿，可怜他随我出门，不料竟遭灭顶惨祸，那真是我害他了。但转念一想，也许他们都已获救，那也不晓得的，只好等待水退了，再作道理吧。我且沿堤走去，先回到普照寺再说。

　　主意想定，遂转向寻路。幸堤上遍栽杨柳，水浸数尺，未经漂拔，依树而行，就浅就深，不觉已到断桥，上了桥面，暂时休息一会儿。这时素臣髻散发披，因大雨冲刷，竟像海鬼一般，脚下踏的靴子，亦不知褪在何处，袜被水浸，涨紧如桶。一路水深没膝，看不见地下草石，走不了半里，袜底洞穿，脚心被尖石子戳伤，颇觉有些痛苦。但沿路既无坐处，也只好忍痛行走。

　　将近普照寺的时候，天空白云散去，雨已停止，好鸟穿林，小树欲活，已是新晴光景。素臣见过去十几步路，有大石一块，因忙去坐着歇息。约有一刻多钟，路上亦有行人。那边桥上走来一个黑脸大汉，头裹黑巾，身披斗篷，腰间横着一把宝剑，容貌虽觉可怕，眉目间隐含侠义之气。因忙招呼道："这位客官住步。"

　　那人一听有人招呼，遂停步不前，素臣拱手道："请问今日湖中，遇救者有什么人吗？"

那人道："你问他做什么？"

素臣道："我因有个亲戚，全家覆舟，故而向先生探问一声。"

那人向素臣全身打量一下，说道："这位先生是才从湖中起来的吗？"

素臣笑道："我费了九牛二虎之力，才没遭灭顶之灾呢。"

那人道："刚才我倒救起好几个人，不晓得内中是否有先生的亲戚。"

素臣忙道："可否请先生说几个出来给我听听吗？"

那人道："第一个是个老太太，是不是？"

素臣道："不是，我亲戚并没老太太的。"

那人道："第二个是个年近三十的中年男子。"

素臣摇头道："也不是。"

那人道："第三次倒救了两个人，好像是主仆模样。"

素臣灵机一动，忙问道："是不是两个白发斑斑的老年人啦？"

那人道："对了，当时问他们姓名，说是姓未，他们怎样会牵连在一块儿，也是忠义之气，感动神明，故能死里逃生。大概主人落水的时候，老仆亦赶忙跳下，钻入主人身底，要想驮他起来，所以一个在上，一个在下，岂不是个义仆哩。"

素臣一听，直乐得跳起来道："正是他老人家。"一面便叩下头去，那人连忙扶住。素臣又急问现在人在哪里，那人道："后来县知事晓得未老爷乃是抚院的朋友，所以急着人雇轿，送他们到署去。"

素臣知澹然主仆已被救，心中略安。但还有鸾吹主婢三人，不知有无下落，因又问道："先生尚救过女子吗？"

那人道："有一个女子，现在把她安顿在普照寺，究竟是否先生亲戚，可前去一认便了。"

素臣忙道了谢，再要请教他姓名时，他却已扬长而去。

诸位你道这人是谁，原来就是湖海英雄叶豪，专管天下闲事。路见不平，拔刀相助，正是他们的行为呢。

第四回

海棠睡去　莲步艰难

文素臣听了叶豪的话，便不管脚痛，急急赶回普照寺来，一路上暗想：但愿这个女子就是未老伯的千金鸾吹，那么他们父女重逢，自己心中也觉安慰了。谁知到了寺中，这个女子并不是鸾吹，却是婢子素娥。

素娥一见文素臣，好像婴孩儿见了慈母一样，骤然地奔到面前，还没开口，先哭了起来道："文爷，你打从哪儿来？我的老爷小姐，你瞧见了没有啦？"

素臣正要问她小姐在哪里，谁知她先问自己了，一时急得了不得，忙答道："你的老爷是有下落了，但是你小姐却不知道啊。"

素娥一听，呜呜咽咽哭得泪人儿一样道："这样我两位小姐是完了。"

素臣给她哭得伤心，一阵辛酸，忍不住也落下一点泪来。这时虽然自己已很乏力，但我怎能不去探听鸾吹的下落呢？因劝慰她道："素娥姐，你且不要伤心，我总给你把小姐去找来就是了。"说着，遂转身便走。

素娥见素臣这个模样，心中不忍，不顾一切，上前拖住，含泪哭道："文爷，你要走也得换了衣服，穿上鞋子，这样着了冷，叫我小姐将来又怎样对得住你？"

素臣回头，瞧她粉颊含泪，如雨后梨花，颇觉楚楚可怜，因道：

"素娥姐，你且别管它，救人如救火，岂能迟延一刻呢？"说着，便托个小沙弥安顿了素娥，又急匆匆向湖滨去了。

鸾吹自知道素臣已娶了妻室，心里酸楚，回到后舱，暗暗垂泪。容儿不知姐姐心事，拉了她手，只管问姐姐为什么伤心。素娥是鸾吹的心腹婢子，哪有不明白的道理，因拧把手巾，交给她劝道："小姐，凡事都有定数，你又何必伤心，自己身子要紧呀。"

不料正在这时，忽然天昏地黑，船身摇荡起来。不多一会儿波浪又接连地打进来。容儿早已吓得哭了，鸾吹、素娥也急得浑身乱抖。不多一刻，三人早被浪头掀到湖心中去了。鸾吹一手还紧拉着容儿，容儿哭着喊爸爸。鸾吹心虽明白，身子已失自由，被狂涛一冲，容儿早已冲散。鸾吹连喝了两口水，人早昏去，也不知自己置身在何处了。

等她悠悠醒来，只见夜色已笼罩着大地，自己身子却躺在湖边一堆草丛中，周身衣服早已湿透。恍惚间想起自己好好儿在船舱里，怎么竟会躺在如此草堆里？爸爸呢？妹妹呢？素娥呢？啊，是了，想是都被狂波冲开了。但他们究竟是死是生，一时无从知晓，心中一阵悲酸，便忍不住凄凄切切地抽噎起来。

这时忽然有个粗暴的男子声音叫道："这位姑娘，你可醒了吗？"

鸾吹一听，连忙抬头，微睁杏眼，只见一个中年男子，身穿短裤袄，獐头鼠眼，望着自己憨憨地笑，因开口问道："你这位是谁呀？"

那汉子哈哈笑道："你这小姑娘好没良心，怎么连救你起来的恩人都不认识吗？"

鸾吹听他说话轻薄，心中颇不快，但他既是救自己的，倒不能不谢，遂揩去泪痕道："原来你是我的恩公，我因昏迷不知，一切还请原谅。不知恩公尊姓大名，好待小女子见了爸爸，日后报答你的救命之恩。"

那汉子笑道："姑娘问我姓什么叫什么，我是水里蛟陶甲，讲到报答两字，那你年纪轻轻，怕还没有办法吗？"

鸳吹道："明儿我找到爸爸，谢你银两是了。"

陶甲哈哈笑道："小姑娘说话好不欺人，你打量我没瞧见过银两吗？"

鸳吹道："恩公不要见气，那么小女子日后把恩公立一个长生位，朝晚供香，以感你的大德。"

陶甲道："这个愈不行了，我不是一些儿也得不到好处了吗？"

鸳吹道："这样不好，那样不好，恩公究竟要什么报答呢？"

陶甲听了便笑嘻嘻地蹲下身来，望着鸳吹脸儿道："我的好姑娘，你是个明白人，哪里会不知道我的心吗？你放心，我是个好人，不是个歹人，天也黑了，我的家就在这儿。请姑娘还是跟我一块儿回去，做我的小老婆吧。我准待你像我的妈妈还好呢。"

鸳吹不等他说完，便啐他一口道："你这人说话好没礼貌，不应该欺侮我落难的人。"

陶甲道："你这小姑娘真狠心，不谢我救命大恩，反骂我没有礼貌。要知道我全是一片好意，这时天已夜深，你既没有亲人在前，这时又投到哪儿去？我肯收留你，还是瞧你可怜，发个慈悲心。来来，小姑娘，我来搀你走吧。"说着，伸手去拉她手。

鸳吹含羞万分，把他手儿摔去道："请你放尊重些，你怎知我没有亲人？我尚有爸爸和妹妹……"说到这里，便哭道，"爸爸呀，你现在到底在哪儿啊？"

陶甲心生一计，哈哈笑道："小姑娘，你还想见你爸爸吗？恐怕只有在梦中吧。我问你，你的爸爸不是头发白有胡须的人吗？你的妹妹不是还只有这么儿高吗？啊呀，这两个尸体浮在湖旁边，我是亲眼瞧见的。"

鸳吹信以为真，便哇的一声哭起来，一面又叫道："爸爸、妹妹，你死得好苦啊，你老人家灵魂且等等，女儿就跟随爸爸来了。"说着，便从地上站起，向湖滨投身下去。

陶甲慌忙把她身儿抱住，连叫道："死不得，死不得！我辛辛苦苦把你救起来，你怎么倒轻易地要死了呢？"

鸾吹嗔道："我自己的身子，关你什么事？快放手吧。"

陶甲道："你是我救起的，你的身儿就是我的一样，我不许你死，你怎可以死呢？"鸾吹缠他不过，只得倒身又在草地坐下，呜呜咽咽痛哭起来。

陶甲道："小姑娘，我劝你不用伤心，这时你就哭哑了喉咙，也没有人会知道你的。只有我是很可怜你，很疼爱你。你的爸爸既然已死了，你便是个孤苦伶仃的弱女子，还是给我做个小老婆，你就有了安身之所，我们恩恩爱爱过着快乐的日子。你要知道我并不是个歹人，我是个专门疼爱女人的好人，天下第一个好人，再好也没有了。你不相信吗？快跟我回去，过一会儿，我就给你好东西吃呢。"

陶甲涎皮笑脸地竖着大拇指，胡言乱语地说了一大套。鸾吹并不理他，只管哀哀地哭。陶甲向四周望了一圈，打量这时再也没有人出来干涉的，心中暗暗喜欢，慢慢地又蹲下身子，伸手意欲去轻薄她。鸾吹连忙把他抵住，一面止了哭，一面苦苦哀求，心里又暗暗着急。在这荒僻的山野中，呼天天不应，呼地地不理，这叫我鸾吹怎样好呢？爸爸和妹妹既已不在人世了，我一个弱女子，活在世上也没意思，何不跟老人家一块儿做伴去。

心里在打定主意，便假意含笑道："请你不要用蛮吧，我跟你回去是了。"

陶甲听了，方始笑逐颜开，让她站起。不料走不两步，鸾吹猛可把身子又向湖中扑去，却早又被陶甲抱住，一面哈哈笑道："小姑娘，我早知你一定又来这一套，所以我防备得比你还快。"

鸾吹见已被他阻止，便呜咽啜泣道："就让我死了吧，我是终身感激你的。"

陶甲笑道："这是什么话，你这样美丽一个女子，我提着灯笼也没处找，怎好舍得看你死？小姑娘，我劝你想明白些儿，你虽然给我做小老婆，但是我待你实在比亲娘还好。你假使怕寂寞，我可以夜夜伴着你一同睡……哈哈……"说到这里，把嘴凑近去要闻她颊，急得鸾吹将纤手抵住他的下巴，死命不放。

正在扭作一团，危急万分，忽然草丛中走出一人，鸾吹眼尖，认得是文素臣，这时心中一喜欢，乐得心花儿朵朵都开了，慌忙叫道："现在我哥哥来了，你快些放手，重重谢你便了。"

原来素臣别了素娥，匆匆前往湖滨去找鸾吹，直找到日薄西山，月上柳梢，依然毫无踪影。素臣腹中虽饿，但并不灰心中止，仍旧沿堤找去。约莫二更时分，颇觉神疲力倦，在沿湖坐下息力。哪知坐了多时，寂无影响，只有湖水被夜风激动得飞溅之声，与树林里猫头鹰咕咕鸣叫，嘈嘈杂杂，觉得耳烦心躁。正在无聊之间，忽听前面堤边隐隐有哭声，却又哽咽不出。素臣心中一动，黑夜里哪来女子哭声？因慌忙立起，依着声息上前审视。约走了五六十步，那哭声忽近忽远，随着夜风吹送耳际，只觉其声呜呜然，如怨如慕，忽扬忽抑，令人酸鼻，但终听不清楚是何方发出。因四野寂寂，好似哭声四起，不能辨其南北。素臣不觉毛发悚然，呆立许久，暗暗细揣，又像伏在草际，遂转向外边寻来，果然声音愈近。这儿本是外湖堤上最热闹的所在，附近多所古庙禅林。元末遗迹，均在左右，著名胜景，如平湖秋月，尤为游人憩宴之地。今天因突然水涨翻江倒海，自从山而下，不知底止，居人弃室而逃，所以水势虽平，尚是无人走动，见那墙坍壁倒的院子，触目皆是。

素臣走时，正在一座社庙的前面，却有几株桃杏已被大风吹折，满枝花朵早已凋零脱落，劫后娇花也显可怜模样，只有一丛杂树，夹着新芦，遮断湖光，寻不出下船的去处。望到庙后，乃是山谷树林阴翳，绝不见一个人影，那哀哀哭声，却向耳里直钻。素臣焦急十分，满心要救那女子，遂竭力拨开芦草。这时哭声却又停止，素臣心中好生骇异，在淡淡的月光下，仔细瞧去，果然模糊中有一男一女正在拖拽，却瞧不清楚是谁。

正欲上前喝止，忽然听得女子声音说我哥哥来了，因慌忙抢步上前一认，正是自己千辛万苦找到现在的鸾吹小姐，不禁喜之欲狂，连忙叫道："妹妹，你是怎样起来的呀？真累得我好找。"

陶甲一听果然有人来了，便放了手，向素臣恶狠狠地打量。素臣见陶甲脸貌不正，已猜到几分，向他拱手道："这是我的妹子，想来是你救起的？但妹子却又为何哭泣呀？"

鸾吹道："这位先生救我起来，要妹子同他回家。妹子不肯，所以在这儿扭结。"

素臣道："既是救命恩人，理应报答。但今日在难中，不带银钱，且同到我们寓处，再行重谢吧。"

陶甲听了，冷笑一声道："谁稀罕你们的酬谢？你是江南，她是江西，怎的冒认起兄妹来了？不瞒你小子说，老陶是杀人不救人的。我因她姑娘生得貌美，正合我的用处，所以把她救起。若说银钱，哼，老子怕比你瞧见多了。你这小子知趣的快与我滚，否则老子的拳头是没情分的。"

素臣听了这一套话，脸儿气得变了色，大喝道："放屁！你管我江南江西，兄妹岂可冒认？你救人性命，行为至为可嘉；但乘人危难，故意逼人，实与盗贼无异，世上要留你这等人何用？"

陶甲哼哼两声，一面骂鸾吹道："你这泼贱货，见一个爱一个，瞧他年轻风流，就不要我了吗？怎的就把陌路人喊起亲哥哥来了？好，好，我今天先把他结果，瞧你还不给我受用！"说时，一面在腰间拔出一柄亮闪闪的匕首，直向文素臣扑去。

鸾吹又气又羞，又恼又急，想臣哥文弱书生，怎能抵挡，芳心一时忐忑乱撞，急叫一声，早已跌倒在地。素臣见我还没动手，他却先落手为强起来，心中好笑，一面也不及安慰鸾吹，一面伸手把陶甲的手腕早已托住。鸾吹吓得浑身乱抖，面无人色，上下排银齿好似打架样地咯咯响起来。只见素臣飞起一腿，说声去吧，那陶甲啊呀一声，只见水花飞溅，陶甲早已跌入湖中去了。

鸾吹这时芳心又惊又喜，想不到臣哥竟有如此本领，慌忙跪到地下，叩谢道："多蒙哥哥相救之恩，真不知叫妹妹如何报答才好。"

素臣让过一旁，连连道："妹妹说哪儿话，人类应有互助的义务，是我分内的事，妹妹可不用客气。"

鸾吹坐到地上道："今夜若没有哥哥前来，妹妹定遭这贼子的毒手了……"说到这里，万种伤心陡奔心头，忍不住又呜咽起来。

素臣道："妹子别哭，你究竟如何被他救起？"

鸾吹一面啜泣，一面便把这贼如何无礼用蛮的话告诉一遍。素臣愤愤道："这种人面兽心的贼子，真杀不可赦。现在可便宜他了。"

鸾吹听了，并不回答，只管凄凄切切地哭。素臣给她哭得心酸，险些也掉下泪来，因慰她道："鸾妹不要伤心了，时已更残漏尽，夜风砭骨，着了凉倒不是玩的。还是暂随我回到寓所，再作道理吧。"

鸾吹哭道："爸爸妹妹已死，剩下我孤苦伶仃的一个弱女子，丢落在异乡客地，往后叫我怎样好呢？"

素臣奇怪道："鸾妹，你这话从哪儿得来？老伯并没有死呀！"

鸾吹一听这话，急速收束泪痕，站起来破涕道："哥哥这话可当真？"

素臣见她这份儿惊喜模样，因忙道："这岂能骗鸾妹，老伯和未能而且已给知县接进衙门去了。"

鸾吹不胜喜悦，但忽又紧蹙蛾眉，蹲身坐下，良久方道："真是天可怜我，谢天谢地谢神灵。"

素臣知道她无力站立，颇觉爱怜万分。鸾吹抬头，向素臣望了一眼道："我还没问臣哥，此刻打从哪儿来？"

　　素臣遂把经过也诉说一遍，鸾吹听素娥亦已遇救，当然更觉欢喜，但是妹妹尚不知生死，心中不免又觉悲伤。一面柔和地望着素臣，垂泪道："臣哥不顾一切，忍饥挨饿，受尽千辛万苦，来救妹妹，此生叫妹妹如何报答……"说到此，哽咽不成声，低头暗泣。

　　素臣知她言在意外，但使君有妇，徒唤奈何，真是恨不相逢未嫁时了。瞧她这样娇羞哀怨的神情，心中无限难受，不觉也掉下泪来。英雄气短，所恨的正是儿女情长。

　　两人相对默默良久，素臣道："妹妹，我们走吧。"

　　鸾吹无奈，只得勉强站起来，轻移莲步，挨不到两步，纤腰一弯，人又坐到地上，这样一连数次。素臣见她云发蓬松，双蛾紧蹙，两颊如雨后梨花，好像捧心西子，浑身水淋淋的，又像一朵水仙花，不到三寸的金莲，那双绣花弓鞋早已尽湿，草路又高低不平，且泥水其滑如油，不要说她走着是有说不出的苦处，就是我辈走着，亦觉许多不便。一时怎能忍心，因走近她身边，低低说道："鸾妹，你既然走不动，待我来搀着妹妹走怎样？"

　　鸾吹红晕了双颊，秋波盈盈瞟他一下，点头低声儿答道："只是又要累苦了哥哥。"

　　素臣却不回答，伸出左臂，让鸾吹来扶。鸾吹见他如此君子的风度，心中愈加敬爱，遂把纤手攀住他臂膀，随着他慢慢走了数步。虽然上面有搀扶，但是下面两只金莲被水浸涨，又酸又疼，漫说走路不能够，就是坐着也觉痛苦，这是怎么好呢？

　　所以鸾吹又蹲下身子，摇头愁苦着脸子道："臣哥，我真走不动了。"

　　素臣搓手一会儿，也觉踌躇，因道："这……这样办，我扶着你好吗？"

鸾吹羞涩满脸，含情脉脉地只好点头，素臣因把左臂弯到她的腰间，轻轻半抱着。鸾吹右手搭着他肩儿，身子竟全靠倒素臣身上。两人并肩走了二三十步，因为是春天气候，衣服穿得不多，两人落水后，衣服贴在肉身上，好像变成一张纸皮。这时素臣半抱她纤腰，其软若绵，好像搂着肉体一般，她的颊儿偎着自己，只觉一阵阵的处女香，触鼻令人心醉。素臣心中不觉荡漾了一下，手儿不敢搂紧，只距离腰间约一二分许。鸾吹却只管紧偎着他。这样默默地彼此都不说话。素臣心急，走得略快，鸾吹羞得面上发烧，心里着急，跨不得两步，力已用尽，腿儿也软，脚趾更疼，不料又被石子一绊，鸾吹站立不住，啊哟一声，身子不觉又倒了下来。

第五回

解衣怜妹　感德呼兄

鸾吹忽然又跌倒地上，素臣吃了一惊，连忙扶起，叫道："鸾妹，鸾妹，你怎么啦？"

鸾吹涨红着脸儿，嗫嚅着道："臣哥，让我息一会儿吧，我实在再也走不动了。"说着，纤手攀着素臣的肩儿，身儿慢慢要蹲下去。

素臣急得抓发道："那么难道就在这儿坐过夜不成？这时湖中又没船叫，这怎么好呢？妹妹，事到其间，也顾不到什么嫌疑了，我就索性背你进前面庙里去吧。"

鸾吹虽觉万分难为情，但除了这个办法，还有什么，因点头含泪道："苦了你累重，真叫妹子感无可言。"

素臣道："妹妹慢说这些话，我知道你一定已十分疲倦，先进庙里去息一会儿再说。"说罢，把腰弯倒，凑近鸾吹，挽住她一只手，却把自己一只手翻倒后面，轻轻托起鸾吹的双膝，放步就走。

鸾吹虽然弱质轻盈，但是浑身浸湿，衣裙重滞，况且自己脚下无靴，踏在泥地，滑不可当，万一跌跤，不是连累她也受苦吗？所以慢慢地轻移脚步。虽知愈走慢就愈觉得重，不是素臣的力量，那两个肩膀恐怕就要压折了。鸾吹伏在背上，两手紧抱着他的脖子，心中暗暗地想：我和他贴身亲肤已到如此地步，但可恨他已有妻室，否则不是个很美满的姻缘吗？唉，想来总是自己命薄，所以到今年才遇见他。愈想愈伤心，愈想愈辛酸，一时情不自禁，把粉脸低垂，又呜咽起来。

36

哪知她垂倒的颊儿齐巧偎在素臣的脸上，只觉幽香扑鼻，温柔无比，但却是热辣辣地烫得很。心中一惊，急问道："妹妹，你两颊发烧，莫不是有些儿不舒服吗？"

　　鸾吹一听，方知自己颊儿是贴在他的脸上，一时无限娇羞，但这时头脑果觉有些儿发晕，要想抬头离开，再也不能够了，心想不要病了。因此愈加酸楚，也没回答，只是息息地抽咽。素臣见她如此伤心，知道她内心有好几种痛苦，一时想想她的身世可怜，那两行热泪也一路滚滚抛了下来。

　　好容易把鸾吹背到社庙门首，哪知这庙是三间头门，接着穿廊一道，便是大殿。穿廊之旁，一边一棵大银杏树，约有四五尺围圆，高过飞檐，密叶丛枝，遮盖天日。一边是座花台，杂莳花草。素臣也不及细看，匆匆进内，初觉空处，尚有微光，不料一到里面，顿时暗如黑狱。这时鸾吹头晕目眩，遍身无力，压着素臣，恍如死人一般。素臣满想背进殿上，找一坐处，就好放下让她躺会儿，谁知里面一片漆黑，不辨东西南北，眼前火星闪烁，不见庙中一件物事。心中思忖：既是已到大殿，地下砖泥一定平坦，我便放胆好走。那殿上原本都有长生琉璃点着，因为挂得太高。殿门上护接的横遮可巧低煞，从外望进，全无影子。一则灯烛油将尽，暗淡得很；二则在清晰的月光下站久，眼瞳放大，突进暗室，还道一片漆黑了。

　　素臣刚刚举步向前，不提防窗廊尽头，尚有阶石三级，尽力一脚跨去，那脚趾齐巧踢在石上，一时疼痛非凡，手势稍松，连背上的鸾吹也直扑进殿门之内。素臣怕累痛了她，慌忙翻身，两手将她抱住。因为心急，举动不免匆促，两人脸对脸竟碰了一下。素臣恐她撞痛，又羞又急，忙抬头让开，猛然眼前一亮，方才知道殿中本非黑暗，趁着灯光，向鸾吹瞧去，不觉吓了一跳。原来这时鸾吹玉红面色已变成灰土，两眼插入眶中，口角间白沫迸流，人事不省，躺在自己身上竟如死过去模样。

　　素臣大惊失声道："不好了，怎么办？"一时把自己脚趾疼痛早已忘了，连忙把她颈项枕自己臂上，紧抱她身子，就地跪着挨进几步，见殿上石供桌前有拜垫垫凳一条横在那里。意欲把她身子放到凳上去，但转念一想，觉得不对，垫凳硬硬的，岂不擦痛了她？一时也不顾嫌疑，就将她身子在自己怀中横倒，闻她鼻息，尚觉暖和，摸她玉手，却是很凉。因再诊过她右手寸脉，甚是宏大，连着关脉微带弦劲，右寸洪数关似稍平，但濡软无力，明是厥惊痰壅，病在心络。料她自落水至起水，业已有了大半天，再加那贼子强逼她，使她内心惊忧悲恐，一时攒集，神思已经不定。并且湿衣裹体，寒侵内脏，营卫骤虚，陡然颠扑，气不摄神，故致昏迷厥晕，症如中恶。若要急治之法，最好用葱姜捣汁，灌饮摩擦，使她百脉调和，寒自外泄。但这两样东西，一时又到哪儿找去？

素臣心中着急，但也无法可想，一面把她纤手揉擦，又低唤妹妹醒来。喊了一会儿，依然昏沉无语。这时自己两条腿倒有些酸麻起来，素臣无奈，只好把她身儿移到拜垫凳上，因拜垫凳一面无脚，鸾吹身子不由向下斜缩。素臣心生一计，急向神座旁边，找到两块砖头，却有两寸来高，把拜垫外边两边，微微掀起，塞进砖头，齐巧四平八稳的，才把鸾吹躺得舒服。自己却在殿中踱来踱去，心中暗暗盘算：如再不醒来，只好待天明找药物来灌救了。但是夜色正长，湿衣裹体，冷气砭骨，不要说她受不住，就是我自己也很觉难受。想到无法，只管抬手到头上去抓发，一面不觉踱出门边。抬头一望，只见上有方匾额一块，是西泠古社四字，一时也无心研究，随瞧随忘。这原因是心无二用，倒是记挂着鸾吹，不知有醒了不曾，遂忙又回到神前。不防鸾吹的身子向外一个转侧，素臣怕她滚下地来累痛，立刻扑身下去，伸出两臂。鸾吹身子竟恰巧滚在素臣手里。素臣心中大喜，但却不敢扰醒她。见她脸色，果已慢慢转红，嘴唇也微微掀动，素臣知已无恙，两手把她颊儿，连声叫道："妹妹醒来！"

鸾吹此时已有知识，似乎也知有人在叫她，便微睁星眼，一见自己身子竟在他的怀抱里，不觉又惊又喜，又悲又羞，泪珠儿滚滚直淌，纵横了满颊。素臣慌忙放手道："妹妹，你切不要伤心，此刻身子觉得怎样？"

鸾吹点头羞道："我已好得多了，哥哥，我真对不住你。"说到这里，忽然伸开两手，竟抱住了素臣的脖子哀哀哭泣起来。

素臣到此，真弄得推开不是，拥抱不是，因附耳向她叫道："妹妹才醒过来，切勿太伤心，我劝你再躺会儿养养神吧。"

鸾吹只得放手，素臣把她身子移到拜垫凳。鸾吹真羞得不知如何是好，低头泣道："哥哥大恩，不足言谢，妹妹心中记着。"说到此，泪又滚滚掉下。

素臣凄然道："妹子不要说这些话，我们先要想法把衣服烘干了才行。"

说着，便自走到殿柱旁，把绕着琉璃灯的绳索解开放下，开了灯架的门，那灯花结得一球，光焰闪动着，黑层层似灭非灭。遂在石桌上拾了一支烧熏的竹筷，轻轻把灯花剔去，回头瞧那边烛山上剩有许多蜡烛头，因随手拔下一支大的，去在琉璃内点着，仍旧插好。拉起绳索，拴在殿柱上。这时殿内顿觉明亮了许多。素臣回顾殿内四周，觉得虽然破陋不堪，但还不至于尘埃满堆，想来庙内一定也有住持的，大概为了西湖水发而逃避到别地方去的。我何不进里面去找些柴枝来，把衣服烘烘，这样才不会再发生意外的病来。因又点了一支蜡烛，转身正欲进内，忽然想着刚才进来的时候，并没把庙门关好，自己到里面去找柴枝，万一外面又闯进一个歹人，那鸾妹不是又要受惊吓了吗？因忙又重出殿门，走过穿廊，到院子里，将两扇栗树大门砰的一声关好。但一时却找不到门闩，回头见那棵银杏树下摆着一只石臼，打量过去足有五六百斤的重量。素臣暗想：我何不就把这个大石臼来做个看门人？因一撩衣袖，运用力气，两手揑着边沿，团团把石臼转到大门中间一堵。安排停当，便急急回到殿中。

只见鸾吹坐在拜垫凳上，两手捏着自己的三寸金莲，好像在揉擦模样，见素臣进来，连忙放下，通红着双颊，秋波一转，含羞问道："哥哥，你在哪儿呀？"

素臣道："我因夜已更深，恐有歹人闯入，所以把大门关上了。"

鸾吹点头道："哥哥想得是，但你为了我也累忙了，我瞧你还是坐着也息一会儿力吧。"

素臣道："我自理会得，妹妹，你脚疼吗？你就把它松一松带子好了，我到殿后找干柴去。"

鸾吹听他如此体贴多情，又喜又羞，娇靥愈加红晕，嫣然露齿一笑，瞟望了他一眼，却又低垂了头。素臣差不多有大半天不见她笑了，在这一笑中，是只觉得千娇百媚、美无可美了，一时倒怔怔地呆了一会儿。后来自己觉着了这样是很不好意思的，因重又叮嘱她不要离开，自己遂匆匆到后殿。却见有一重土墙隔住，正中有门虚掩，顺手推开，见两旁僧房数间，再后一间，就是厨房了。这时素臣觉得肚中咕噜叫鸣，心想我尚且饿了，那鸾妹一定更饥了。遂先到厨房，搜寻什物。谁知那庙中竟无隔宿之粮，真也穷得可怜。东翻西倒，方才找出一只腌菜坛，里面有隔年冬菜。素臣低头一闻，奇臭难当，不但没有东西吃下去，几乎把腹中清水都呕出来。只得仍把盖子盖上，再到僧房中去搜抄一回。满想找些干粮来充饥，谁知竟一无所有。后来找出一只锡罐，素臣不胜喜欢，连忙打开，只见里面果然是放干点心的，可是却只剩下一些饼屑子了。素臣颇觉失望，既然食物没有找到，就拿柴枝来烘衣服吧，遂到灶下，取了一堆柴，回到殿上。

见鸾吹手托香腮，呆呆出神，因叫道："鸾妹，你腹中饿不饿？"

鸾吹抬头道："虽然有两餐没吃，但却也不觉得饿，哥哥呢？"

素臣把柴枝堆在大殿中间，一面笑道："妹妹没有饿，我也没有饿。"

鸾吹睖他一眼道："哥哥，你这话，难道我们是一个肚子不成？"

说到此，噗地一笑，两颊又红起来，一面已稳步离了拜垫凳，和素臣在柴堆旁席地坐下。这时素臣已把柴枝烧旺，火光融融，映着鸾吹粉颊，愈显娇艳无比。

鸾吹见他呆瞧自己，因抿嘴笑道："哥哥，你老瞧着我干吗？"

素臣被她一问，心中不好意思，眼珠一转，便有了主意，因诚恳地道："妹妹，我们既已拢旺了火，就把衣服脱下来烘烘吧。"说着，遂把自己身上一件旧青绸直裰脱下，两手提着，向火光烤着。

鸾吹身上是罩黑绸夹袄、白绫裙子，里面衬着银红罗小夹袄、蓝绸裤。那小夹袄被水浸湿，紧裹上身，虽把外袄裙子烘干，里面不免依旧浑身水气。素臣恐她靠着这烈腾腾的火，水气直逼进肌肤，岂不要成为大病？因劝她把内衣也脱下烘干。鸾吹含羞不语，素臣道："我与妹妹患难相遭，这时候正宜从权，鸾妹岂以为轻狂吗？"

鸾吹听他语意恳挚，因点头道："哥哥一片好意，妹妹自当遵命。但羞人答答地叫我又怎能脱下来呢？"

素臣踌躇半晌道："有了，待我回过身子，背着妹妹，那妹妹总好脱下来烘了。"

鸾吹瞟他一眼，红着脸儿，微微一笑，把纤手向他挥了挥，素臣会意，遂回身向壁而坐。不料抬头，却见壁上一个女子的黑影儿，竟是赤条条地一丝不挂，两只圆圆结实的乳峰，好像面包似的覆着，那曲线的苗条，真美无可比。素臣心中一动，但忽然想到发乎情止乎礼，一时羞惭万分，立刻低下了头，闭眼勿视。

鸾吹见他把头一低，身子动了动，还以为他要回过身来，不觉急得叫道："哥哥，你这个时候是千万别回头呢。"

素臣紧闭两眼，答道："妹妹放心，我是绝不回头的。如果烘干衣服，妹妹通知我一声好了。"

鸾吹答应一声，素臣虽然并不瞧见她的神情，觉得她回答声音既轻微得很，而且又带些儿颤音，这就知道她是含着一万分的羞涩。这样约莫过了一个多时辰，忽听鸾吹哧哧一笑，叫道："哥哥，你回

41

过身来吧。"

素臣还觉不放心，重问着道："妹妹，你衣服已统统穿舒齐了吗？"

鸾吹道："都穿好了，我没穿好会叫哥哥回身吗？"

素臣一听，方始大胆回身，向鸾吹望了一眼，只见她连带子纽襻都结束停当，衣服都干燥不湿，望着自己憨憨地笑。

素臣觉得她这一副娇憨而天真的神情，无论谁再也比不上她美丽了，因笑道："妹妹衣服烘干了，哥哥也要烘衬衣了，妹妹，你快也背转身子面壁去吧。"

鸾吹抿嘴道："哥哥也怕难为情吗？"

素臣摇头道："我并不怕难为情，我是因为怕妹妹害羞，所以叫你回转头去的。妹妹如不害羞，那我就脱衣服了。"

鸾吹瞟他一眼，眉毛儿一扬，掀着酒窝儿笑道："你脱吧，我不害羞的。"

素臣笑道："当真的不害羞吗？"

鸾吹小腮儿一鼓道："真的吗？"说着，便笑弯了腰。

素臣见她如此稚气，直是爱极，因假意两手抱着胸怀笑道："这叫我羞人答答地怎好意思脱下衣服来呢？"

鸾吹一听，知道他是在说刚才自己的一句话，两颊不觉又飞起两朵桃花，啐了他一声，低头忍不住又笑了起来。

素臣也笑道："那么恕我无礼。"说着，便把衬衣纽扣解开，才露出白白胸口时，鸾吹咯咯笑着，早已转过身子，脸儿朝壁去了。

两人经这样一来，当然是亲热了许多。大家把衣衫烘干，遂坐在一处，一面玩着柴枝烤火，一面絮絮地谈话，愈加亲密，差不多把各人的肺腑也都说出来了。

这时鸾吹望着素臣，红着脸儿，欲语还停的神气，素臣因问道："我和妹妹既共患难，情过手足，妹妹有什么话，就请说吧。"

鸾吹听他这样说，因娇羞万状道："妹子九死一生，全蒙哥哥援手相救，虽粉身碎骨，也不足为报。况此时宿于孤庙，哥哥秉礼君子，妹子虽愚，亦知廉耻。但瓜田李下，终是嫌疑。倘有混造黑白的人，捕风捉影，那时妹子真求死不得了。"

说到此，又凑过脸儿，向素臣附耳道："我爸爸这次回去，本来是为妹子的婚姻问题。因爸爸年老，族中无贤可嗣，且素性寡交，戚友不多，即使有亦难托付。后来想着哥哥，爸爸便决意来寻访。谁料昨日果然无意巧遇，心中喜悦，莫可言宣。不料与哥倾谈之下，知哥哥闺中已有贤助，爸和妹不禁大失所望。今忽重蒙大德，使妹与哥无敌体之缘，而有切肤之感。现在妹若再事他人，何以解今宵之暧昧？如其矢志不嫁，又何以慰爸爸之桑榆？哥哥倘可怜妹妹的苦衷，就请你收做了妾吧。不要说妾，妹妹能给哥哥做个婢子，亦是情愿的。万望哥哥答应，妹妹到死都感恩不尽。"

素臣一听，大惊道："妹妹，你这是哪里话？见死不救，那还能算个人吗？倘使我答应了你，那我的人格岂不同那陶甲一样？况且妹妹乃名门淑女、官宦千金，绝无屈为妾媵之理。妹妹说婢子的话，那更不对的了。这些断断不能答应，还请妹妹原谅。"

鸾吹听他不允，默思良久，啜泣道："哥哥不允，妹妹怕不久于人世了。"

素臣变色道："妹妹想得好不明白！人非草木，谁能无情？我是极爱妹妹，但可恨你哥哥已是使君有妇，叫我怎能委屈妹妹？现在我想，不如和妹妹真的结为兄妹，日后相逢，无异同胞。老伯初意，亦是为了照顾无人，今我们既结兄妹，你的事就是我的事，自然竭诚尽力，老伯也可安慰了。我想准定这样，明日老伯得知，亦必喜悦，妹妹意思以为怎样？"

鸾吹眼皮微红不语，素臣道："我不是心里不爱妹妹，但我的爱你，实在只有在精神上啊。"

鸾吹听此，倒身投入他的怀中，呜咽啜泣。素臣一阵心酸，也掉下几点英雄泪来。两人默默哭了一会儿，因站起向神像拜了八拜，订了兄妹之交。鸾吹因见他头发散披，遂在自己头上拔下金簪一支，替他绾了髻子。从此一个叫素臣二哥，一个喊鸾吹大妹，相见亲热，居然同胞，彼此觉心地坦然。素臣又煮壶茶，两人坐对解渴，絮絮而谈。

不觉东方已白，素臣扶着鸾吹，预备回普照寺去。先把石臼推开，两人出外雇船。不料等他们走后，墙外跳进三条好汉，都道文素臣真是个坐怀不乱的君子，实是可敬。诸位你道这三个好汉是谁？原来一个叫闻人杰，一个叫奚奇，一个就是叶豪呢。

第六回

祸临燕雀　棒打鸳鸯

一间小小的草堂，里面家生虽不十分考究，却是收拾得纤尘不染。时候还是早晨五更光景，邻家雄鸡才啼了两遍，草堂上犹点着一盏闪烁烁似豆火样的油灯。因为是里面油将尽的缘故，所以迸出许多灯花来。四周是静悄悄的。忽然有阵柔软而清脆的声音叫道："哥哥，妹子给你把盆脸水已端在这儿了，快出来洗吧。"

随着这话声，这就见后面厨房里，姗姗走出一个十六七岁的女子来，手里端着一盆脸水，轻轻地放到桌上。她见油灯瑟瑟地迸着灯花，因把灯头拿起，两个纤指把灯带拉下一些，再把灯头装好，果然火头又像一支羊毫笔似的挺起，同时那室中又明亮了许多。这才瞧清楚那少女的容貌儿、身材儿，实在好无可好、赞无可赞了。虽然她的服饰是一个小家碧玉，但乱头粗服，却愈显她天然冰肌玉骨、雅淡宜人的美丽。像这样的姑娘，实可用得到修短合度、秾纤得衷的八个字了。若与鸾吹小姐相较，一个如天女散花，一个如嫦娥奔月，实在难分轩轾。

这个时候，就有粗重的喉音答道："二妹，你今天怎么起得这样早？"说话时，人已从对面房中出来，一手揉着眼睛，一手还在扣纽襻。

那姑娘望着他眸珠一转，扑哧笑道："哥哥，你昨儿不是关照我们，说今儿要往城里去吗？怕你又要贪睡，忘了辰光，自己叫我喊你的，你怎么倒说早呢？你听听别人家的鸡差不多要啼三遍了。"

那汉子笑道："是了是了，哥哥是个糊涂人，说过了就忘记，怪不得要被妹妹埋怨了，你的嫂子呢？"

那姑娘道："嫂子比我起得还早。"说到这里，啊呀笑起来道，"哥哥，嫂子的人怎么问妹妹呢？她不是和你一块儿睡着吗？你自己不当心，不要别人家偷去了呢。"

那姑娘弯着腰，咯咯地笑，汉子把盆里水用手指蘸了蘸，向她一洒，笑道："妹妹，你还是这般孩子气，怎的和哥哥开玩笑了？"

说到这里，忽然另一个妇人口音，娇声笑出来说道："你们兄妹两人，一清早就说什么嫂子长、嫂子短，嫂子到底犯着你们什么啦？"

兄妹两人抬头，见她端着一盘早粥出来，便都抿嘴哧哧地笑。

妇人不明白道："你们到底说什么？别叫人闷嘛，还是璇姑娘告诉我吧。"

璇姑见哥哥已洗好脸，因把面水盆端起，一面走进厨下去，一面笑道："哥哥今天要往城里去，怕嫂子被人偷了，所以叫妹妹特别当心。"还没说完，已是哧哧笑起来。

妇人红着脸啐她一口，笑嗔道："这妮子信嘴胡说，回头我不撕你嘴。"

只听璇姑还远远答道："这是哥哥自己说的，你怪我做什么啦？"

妇人回头笑对汉子说："你怎的什么话全都说出来？"

汉子笑道："阿弥陀佛，我何曾这样说，全是妹妹编的谎呀。"

妇人笑着，把早粥端出盘外，两口子便对面坐下来。

诸位，还记得第一回书中那家糕团店里的美妇人吗？原来这汉子就是她的丈夫，姓刘名虎臣。祖上倒也是世代书香，不料虎臣父母很早就离开人世，剩下虎臣和妹子璇姑两人，相依为命。后娶嫂嫂石氏，一家三口，遂开爿糕团铺子，苦吃苦做，倒也很可以过去。虎臣生性粗暴，喜欢拳脚，对于读书识字一无兴趣。但他虽然粗暴，却是很有理性，豪爽非凡，只因为他太直爽痛快的缘故，不免带了

46

些憨气，故左近邻居无不称他为憨太岁。说也奇怪，哥哥性情既爽快十分，面目又雄赳赳气概，但是他的妹子和媳妇却是千娇百媚，皮肤白嫩得吹弹可破，真全是个好模样儿。隔壁普照寺中的松庵是垂涎得好久好久，所以常使小和尚去缠绕，预备看机会行事，把她们抢一个到寺中来受用。松庵为什么要看机行事呢？当然亦是怕虎臣有些憨力，不十分好惹他的。

且说虎臣两口子对面坐着吃早点，虎臣把筷拿起，划了一口，问道："二妹怎么不出来了？她还在干什么呀？"

石氏听了，回头叫道："璇姑，你怎么啦？跟灶头老爷谈爱情吗？倒脸水也没要这许多时候呀。"

话还未完，璇姑出来呸了一声，把手儿向她一扬，做个要打的势子，笑嗔道："嚼舌头的，我不捶你。"

石氏把她手儿握住，央求道："好姑娘，饶我这一遭儿吧，正经的，粥冷了，还是先喝了粥再说。"

虎臣笑道："好啦好啦，别闹了，你们成天地开玩笑，怎的玩不嫌的吗？"

璇姑放了手，瞅了虎臣一眼道："罢呀，我还不曾动手打啦，哥哥就肉疼哩。"

说时，又哧地一笑，便在中间位上坐下来，三人一面喝粥，一面谈了些琐碎的事。早餐吃毕，虎臣开了铺门，石氏把温水和在糯米粉裹捣成一团，然后拿在板上揉搓。

虎臣道："你今天揉了这许多粉干什么？"

石氏道："普照寺里昨儿来定一百个素团子，今天午后要来取的，你怎的进城还不走啊？"

虎臣道："这时我走了。"

石氏道："晚饭回来吃吗？"

虎臣道："说不定，也许明儿早上来，你们小心些。"

说着，向里面高声叫道："二妹，我走了。"

璇姑从厨下奔出来道："哥哥，你回来带些作料来。"

虎臣点头道："我理会得。"说着，遂出了铺子。

璇姑送到门口，回身进来，见嫂子两手着米粉，把小脚垫起，身子一高一低，是这份儿着劲。璇姑笑道："嫂子，你当心些儿，不要把胎儿落下了，这一份儿用劲干什么？"

石氏瞅她一眼笑道："这妮子愈不成话了，快把嫂子的衣袖卷高些吧。"说着，把两臂直伸到璇姑面前。

璇姑这纤手向她一照，哧地笑道："我在洗碗，这样脏手，怎好给你卷袖子，让我去洗好了再说吧。"说着，便转身到厨下去。

石氏道："叫你帮忙，偏你又有花样。"因只好等着她洗好碗。

不料正在这时，忽见门外走进四五个和尚来，向石氏嘻嘻地笑道："昨儿定好的团子有做好没有啦？"

石氏一怔道："咦？你们不是说下午来取吗？"

其中一个道："因为今天城里陆员外在寺里做佛事，除了素团子外，还要糕饼等东西，一时也记不清，最好请大娘亲自到我们寺里去一次，我们大师父就好详细和你说了。"

石氏迟疑一会儿道："哪有记不清道理，我是不愿去，再说你们定的一百只素团，我们还来不及，这一笔生意还是请你们到别家去吧。"

一个和尚凶狠狠道："这是什么话？你们开了铺子，难道不给人家买的吗？笑话极了！"说到此，向众人丢个眼色，其余四个和尚竟不问青红皂白，一齐动手，把石氏身子拉的拉、扯的扯。

石氏又气又羞，急急喊道："璇姑，璇姑，你快来呀，瞧这班贼秃无礼呢。"

说到此，一个和尚忽用一团棉花塞进她的嘴里，其余早把石氏身子抬了就走。等到璇姑追出门外，只见和尚已拥着去远。璇姑急得两脚乱跳，拼命喊道："啊哟！你们快来呀！瞧这班贼秃在青天白日之下，竟抢人了呢！"

无奈这时天气尚早，街上行人一个都没有，璇姑虽然喊得声嘶力竭，竟没有人来理睬。璇姑又不敢离开屋子追上去，怕屋子没有人照顾，就是追上去，一个弱女子，又怎样对付他们这班恶僧？可恨哥哥一早又到城里去了，这叫我怎么办呢？想到这里，又气又急，一时忍不住哇的一声哭出来。

这时附近也有几家铺子开了，伙计们尚揉着眼，好像没有睡畅模样。忽见璇姑倚在门档上哀哀地哭，大家都不胜惊讶，走上去忙问："怎么啦，你的嫂子呢？"

璇姑情急，脱口道："我的嫂子被和尚抢去了。"

众人一听这话，忍不住都掩口葫芦。璇姑仔细一想，也觉不好意思，红晕了两颊，竟答不出第二句话来。倒是其中一个年老的问道："姑娘，到底是怎么一回事呀？"

璇姑因急急把这事告诉一遍，众人听普照寺和尚抢人，心中虽然愤怒，但惧他势力浩大，一时个个默默无语。那个年老的又问她哥哥呢，璇姑道："哥哥已到城里去了。"

众人道："这个是只好等你哥哥回来再说了。"说罢，便各自散开。

璇姑见大家一无公正言论，心想求人不如求己，这事总得待哥哥回来，再作道理。但嫂子既不在，屋里只剩我孤零零一人，万一又有无赖上来缠绕，叫我如何对付？倒不如关上铺门别做买卖了。璇姑打定主意，回身进内，立刻把铺门打上，坐在房中，暗自思量：早晨原是说笑话，谁知嫂子竟真被人抢去。这时嫂子不知怎样了，万一被人侮辱，那哥哥固然不能见人，嫂嫂更有什么脸儿活在世上呢？璇姑一阵酸楚，忍不住又呜呜咽咽悲泣起来。

不说璇姑独自伤心，再说普照寺里的松庵和尚，因垂涎刘家姑嫂的艳色，便天天着人看机行事。这日正是合当有事，虎臣竟到城里去，小和尚原在附近探听动静，连忙报告松庵，松庵眉飞色舞，立刻吩咐僧徒前去抢劫。这时四个和尚抬着石氏，后面跟着一个和尚押队，得意扬扬回寺。可怜石氏既不能喊，又不能动，被他们直抬到普照寺的方丈室。

只见松庵笑呵呵地迎上来道："你们真能干，回头个个有赏，这时且退出去吧。"小和尚答应一声，将石氏放下，遂一哄地出去。

石氏闷得透不过气，立刻伸手拉出嘴里的棉花，一时又羞又怒，反而说不出话来。松庵走近好身，打躬作揖地笑道："大娘切勿生气，小僧素仰大娘美似西子，时时思想，几至废寝忘餐，万望大娘可怜小僧一片诚意，这时我们大家就来快活一下吧。"说着，便扑过来要抱石氏身子。

石氏向左一偏，伸手就是一记耳光，大骂道："你这没心肝的贼子，亏你还是寺中方丈，怎么竟做出如此不知廉耻事来？我劝你快快放我出去，也就罢了。否则报官，不叫你这狗头去尝板子的味儿吗？"

松庵冷不防给她着了一下耳刮子，两颊顿时热辣辣来，不觉冷笑一声道："好个不识抬举的贱人，你敢动手打我吗？我老实告诉你，你既已到这儿，就是生了翅膀也飞不出去，早晚总要给我受用。我劝你还是快快顺从了我，不但有许多好处，且也能得到非常快乐。你要知道和尚的东西，滋味是特别好，也许你尝过了后，就吃得上了瘾呢。"

石氏气得浑身发抖，不觉柳眉倒竖，杏眼圆睁，娇声叱道："放你狗屁，你休梦想。"

松庵大胆上来捉她，石氏拼命抵抗。松庵力大，将她按倒椅上，一手抽出，去扯她小衣。石氏急得大喊救命，松庵却只管望她哧哧笑，一面又百般戏弄。

正在万分危急，突然门外小和尚喊道："大师父，快出来呀，有施主陈员外来找你了。"

松庵一腔沸腾的欲火顿时冰消，因放了她，笑道："这时且放过你，晚上再成亲吧。"说着，走出外面，向小和尚说了一句，他便匆匆去接待施主了。

石氏追着奔出，不料门早已锁上，心中好不着急，一面忙着整理被揉皱的衣衫，一面找路逃走。这时壁上挂着一幅大士像，竟变了一扇门儿，从里面走出一个年轻少妇，身穿紫色洒边袄儿，一条湖色裤子，下面露出一双小小的金莲，倒也生得有些儿讨人喜欢。见了石氏，便笑盈盈地福了一福，口叫："这位就是刘家嫂子吗？"

石氏心中好生奇怪，因问道："这位大嫂如何认识我呀？你贵姓啦？"

妇人道："刘嫂子别问，我们且到里面，再详细谈吧。"说着，遂来拉石氏的手儿。石氏颇觉她的可亲，一时糊里糊涂地跟她进内，才一脚跨进，忽然那门合上，里面一片漆黑。

石氏急道："你这妇人，究竟把我带到哪儿去呀？"

妇人道："大嫂别怕。"说时，已走了一截路，忽然眼前一亮，竟是个院子模样，里面别有洞天，一排的十多间卧房，里面都有个美貌女子坐着，低了头暗暗啜泣。

石氏到此，方才知道这松庵贼秃竟是个淫僧，因回头向那妇人冷笑一声道："瞧你这个模样儿，倒很是温文，谁知你替和尚助纣为虐，欺侮我们女界的弱女子，你是不是个妇人？唉，真好不识羞的贱坯。"

那妇人听了，满面通红，嗫嚅着道："大嫂，你别冤枉好人，我也是不得已的啊，请到里面来坐着，我跟你详细说吧。"

说着，两人到了一间卧房，里面摆设竟像闺中女儿一般。妇人请石氏坐定，她便叹口气道："我姓何，我丈夫是个无赖，名叫王阿四，和这儿方丈常有往来。那天这个松庵忽然到我家来讨钱，说我丈夫借他十两银子，我丈夫因还不出，他便要拿我回寺去押。当时我哪儿肯，不料短命这黑良心的我那口子，竟帮他要我跟他走。唉，我竟会嫁个这样的丈夫，那也是我的命苦了。"说到这里，眼泪便滚滚掉下来。

石氏听她说得这样伤心，倒也同情起来，眼皮儿一红道："那你现在难道跟着和尚过活了吗？"

何氏飞红了双颊，说不出话来，一会儿又道："这和尚还要叫我帮他引诱妇人，既然是被他蹂躏了，哪里再忍心去破坏别的姑娘和妇人，所以不但不助纣为虐，我还帮人家保全贞操的。大嫂子放心，我总不会叫你给他吃亏的。"

两人正在说时，忽然一阵脚步声从外面响进来，抬头一瞧，只见这个松庵贼秃又走进房中，何氏慌忙站起，石氏低头不语。

松庵指着她呵呵笑道："可儿，可儿，刚才饶了你，这时可不能放你了。"说着，便走上前来伸手要摸石氏的胸部。石氏狠命把他手儿摔开，站起躲开了他，大骂不止。

松庵听了，不但不怒，反笑嘻嘻地道："肚里的火真要把我烧死了。"说着，又复直扑上去。

石氏身儿一偏，松庵扑了空，光头倒在床栏上撞了一下，连忙站起，伸开两条粗臂，便把她拦腰抱起，凑过脸去亲嘴。石氏这一急，便不管三七二十一地伸手向他颊上狠命一把抓。松庵啊呀一声，捧了自己脸儿喊痛，石氏脱身，早又逃到桌边去。何氏瞧在眼里，骂声活该，因走上前去，附耳向松庵假道："大师父真也太性急了，一个娘们儿，白天里羞人答答地怎好和您玩呢？而且强逼手段也没什么趣味。不如待我劝劝她，待她自己愿意了，晚上伴着师父，那不是更快乐了吗？"

松庵一想，果然不错，因笑道："你的主见很对，假使事情成功了，晚上我叫你一块儿来玩可好？"

何氏啐他一口，红晕着脸儿推他道："那你快出去吧。"

松庵指着石氏道："咱家晚上和你总算账。"说着，便自走出。

不料才到大殿，天空大雨倾盆，小和尚报进来说："西湖水发，湖上船只都倒没了。"

松庵暗想：今天玩湖姑娘不少，我何不出去走了一圈，看机行事，也许可以给我带几个回来呢？打定主意，遂戴上竹笠，匆匆出去。谁知这个淫僧，姑娘不曾找到，身儿倒变成了落汤鸡一样，湿淋淋回到寺院，时候已是黄昏。打从文素臣房门前走过，忽见对面房中却坐一美貌少女，松庵喜出望外，连忙进内去问是谁，只听她答道："我是文素臣的亲戚，是个姓叶的把我救起，刚才文素臣已来过，喊小师父安顿在这儿的。待文素臣回来，重谢你们是了。"

正在这时，小沙弥已端饭进来，和松庵低说一阵，松庵望她一眼，方始匆匆自去换衣用饭。吃毕饭，便直奔到在石氏房中去，意欲尽力地乐一番。不料石氏却躺在床上啜泣，何氏一见松庵，便附耳道："她是已答应了，可是她这几天月水未断，大师父今夜是不能够了。我想她既已答应，早晚终是你的食儿了，急什么，就等几天吧。"

松庵道："可是我饥得慌，你今夜伴我去睡吧。"

何氏不允道："你别缠我了，她虽答应，没人看管，究竟怕她自寻短见，前天那个乡下女子，不是已经答应你玩一次吗？今夜就再到那个房中去吧。"

松庵一听不错，这夜里又可怜了那弱女子，竟给他狂了一夜。

第七回

疲于奔命 色即是空

文素臣搀着未鸾吹，回到普照寺。才进大殿，却见松庵匆匆从方丈室出来，一见两人，便故意现出嘻天哈地的样子，向素臣道："昨晚一夜不见相公回来，我倒叫人在湖边打听了几回，原来是好好儿地无恙，你此时打从哪儿来？这位小姐又是谁？你的尊夫人怎的不见？"

素臣不愿和他多谈，遂含糊回答几句，看松庵那两只贼眼，却只管盯住鸾吹，好像要垂涎的样子，心中好生不乐，便正色问道："昨儿我尚有个女眷安顿在这儿，你知道吗？"

松庵假意道："却不曾晓得，这时我有事出去，回头再和相公来叙谈吧。"说毕，匆匆自去。

素臣听了，吃了一惊，恐怕素娥被他欺侮，立刻三脚两步走到寓房门首，只见素娥坐在对面房中，却是好好儿地没有什么，方才放心，便叫道："素娥姐姐，你的小姐回来了，你快出来吧。"

素娥一听，便立刻奔出，一见素臣身后，果然是鸾吹小姐，顿时悲喜交集，便猛然走到鸾吹面前。两人一个叫声大小姐，一个叫声素娥，遂抱头大哭起来。素臣因把两人劝住，说还是到我寓房里去坐吧。遂把房门打开，三人坐下，各道遇救情形。谈及二小姐容儿生死不知，两人又暗暗淌泪，悲伤一会儿。

素臣打开包袱，先取出一双袜子和靴子，背着她们换上，对鸾吹道："大妹，我此刻就找老伯去吧。"

莺吹忙道："二哥且慢，彼此既已脱险，且息息再说。况且时已午饭，二哥想来一定也已饿了。"

素臣被她一提，果然腹中饥肠辘辘，因就听了她话，又复坐下。

正在这时，小沙弥已开上饭来，一面把饭菜摆在桌上，一面向窗外招呼。只见一个花信年华的妇人姗姗进来，向素娥道："姐姐如今有伴了。"说时，又向素臣道，"这位是文相公，这位姐姐尊姓呀？"

莺吹不及回答，素娥道："这是我的小姐，姓未。"

那妇人哦了一声道："原来是未小姐，小妇人失敬了。"说着，向莺吹周身打量一会儿，忽又失惊道，"啊呀，未小姐的脚上还全湿着，这样水气逼进去，不要成病了吗？可惜我不曾带得袜履，哦，有了有了，停会儿再去拿一副来，给小姐换过了是了。"说着，又问莺吹这菜可吃得来，要不另添什么。莺吹见她这样殷勤，便客气一会儿。

那妇人遂又颠头播脑转身打个照面道："相公小姐们用饭，我回头再来侍候吧。"说着，便噔噔地出去。

素臣好生诧异道："这妇人是谁？素娥姐怎的认识？"

素娥道："昨天文爷和我别后，晚上用过饭，这妇人也来胡缠，她说她姓何，丈夫名叫王阿四，和寺中当家松庵是亲戚，所以时常到此，每逢二六九月香市，松庵叫她接应女客。我瞧她举止轻狂，想来也不是个好人。"

素臣道："你们且赶紧吃了饭，坐在房中小心些是了，切不要离开，我好进城早些回来就是了。"说着，便拿过一碗饭，拣了一些素菜，要到外间去吃。

莺吹见他如此守礼，心中过意不去，也就不顾什么，伸手把他拉住道："仓促之间，二哥何必拘谨若此？今日连素娥也不消守主婢的礼了，大家还是一同吃吧。"

素臣听她语意真挚，遂也不过于拗执，三人同坐一桌，匆匆吃毕了饭，小沙弥领人来收拾过去，又叫打杂倒下脸水。素臣胡乱擦了一把，一面叫鸾吹好生等着，一面拍着小沙弥肩儿，说好好侍候，回头自有重赏。遂匆匆出了普照寺，一路向知县衙门而去。

到了衙门前，向差役打个拱手道："请问昨儿有个未澹然先生，是从西湖中救起。听说你们老爷已把他接进衙门，可否请你通报一声，说文素臣特来相访。"

那差役听了，也忙还礼道："原来是瞧未老爷的，可是不巧得很，我们老爷因未老爷是抚院知友，所以今儿早晨特已送到抚台辕门去了。"

素臣一听，搓手喊糟了，一面又急问抚台离这儿多远。差役把手扯着须儿，啊呀道："离这儿实在很远，你要去可向这儿转东，转东尽头再转北，转北再转东，这样非得十几个转弯，方才可到呢。"

素臣一听，也不及答话，只谢了一声要走，忽听那差役又叫住道："喂，你要去可走得快些儿，过了申刻，就进不去了。"

素臣点头，飞步直奔，约跑了两个转弯，猛可地前面走来一个老媪，手托一盘面碗，也急急走来，素臣要想停步不前，哪儿还来得及，两人早已撞了一个满怀。只听乒乒乓乓一阵声音，那几只面碗早已打得粉碎。老媪一把将素臣拖住，还没有开口说话，却先号啕大哭起来。

素臣急道："老妈妈，你别扭着不放，有话可以说的呀。"

老媪哭道："我一家的性命是全在这几碗面里，你今给我统统撞翻打碎，那简直是要了我们的命！啊呀，我不要做人了，就死在你面前吧！"说着，把头向素臣怀里撞去。

素臣慌忙扶住，顿脚道："唉，你这老妈妈说话好没道理，我既撞了你的面，理该赔还，你又何必如此发急呢？"

老媪道："真的吗？我这四碗面，一共是四斤面。"

素臣道："一碗面哪有一斤？"

老媪道："你不瞧瞧这碗是多么大，你难道怕我骗你不成？我活了这一把年纪，我来骗你吗？你不肯赔，我是只有死在你面前了。"

吓得素臣连连摇手道："别死别死，就是四斤是了。"

老媪道："十八个铜钿一斤，四斤是多少？"

素臣暗想：这可糟了，我还要给你做算术了。因道："是不是七十二个铜钿。"

老媪道："不错，那碗每只倒要十四铜钿，你算算一共多少？"

素臣道："五十六个铜钿。"

老媪点头道："不错，七十二个加五十六个一共多少啊？"

素臣急道："一百二十八个是不是？我就赔你吧。"

老媪道："慢来慢来，还有五个铜钿酱油，三个铜钿醋，四个铜钿……"

素臣摇手道："好啦好啦，不要再派了，你说一共多少就多少，我绝不怪你报虚账的。"

老媪笑道："这话可真？"

素臣道："我从来不骗人的。"

老媪伸出四个指头道："不要你多，也不肯要少，四钱银子吧。"

素臣点头答应，伸手向袋内去一摸，顿时目停口呆，手儿伸不出来，原来所有带的银两早已在昨天掉了。

老媪见他这个模样，情知不妙，拉着不放道："听你说话很是漂亮，怎么啦？四钱银子快拿来呀！"

素臣道："我并不赖你，这时有要紧事，不便和你多缠，回头你向普照寺来找我，我准定还你加倍是了。"

老媪哼了一声冷笑道："你掉这个枪花，是只有在三岁孩子前面才相信。你不赔我，我和你见官去。"说着，死命不肯放松他。素臣急得跳脚。

正在难解难分，忽然走来一个汉子，向老媪问明何事，便在袋内取出一两银子，统统给她，叫她快走吧。老媪接银子在手，一时乐得拉开了嘴，向素臣啐着一口道："你瞧瞧别人家多么豪爽，亏你还算是个雪白粉嫩标标致致的小伙子，羞也不羞呢？"说罢，方始欢天喜地而去。

素臣并不理会，仔细向那汉子一望，原来就是救澹然和素娥的人，因慌忙拱手道："壮士贵姓？咱们已是两次相逢，多承慷慨解围，令人没齿不忘。"

叶豪道："不用多谢，请文兄速速回寺，咱们再见。"说罢，早已飞步而去。

素臣心中奇怪极了，世上竟有这样仗义的人，真叫人敬服。但他不知如何晓得我姓，且叫我速速回寺，难道寺中鸾吹有什么意外不成？一时心头别别乱跳，但既已到此，当然先到了抚台辕门再说。

素臣想罢，立刻加快步伐，急急赶到抚院，向差役说明来意，请求进内通报。不料差役听了，不但不理，反而白了他两眼。素臣心中好不气恼，心知抚台辕门与县衙门不同，只好低头下气地复又向他恳求。

差役听了，手指向天空一指，冷冷道："你规矩知道吗？现在是什么时候，太阳已经斜了西，就是杭州知府来见，也绝不能够。我瞧你还是明天早些来吧。"

素臣这一气，几乎气破了肚子，但也奈何不得，说声也罢，遂回身急急赶回寺来。

不料将要到寺，忽然迎面飞奔来一个大汉，因为自己要紧去看鸾吹，所以各不相让，大家一撞之下，那大汉便拔拳就打，口骂老子有要紧事，你还要故意同老子作对。素臣早已让过一拳，不料他又飞起一腿，素臣不慌不忙，伸手叫声来得好，已是把他脚儿握住，一面又把手松去，说声去吧，那汉子竟跌倒地上，满脸羞惭道："好好，这时没得空，我就吃亏些吧。"说着，翻身跳起就走。

素臣上前拖住道："慢来，你这般急干什么？"

那汉子道："我说出来，与你也没相干，还是不说好。"

说毕又走，却被素臣仍然抓回，这样一连三次，那汉子急道："对不起，你不要同老子开玩笑了，咱的老婆被普照寺和尚抢去了，再迟恐怕生米要成熟饭，那时我可要和你算账。"

素臣一惊道："什么话？你尊姓？你家大嫂是不是给松庵贼子抢去吗？"

那汉子道："正是，你如何知道？"

诸位，你道这汉子是谁？原来就是憨太岁刘虎臣。他昨日早晨进城，给个朋友留住，直到这时才回家。一到家门，见铺门关着，大吃一惊，连忙敲门进内。璇姑一见哥哥，便即哭诉嫂子被抢，虎臣气得怪叫如雷，立刻动身前往，预备和松庵拼命。不料在半途巧遇文素臣。今见他如此英雄，心想倒可助己一臂之力，遂把自己姓名说出，又把媳妇被抢之事略说一遍，一面也请教素臣姓名，素臣亦告知了他。虎臣因求他帮助去救，素臣道："我亦有个妹子在寺内。"

虎臣道："如此甚好，咱们同往。"说着两人遂飞步直奔普照寺去。

再说鸾吹、素娥等素臣走后，她们不敢离开房中，刻刻提防，只守着素臣早回，再作区处。

一会儿那个何氏又匆匆进来，并且拿来一双袜履，叫声未小姐，快把湿透了的换了。鸾吹连忙道了谢，背转身子不肯当着何氏面前换。何氏会意，因拉素娥道："我们到外面去站一会儿，好让小姐换了。"

鸾吹被她说破，因红了脸道："你们不用避开。"

59

素娥抿嘴道："我们小姐久居闺中，不要说男人不见，就是陌生女人她都不见的。"

何氏听了这话，知道素娥尚且如此，那她主子的身份自然可想而知，因此说话不敢造次。一会儿，鸾吹回过身来，向何氏嫣然笑道："真难为了你，叫我感激得很。"

何氏道："说哪儿话，未小姐，这双弓鞋，正合你的脚身吗？"

鸾吹笑道："差不多，只可惜还大一些儿。"

何氏笑赞道："啊哟，我这双弓鞋是要算小了，恰恰三寸，小姐还嫌大，那双金莲真也再娇小没有了，好不令人羡煞。"说着，把她换下的弓鞋拿起一瞧，竟只有二寸七分，不觉赞叹不止。鸾吹却觉很是羞涩，低头不语。

不料正在这时，忽见松庵嘻嘻哈哈笑进来，一见何氏手中弓鞋，便即抢来，闻在鼻上笑道："这是哪位姐姐的金莲壳？真好香啊。"

鸾吹、素娥见他如此丑态，羞得两颊通红，心中又像小鹿乱撞。不料松庵却早涎皮笑脸地挨近鸾吹身来，叫声小姐道："贫僧怕你寂寞，特来相伴，不知小姐心里喜欢吗？"

鸾吹差不多要急得哭了，素娥忍不住站起身来，立在鸾吹面前，向松庵娇叱道："大师父，你放尊重些，我们小姐是抚院的侄女，你可仔细，不是好欺侮的。"

松庵笑道："姐姐不用吓贫僧，既到这儿，就是皇帝的女儿，我亦要同她玩玩呢。"

素娥见他一步一步逼过来，她便掩护着鸾吹一步一步退下去，已是避到上首桌旁，没有退路。松庵在桌上拿过酒壶杯子，递过去笑道："快些咱们喝杯合欢酒，你这位姐姐不用掩护着她，要玩咱们一块儿三个同玩好了。"

素娥一时情急智生，便把酒壶接来笑道："我来敬你一杯吧。"

松庵信以为真，交给了她。不料素娥接过酒壶，就狠命向他光

60

头上掷去，只听松庵啊呀一声，两手捧头，早已跌倒地上。鸾吹见他满手鲜血，一时吓得面无人色，浑身乱抖。松庵大喊疼死我了，顿时惊动了外面十数个和尚，见此情形，连说反了反了，这小娘子倒狠心会下此毒手哩。说着，大家一哄上前，要来捉鸾吹、素娥。

两人因为抱定一死，所以倒也并不十分惊恐。何氏在旁瞧了，却颇为着急，因上前喝住不要动手，这是大师父自己跌倒误伤的，这两位姑娘，是大师父最心爱的人，你们若动了她们一根汗毛，回头不依了，看你们都要挨板子哩。众僧徒见何氏是松庵得意的宠人，她的话当然不敢违拗，大家只好垂手站立。

何氏因忙把松庵扶起。松庵还不住地喊痛，一面又吩咐小沙弥把鸾吹、素娥两人关到地室里去，不要难为了她们。一面又搂着何氏笑道："我的心肝，你真知道我的心，我往后一定重谢你。"

何氏暗暗骂声淫贼，头上血已流得这么许多，却还一味地好色呢！这里小沙弥已拥鸾吹、素娥到地室去，何氏扶着松庵也到方丈室里，叫他躺在榻上静养，心里又要顾到鸾吹，遂匆匆要到地室去。松庵却抱住不放，在她颊上连连吻香道："这班女子虽美，可恨都不肯顺从咱家的心。到底还是我的老相好，你真美丽可爱啊。"

何氏嗔道："我要照顾你的爱人去了，你快放我走吧。"

松庵听了这才放手，叫她好好去劝她们，若能成其好事，日后定当重谢。

何氏回眸一笑，便匆匆到地室，问小沙弥把两人关在哪个房间，小沙弥道："在刘家嫂子隔壁一间。"

何氏走进房里，只见鸾吹正在哭泣，素娥在房含泪慰劝。何氏因道："朱小姐快不要伤心。"说到此，又低声道，"万事终须忍耐，等待文相公到来，我想一定有办法了。"

素娥听她这话，不像是和松庵一派的人，况且刚才又帮了我们，因问她道："这位嫂子究竟是和尚的谁呀？"

何氏红着脸，因略说一遍，并道："我也是万不得已在此的呀，现在这个和尚已被姐姐击伤，血流不少，但愿他因此就死了这才称我们心呢。"鸾吹听了，却是呆呆无语。

这时何氏匆匆出外，一会儿，又带进一个二十左右的妇人来，瞧她容貌，正是闭月羞花。鸾吹好生奇怪，却听何氏笑道："未小姐，你的同病人来了。"说着，替她们彼此介绍，方始知道也是被松庵抢来。

这个妇人是谁，想阅者早已明白，当然是石氏了。石氏道："我昨天早晨进来的，倒也幸亏这位王嫂子，替我向和尚周旋，方得无事。"

鸾吹听她这样烈性，觉得可敬可怜，和自己真是个同病，眼皮一红，忍不住淌下泪来。素娥道："小姐不用伤心，身子要紧。"

何氏忙抽出胁下绢帕，递给鸾吹拭泪。四人谈了一会儿，倒也解去许多愁闷。何氏道："你们坐一会儿，让我出去探听一下。"

石氏道："快些来，别多耽搁。"何氏答应自去。

这儿三人絮絮谈着，颇觉情投意合，大有相见恨晚之概。一会儿何氏笑逐颜开地来道："短命这贼子连连喊痛，血实在流得不少。听说从京师中来的一个行昙和尚，他会祝由科的，以术治病，正在作鬼戏文呢。我想乘他们忙乱之间，何不放他一把火，烧得他干干净净，也好为大众报仇呢。"

鸾吹道："这法子虽好，但地室中女子连我们一共也只不过三五十人，万一他们知道我们故意放火，动起怒来，拿什么去抵抗呢？"

何氏道："他已是受伤了，还有多大能力？凭我们这许多人，就和他拼命一场好了。"

鸾吹沉思半晌，踌躇不决。石氏道："何四奶奶且慢，他虽受伤，还有他许多徒儿呢，我们怎能抵抗呀？我想未小姐的二哥既然有拗龙手段，必有绝大本事。他回寺不见未小姐，定要与那厮理论。

那厮若回答不出，那文相公不是就要和他拼命了吗？这样松庵和尚是死无疑了，所以还是等文相公到来再说吧。"

何氏大笑道："刘嫂子的才情究竟是好的，怪道人家说和刘郎的武艺，真是一对玉人哩。"

石氏瞅她一眼，嗔道："这时候还取笑怎的？"大家都含羞抿嘴笑了。

正在这时，忽然一个小沙弥慌张奔入道："不好了，上面大殿已着了火，绵延左右僧房，恐怕要烧到这儿来了。"

四人听了，出房一望，果然满院子一片红光，各人的心中都不觉大吃一惊。

第八回

佛天遭劫　父女有庆

"啊呀，我真好痛啊！我的宝贝，我的心肝，我是多么地爱你哟！但是你真太狠心了，为什么竟会下这样的辣手？亲爱的妹妹，你答应我吧，我绝不怨恨你的。你快来，我们大家来乐一乐，那我什么就不痛了。"

松庵躺在榻上，两手捧着头儿，独自喃喃念着心病话。这时行昙方从外面回来，一脚踏进方丈室，就听见这几句话，一时还摸不着头脑，听到后来，方知师兄在患相思病，这就忍不住哈哈地笑起来，连忙走近榻边，叫道："师兄，师兄，你在说些什么话？"

松庵一见行昙，神志方始略为清爽，一时倒也难为情起来。不料行昙却大叫道："啊哟，这还了得，师兄头上怎的这么许多血啊？"

松庵叹口气道："不要说了，说起来也真叫人可恨。"

行昙心知他一定是吃了女人的亏，一时也不好意思追问，因道："师兄的头儿痛不痛？兄弟倒会医治的。"

松庵笑道："真吗？别诳我了，你几时曾学过医道？"

行昙正色道："我诳你干吗？我会祝由科医病，正是灵验十分，保管你一些儿不痛，师兄要不试试？"

松庵道："反正不花钱，试试也无妨，只是辛苦了好兄弟了。"

行昙道："自己人说什么客气话？"

因扶松庵到大殿上坐下，吩咐四十八个小和尚站立两旁，手中都执做佛事的乐器，叮叮咚咚地敲着念着。旁边设一凳子，上面一只面盆。行昙先把松庵头上血清洗净，然后两手卷高袖子，向面盆上互相揉搓，一面念念有词，一面令小和尚大吹大戤。这样玩了一会鬼戏文，行昙把两手便向松庵光头揉擦一会儿，问松庵头上痛可差些儿吗，松庵道："这样算手术完毕了吗？那简直是拿我开玩笑。"

行昙忙道："这是哪里话？我这个祝由科，无论是跌打损伤，内病外病，只要经我一医，无不手到病除，怎么你会不灵验呢？"

松庵道："因为我还有些痛啊。"

行昙道："不灵再来一次。"

说着，便又叫小和尚吹打起来，重玩了一会儿把戏，松庵仍说不灵。行昙呆了半晌，忽然哦了一声，向松庵附耳道："我这祝由科是万试万应，只不过忌讳一件事情。"

松庵道："忌讳着什么啦？"

行昙笑道："第一不可以近女色，想来昨夜师兄是和哪位姑娘玩过了，所以破了我的秘法，一些儿也不灵验了。"

松庵红着脸笑道："好啦好啦，不要你医了，却有这许多麻烦。"

行昙道："那么师兄的头到底是谁给你打破的呀？"

松庵道："不瞒你说，文素臣这小子倒有一个妹子，说起他妹子的容貌儿，啊呀，真叫人饭也不想吃，尿也不想撒。"

行昙道："哪有这样美丽的女子？"

松庵道："你没有瞧见当然不知道，不要说他妹子，单说他妹子的一个丫鬟，已经是了不得不得了，见了她人，恨不得立刻就把她们一口吞下去呢。"

行昙给他说得心痒痒的，因忙又问人在哪儿，松庵道："人是在咱家的手中，早晚也逃不了我受用。不过我却怕文素臣回来吵闹，这小子颇难惹他。"

行昙道："这怕什么，我从京师到此，本来是要找他，他若回来，我就把他……"

松庵笑道："把他怎么样？"

行昙把袖子一卷，手儿伸出，在空中来回擦了两擦，叫道："就把这个文素臣白刀子进、红刀子出，你可相信？"

话还未完，只听怪叫一声，大喝道："文素臣在此。"

早就见殿外跳进两个汉子，一个白面书生，一个黑脸壮士，正是文素臣和刘虎臣赶来了。松庵、行昙大吃一惊，连忙站起身子。说时迟、那时快，素臣拳起处，个个倒退；腿起处，纷纷跌地。行昙喝声休得猖獗，便抵住素臣，两人拳来脚去大战起来。虎臣大吼一声，好像猛虎窜进羊群里，把四十八个小和尚打得七零八落。松庵见势不好，立刻避进方丈室，敲起警钟，顿时全寺和尚执刀赶至，把素臣、虎臣团团围住。素臣觑得亲切，飞起一脚，踢中小和尚手腕，一柄单刀早已落在空中，素臣纵身接住，手中有了刀，像虎添了翼，把这些和尚哪儿放在心上。虎臣也已抢了戒刀，拼命乱斫，一面还大骂不止。众僧听了他这条破喉咙，个个心胆害怕，哪里还敢上前。

松庵见了，大叫道："如把他们两个小子捉住，每人赏银十两。"

众僧一听，因此个个又拼命直冲。素臣、虎臣虽然厉害，到底众寡不敌，渐渐支撑不住。

正在万分危急，突然殿上火起，两旁僧房都已烧燃，一时众僧都又心慌，刀法错乱，个个后退。松庵心中着急，好好儿的怎么会着火了呀？慌乱之间，忽然又飞进三条好汉，叫声："两位好汉别慌，咱们来也！"

原来这三条好汉，就是叶豪、闻人杰、奚奇。他们原是绿林豪杰，对于普照寺不规行为早已注意。叶豪知素臣乃是顶天立地的奇男子，暗暗佩服，所以欲助他一臂之力，共除恶僧。料知素臣一人难敌，遂约同奚奇、闻人杰两位英雄前来。这时五人挥刀大杀，似入无人之境。松庵见事不好，意欲逃入机关，却被虎臣一把抓住，兜光头就是一拳，松庵叫声痛呀，早已跌在地上。虎臣又拦腰一刀，只见肚肠迸流，鲜血直淌，一命呜呼了。

行昙见松庵已死，心中大怒，挥起戒刀，直取虎臣。虎臣回身还击。素臣又从后面砍来，行昙前后受敌，却也毫无惧色，不料叶豪、闻人杰两剑，从左右突然插入。行昙一时招架不及，竟被斫为肉泥。

素臣见恶首已诛，遂大喊众僧徒服者免死。大家一听，个个弃刀跪下。这时两旁僧房，火光已穿屋顶，大殿上烟雾弥漫。

素臣问小沙弥鸾吹主婢下落，小沙弥吓得面无人色，急道："这不关小僧的事。"

素臣道："只要你说出，原不加害于你。"

小沙弥道："师父把她们关在地室里了。"

虎臣急道："不要啰唆，快快去把她们放出来吧，你瞧火势已不能扑灭了呢。"

小沙弥答应，领着虎臣前往，素臣回头见三位好汉已把库银取出，遣散众僧，素臣连忙拱手，叩谢助己之恩，并问尊姓大名。叶豪方始说出姓名，大家客套一会儿，便欲告别。素臣依依不舍，叶豪笑道："咱们后会有期。"说罢，三人便越屋飞身跃出而去。素臣暗暗羡慕。

这时却见虎臣已领了三五个妇人出来，素世见鸾吹、素娥亦在中间，心中甚慰。一时不及说话，找路出寺。不料火势甚旺，四周全绵延燃烧，众人竟不能向正门走出，大家只好折屋而走，却是无路可通。只见夹弄之旁有道矮墙，素臣因问这墙外是哪里，虎臣忙接口道："外面即是我家的屋子，事到如今，也管不了许多，只好把墙推倒了过去吧。"

素臣点头道："此外没有方法，救人要紧。"

说着，遂和虎臣两人抢起火钩，往墙上打去。不消几下，已成个大窟窿，遂先让众妇女七撞八跌地都在砖石上爬将过去。各出陷阱，共庆重生。

虎臣领众人到家门口，用手敲着门，口喊妹妹道："快来开门，你哥哥和嫂子都回来了。"

只听屋中有人柔声答道:"嫂子回来吗?"

随着这话声,门已开了。素臣抬头望去,只见一个妙龄女郎,容貌可称得天香国色,见了众人,灵活的眸珠便呆了起来。

石氏道:"姑娘别怕,这些人都是寺里救出来的。"

璇姑眼皮儿一红道:"嫂子,我真急死了。"

虎臣已让大家进屋,一个草堂几乎挤满了人。众妇女有的向虎臣道谢后也就各自散去,有的还要喝口茶,有的还要解溲,这样忙乱一阵,都要紧纷纷回家去。

虎臣把素臣拖住道:"文爷不能走,终得小住几天才是。你的妹子也只管留在这儿,舍妹虽愚,倒也还可做伴。"

素臣道:"这是哪儿话,你也太客气了。"

石氏这时便拉住了璇姑向鸾吹介绍,彼此福了福,说了一些客套。石氏在厨下取出一盆米糕,又拿出六副筷子,说小姐相公大家且慢谈话,先吃些现成东西垫垫心,免得肚饿了。于是璇姑拉着鸾吹、素娥坐下,虎臣亦拉素臣到桌旁,大家吃将起来。

素臣向鸾吹道:"我出寺后,那松庵就来了吗?妹妹怎么被关在地室里呢?"

鸾吹道:"二哥走后,没有一会儿,那贼就进来了,后来幸亏素娥胆子大些,把他打伤了。他动了怒,就把我们关进地室去。二哥出寺时,原说早回来,怎么直到天黑才回来呀?我的爸爸究竟在县里没有?还有二妹有没消息?"

素臣因也把自己经过告诉一遍,并道:"这样瞧来,我只有明天早些儿去了。"

鸾吹听爸爸已进抚院,心里自然欢喜万分,但二妹依然没有下落,不免又有些儿悲伤。

璇姑道:"想吉人天相,二小姐定也被人救起了,日后自然会相逢的。"

68

鸾吹道："但愿应了刘小姐的话才好。"

每人吃了一些，石氏遂收拾过去，璇姑请鸾吹、素娥到她卧房去梳洗，虎臣陪着素臣却滔滔不绝地谈着。石氏又来倒茶，一面便往厨下做晚饭去。素臣见虎臣身材魁梧，性情爽直，心中颇喜。虎臣见素臣这样英雄，也暗暗佩服，两人情投意合。一会儿石氏便来上灯，问虎臣要不烫酒。素臣忙抢着道："不用费心，我们不会喝酒，就吃饭吧，已经吵扰你们，很对不起的了。"

石氏道："文相公这是哪里话？我若没有文相公相救，恐怕我是永不能见天日的了。"

虎臣道："这话正是，媳妇若非相公搭救，咱们实在不能再见。我们也好糊涂，还不曾叩谢救命大恩哩。"

素臣听了，不悦道："刘兄若再客气，我立刻就走了。再说大嫂是你自己救的，怎能推在我的身上呢？"

虎臣呀的一声道："文相公这话真把我羞死了，我是个憨汉，趁一时的怒气，便奋不顾身去斗。假使没有你一块儿去，我恐怕早被贼秃斫死了。"

石氏又退到厨下去，过了一会儿，便把饭菜开出，一面便匆匆到璇姑房中去。只见三人坐在一堆，絮絮地很亲热地谈着，因笑道："璇姑娘，你和未小姐在谈些儿什么呀？"

璇姑回头笑道："未小姐在说文相公这人真了不得。"

石氏道："这在寺里未小姐也告诉过我，文相公不但是个英雄，而且又是个君子呢。"

说着，一面又叫大家出外吃饭去。四人到了外面，素臣和虎臣已坐在桌边，见了她们，便招呼入席。虎臣道："未小姐，我们怠慢了你，一切还请我妹子做代表招待吧。"

鸾吹抿嘴道："太客气了。"

石氏盛上饭，在下相陪，吃毕饭，璇姑道："未小姐和素姐姐今夜就在我的房里睡吧。"

虎臣道："这样好了，让未小姐和素姐姐在妹妹床里睡，媳妇和妹妹在地上打铺好了。我和文相公就在一床上挤一夜，只是委屈你们些儿。"

鸾吹道："为了我们，害你们都不安宁，叫人心里真过意不去。"

石氏忙道："未小姐切不要说这些话，你们这班贵客，我们要请也请不到哩，我们还是房里坐吧。"

于是四人又进房去，虎臣和素臣又谈了一会儿拳术，虎臣道："我倒愿意拜文爷为师，只怕文爷未必肯收我吧。"

素臣道："哪里话？我怎敢当？有空闲时候，大家研究研究也就得了。"两人谈了一会儿，也就携手进房去安睡了。

次早起来，素臣便欲进抚院去见未澹然。虎臣道："这样急匆匆干什么，要去也得吃了早粥去，好在我媳妇已拢旺了炉子呢。"

一会儿石氏已把早点端出，素臣匆匆吃过，便向鸾吹道："妹妹，你等着，我这时就去了。"

鸾吹道："哥哥为我来回奔波，叫我……"说到这里，眼皮一红道，"我也不说感激的话，心里记惦着你是了。"

素臣望她一眼，却不说话，回身出了大门，急奔入城，赶进抚院辕门。只见头门内走出一人，竟是未公家人未能。两人相见，俱各大喜。未能忙道："文相公恭喜，你怎知我们在这儿呀？"

素臣因忙告诉一遍，未能道："老爷本来早就要到湖上亲自去打捞二位小姐尸体，因老爷年老，落水后受了寒，且又伤心着小姐，所以睡了一天，今天才起身好些了。"

素臣道："你家二小姐没有下落，大小姐和婢女素娥，却是我救得在那里。昨儿来报信，因晚鼓已报，门上不肯传禀，所以只得快快回去，今天恰巧遇你出来，那真好极了，你快先进去报知吧。"

未能一听，大喜道："真是谢天谢地，文相公少待片刻，小的立刻去报。"说罢，便即飞身地跑进头门去了。

少停只听门上一片声音，催传轿子，顷刻抬进一乘大轿、一乘

70

官轿，大轿抬到里边去，官轿就歇在头门。只见未能又飞跑出来说道："老爷出来了，请相公先上轿，老爷怕府官们缠绕，不便落轿，说是到路上细谈吧。"

素臣因坐入轿去，只见中门大开，众家人拥末公的轿子出来，在素臣的轿子面前经过。澹然在轿内说道："恭喜贤侄脱了险，且又援救了小女，到路上再谢吧，老夫先僭了。"

素臣欲回话，那轿子已抬向前去，素臣的轿夫也连忙抬起杠子，追踪走去。到了城外空阔地方，澹然吩咐停轿，两人从轿内走出。澹然问及出水援救之事，素臣从头诉说一遍，澹然连忙作揖道谢，素臣还礼不迭。澹然道："大小姐幸遇贤侄得生，二小姐年稚，恐怕是没有希望了。"说着，不觉凄然泪下。

素臣劝说几句，遂和澹然仍入轿中，吩咐抬到普照寺后刘虎臣糕饼店去。轿夫多半认识，答应一声，如飞抬起，一会儿已到。

澹然、素臣走出轿来，却见门口围着许多人，到得门口，有三四个穿青衣的，把铁链锁着虎臣的头项，拉着要走。石氏披头散发地却乱哭乱跳。素臣吓了一跳，正欲上前询问何故，虎臣亦已瞧见，便向素臣叫道："文相公来了，这真是祸从天降，冤枉极了。"

素臣道："你不用惊慌，到底是为了什么缘故，你说给我听吧。"

那青衣人向素臣斜眼打量一下，便冷笑一声道："说什么文相公武相公？他这罪犯得大哩，你不要大模大样，出来担当这天字第一号的官司，看你衣襟都烧焦了，怕不是余党哩！"

未能喝道："老爷在此，不许啰唣！你们没事的，便让出地方来，好坐了问话。"

青衣人哼了一声道："我们不知老爷少爷，只知有公务来捉犯人的。"

澹然微笑道："你们是何等样人？捉人可有牌票吗？"

青衣人听见话头厉害，倒是一惊，却假意喝道："你管我们有牌票没牌票！"

这时抚院随来的差役上来大喝道:"混账东西,老爷乃是都爷同年,畜生胆敢冲撞!"

青衣人一听这话,方始大惊失色,跪下叩头道:"小的们不知,罪该万死。因为昨夜普照寺失火,烧死无数僧人。当时不知起火的是谁,这原是小的们查察。这个刘虎臣平日专好吃酒赌钱,打街骂巷,原是不安分的人,且今日又关门不做买卖,小的们本也疑心,后来一见隔弄墙壁坍倒,这分明是他谋财放火,故而特来拿他见官,听凭官府裁察。虽没奉有牌票,实是小的们应有责任,还希老爷明鉴。"

未澹然哈哈笑道:"好个无赖,既是探实他放火,为何先不报官?分明要敲诈良民钱财,真岂有此理!"说罢,便又喝声拿往官府重办。

虎臣听了,乐得跳起来,把铁链拿下,却直向那青衣人套去。青衣人急得面无人色,哀求不已。

澹然道:"往后还要仗势压诈良民吗?"

青衣人叩头连说不敢,澹然道:"若再有此种事情发生,定不饶汝。"

青衣人连声道喳,澹然喝道:"还不速走,还待拿往官府治罪不成?"

青衣人一听,便抱头鼠窜而去。虎臣、石氏连忙跪地叩谢,一面请澹然、素臣进内。未能吩咐轿夫候在门外,和抚院跟来差役,同立在澹然身后。这时璇姑和鸾吹、素娥在房中闻声赶出,一见澹然,喊声爸爸,便扑到澹然怀里,父女抱头痛哭起来。

第九回

妹兄惜别　姑嫂话心

鸾吹抱着澹然呜咽了一会儿，澹然忍不住也淌下几点老泪，抚着她的美发，安慰她："你也不用伤心了，咱父女俩能够再聚在一起，已是大幸了。"

鸾吹道："但是我的二妹是……"说到这里，又哭起来。

澹然叹口气道："这是她的命，我儿不用再为她伤心了。且到船中，再细细说与我听吧。我自落湖以后，身子着实不好，大概年也老了。"说着，回头又对未能说，"你给我派一个人到江口去雇好船，先伴小姐上去安顿了，回头我再到抚院去辞别，大概明后天就要长行了。"未能答应，自去办理。

石氏已泡上好茶，叫道："未老爷且坐着息息吧。"

澹然点头，又望着素臣道："我因此际不便多耽搁，急欲回乡。但我心中尚有许多事情要和贤侄商量，不知贤侄能否同我到舍下畅叙数天吗？"

素臣道："老伯吩咐，本当遵命，只因西湖水发，恐家中讹传，老母心焦，故小侄也急欲于明后天起身回家。让我见过妈妈，再到老伯那里来拜望吧，这些还请老伯原谅。"

澹然听了，默默无语，良久方道："你的世妹受你相救大恩，还没一些儿报答，心中颇觉不安。虽然这些原不在口头上说说就算罢了，但可恨……唉。"说到此，长长叹口气，眼睛盯望着素臣道，"我希望你回家后就到敝舍来。世事不可捉摸，人有旦夕祸福，老夫鬓发皆白，若你迟来，也许是不能再有见面的日子了吧。"说毕，不觉凄然泪下。

素臣眼皮一红，忙道："老伯何苦说这些话？老伯以仁慈待人，定享期颐。小侄一到家后，定必赶紧前来，老伯请放心是了。"

鸾吹此时听两人谈话，双蛾微蹙，秋波盈盈凝视素臣，却已暗暗垂下泪来。素臣偶然还视，只觉海棠着雨，倍觉楚楚可怜，四目相对，都有说不出的凄凉。默默地静了一会儿，鸾吹忽近澹然身边，附耳道："爸爸，此番孩儿承世兄死命救援，其恩固大，而不期暗室，其节更坚。"

澹然忙道："孩子此话怎讲？"

鸾吹红了脸，低低地把古庙双栖的话告诉一遍，并道："孩儿因黑夜同居，难以自白，爸爸，你不是十分赞美世兄吗？所以当时我曾欲以终身相托，不料世兄却大不为然，词严义正，劝慰孩儿。孩儿听了，不禁恍然，因此已和世兄认为兄妹。这事尚未告诉爸爸，不知爸爸以为如何？"

澹然听了，愈觉素臣可敬，但心中也愈觉悲伤，因叹道："本来我的意思也是这样，谁知他已娶妻。但我心里犹想两全之计，欲把孩儿给他作为偏房。照你这样说，这婚是不必提了。"

鸾吹听此，泪流满颊，低头无语。澹然起身道："我儿在此暂等片刻，未能自会伴你下船，我这时到抚院去告别了。"

虎臣、石氏一听，慌忙站起道："未老爷这是哪里话？敝舍丑陋，虽不堪置身，但小的受老爷大恩，心自不安，请未老爷用过午饭去吧。"

澹然道："两位不必客气，日后再见吧。"

虎臣苦留，素臣忽然触起心事，便向澹然道："方才那班恶徒，国无事尚且兴波，何况形迹可疑？我等转身，必生大讼。老伯进城，须将原委说与抚军知道，饬府县给张告示，晓谕禁约，方保无事。一则事连世妹，恐怕传扬出去不雅；二则昨日世妹与我，全亏虎臣

74

兄夫妇收留，杀鸡款待，心颇不安。万望老伯垂念去说一声。"

鸾吹听了，也力为怂恿，澹然道："这些放心，老夫见了抚军，自当竭力。"

虎臣、石氏忙又跪地叩谢，澹然扶起道："何必如此礼重。"

石氏道："老爷既不吃饭，请用些点心如何？"

澹然谢道："也免了吧。"

虎臣不依，石氏遂拿出三碗蛋汤，叫素臣也陪着未公用过。澹然吩咐抚院跟来差役，出外备轿，遂告别出外。素臣随后跟出，澹然回头，猛见素臣，颇觉依恋不舍，颤声低叫道："贤侄……再见了。"说到此，眼帘润湿，遂竭力忍住。素臣欲开口安慰几句，但喉间早已哽咽，再也说不出一句话来。

澹然方欲跳上轿子，又想着了什么似的，回过头来，望了素臣一眼道："我自被难，囊空如洗，今日去辞抚军，倘有盘缠送出，当分半为贤侄作归途之费。"

素臣到此方说道；"老伯人口众多，小侄孑然一身，所需无几。少为分惠，只够回家之费便了。"

澹然道："我自理会，临时再说吧。"遂跳上轿子。澹然在轿内，尚探首出来道："贤侄回家后，务必早日到来再会。"素臣答应，轿夫遂飞步而去。

素臣方欲和众人回身进内，忽见未能匆匆奔来道："船已雇定，老爷已上抚院了吗？"

素臣道："正是。"

未能道："那么就请小姐上船去吧。"

璇姑听了，便伸手把鸾吹握住道："未小姐总可吃过饭去吧。"

石氏亦劝，鸾吹道："承两位美意，心自感激，但此时我心乱如麻，还是给我上船去安顿了再说吧。我们年轻，日后自有见面机会，请不必客气了。"

素臣听她说心乱如麻一句，真是无限伤感，竟然呆若木鸡。鸾吹早已向他倒身下拜，泪湿衣襟，啜泣说："二哥大德，几番救援，今生无可仰报，唯有来世……"说到此，咽不成声。

素臣听了这话，心儿粉碎，也就不顾一切，将她扶起，但却是一句话都说不出，一阵酸楚，泪如泉涌。此时未能来催，素娥含泪道："小姐走吧。"鸾吹无奈，只得移步出外，再三回头向素臣凝望。素臣低头无语，待鸾吹走时，却又抬头含泪相送。鸾吹步至门口，猛可地忽然又疾至素臣面前。素臣倒是一惊，鸾吹却无语，泪如雨下，最后方哽咽出一句话道："二哥保重……"素娥来扶鸾吹出外，素臣始终没有开口，眼瞧着她娇小的倩影逝去，不禁长叹一声，泪如泉涌。素臣、鸾吹虽无一毫私意，但宛转周旋患难之中，已非一日，人非草木，孰能无情，这时忽然别去，安能不英雄气短、儿女情长呢？

璇姑、石氏、虎臣在门外送别进来，见素臣痴立草堂，因叫他坐了。石氏拧了手巾，叫璇姑拿给素臣揩擦。素臣一眼见璇姑含情脉脉，立在面前，纤手递过手巾，心中倒又难为情起来，因忙接过道谢。璇姑嫣然一含笑，退下厨去。虎臣吩咐烧饭，一面又和素臣闲谈，以解其忧。

饭毕，虎臣叫素臣去躺会儿休息，素臣不允，说并不疲乏。正在这时，忽见未能匆匆走来，叫了一声文相公，便从怀内取出一封银子，说道："这里是六十两纹银，送与相公作盘缠的。"

素臣忙道："我和你家老爷早已说过，所需无几，为什么却又送我这许多？"

未能道："抚军共送二百两程仪，老爷原要分一半送来，因相公说过，故只送这些。"说着，又向外叫应道，"你挑进来吧。"只见脚夫挑进一担行李进来，未能又道："抚军送两套铺盖，一套给老爷，一套给小姐。小姐因受相公救命之恩，无以报答，对老爷说明，情愿和衣裳睡到江西，将铺盖送给相公。还有这支耳挖，她说原是相公的，叫小的一并送上。"

素臣听了，心中非常难受，鸾吹如此多情，愈叫自己伤悲，因道："这枚银耳挖倒也罢了，铺盖既是送与小姐，我如何收得？况小姐岂可和衣而睡，万一深夜受寒，叫我怎样对得住她？你只替我去回小姐，说我心领是了。"

未能道："小姐亦恐相公不肯，吩咐过小的，说小姐性命是相公救的，这一些儿原不能算报答，只不过略表诚意。况小姐并没有睡过，那有什么要紧。小姐禀告老爷，也就是老爷送了，相公如叫小的拿回，恐小姐心中更觉悲……"说到此，又转口道，"相公是断断要收的。"

素臣见他说得如此委婉，虽非鸾吹亲自在说，眼前也觉映有她的容貌，好似犹在含泪凝视，不忍过拂她的美意，只得收了。一面问老爷何日动身，二小姐可有下落。未能道："二小姐不知下落，老爷因城里成兵部要请酒，老爷素与成老爷不合，故急要回去，今晚便要动身，小的也立刻要走了。"

素臣在封银内取出一小锭，赏与未能，又问船在哪儿。未能谢赏起来道："船在江口王家客的码头上。"

素臣又向虎臣要了几十文钱，给了挑担的，未能遂别去。不料走不几步，又回头来道："几乎忘了刘大哥的事。老爷向抚军说过，业已吩咐府县登告示来禁约，请相公放心。小姐和素娥妹又再三叫小的问一位璇姑娘和刘大嫂，也请相公代为说一声。"虎臣不及道谢，未能早已匆匆去了。

素臣呆了一会儿，忽然站起，整了整衣巾。虎臣急问到哪儿去，素臣道："未公今晚动身，我去送行。"

虎臣道："他晚上动身，这时未免太早。"

素臣道："这里路颇不熟，宁可早去的好。"遂又问明路径，虎臣详细告诉，素臣遂急急出门。走至按察司前，早见许多官府送客回来。素臣忙问是否未公船已开出，众人答称正是。素臣顿脚道："本来不是说晚上开船吗？"回说恐怕难赶。素臣不信，却飞步直奔。

等到了江口王家客码头，只见船已渺小模糊。此时日影西斜，暮色笼罩江面，四周寂寂，只有晚风吹动江水。素臣不觉长叹一声，心中真有些说不出的凄凉。

虎臣等素臣走后，他便喊石氏道："你来。"

石氏匆匆从厨下走出，问道："你叫我什么事？文相公呢？"

虎臣道："他去送行了。妹妹在干什么？"

石氏向房中努嘴道："在里面，不知做什么。"

虎臣拉过石氏的手道："文相公精神奕奕，相貌非凡，将来必是惊天动地的人。你的性命名节，是全亏他保全。今日飞来横祸，又是亏他力言，方才无事。这样大恩大德，媳妇，你想想怎样报答他呢？"

石氏道："这是要你报答的，怎么叫我如何报答呢？"

虎臣唉了一声道："你这话……我难道叫自己媳妇去报答他不成？我是和你商量的呀。"

石氏抿嘴一笑，眸珠一转，轻声儿道："有了，有了，你的妹子才貌双全，像我们这样人家，哪里有好对头来说亲，可不是委屈了她这样好模样儿吗？我的意思，就把璇姑给他做个偏房，像文爷这样英雄，做偏房亦是难得，不晓得你的意思如何？"

虎臣听了，拍手笑道："媳妇真和我心同意合。"

石氏拍他一下肩道："你痴了，这样大嚷干什么？"

虎臣笑道："我心里一高兴，这条破喉咙就缩不小来。这样是极好的事，一则尽我们报恩之念，二则妹子终身得所，三则靠傍着他，或者还图得出身，有扬眉吐气之日，难道一辈子开这糕铺子不成？"

两人商量停妥，就一同走进房来。只见璇姑正在打扫，虎臣叫道："妹妹，哥哥和你商量一件事。"

璇姑道："什么事，慢些来，让我扫完了地再说。"

虎臣道："这扫地又什么要紧？快些来先和哥哥说话吧。"

璇姑笑着，丢了扫帚，连奔带跳问什么事。虎臣道："我问妹妹

78

一声，这个文相公的为人怎样？"

璇姑眸珠一转，伸个纤指道："文相公是个英雄，又是个君子。"

虎臣笑道："妹妹也赞成他，那就好了。"说到这里，停了停，手儿抬到头上去乱抓，觉得这话自己不好意思说。因回头向石氏招手，道："你来和妹妹谈吧。"

石氏因笑盈盈走上来，璇姑好生不解，因笑问哥嫂葫芦里卖的什么药。石氏把她纤手握来，嘴儿附到她的耳际，低低地把这层意思向她告诉一遍。璇姑含羞，低头不语。

石氏道："文相公相貌不凡，与姑娘正是一对玉人。只看他和未小姐如此光景，就可见他实是个多情人了。这是姑娘的终身大事，不可当面错过。你哥哥说，像我们这样人家，对亲只不过肩挑背负的粗人，哪知道怜香惜玉，枉负你聪敏美貌。到那时节，就懊悔也来不及了。我劝你还是答应了吧。"

璇姑抬头道："我不答应做人家的偏房，再说妹妹做偏房，在哥嫂脸上也不好意思吧。"

石氏道："姑娘，你别执拗了。像文相公这样人才，要再找一个，恐怕点了灯笼到满街去寻也寻不着了。"

虎臣也过来苦劝，璇姑红晕着双颊道："哥嫂你们也太一厢情愿，还不知文相公肯不肯收呢。依妹子想来，也是一定不肯的。"

虎臣道："妹子这样好模样儿，他干吗不愿意？"

璇姑道："未小姐官宦千金，他尚且不肯，难道倒要我……"璇姑说顺了口，就不知不觉地说出来，直说到这里，方始觉得，连忙缩住，低头不语。

虎臣听了，以目视石氏。石氏因低声道："我们今晚可以把他用酒灌醉，然后姑娘服侍他睡。待明儿醒来，他见事已如此，当然不能推却了。"

璇姑听了这话，突然柳眉倒竖，杏眼圆睁，娇嗔道："嫂子，你这是什么话？把我竟当作了这等样人！这种不知廉耻的事，我不愿干。"

石氏一见她动怒，益发着急，便不觉向她跪倒道："姑娘，你千万别生气，这些全是你哥哥的意思，又不是姑娘要这样，什么事都由你哥哥来担当是了。"

璇姑余怒未息道："先说明了还可，否则万不答应。"

虎臣见事情弄僵，便也跪在地上，两泪交流道："妹子，我和你是嫡亲兄妹，哪里会作弄你呢？因为文相公这样人才，妹妹实可托付终身。我并非不知你的性情，只怜念过世的爹妈面上，你就从了哥哥的意思吧。"

说着，泪如雨下。石氏更哭了起来。这样一下子，把个璇姑急得是满面失色，也忙跪下去哭道："哥嫂，你们要折死我了，有话起来商量吧。"

虎臣道："不用商量，只求你允许了，哥嫂才放心起来，否则无论如何不起来的。"

璇姑见此情形，便叹道："这真叫我左右为难死了。"

石氏道："你只答应一声，那有什么为难呢。"

璇姑和哥嫂平日感情至厚，今见哥嫂屈膝欲了自己终身，不觉痛哭道："妹非不知哥嫂的热情，但叫一个女孩儿家怎能够做出如此羞人答答的事来呢？事到如今，也只好由哥嫂做主吧。"说毕，便站起奔到床上，呜呜咽咽哭起来。

虎臣夫妇见她答应，方始喜天欢地地站起来，石氏又劝住了璇姑，一面收拾酒肴，一面打扫房屋。把鸾吹送来的铺盖打开，只见一条凤凰采牡丹绣被，一条五色绒毛毯，松花色绫裤是闪绿红锦面子，清水杭绸夹里，中间夹着通照湖绵的薄被，上面冒着一段元色八丝子冒头。一幅杭绫被单，一个绿套青妆的缎枕，大红枕面，两头绣着芙蓉丹桂。一条丽线团花的大红缎子床帏，一顶元色官绸上沿大红绉纱周围的帐子。面前垂下四条画花白绫飘带，带上扣襻俱全。

虎臣一面张设，一面赞道："到底官家东西与众不同，妹妹真也是前生修来的福气了。"

石氏道："可不是，头一夜就有这样彩头，都爷来送这做亲的床铺哩，将来姑娘的福运可了不得。"

璇姑也在帮忙，听了这话，便羞得要逃出房去。石氏拉住道："你走干吗？这怕什么羞，回头文相公若推却，你还要认真去温存哩。"

虎臣道："你嫂子这话不错，停会儿却不好使闺女的性子儿。"

璇姑连脖子也涨得血红，却是低头不答，纤手只管玩着衣角，脚尖儿在地上尽画着圈子。石氏拉她在梳妆台前坐下，一面叫虎臣出外，一面给她重复梳洗。略施脂粉，又叫她换上一身清洁衣服。石氏细细向她打量，只觉得亭亭玉立，似仙子凌波，因抿嘴笑道："真个是人要衣装，佛要金装。姑娘这会子就精彩了许多。明日开出面来，更不知要如何标致哩。"

璇姑娇羞嗔道："嫂子，你尽开玩笑，我可不依你。"

正在这时，虎臣在外嚷着道："文相公回来了。"

璇姑听了，心里一急，向房中乱转。石氏道："咦，这做什么啦？你不见他了吗？"

这时虎臣、素臣已踱进房来。璇姑欲躲到嫂子房去，急急回身就走，不料齐巧与素臣撞个满怀。

第十回

英雄义重　儿女情长

素臣吃了一惊，连忙扶住，叫道："可有累痛了哪儿没有？"

璇姑更加羞涩，哪里还回答出一句话来，一溜烟地逃去了。

虎臣笑道："我妹子孩气，文相公别见气。"

素臣道："这是哪儿话。"

虎臣道："方才相公一直跑出门去，把银子都没收拾，小人已经给你收拾到里面来了。"

素臣道："银子事小，只是未公的行不曾送着，心里着实抱歉。"

这时石氏点上了灯，虎臣叫素臣坐下，素臣见房中桌椅都揩擦得干干净净，再配上那副铺陈，更加五颜六色，鲜艳夺目，蜡烛燃耀，不同如豆火光，觉得房中是都焕然一新了。素臣睹物思人，想着鸾吹这一份儿的深情蜜意，心里平添了一阵凄凉，因默然无语。

虎臣道："我因怕咱们被褥脏人，所以把未老爷送来的被褥就换上了。文相公睡着也好舒服些儿。"

素臣道："累忙了你们，叫人心里也过意不去。"说着，忽又道，"这是谁的卧房啦？"

虎臣道："文相公是我们大恩人，咱们这一些儿敬意，也算不了什么。本来预备铺在我的房中，因为我们房里太龌龊，所以就在妹妹房里了。"

素臣站起道："这个使不得，为了我，岂可把璇姑娘让出了。"

虎臣拉住道："你忙什么，反正你在这儿又不多耽搁，难道这时再忙着搬来搬去不成?"

素臣听这话也不错,只得仍又坐下。这时石氏已把备好的鸡鱼果肉之类,端到房中。素臣道:"啊哟,你把我当上客了。这……叫我怎样心安呢?"

石氏抿嘴笑道:"一些儿乡下的蔬菜,文相公不要客气了。"

虎臣道:"媳妇这话正是,酒烫热了没有?"

石氏道:"早已烫好,我立刻去拿来。"

虎臣因拉素臣上座,素臣道:"那么大家一块儿来,你也坐下来呀。"

虎臣道:"当然我奉陪相公。"

石氏把酒拿上来,虎臣接过,向素臣满筛一杯道:"一个人最难是遇知己,我今遇到相公,心里真痛快极了。正是酒逢知己千杯少,哈哈……"遂和素臣碰杯,一饮而尽。

素臣道:"彼此既是知己,何苦还称相公,大家免了吧。"

虎臣道:"小的能和相公同桌而食,已是万分荣幸,还想什么呢?"

素臣道:"这是言重了,我可不敢当。"

虎臣笑道:"我老实对相公说,我这人又憨又古怪,心里合意的人,我给人家做儿子都情愿。要如不合意的话,就是皇帝老子给我做儿子,我也不要。"

素臣笑道:"刘老哥真是快人快语。"说着,便又喝干一杯。

石氏在旁,向虎臣挤眼,虎臣会意,哈哈大笑道:"今日真是我生平第一快慰了,非得痛饮不可。媳妇,你给我换大斗上来。文相公怕大斗喝不了吧?"

素臣不知其意,因笑道:"你能用大斗,我偏不能吗?也试试。"

石氏笑道:"正是,你也太小觑了文相公了。"说着,遂换上大斗。

虎臣殷勤相劝,素臣连日惊吓奔波,水沉火燎,困惫已极,这时安心饮酒,颇觉得意。兼之虎臣感恩戴德,说的都是些着肉痛痒的话,且彼此性情相投,意气相合,议论爽快,正是酒落快肠,不知不觉已饮有十斛多酒，神志就有些模糊。

素臣自知已醉，因不再饮道："酒已够了，我们吃饭吧。"

虎臣又斟上一大斗道："文相公再饮一杯吧。"

素臣摇手道："再喝人怕要跌倒了。"

虎臣跪下道："文相公若不喝下去，小的始终不肯起来了。"

素臣见他如此模样，连忙扶起道："刘兄何苦如此，我就喝干是了。"说着，便接过大斗，一饮而尽。

不料虎臣还只站起，那边石氏又捧着一斗酒，也向素臣跪下道："我受相公救命大恩，无以为报，请相公也赏我个脸儿吧。"

素臣啊呀一声道："这可好了，我怎能敢当？刘大嫂，你快起来，我总给你喝下便了。"说着，两手捧过斗子，向嘴里直倒。

虎臣瞧他手儿颤抖，人儿微摇，酒都从嘴角边流出来，知道他已有醉意，遂也一不做二不休，向石氏丢个眼色。石氏会意，便把璇姑去拉进来，叫她旁边坐下，也向素臣敬酒。

素臣道："这个断使不得，刘姑娘，素臣今天已经放肆了，还请原谅。"

璇姑心里明白，脸上总觉无限羞涩，因此他喝也好，不喝也好，只管低头不语。把石氏倒急起来，扯着璇姑衣服，轻轻喊道："你快跪下来呀，那他就不敢不喝了。"

璇姑无奈，只得跪下，柔声道："文相公，嫂子全亏相救，既然接受了我的哥嫂，那我的无论如何也不能推却的呀。"

素臣这时已有八九分醉了，不免神志有些模糊，一双醉眼迷离，只见璇姑云发梳得光可鉴人，眉如远山隐，眼如秋波横，两颊如霞，红润得像一只熟苹果，小小的樱口，微启时露出一排雪白整齐的银齿。那醉人的笑窝儿，在颊中一掀一掀地映出来，加上她那娇媚不胜的状态，更是美丽极了，实在不下于鸾吹。见了她容颜，已是颇觉爱怜，听了她清脆流利的话，好像是百啭莺儿出谷之声，自然愈不好意思拒绝了。因哈哈笑道："素臣何幸，得遇三位如此热情，真

84

是我生平第一快事了。刘姑娘请起来,不过我无辜不敢接受,假使一定要我喝的话,那我也必须要还敬一杯的。"

石氏咯咯笑道:"好的,好的,文相公说话真有理,这样才有个意思。不过妹子量小,只能够奉陪一小杯的。"

素臣这时只觉头脑发晕,哪里还听得出石氏说话有因,只是璇姑听了,那脸儿更加一阵红一阵,心是跳跃得厉害,几乎把她身子要微颤起来。石氏好不着急,在她衣角上拼命乱扯,璇姑只好双手捧上。素臣也已倒一小杯,两人交换,璇姑本待不喝,因为自己胆子实在太小,总觉有些儿害怕,意欲仗着酒来壮壮胆量,所以她便喝了。谁知石氏却又令她倒了,意思是怕文相公没醉,不要璇姑倒先醉了,那事情不是僵了嘛。璇姑到此,真变成了木偶,随嫂子摆布,只得把杯放下。不料回头瞧那素臣,把这一斗也已喝了,但一半却是湿在衣襟上。石氏意思,还要叫璇姑灌酒,璇姑瞧他已经如此烂醉,心有不忍,怕伤了他身子,因站着不动。

素臣喝毕,把斗放下,身子摇了摇,已直向左边而倒。虎臣连忙扶住,叫声文相公道:"你还吃饭吗?"起先还有应声,到后已是沉沉入睡。

虎臣见大功告成,万分欣喜,把他扶到床上躺下,石氏立刻把桌上碗盏收拾出去,又换了一对红烛,便同虎臣出房。璇姑也便要匆匆跟出,石氏把她身子一推,哧的一声笑道:"你干吗?"

璇姑红着脸儿道:"到底不好意思呀。"

虎臣急道:"妹妹,你又来了,我方才怎样和你说的?快不要孩子气了。"

石氏也急道:"你这是什么话?你若不进去睡,那我们不是白忙了一天吗?一个姑娘总要嫁人的,怕什么羞呢?"

璇姑身儿一扭道:"我怕……"

石氏忙道:"怕什么呀?当初我跟你哥哥结婚时候,心中也觉得怕,后来这么着一来,也就不怕了。"

虎臣笑道:"你怎么把这话也说出来了?"连璇姑也忍不住低头笑。

虎臣道:"好了吧,你嫂子把她过去的经验已告诉了你,妹妹不用怕了。"

石氏瞅他一眼,便顺手将他拉出房门,把门扣上,笑道:"姑娘,别傻气了,千万不要错过这一刻千金的良宵呢。"说着,两口子携手自回房去了。

璇姑呆呆出了一会儿神,走两步退一步地到了床边,掀起帐子,只见素臣和衣而睡,身子横斜,好像玉山颓倒,满面春容,风流潇洒,煞是可爱,一时不觉撇去了万种娇羞,平添了一腔情思。瞧他睡得烂醉如泥,心里倒反有些肉疼起来,因温柔地伸出玉手,轻轻把他的衣服脱去,移身纳入绣被,脱下衣裤,一件件地叠好,放在床边的凳上。自己把外衣也脱了,意欲也掀被睡进去,但却又没有勇气,迟疑了一会儿,不觉放下帐子,回身到桌边坐下,对着那对高燃的红烛,呆呆地出了一会儿神。暗想文相公对于此事,全然不知,一个女孩儿家岂能如此轻浮,这真是哥嫂害我了,倒又暗暗伤心起来。

正在这时,忽听房外卜卜有人敲了两声,璇姑问道:"谁呀?"

只听哥哥声音道:"啊哟,妹妹还没睡吗?"

璇姑道:"我自理会,你管我干吗?"

虎臣忙道:"不管,不管,那么妹妹快些儿睡吧。"

璇姑不语,心中又想:文相公不像薄幸人,我今若服侍了他,明儿醒了,也许不会十分拒绝吧?本来能嫁个这样丈夫,自然欢喜,但所恨的就是不和他预先说明啊。一时又想哥嫂这份儿热情,甚至跪地苦求,那我自该去就他的。

璇姑这样一阵一阵地想,不觉时已三更。石氏还怕璇姑不睡,因又到房外轻轻叫道:"姑娘,你还没睡吗?这样你太为难哥嫂了,再不睡天要亮了。"

璇姑到此,便笑道:"我睡是了,你放心吧。"

石氏笑道："好姑娘，这话对了，你快伴文相公睡了，我也要去陪你哥哥哩。"说着，便哧哧笑着远去。

璇姑听了嫂子话，心里不免荡漾了一下，因轻移莲步，把锦帐掀开，慢慢钻身到被里，当自己身子贴着素臣的肉体时，顿觉全身的细胞都紧张起来，好像有电流一般地灌注，血液是循环地沸腾得厉害。处女的心理，真是又惊又喜，又羞又怕。

不料素臣被璇姑身子一贴，竟醒了过来，似乎觉得身边有人，因蒙蒙眬眬地问道："是谁？"

璇姑吃了一惊，一颗芳心愈加跳跃不停，遂假装没听见。素臣疑惑，还道是虎臣，但虎臣终是睡在脚后的，今夜怎的竟睡到一头来了？因回转身子，伸手一摸，齐巧摸在璇姑嫩滑而纤腻的粉颊上，且又一阵幽兰的细香，直透鼻中，顿时大吃一惊，急问："你是何人？快些下去！"说着，便用手推。但大醉初醒，浑身无力，哪里还有丝毫气力。

璇姑被他问急，因只得说道："我是璇姑，哥哥叫我来服侍相公的。"

素臣仔细一瞧，果然竟是璇姑，粉颊犹偎在自己脖子上，因忙道："这个怎么使得？你快下去，不然我喊了。"

璇姑一听这话，心已冰凉，便哭起来道："我并非路柳墙花，哥嫂因感念相公恩德，无以为报，叫我来服侍相公，所以我不惜羞耻至此。相公如不嫌丑陋，收我为妾，这是使我感激不尽。若决意不收，我是闺中处子，今既与相公贴身而卧，断难再事他人，亦无面再图苟活，只好死在相公的前面了。"说着，便呜咽不止。

素臣见她海棠着雨，娇艳无比，倍觉楚楚爱怜，但她这样说法，心中更有不忍，万一女儿家怕羞耻，真的自寻短见，那我虽不杀伯仁，伯仁由我而死，这事万万不能惊动外人。因用手指揩去她颊上泪痕，劝道："你不用哭，我并不是薄情的人，但实在自己不能对得住良心啊。"

璇姑道："我亦早知道相公乃是君子，绝不肯俯就，奈哥嫂强逼，使妹子一时错了主意。今既事已如此，妹子只有一死以了今宵的羞耻了。"

素臣心中一急，便不顾一切，伸手将她樱嘴扪住道："不可以说死，你哥嫂既欲报恩于我，我岂能忍心陷你于死？我亦知此事并非出于你心，你心中自有万不得已的苦衷，但我心中亦自有困难，且待明日，和你哥嫂再商量妥善办法吧。"

璇姑听他虽不答应，话中却是万分多情，因又哽咽道："这也不必商量，我活着是你文家的人，死了亦是你文家的鬼。凭相公说一句，要我活也可，要我死也可，我总听从相公的话是了。"说着，便抽噎不成声。

素臣听她说得这样可怜，心中颇觉酸楚，一时忍不住眼眶儿也红起来，因道："你且起来，明儿再说吧。"

璇姑不答，素臣道："就是收你，也得和你哥哥说明才对。"

璇姑依然哭泣，素臣道："那么你睡进里面来，让我小解。"

璇姑听了，方始羞答答地腾身跨过，这样一来，互相肉体不免摩擦一下，素臣只觉其软如绵，其香若兰，心中摇摇不定。璇姑羞得不知如何是好，意欲避让，但天下事情愈要当心，愈不能成事实，手儿一松，整个的脸儿竟贴到素臣的颊上。两人到此，真是有些又羞又喜了。素臣见她睡进，他便跳下床来，穿裤披衣，却并不小解，对着那双红烛出了一会儿神，心想原来他们早存此心，唉，这叫我……想到这儿，身儿摇了摇，腿尚觉绵软无力，因就靠在桌上，伏案待旦。

璇姑好久不听见动静，心中奇怪，探首一望，方知他伏案而卧，心中又敬叹又伤心，遂也跳下床来，走到桌边，含泪叫道："文相公，你到床上去睡呀。"

素臣不答，璇姑无限怨抑陡上心头，呜咽哭道："相公既以我为不齿，坚决不收，我亦不敢怨你，只恨自己命苦。但相公这样睡着，岂不受寒？万一冻出病来，叫人如何对得住？我绝不因自己而连累相公，请相公床上去睡吧，我不睡到床去是了。"说罢，抽噎不息。

素臣到此，虽不抬头，两眼却已湿透。璇姑见他不理，又不好意思去扶他，万般无奈，只好把床上被儿去拿来，替他盖上，再去拿一条，把自己身子一裹，就靠近在他坐边的地上睡倒，表示我始终是你的。璇姑一片用心的苦真也够使人可怜了。

东方朝阳已由地平线上升，慢慢地照射到房中。素臣已是一觉醒来，两手揉了一下眼，回忆昨夜事情，真好像是一个梦。不料低头向下一瞧，倒是一呆，啊哟，璇姑竟是睡在这儿！一时心中也不知甜酸苦辣，究竟是什么滋味，只觉无限酸楚直冲鼻管，叫声璇姑，你真太痴心了，不禁抛下几点英雄泪来。

谁知此时，璇姑亦已醒来，一见素臣，便翻身站起，望着素臣，含情脉脉，却又扑簌落下泪来。素臣正欲寻话安慰，忽听房外有人敲门，璇姑因去开了。只见哥哥嫂子进来，笑嘻嘻道："恭喜，恭喜。"璇姑一听这话，辛酸已极，不觉扑到石氏身上哇的一声哭了。这一来把两人大吃一惊。

虎臣向素臣一拱手道："昨夜是小的鲁莽，还望相公原谅。"

石氏这时又连问璇姑为什么哭，素臣向虎臣道："刘兄，不是我埋怨你，你实在不该把妹妹来服侍我呀。"

虎臣、石氏到此，方知昨夜两人并未同过房，一时呆得说不出一句话来。素臣道："令妹相貌，系大贵之格，不宜做人妾媵，将来自有佳偶，夫荣妻贵，再不可怀硜硜之见。我因离家日久，归心如箭，只此就要告辞了。"说毕，便欲回身走出。

虎臣一听，好似冷水浇头，扑地跪倒，只顾叩头。素臣扯起道："有话且说，何苦如此？"

虎臣流泪道："妹子虽丑，尚晓大义。当初她亦不愿，此事全出于我的主意。今相公一走，则妹子必至轻生。小的因欲报妻子之恩，而遂致妹子于死，不孝已甚，羞愧难言。生既无以报亲朋，死亦何颜见父母呢？"说罢，泪如雨下。

璇姑见素臣要走，芳心如小鹿乱撞，伏在梳妆台上，呜咽不止。

石氏道："相公要走，真变成不情不义的人了。我先问你，当你酒醒，可知身旁有我们姑娘在？既然不肯收留，为何不立刻起来喊我们？那时相公无论责骂，我们自认不是。现在一宵已过，姑娘身子完全已属于你，你再不收，那不是明明要陷我们姑娘于死吗？"

素臣忙道："昨夜我并未睡在床上。"

石氏笑道："你们房中孤男寡女，床只一张，谁知你们在干什么？相公说这话，好没道理。"

素臣被她说得无言可对，良久只说得一句道："这事断使不得。"

璇姑见他兀是不允，心中着急哭道："相公若主意已定，我只有先寻自尽，灵魂儿也得跟相公回去的。"说着，哭得更加凄切。

虎臣也大哭道："相公若不成全我一家廉耻，我亦无颜见人，就死在相公之前吧。"

石氏既替姑娘着急，又替丈夫担忧，不禁也跪下哭道："既然事已至此，我害了姑娘，我也只有死了。"

素臣到此地步，不觉英雄气短，儿女情长，也落下几点伤心泪来，暗自踌躇，事已至此，谅没挽回，就是有负初心，也顾不得了。

璇姑见素臣尚不开口允许，便也跪倒大哭道："我的生死，只在相公一言。要想昨夜与相公合被同衾，沾身贴肉，将来若再事他人，就是自家哥嫂，亦无颜相对。相公是守礼君子，原是我听从哥嫂，冒昧相从，自作之孽，将来九泉之下，断不敢有怨相公，只恨一时错见，永做含羞之鬼了。"说罢，又复大哭。

素臣听到伤心处，泪更泉涌，因忍不住叹道："你们都起来吧，我答应你们是了。"

虎臣、石氏一听，连忙叩头道谢站起。璇姑正在万分辛酸之余，突然听到这话，不觉惊喜交集，破涕为笑，骤然站起，猛可扑到素臣身上，紧紧抱住他的脖子，偎着他的脸儿，甜甜蜜蜜地吻住了。

作书的写到这儿，把《文素臣》暂告一个段落，如欲明了以后详细事实，且待续集里再行奉告诸君吧。

续　集

第一回

娇花解语　碧玉生香

刘璇姑在万分伤心之余，不料出乎意外地突然听文素臣说答应了，这一喜欢，真把她心花儿朵朵都开了，骤然奔到素臣面前，将他的脖子紧紧抱住，那满眶子的眼泪，却又扑簌簌地滚下来。素臣知道这是她内心喜悦到极点的表示，不觉起了无限的怜惜，抚着她乌亮的美发，默默地亲热了一会儿，那泪也忍不住夺眶而出。

这时璇姑哥嫂刘虎臣和石氏站在旁边，瞧了这个情景，倒不禁破涕为笑了。石氏道："姑娘，文相公既然已经答应收你，你也不用伤心了，好好儿陪相公谈一会儿，我去打米做饭了。"

说着，把虎臣衣袖一扯，丢了一个眼色。虎臣会意，微笑道："大妹，你听见没有？我把文相公交给了你，你别让他走，我到市上去买菜去。"两人说时，已携手出房。

璇姑抬头望了素臣一眼，不觉嫣然笑了，连忙离开素臣身子，端过一把椅子，请素臣坐下道："相公请坐会儿，待我梳好了头吧。"

素臣点头，璇姑遂自对镜梳洗。只见镜内映出后面素臣的脸儿，他那两只眼睛却只管盯住自己，心中不免荡漾了一下，把手巾向嘴唇上一抿，便回头又向素臣秋波一瞟，却又含羞低下了头。

素臣道："你也坐吧。"

璇姑道："我怎敢与相公同坐？"

素臣道："这是哪儿话？姜乃侧室，并不是婢仆下人，怎的不能和我同坐？我喜欢你坐在我的身旁，你只管坐好了。"

璇姑见他这样，心中暗喜，只得在他旁边坐下。素臣拉过她手，柔和地问道："你今年几岁了？字识得吗？"

璇姑含笑道："我今年十七岁，书没有读过，就是母亲教了几个字儿，也还写得上来。那桌上堆着许多我的书，还有好多地方不懂哩。文相公，你能教教我吗？"

素臣笑道："教你可以，不过我对你说一句，我们既是成为一体，相公称呼嫌俗，你就叫我一声哥哥得了。"

璇姑一听，不禁喜上眉梢，红晕了脸儿笑道："恭敬不如从命，我就叫你哥哥吧。"

素臣笑着，遂携她手儿同到桌边坐下，见桌上堆着的书，有签上写着九章算法，因指着道："你这也全会了吗？"

璇姑道："虽然并不十分精熟，但还能算得上来。"

素臣欢喜道："不想妹妹这样聪敏，将来再教你三角算法，便可量天测地，推步日月五行了。"

璇姑听他竟呼自己妹妹，一时乐得不知所云，眉儿一扬，眸珠一转，笑道："妹子生性最爱算法，却不懂有三角算法，今得哥哥这样良师，万望要教妹妹会呢。"

素臣见她孩气未脱，稚憨可爱，因笑道："三角只不过推广勾股，其所列四率，亦不过异乘同除，但其中曲折较多，还有弧三角法，更须推算次形。我家里都有这类书籍，将来妹妹自可学习。"

两人正在并了头絮絮谈着，虎臣和石氏已把饭菜端进，见他们亲爱模样，心中都十分欢喜。石氏喊道："文相公，姑娘，你们吃午饭吧。"

素臣回头道："叫大哥大嫂累忙，真对不起。"

虎臣啊哟道："文相公，你这是哪儿话？不要怪我们怠慢了你，我们真已喜欢得了不得呢。"

石氏笑道："文相公别说客气话，璇姑娘陪着文相公吃吧。"

素臣道："你们呢？"

石氏道："我们外面已吃过了。"说着，便向璇姑瞟了一眼，扑地一笑，拉了虎臣，又匆匆出房去。

素臣见他们两口子有趣，也忍不住望着璇姑笑，璇姑不好意思，低了头也笑起来。两人吃毕饭，坐在房中，又细细地讲解算法。璇姑天质聪敏，一经指点，无不心领神会。素臣喜不自胜，握着她手笑："我留心算法，到处讲说，却终没有一个会心的人，每每不胜怅惘。现在妹妹如此聪敏，海内虽无高弟，闺中自有传人，我可以不必再忧愁了。"

璇姑见他这样赞美，芳心大乐，愈加注意，素臣也就愈加乐而教她。这样直到日薄西山，天色将夜。石氏进来上灯，把璇姑悄悄唤出，望着她忍不住笑道："姑娘，你的本领真大，好像胶水似的，把个姑爷胶得房门一步也不出了。文相公这才叫古怪，早晨铁青了脸皮，真把人也吓得煞，这会子说也有笑也有，像孩子捧着糖果儿的。姑娘，你到底给他吃了糖没有啦。"

璇姑红了脸，啐她一口，却羞得抬不起头来。石氏笑道："别害羞，你哥哥喊你有话问呢。"

璇姑被嫂子拉到外面，只见虎臣在桌上打开衣包，提出一件大红绸外盖，一件月白绫夹衫，一件棉绸衫，一条红软缎裤，一个缎子包头，一条秋葵色汗巾，一副大红丝带，都是簇新的。见了璇姑跟石氏出来，便道："昨儿还是私下的事，今天既说明了，也得像个样子。妹妹，你快拿进房去换了，出来拜了祖先，在寿星前磕个头，就好与文相公成亲。"

璇姑两颊如霞，羞答答地对石氏道："这叫我怎好意思呢？"

石氏笑道："姑娘成日躲在房里伴姑爷，这时怎的反害起羞来了。"

璇姑啐了一声，眼珠一转有了主意，挟着衣包，便匆匆到嫂子房中去换了。等她换舒齐走出，虎臣夫妇已拜过祖先，璇姑遂也拜了，上酒献饭，焚了帛，收拾过去。虎臣便请出素臣，说道："今天是喜日，等妹子见了礼，好吃合欢酒儿。"

话还未完，璇姑已是拜了下去。素臣连说免了免了，璇姑已拜罢起来，复请哥嫂见礼。虎臣笑道："妹子，我们不消了。"

璇姑不知怎样有了一阵感触，几乎掉下泪来，因拜了两拜。虎臣夫妇早已扶起，一面各执银蜡台，照送素臣、璇姑入房，一面摆席。虽无凤髓龙肝，颇有山珍海错。虎臣夫妇各斟满满两杯，送到两人面前道："相公妹子吃个双杯，愿你俩成双到老，百年如意。"

璇姑掀着酒窝儿只是笑，和素臣同声谢着，一饮而干。虎臣夫妇遂行告退，璇姑站起相送。石氏随手拉了她到门边，悄悄地递给她一方白绫帕子，塞到璇姑的衣袖去，道；"回头要添，喊我好了。"

璇姑不明白嫂子意思，因问这帕儿有什么用处。石氏抹嘴笑道；"回头你就知道了。"

璇姑凝眸思忖，想起平日姑嫂间闺中戏谑聊天，顿时理会过来，羞得红云满颊，不敢则声，低头仍回座去。石氏扑地一笑，方自走出。璇姑这时和素臣彼此是亲热了许多，劝酒劝菜。素臣见她换了新衣，愈觉体态轻盈，柳眉杏眼，樱唇皓齿，妩媚可爱，另有一种风流情况，且酒后容儿更是白里透红。对着绝世佳人，心里畅快，因此酒就一杯一杯倒下肚去，约有六七分醉意。璇姑怕他再像昨夜那样大醉，误了好事，因问他吃饭了好吗，素臣点头。

璇姑出房正欲喊嫂子，石氏早笑着端饭进来道："知道了，文相公酒不喝了是吗？"璇姑含笑。两人吃过饭，石氏收拾出去，掩上门儿道："文相公和姑娘早些儿安置吧，咱们明儿见。"

璇姑遂关上房门，服侍素臣睡下，然后自己也脱衣解带，掀被躺进去。素臣却仰面而卧，全然不动。璇姑见此情景，心中好生纳闷，但自己又不能向他开口，一时误会又有变故。倘若此番再成画饼，这叫我如何再生存世上见人呢。一阵心酸，两行清泪不觉直淌。

素臣忽听抽噎之声，连忙回头，一见璇姑这样，遂将她拥入怀里，一面替她拭泪，一面安慰她道："妹妹，你不必悲伤，我是决定收你，哪里再肯抛弃你吗？但我有老母在堂，岂可以不告而娶。我的意思，待我回家告诉了母亲，娶你回家成婚，这才是正理，不知妹妹的意思怎样？"

璇姑躲在他怀里柔顺得像婴孩似的，凝望着他道："哥哥的主见是对的，妹子并不是贪欢的女子，敢不听从哥哥的话。但妹子原是惊弓之鸟，心胆已碎，恐怕再发生什么意外的变故呢。"

素臣正色道："妹妹这个放心，我并非薄幸的人，你假使恐我负心，我愿设誓，必像此烛……"

璇姑听到这里，急把玉手向他嘴儿一按，说道："哥哥何苦设誓，只要彼此同心是了。"

素臣见她颇明大义，委婉听从，心中喜欢，两人遂沉沉睡去。

次日醒来，素臣觉璇姑用纤指在自己背上画圈，因问何事，璇姑连忙缩手笑道："我一心忆着算法，却不知不觉画那弧度了，谁知竟是哥哥的背上。"说着，便咯咯地一笑。

素臣笑道："妹子如此好学，将来怕不能专吗？"因在床上躺着，又教她一回。

璇姑笑道："能得哥哥这样良师教授，妹子真觉生平第一快事了。"

素臣道："这样说，你该谢师了。"

璇姑眉儿飞扬，眸珠在长睫毛里一转，笑着戏他道："妹子的整个身体，也全是你的所有了。这样谢你，哥哥还要我谢什么呀？"

素臣见她可人，因笑道："妹子身体既是我的，就让哥哥成天抱着吧。"

璇姑憨憨笑道："不要像前夜那样……就是了……"说到此，忽又叹了一声。

素臣知道她又为着前夜拒绝她而伤心，因捧过她脸儿，真的吻了一下道："妹妹别伤心，终是我的不是吧。"

璇姑听了这话，本来眼泪是忍住着，这就淌了下来。两人默默温存一回，方才各自起身。素臣又把她衣袖一扯，附耳道："昨夜的事，你可以不必告诉哥嫂知道，省得他们又疑心了。"

璇姑红晕了脸，瞟他一眼，含笑道；"这个我自理会得，况且这样羞人答答的事，又怎样说得出口呢？"素臣听了，自己也笑了。

璇姑开了房门，却见石氏已端上一罐莲桂汤儿，笑向她道："姑娘这次可是真正恭喜了。"璇姑含羞不答，一面接过莲桂汤，倒在碗内给素臣吃。

一会儿虎臣匆匆进来道："这真可惜。"素臣忙问什么，虎臣道："我刚才在市上买菜回来，路上好一只大野鸡飞过，离我站处只有十几步远，但我身边没带弹弓，否则倒可以捉回来呢。"

素臣道："大哥会打弹吗？"

虎臣笑道："平日打几个雀儿玩玩，不十分准确的。"

素臣笑道："这个我倒略知一二，你若要学，我可以教你。"

虎臣大喜道："好极了。"

石氏道："且吃了早饭再说，不要饿坏了姑娘和相公。"说着，已端饭菜进来。

大家用过，虎臣便要素臣教打弹。素臣道："我一时高兴，和你说起，但我归心如箭，今天就要起身了。待我来接你妹子的时候，再教好了。"

虎臣一听，目停口呆。石氏忙道："教弩正有日子哩，只不过姑娘才得服侍相公，常言道，一月不空房。相公且住满了月，再说去的话吧。"

虎臣也苦苦留他，从半月十日，说到三朝，素臣还是不允。璇姑见留不住他，秋波凝视着他，心中一阵心酸，那泪又夺眶而出。

石氏道："相公想家也不在两三日上，除非姑娘有什么毛病，第二朝便至决散。若是好好的闺女，怕没这般情理吧。我丈夫说过了，三朝是再也少不得的了。"

素臣见璇姑泪眼盈盈，已是不忍，今听她如此说法，只得答应

98

道："大嫂别急，准定过了三朝就是。"

虎臣听了，方始安心，因又要素臣教弓弩。石氏嗔道："才吃过饭，你该叫只湖船，伴相公去游玩一回才是，怎么老是缠着相公教弩？"

虎臣笑道："那么我们就到湖滨去玩一会儿吧。只是我们走了，你们姑嫂不是冷清清怪寂寞吗？你倒不要紧，妹妹可还是新婚呢。做嫂子疼姑娘，就该叫文相公多伴妹妹一刻，怎的倒反催我伴了相公到外面去呢？"

石氏一听，果然不错，璇姑白着虎臣一眼，却低头不语。素臣笑道："我生平最喜以学传人，令妹酷好算法，你如今又喜学弩，反正外面也没什么好玩，这两天就与你们讲究便了。"

虎臣、璇姑听了，不觉大喜，石氏当然也不阻了。素臣因叫虎臣去削几支竹箭，这儿又取纸笔，画了许多黄白赤道、地平经纬各图，向璇姑招手。璇姑姗姗走到桌旁，素臣将那弧度交角之理，指示璇姑。

正在讲解，虎臣已削好三五十支竹箭，叫素臣同到院子里去。石氏见房中并无别人，便悄悄走到璇姑身边，笑问道："姑娘，文相公待你的恩情可好？"

璇姑含羞不答，石氏笑道："你恨我叫你哥哥伴他去玩湖吗？但我并没理会到呢，这要请你原谅的。"

璇姑笑道："嫂嫂怎的尽取笑我呢？"

石氏道："我怎敢取笑你，为了嫂子的事，叫姑娘报他恩德，受了许多委屈，叫我不安心，所以问问他待你恩情可好，也叫嫂子放心。"

璇姑听了这话，想起种种伤心，一时又淌下泪来。石氏忙劝慰道："姑娘现在正是欢喜时候，为什么又伤心了？"

璇姑心想：我们虽同床共枕，却还不曾……呢。但这又怎能和嫂子说，因拭泪破涕笑道："我哪里伤心什么呢。"

石氏又说笑一回，方始去烧饭。不多一会儿，石氏端饭菜上来，又请文相公和虎臣吃饭。只见虎臣笑嚷进来道："文相公的眼力真正不错，实可称为神箭手了。"

　　午后，虎臣夫妇自到外间料理事情，素臣伴着璇姑教算法。两人并肩同坐，卿卿我我，真也说不尽郎情如水、妾意若绵。这样时光是过得特别快，一会儿工夫，又是上灯时分了。璇姑道："哥哥，你息一会儿吧。尽教我，可把你累死了。"

　　素臣笑道："我生平有四件事略有所长，每欲传人，终不可得。如今历算之法，得了妹妹，要算是我的传人了。我还有诗学医宗兵法三项，俱有心得未遇解人。将来再娶三个慧姬，每人传与一业，每日在闺中焚香啜茗，不是论诗，就是谈兵，不是讲医，就是推算。追三百之风雅，穷八门之神奇，研素问之精华，阐周髀之奥妙，则尘世的功名富贵，就统付给浮云太虚了。"说着，便望着璇姑又笑道，"妹妹以为怎样？"

　　璇姑听了这话，好生奇怪，不想他竟有如此论调，因扑地一笑，用纤指划脸羞他道："啊哟，原来哥哥是个口不应心的人，连日一脸孔的假道学模样，累妹子吊胆惊心，不知费了多少涕泪，几乎磕破额角，才得改过口来。好似闻着酒气便醉的量儿，哪知哥哥口紧心宽，直想吞江吸海。只不知是哪几家子晦气，又要看妹子的样儿，担惊受吓，磕头哀求，出无数的眼泪鼻涕哩。"

　　素臣失声笑道："我是和妹妹故意说着玩的，你倒信以为实了。倘使真的金谷中遍种名花，只怕就要倾倒醋瓶淋漓不已了。"

　　璇姑红晕了脸，瞟他一眼笑道："妹子自身亦颇难保，还敢醋着他人哩？况且屏列金钗，原是读书人应有的事。只恐妹子生性痴愚，不能领略历算中的精蕴，有负哥哥的期望呢。"

　　素臣拉过她玉手笑道："世上最难得的是慧心解人，古人说：得一知己，可以无憾。何况一室之中，欲使四美俱备，岂真有此奇缘，作此妄想吗？"

璇姑也抚着他手道:"有大志的人,必有奇缘;有奇才的人,必有奇遇。即如未家鸾吹小姐,生长大家,自然知书识字,善赋工诗。将来归于哥哥,岂非传诗的高弟?还有素娥姐她精于歧黄之术,未小姐来,自必随腠,岂不可与言医?所少的就是谈兵一人,不过在妹子看来,以哥哥的奇才,欲得此人,真易如反掌呢。"

素臣一听这话,惊诧十分,正要问她此话何来,却值石氏开上饭来,见两人握手谈心,亲热得了不得,便望着他们哧哧地笑。璇姑不好意思,连忙站起,帮着石氏摆筷端菜。

虎臣亦进来道:"我已练得很准确了。"

素臣笑道:"难为你们兄妹俩用心研究,有志者事竟成,这是一定的道理。"

石氏笑道:"文相公竟是他们兄妹的先生了。"说得大家都笑。

晚上四人谈了一会儿,虎臣夫妇方告晚安携手回房。这里素臣、璇姑也各脱衣就寝。素臣想了一会儿,悄悄问道:"妹妹,我问你刚才这话,是打哪儿来的?"

璇姑抿嘴笑道:"可是我提起未小姐,就勾起哥哥的心事来了?"

素臣听她仍是如此说法,因正色道:"我和未小姐分属兄妹,你岂可胡言乱语。你说这话,必有来因,快直说我听吧。"

璇姑见他声色俱厉,倒害怕起来,因低声道:"是妹子失言了,请哥哥不要生气。"

素臣见她急得花容失色,心有不忍,因又温和道:"我并不生气,你从实告诉我吧。"

璇姑方道:"妹子见未小姐深感哥哥救命大恩,刻于心骨,与妹说起水中捞救、黑夜扶持的话,不禁涕泗交流,一片深情,溢于言表。那日分别,未小姐满面垂泪,即哥哥亦沾湿衣襟。别后未小姐又赠被褥金簪,妹子细猜,想必未小姐知恩报恩,与哥哥定已有终身之约,所以一时冲口说出,不料冒犯哥哥了。"

素臣深深叹了一口气道:"昔人谓瓜李之嫌,真是金玉良言。"

因把湖中捞救鸾吹、在社神庙中过夜、鸾吹愿做小室、自己拒绝的话，并借给耳挖簪发的事统统告诉一遍。一面又把耳挖拔下，簪在璇姑的鬓上道："妹妹如不信我，我就送与了你，那你终可晓得并不是什么表记了。"

璇姑听了，芳心大喜，连忙谢赐，并又连连谢罪道："哥哥真天下第一君子，妹妹说话造次，请你原谅我年轻不知吧。"

素臣伸手把她拥抱在怀，偎她脸儿笑道："我并不责怪你，你怎的老是认罪呢?"璇姑哧哧一笑，两人遂沉入梦。

光阴容易过，一宵过了又一宵，明天素臣便要回家。璇姑这夜枕边蹙眉问素臣可否再留几天，素臣道："这断不能，明日一早就走。"

璇姑暗暗垂泪。素臣安慰道："妹妹勿悲，哥回家见母，即可前来接归。闺房之乐的日子正多，岂在目前须臾离别? 快休做此悲凉之状，令我心酸。"

璇姑因不敢再泣，拭泪道："世情反复，人事风波，我愿哥哥早日来伴，毋至再有变端。"

素臣抚她乌发道："我前曾向妹妹设誓，难道你还不信我吗?"

璇姑急道："我哪里不信哥哥……"

素臣道："那你还愁什么变端呢?"两人说着，相抱睡去。

次日素臣把澹然六十两纹银取出五十两，作为聘金，又取出八两，给璇姑买些零碎用品，自己只剩二两，也够得盘缠了。虎臣心知挽留不住，因叫石氏赶紧煮粥。素臣又在抽屉内取出一个帖儿，向虎臣道："这上面写着指掌三处用力之诀，并袖藏十弩连珠发用之法，大哥可细心体会，自有妙处。"

虎臣道谢，石氏端进早餐。璇姑秋波凝视素臣道："哥哥二两盘缠怎够，还是多带几两吧。既是结了眷属，何必定要形式上……"

素臣道："这也并不是。五十两原算不了聘金，给你哥哥存下做本钱，经营些事业，这个糕团店不用开了。"

璇姑道："那么我也要不了八两，就与哥哥对分吧。"

素臣见她如此多情，遂答应了。匆匆用毕早餐，虎臣去雇船，璇姑、素臣喁喁唧唧又谈个不了。一会儿虎臣已雇定船只回来，问文相公行李舒齐没有。璇姑心中暗想：只管说话，真个竟把行李也忘记整理。一时心中无限不好意思，那两颊就一阵一阵红晕起来。

第二回

莽汉挥拳　良妻雅谑

璇姑红着脸儿，望了素臣一眼，两人都会心笑起来。璇姑道："我也糊涂极了。"说时，便即把素臣被褥理出。素臣叫璇姑把自己一条褥单、一条缎褥留给璇姑，换了璇姑一床布褥。虎臣不解其用意，忙问这是为什么。

素臣笑道："你问妹妹，她一定知道。"

璇姑瞅了虎臣一眼，虎臣会意，便回身退出。

素臣上前握着她手，柔和地道："妹妹，这样我们虽离如不离矣。"

璇姑深感其情，不觉眼皮一红，默默地凝视着他，表示万分的感激。一会儿，忽又想起什么事似的，立刻转向到橱边开了门，取出一条白绫汗巾，递到素臣手中，垂泪道："哥哥，见此巾如见妹妹……"

素臣接过，见上面绣着晓日朦胧、杨柳披拂之势，题着一行小字，是"春风晓日图"。素臣知是她亲手所绣，遂系在腰带上，两人恋恋不舍，素臣又好好安慰一番，方出来谢别石氏。石氏又叮嘱他要早日来伴璇姑，素臣答应。

虎臣道："我送文相公到了吴江再回家来。"素臣也就允了。两人在船上无事，又把用弩之法说给虎臣知道，虎臣心领神会，素臣更觉喜欢。

船行一日，这夜到了乌镇，买些饭菜，放开船头。不料河中正撑来一只大船，素臣的小船不及躲避，两船一碰，大船上人多恃强，说是碰坏了他的船头，跳上船把船家锁去。素臣这船便直横过来，急得后面摇橹的船家乱跳乱喊。

虎臣袖里藏着十支竹弩，正在学习指掌臂法，一时不禁跨出船头。见大船上的水手锁住船家，心中大怒，把手一扬，那竹箭一连发出三支，两支落空，一支齐巧中在水手的股上。只听他大喊啊哟痛呀，便即跌倒。

那边大船上闻声，又跳出三四个大汉，向虎臣劈面就打。虎臣用臂一格，两个跌下河去，一个跌转大船头上，爬不起来，心中一急，就大喊打死了人。虎臣信以为真，倒也吃了一惊，正欲避入舱内，猛可地听得大吼一声，那边船上又跳来一条大汉，一手揪着虎臣胸脯，望着河里就掼。虎臣见来势不轻，死命抵住。那大汉却掼不倒虎臣，虎臣偷出右拳，直向大汉腰间挥来，大汉连忙放手，倒退一步，用手架住。两人遂拳来脚去地蛮打起来。那船身受到剧烈的震动，便摇摆不停，船底的水声，也就激掀起喋喋嗒嗒的响。两边船上的人，见他们角力式地扭打，谁也掼不倒谁，一时反大声喊好。

素臣睡在舱中，听着外面嘈杂的声音，知道这莽汉一定闯了祸，连忙披衣出外一瞧，果见虎臣和一个大汉蛮打作一团。再仔细向那大汉瞧去，不禁啊哟了一声，慌忙大叫道："景老弟，快住了手，自己人打什么！"

大汉见了素臣，也咦了一声，和虎臣都停了打，问素臣道："素兄，此位是谁？"

素臣道："这位刘兄，与我同来的，你且进舱来，我给你细谈吧。"

那边船上水手一听，忙把船家开锁道："原来是文相公的船。"

那大汉和虎臣遂到素臣船舱，素臣向虎臣介绍道："这位是我知己朋友，姓景名日京。这位是刘虎臣，也是我的朋友。你们刚才打得正好，真可谓是不打不成相识了。"

两人一听，倒有些不好意思起来，红着脸儿，各伸出手握了一阵。素臣因问景日京缘何到此。日京道："这个说来话长，你这刘兄的膂力实在不错。"

素臣笑道："打得你疼吗？"

日京道："要打得疼才好，不痛不痒的就是打一日，也没什么意思。"

素臣听了好笑，真是两位憨兄碰对了。日京又问虎臣多少年纪，会什么武艺，方才发的弩箭可是素兄传授的。

素臣惊讶道："这事你如何知道？"

虎臣道："我因见水手锁住船家，一时气急了，便冒昧发了一箭，不料竟射中了。"

素臣听了，埋怨虎臣不该鲁莽。日京道："你别埋怨他了，刘兄到底是几岁了？"

虎臣道："虚度了二十三年，我也不会什么武艺，就是文相公教我用弩，才学了两日。"

日京道："刘兄真好聪敏，且膂力着实厉害。刚才素兄若不出来，定要吃亏哩。"

虎臣啊哟道："景相公你太挖苦我了，我勉强支持，已是筋疲力尽，文相公若迟一会儿出来，我是定要受伤了。"

日京哈哈笑道："刘兄，你这话全是假的，我老实说一句，咱们两人正是棋逢敌手。"

正说时，忽见大船上又走出一人，向素臣叫道："表兄，久违了。"

素臣抬头，见是表弟水梁公，因忙道："原来梁公也在此，怎的日京没说起?"

日京道:"这因要紧问刘兄,所以忘了。"

梁公道:"我是回家去的,表兄搬过大船来吧。"

素臣大喜,遂喊船家把行李搬上大船。四人坐下,素臣问两人打哪儿来,日京道:"不要说起,你真气坏我了。你出门游学,怎不关照我们?我们两人是追你的。不料一路赶来,连日下雨,到了杭州,偏西湖又出了蛟,因此我们下寓处住了几天,好没兴趣地回来了,谁知倒又会碰见了你。"说着,又还问素臣为何回家了。

素臣把经过也详述一遍。日京大喜道:"原来刘老兄是你的大舅子,今日我做个东,替素兄会亲。"

虎臣忙道:"这个怎敢。"

梁公道:"还是我来做东吧,一来压惊,二来贺喜,三来为日京和刘兄合面。"

日京笑道:"什么合面,不是我们这么一打,我们怎能成交?如今是好了,与素兄做了亲戚,我们便常可以打着玩哩。"

大家听了,都失声大笑。梁公立刻叫船家备酒菜设席。日京请虎臣首座,虎臣连声不迭道:"景相公若这样客气,我便下小船回去了。"

日京道:"什么叫作景相公?如今我们是朋友了,瞧得起喊我一声老弟。要如再喊一声相公,就先吃小弟三拳头。"

梁公笑道:"你这人也太不客气,怎的只顾讲打?以后刘兄若再喊相公,当罚他三巨觥才对了。"

素臣笑道:"这话说得是,大哥以后切勿再有此等俗称。"

虎臣听了,只得唯唯,但首座决不敢的,还是素兄坐吧。日京道:"酒菜已来,大家就随意坐吧。你们客气,我可偏不客气了。"说着,遂先在主位坐下,大家见他直爽得痛快,遂都挨次坐下,欢然畅饮。只见三个船家进来叩头讨赏。原来一个是被弩箭所伤,两个是跌入河去，被水底石块擦伤了头脸。素臣因取一两银子，赏与三人买酒补苦。三人一见，便欢天喜地叩谢出去了。素臣又劝虎臣此弩只可用在强盗土匪身上，别处切勿乱使，虎臣答应。三人谈谈笑笑，直到月影西斜，方始收拾过去。家人们遂开铺盖，见素臣床铺，日京奇怪道："素兄生平俭朴，何来鲜艳锦被？"

素臣因把鸾吹感恩赠送之事说知，日京道："未小姐真是多情。"

梁公笑道："但这床褥子殊不相称。"素臣因又把换给璇姑的事告诉一遍。梁公笑道："表兄亦多情人也。唯多情人能遇多情人，此话原不虚呢。"大家都笑，遂各自安寝。

次日黎明，已抵吴江，大家收拾回家。素臣因母教极严，在外擅自娶妾，恐被所责，此事须慢慢转禀，不能冒昧从事。因对虎臣道："本当同你上去，如今想来，有许多不便。你可先回去对你令妹说，叫她放心，我约月内就来接她是了。"

虎臣答应，遂和素臣梁公日京作别。待他们走后，悄悄向邻里访问，知道水夫人大贤大德，田氏亦贤惠非常。虎臣满心喜欢，方坐原船回去。

素臣到了家里，见过水夫人，将前后事情细述一遍，却单把璇姑之事隐瞒。水夫人听小厮柳儿落水不知下落，不觉凄然下泪道："柳儿这孩子最有天性，那相貌也不像早夭的样子，但愿有人把他救起了才好。这次你出去，倒会遇见了未家老伯，这也可称有缘了，我们自分别以来，差不多有十五六个年头了。你又把他大小姐救起，只是他二小姐竟也没有着处吗？"

素臣点头。正在这时，老家人文虚进来禀道："门斗在外要见。"

素臣出去，问知宗师按临江阴，先考苏州，十八日取齐，二十日开考，素臣遂来告知母亲。水夫人道："为何考信如此急速？你哥哥身子不好，不去亦可。你既是回家了，应该去考，且在家休息一两日动身吧。"

素臣答应，遂到哥哥古心书房来。古心见素臣回来，便忙让座。素臣遂告诉考试的事。古心笑道："如此甚好，我本来亦无意功名。"

因又问别后情形。这时丫鬟秋香送上茶来，素臣一面吃茶，一面遂把在外一切经过统统告诉。古心叹道："出门不过几天，就有这许多变头，可见世路崎岖。我的志在杜门，正是为此。你虽别有主见，但以后也要斟酌才是。"

素臣连连称是，又问大哥身子近日可好些。古心道："你说不药为中医，节饮食以俟其元气，近日倒好多了。那么璇姑娘的事，你可禀知母亲?"

素臣摇头道："母亲严正，此事须缓缓乘便禀明。如母亲发怒，还请大哥婉转代告刘家姑娘的苦衷。"

古心笑着答应。素臣又到嫂嫂阮氏房中，问问两侄功课。忽见文虚来喊，说外面二爷几个好友特来相访。素臣连忙出外接见，原来是余双人、元首公、匡无外、景敬亭，遂招呼入座。四人问素臣为何速归，并约同赴江阴考试。素臣答应，一面告知在外之事。众人听到湖上出蛟，无不骇然，复要公席接风，兼之压惊。素臣因有心事，婉言谢绝，众人遂亦散去。

素臣又到上房，和母亲闲谈家事，晚上伴着吃了饭。水夫人因恐素臣在路上劳顿，叫田氏早陪素臣回房安睡。素臣、田氏到了房内，因刚才不能亲热叙谈，这时在闺房之中，更忌何人?因关上房门，携着田氏的玉手，笑道："妹妹，我在外面，你心中可记惦我吗?"

田氏笑道："妹在梦寐之中，亦时记挂，不知哥哥有和妹同心吗?"

素臣拉她在床边坐下，望她憨憨笑道："妹妹，你猜吧。"

田氏扑地一笑，摇头道："妹想来，哥哥未必和妹同心。"

素臣忙道："这话怎么讲?"

田氏瞟他一眼，抿嘴笑道："遇见了未小姐，哪里还想到我吗？"

素臣急道："这个我可发誓，与未小姐再纯洁没有了，妹妹多什么心呢？"

田氏叹了一声道："我倒并不是多心，我叹息未小姐真可怜，她感哥哥救命大恩，且又肉身相偎，女子痴心，她求哥收作妾媵，原也怪不了她。不知哥哥何以如此无情，竟忍心拒绝呢？"

素臣听她言语恳切，意态真挚，想来并不虚伪，一时心中万分敬爱，反而说不出话来。田氏见他不语，因又道："哥哥尚疑妹的话是假的吗？"

素臣道："并不是，我有一件心事，要与妹妹商量，正在开口不得。今听妹妹如此贤德，我就实告你吧。"

田氏听了一怔，道："哥哥真已和未小姐私订了约吗？"

素臣道："不是未小姐。"因把璇姑的事告诉一遍。

田氏听了，笑起来道："哥哥艳遇何多？真可称风流公子了。"

素臣羞惭道："妹妹切勿取笑，我亦有不得已的苦衷呢。"

田氏笑道："既如此，这是好极了，妹子三好两歉，原怕误了嗣息。得她前来相帮服侍婆婆，料理家事，也好替我许多心力。"

素臣一听，感激得握她手儿吻个不住道："自古至今，女人总是好妒的多，不料我竟得像妹妹那般宽量的贤妻，这我是多么幸运呀。"说着，情不自禁，把田氏纳入怀中，亲密拥抱，脱衣解带。田氏含羞，服侍睡下。

素臣道："妹妹虽能允许，我却怕母亲不答应呢。"

田氏道："这个放心，妹子自当竭力申说。"

素臣一听大喜，捧过她脸，吻了一下。田氏咯咯笑道："好好地说话，哥哥偏不正经，可见哥哥在外的行为了。"

素臣啊哟道："妹妹这可冤枉我了，我虽和璇姑娘同床四夜，却一分儿没占她什么……"

田氏啐他一口，红晕了双颊笑道："谁要听你这话？妹妹又没跟在你的身后，哪里知道你在干什么？"

素臣听了，附耳低笑道："妹妹如不相信，日后刘姑娘到来，我可把她先交给你去验明的。"

田氏把纤指在他颊上一划，羞他笑道："亏你说得出，还自称君子哩。"

素臣笑道："妹子这话错了，若夫妻之间，也学君子，那还成什么样儿？恐怕妹妹也不肯和我罢休哩。"

田氏羞得连耳根都通红起来，呸了一声，把脸儿藏到素臣胸前，忍不住又咯咯笑起来。素臣熄灭了灯火，放下锦帐，两人遂拥抱着去寻甜蜜的好梦了。

次日早晨，两人方才起身，忽见水夫人房中的丫鬟紫函匆匆跑来，悄向田氏道："二爷在外娶妾，瞒了太太，如今弄破了，叫紫函来请二爷哩。"

田氏、素臣一听，大吃一惊。素臣因求田氏先去解释苦衷，自己随后就来。田氏无奈，只得走到上房。只见水夫人满面怒容道："素臣在外胡为，你曾知道吗？"

田氏小心道："还只有昨夜告知，他亦恐母亲不乐，嘱媳先向母亲恳情，但他真有不得已的苦衷。"因把璇姑之事，委委婉婉地告诉一遍。这时素臣亦已进来，一见水夫人怒容，知事已不好，大吃一惊，急忙跪到水夫人膝前，匍匐于地，不敢仰视。田氏见夫君下跪，也忙跪在旁边，代为哀求。

水夫人怒骂道："你这逆子，枉读诗书！岂不闻瓜田李下，君子不居；濮上桑间，诗人所耻。施恩望报，乃卑鄙之胸襟；为德不卒，岂通儒之意量？昔柳下坐怀，不闻贮之金屋；鲁男拒色，唯知闭此柴门。乃敢阳托知恩报恩之名，阴行知法犯法之事。下既亏你一生行止，上复玷你祖父家风，倒不如死在湖中，得个完名全节，你还有何面目回来见我？"

素臣听了这一篇话，汗流浃背，吓得趴在地下，只是发抖，一句话也说不出来。亏得田氏把素臣再三辞绝及璇姑一家苦情，含着两眶眼泪，代素臣剀切陈说，水夫人怒气才略平些道："若不瞧在媳妇脸上，便当尽法惩处。如今幸未成婚，唯有乘墉勿攻，掩盖前愆罢了。"

这时古心亦扶病进来跪求，并陈述兄弟苦衷。水夫人到此，心有不忍，叫紫函扶起道："你身子不好，过来做什么？你兄弟所作所为，不顾廉耻，若非他妻子贤惠，恨不得处死了。我已吩咐他从此中止，则亡羊补牢，还不迟呢。"

说着，叫紫函扶他回去。古心不敢违拗，只得告退。水夫人又叫田氏起来，田氏道："官人跪在地下，媳妇怎敢起来？"

水夫人恨道："照他行为，理该跪死。今媳妇既如此说，就都站起吧。"

田氏道："媳妇要求婆婆答应了，方敢站起。"说着，又把璇姑如何贤德貌美，如何立誓愿随相公，倘使一旦负心，岂不害了人家姑娘，婉婉转转，又恳求着。

水夫人见田氏如此美德，一时心中软下来，沉思一会儿道："据你说来，则木已成舟，实难挽回了。但收之则非礼，弃之则不情，听凭他自去主张，我却不管了。"说着，喊小丫头扶田氏起来。

素臣见母亲怒气已平，仍不敢起来，含泪道："母亲不管，孩儿如何敢收。璇姑性命仍不能保的了。"

水夫人道："明天就要动身，这也不是什么风火之事，快先去收拾行李吧。"

素臣听了，知母亲已有允意，遂不敢再言，站起退出房来，想且到了江阴考试回来再说了，便自去整理书籍。田氏亦随后而来。素臣握了她手，感激得淌下泪来。田氏眼皮一红，又劝他一回，遂帮他整理行李。到了次日，遂和余双人等同赴江阴考试。

不料众人齐都高中，素臣偏名落孙山，众人齐声叫屈。回到家来，见水夫人面含微怒，心中一惊。及听责备出来，方知为了考低之故，倒反而按定心神，但亦无言可答，只有认罪而已。水夫人因索考作底稿看过，问可是场中原稿，素臣道："孩儿怎敢诳母亲？"

夫人忽又回嗔作喜道："这是我错怪你了，有此佳文，不能前列，乃试官的过失，却并不是孩儿的不用心呢。"

素臣无语，去问过哥嫂，方进房去见田氏。田氏见丈夫回来，殷殷接待。素臣问璇姑的事，母亲不知许可吗，田氏道："哥哥去后，妹又向婆婆竭力进言，婆婆已答应了。"

素臣听了，向田氏连连作揖。田氏抿嘴笑道："哥哥这是向谁揖惯的？"

素臣笑道："是向妹妹呀。"

两口子谑笑一会儿，紫函来道："老太太请二爷前去。"

两人吃了一惊，不知又有何事，因急到上房。水夫人道："你在杭州所做之事，本属苟且，但念彼一家苦情，只得领回家来。我已择定五月初八日是黄道吉日，初四是出行吉日，你可于初四前往，初八日进门，以完此事。"

素臣方才安心，不觉大喜，连忙叩谢，遂急回房，说与田氏知道，田氏也喜之不胜。素臣忽问这事我并不和旁人说过，当初母亲不知如何晓得。

田氏笑道："是大嫂房中秋香说与老太知道的。"

素臣奇怪道："她如何知道……"猛可记起，自己和大哥说时，齐巧秋香在旁倒茶，想来这时候给她听去了，因笑道："秋香如何喜多嘴？"

田氏道："一个女孩儿懂什么？她以为不妨事的，后来哥哥赴考去，被大嫂知道了，就罚秋香呢。齐巧我去大嫂那儿聊天，所以知道了。"

素臣笑道:"大嫂也太……这些小事,何必责罚呢?"

田氏笑道:"你还怪大嫂,大嫂说因她一语,几乎误了二叔好事,若二叔知道,岂不要恨大嫂代弟媳多事吗?"

素臣笑道:"这句想是妹妹编的话吧。"

田氏向他哧哧笑道:"现在你可乐了,昨儿我已把璇妹的房间收拾停当,我知道璇妹通晓文墨,在书房内搬进一张书架,好给她安放书籍。一切文房之用具,也都替她摆设在一张四仙桌上。哥哥,你要去看吗?"

素臣一听,真是感到心头,拉她在床边坐下道:"妹妹这样周致,我还用看吗?"说着,忽又把她脸儿吻一下笑道,"妹妹真是我贤德的夫人了。"

田氏红晕了脸道:"哥哥,我们以后只准说话,不准动手,否则罚跪。"

素臣笑道:"妹妹,你虽无醋意,我却饶有酸风,不晓得几时得脱这顶醋浸头巾,方与你是一双两好哩。"

田氏笑道:"人情喜新厌故,妹子此时虽无醋意,但将来忽起醋心,只怕哥哥才脱了醋浸头巾,又戴上醋浸纱帽哩。"

素臣大笑道:"果然果然,你看如今做官的哪个不惧内。我所以偃蹇诸生,未必不受你贤德的累呢。"

田氏笑道:"这也容易,我现在叫你跪着,你就听从我吧。"

素臣笑道:"你这样意态,未免太不相称。夫人发令,令小生跪着,岂有笑意生春,而不柳眉倒竖、杏眼圆睁吗?"

田氏听了这话,只以手划脸羞他,笑得花枝乱抖,直不起腰来。素臣瞧她这样可人,爱极欲狂,不禁搂抱在怀,在她唇上接个长吻。田氏这回并不躲避,也不含嗔,却柔顺地同享受着这甜蜜的滋味。

光阴易逝,转眼之间,已是五月初四日了。这天早晨,素臣辞别水夫人，前往杭州。不料在路上巧遇景日京，急问素臣往何处去。素臣从实告之，日京笑道："如此甚好，我们可否同行？"

素臣道："哪有不可之理。"两人遂到码头下船，一帆风顺。这天到了杭州，两人急急赶到湖滨。

素臣暗想：璇姑得此消息，她芳心中不知要如何快乐呢。谁知到了虎臣门首，却见双门紧闭，还架上一把大锁。素臣这一急，顿时笑容尽失。

日京也奇怪道："刘兄搬到哪儿去了。"

素臣忙问邻居，即有一老人答道："他家搬了。"素臣又问何日搬的，搬到何处，老人答道："昨天夜里搬的，却并没预先通知邻居。"

素臣听还只有昨夜搬的，一时顿脚叹道："这真太不凑巧，太不凑巧……"本来是一团高兴，却弄得万分懊恼。这时素臣的心中，真有些儿啼笑不得了。

第三回

淫尼堕落　苦海回头

素臣急得只是搓手。日京道："急有什么用，想来刘兄不会搬得远，我们耽搁两天，慢慢寻访是了。"

素臣道："今天已是初六，母亲嘱我初八进门。若在这儿住下两天，母亲岂不要记挂了。"

日京道："那么你急速回去，小弟在这儿代你找寻吧。"

素臣呆了半晌道："这事也只得如此了。"因在腰带上拉下一条白绫汗巾，交给日京道，"你见璇姑，可把这条汗巾给她看，这就是我的代表一样了，但是你千万不能给遗失的。"

日京拍胸道："这个你请放心，这些儿事都办不来，我还能做一个人吗？"

素臣道："如此甚好，我们再见了。"说着，遂和日京握手分别。

素臣坐船，急急回来，见了水夫人，将情节禀明。水夫人道："这事本该亲去寻访，但你出门后，五叔即有书来，说时公慕你才学，要荐之于朝，专等你到京师，就要启奏哩。我想时公系本县人物，知己之感，义不容辞。既可显亲扬名，又得展抒抱负，此乃莫大好事。璇姑兄妹听媳妇说来，都不是庸碌的人，虽有故迁移，断无爽约的理。这事我瞧还是托日京去访寻吧。倘一有消息，便先接到家里，为娘叫媳妇来信告诉你好了。"

素臣道："当孩儿出门之日，在路上巧遇日京，这次原是同去的，现在孩儿已托他去代找了。"

水夫人喜欢道："如此甚好，你明日就动身进京去吧，免得他老人家焦急。"

素臣不敢有违，遂连连答应。正欲回房去，忽见文虚来报，说余相公来访。素臣出外接见，谈及明日进京，双人道："小弟也早有游学京师的志愿，明日就和素兄结伴而行如何？"

素臣笑道："我正愁如此长途，无人做伴，余老弟能同去，那是再好也没有的了。"于是大家约定明日再见。

双人辞去，素臣回房。田氏笑盈盈迎接道："璇妹来了？现在哪儿？快伴我去瞧。"

素臣道："没有接来。"

田氏吃了一惊道："这是为什么啦？难道又发生了什么意外了吗？"

素臣因告诉一遍。田氏劝道："哥哥勿要难受，这其中定有原因，既然景相公已代为找寻，自然不日就接回家来了。哥哥放心到京师去，倘璇妹到日，妹必快信来告知的。"

素臣抚她手道："妹妹恩情，刻骨难忘。"

田氏道："我们还用说这些话吗？只是哥哥不停地东奔西走，路上一切还须小心才是，免得妹子记挂在心。"

素臣道："这个我自理会，但妹妹在家，一切家务，亦须留意才好。"

两口子互相安慰一番，遂到上房去候母亲。

次日，双人前来候伴，素臣拜别水夫人、哥嫂，又叮咛田氏几句，遂和双人匆匆到码头。几个知己好友，又来送行，彼此珍重道别。

素臣、双人在船无事，讲究些经书奥义诗古金针。双人的童子意儿，又会吹一管洞箫，所以旅途上倒也颇不寂寞。只是想着璇姑的事，心中不免有些疑虑惆怅。

不多几日，到了扬州，上了四舱大马溜船。素臣雇的是三舱，哪知头二两舱的是杭州天竺寺和尚名叫法雨，带着两个侍者进京，到魏国公府中去打七。房舱里又是三个尼姑，是苏州人，一个四十多岁的名叫静悟，是服侍小尼的。那两个小尼生得妖妖娆娆，都有六七分姿色，一个十八九岁的名叫了因，一个十五六岁的名叫了缘，进京去替苏州在京的太太小姐做绣作帮嫁事的。

素臣愕然道："懊悔上了这个船，我生平最恼释氏，偏夹在男僧女尼之间。长途气闷，如何是好？"

双人笑道："素兄心中有忌，小弟心中无忌，管它做甚。"

素臣道："男僧放肆，是有愚兄制他，倘女尼猖獗，就要借重贤弟了。"

双人道："素兄此话也太挖苦了僧尼，难道他们个个都不好的吗？"

素臣微笑不答。当日天色已晚，匆匆地收拾睡了。不料双人铺位齐巧紧靠房舱，那两个小尼，探首伸脑，挤眉弄眼，果然被素臣猜中，原不是个好东西。双人只装不见，一宵容易。

次日起身，只见法雨和尚在二舱内，手擎一把精巧茶壶，一口一口地喝着。他那两只眼睛却看着素臣，待说不说地问道："你这三舱的客人，是哪儿人？到京去干什么勾当的？"

素臣见他如此骄慢，心中气闷，便很快答道："我是吴江人，生平不喜和尚，你休问我进京去干什么勾当。"

法雨被他碰个钉子，讨了没趣，心中也觉不甘，因冷笑道："你这人好没道理，要知你不喜和尚，我却也不喜俗家哩。"

素臣哼了一声道："你既不喜俗家，却到俗家去做甚？"

法雨厉声道："俗家有信吾教者，礼应接引。何得不知佛理，妄肆狐谈？"

素臣大怒道："你既知佛理，不知佛以寂灭为宗？就该赤体不衣，绝粒不食，登时饿死，自己先往西方极乐，然后再来接引。但你为何奔走长途，乞怜豪富？你所接引者，我知你只不过金银布帛、米麦豆谷这一类东西罢了。"

法雨被他直骂到心坎上去,一时两颊红得血喷猪头一般,却是回答不出来,只说一句道:"彼此客地旅人,何苦出口伤人?我佛以慈悲为怀,不和你计较了。"

素臣、双人听了好笑,遂也不再向他多缠。这时意儿拿水进来,叫文相公洗脸。素臣站起到桌边,低头拿面巾擦了一周。抬头时,忽然瞥见房舱内的两个小尼搭伏着肩头,一手掀开隔断的毡条,在窗槅中间,偷觑双人的嫩脸,四只滴溜的秋波,好像出了神似的直盯住着。双人还只有十七岁,生得面如冠玉,唇红齿白,真可称是潘安再世。了因、了缘两个小尼,昨日见了,已是爱不忍释,恨不得把双人一口吞下。这时又遇五月将尽天气,炎热十分,双人赤着上身,露出无瑕美玉,更诱得两个小尼好像苍蝇见到糖似的,各人心中不住地荡漾,想入非非。双人却一些儿也没觉着,拿汗巾拭着颊,连连好热。

素臣忍不住笑道:"双人,你把衬衣穿了吧,不要把鲜美肉再露着了,要把两只猫儿瞧得流涎呢。"

双人还不明白,素臣又把嘴向他身后一努。双人回过头去,却好和了因、了缘打个照面。那两个小尼见他回头,便嫣然向他一笑。这样一来,把个双人羞得满脸红晕,急忙随手拉过一件纱衫披上。素臣瞧在眼里,把手巾掩着嘴儿,忍不住又笑起来。双人不好意思,因搭讪着和素臣讲些闲话。

午后日长如年,大家懒懒的,有的打瞌睡,有的哼着小调儿。双人、素臣各拿一把西瓜子嗑着解闷,一面和一个老年人谈着各地的风俗人情。双人听得津津有味,因手心有汗,拿着西瓜子,甚觉肮脏,遂放在铺上,一面取着咬吃,一面静静听着。

那时房舱内的了因、了缘两尼细细商量道:"这个少年真令人爱煞了,从来也没见过这样俊美的男子。若能与他真的风流一夜,就是死也甘心呢。"

了缘抿嘴笑道："师兄这话不错，不过我们用什么方法来勾引他呢？"

　　了因呆了一会儿，附耳道："有了，这样不是很好吗？"

　　了缘笑道："不妨试试看再说。"

　　两人遂也拿出一罐西瓜子，用香口咬开，剥出仁儿，就在窗槅中递将过来，去安放在铺上。双人听着老人说的各地风俗，都稀奇百怪，一时出了神似的，只管用手向铺上抓瓜子吃。起先还得用牙齿咬开壳，后来吃的却全是仁儿。因为心在老人的讲，一时也没理会，还只道是自己剥在那儿一般了。了因心里好不喜欢，暗忖这事有几分想头了。了缘也忙不迭地咬开仁儿，送过铺上去。双人并不回铺，只把手伸到铺上去取，也不管了因剥的、了缘剥的，一概随意取食。两尼更是喜出望外，以为这是极好机会，把瓜子仁儿剥得愈发起劲了。双人这回伸手去取，谁知了因齐巧也伸手来放。双人没有瞧见，竟把了因的纤手捻住了，只觉得细腻嫩滑，其软若绵，倒吓了一跳。连忙回头去瞧，方觉着捻住的是了因的手，一时心头乱跳，两颊飞起朵朵红桃，连忙放手。了因这回心中真痛快极了，那两道勾人灵魂的俏眼，紧紧睃了一眼，便嫣然笑了。了缘还伸过纤手，递来五六颗雪白的瓜子仁儿，低声笑道："拿去吃吧。"

　　双人到此，方才猛可理会刚才自己吃的仁儿，难道也统是她们亲口剥的吗？这也奇怪，或许是人的心理作用吧。双人有了这个念头，好像满口生香，不但香，而且还有些儿甜，这就偷偷把两人的鲜红樱口望了一眼，心中不觉荡漾了一下。想着素臣说的女尼猖獗，就要借重贤弟的一句话，更加地难为情，便再也坐不住，因站起身子，走出前舱，到船头上去闲眺。

　　不多一会，天色又晚，意儿来喊相公去吃饭，双人方才进舱，和素臣大家用过饭。素臣只管对他哧哧地笑，双人心虚，红晕着脸儿道："素兄老望着我笑干什么？"

　　素臣咦了一声笑道："贤弟这话奇怪，你不瞧我，怎知愚兄瞧你笑呀？"双人默然。素臣道："我瞧贤弟脸有红光，想来定有喜运要交了，可贺可贺。"

双人听了这话，料想日间之事，他亦知道，所以只向我笑。因走近他身旁道："素兄你这人好不刁恶，怎的不给我想个办法解决，却还开我玩笑呢？"

素臣假意道："你有什么事要我解决啦？我真个不知道呀。"

双人还信以为真，遂悄悄把日中的事告诉一遍。素臣笑道："原来如此，但你意下如何？"

双人正色道："这事岂可胡为。且彼乃是女尼，既入空门，应该六根清净。如今她不顾廉耻，竟又欲思凡，真是不齿的人。倘她只顾歪缠我，我只得叫破她了。"

素臣道："贤弟言之有理，但遽然叫破，长途千里，使她何以为颜？且令合船皆知，亦是坏人名节。不如包容过去，付之不见不闻为妥。"

双人点头道："素兄这话不错，就准定如此吧。"

两人谈了一会儿，意儿遂侍候就寝。不料到得更余时候，双人蒙眬间，忽觉自己身旁，有个软绵绵的肉体倚偎拢来。双人伸手一摸，却触着了高高馒头似的奶峰，一时大吃一惊，急睁眼瞧去。不料竟是了因，她浑身脱得精光，伸手将自己紧紧搂住，两颊通红，眼泪直流，樱口直吻到他唇上去。双人急忙推开，吓她道："你快走开，我喊了！"

了因哭道："你救救我吧，你既不答应，日间为什么要吃我嘴中剥出的瓜子仁儿呢？"

双人暗想：我若一喊，全船惊醒，她必无颜见人。一时急中生智，连连拍着胸口道："素兄，天气暑热睡不着，我们起来坐坐吧。"

了因一听，知事不谐，只得放手，爬下床来，伏在半边静听。果见双人坐起，又听素臣咳嗽声音。了因吓了一跳，欲念消去大半，急急钻进舱去。不料竟和一个身体一碰，两人同时跌倒床上。了因

121

一看，原来是了缘。两人本来商量停当，一个上去，如果事成，一个便再过来。谁知预定计划完全失败，两人面面相觑，深深叹口气，又怕老尼醒来知道，因忙各自上床去睡。

这里素臣听双人叫喊，便忙问何事。双人倒又回答不出，且时已深夜，想来她已碰了钉子，大概不敢再来缠绕了，因倒身躺下。素臣见他没事，遂也不问了。

次日起来，双人叫船家进舱来，指着那扇窗道："此窗虽有毡条遮着，但天气炎热，我们赤身露体，到底不便。你可有木板，把它来隔断了吧。"

船家听了，好笑道："哪里来木板，且里面女师父并不说起，反是相公们这样急，倒害羞了吗？"这几句话，说得了因、了缘在内涨红着脸，羞得抬不起头来。

素臣道："我有道理在此。"因叫船家将竹片夹了芦席，周围用细钉钉起，竟像板壁一般，从此舱里舱外就不容易前后直通瞧了。

船行几日。这天下午，忽见船头上纷纷地跳下人来，不知何故。素臣急问船家，方知已到淮关。船已停泊，船家去请了关上人役，下船来查看税物的。素臣、双人乘此，也下船到关前去闲散。

法雨和尚自被素臣讥讽之后，就不敢放肆，听着素臣每日和双人的讲解，心中反而敬佩起来。今见他们到关前去散步，他也跟着同去，一面向两人搭讪。素臣见他话中大有悔过之意，因不计较前事，大家倒很投机地谈话了。直到黄昏将近，方始回船。

只见老尼静悟手拿一帖药儿，正待进舱里去，素臣问是谁吃的，静悟道："是了因师父吃的。不知她怎的会生起病来了，只觉口渴心烦，浑身潮热，叫我到药铺里去说了病源取来的。"

素臣听了，点了点头。待法雨告辞回二舱去，他便悄悄向双人道："了因的病，是因你而起的了。"

双人道："这话怎讲？"

素臣道："那夜的事，你打量我没知道？你喊我什么呀？"

双人红了脸道："这也不能那么说，现在天气炎热，或者中了暑亦说不定的。"

哪知隔了几日，了缘将芦席挖一小孔，还在偷看双人。了因竟真的卧病不起了。双人每夜听得呻吟的声音，心有不忍，因向素臣道："素兄医理通神，明日该与老尼说知，替她诊视用药。"

素臣笑道："藕已断而丝尚连，老弟情见乎辞矣。"

双人急道："素兄不要取笑，你说她病为我而起，如今复一天厉害一天，万一不救，不是成为我不杀伯仁，伯仁由我而死吗？这个弟实心有不安哩。"

素臣点头称是。次日一早，即见静悟来请道："了缘师父知道文相公深通医理，要请过去瞧了因师父病哩。"

双人惊讶十分道："她何以知道？"

素臣笑道："昨夜弟所说，隔墙自有耳呢。"双人方恍然。

素臣因慨然允许，跟静悟到舱内，诊过了因脉息。方欲退出，了缘拉住道："文相公，小尼日来也是心烦体热，茶饭少进。请相公诊回好吗？"素臣遂也给她诊过出来，双人忙问怎样，素臣摇头道："了因的病已不中用了。"

双人大吃一惊道："难道竟无治法的吗？"

素臣望着他道："要治也不难，只须老弟通一点灵犀就好了。"

双人嗟呀道："果然是这病吗？"

素臣道："一些不错，只怕未必能到京的了。"说罢凄然。双人亦不禁为之泪下。素臣道："不但了因，即了缘亦恐不免。"

双人啊哟道："了缘不曾见说有病。"说到此，低声道，"今天清早还在芦席小孔中张看呢。"

素臣叹道："都是为了这张看不好，旦旦而伐之，生机安得不尽？大约了因是前夜俯就之人，与老弟沾皮着肉，故其病速而深。了缘止以目成，故其病迟而浅。但现在浅深虽差一些，结果则一。我方才诊过了因，又诊了缘，病根都是一样。这事如何是好？"双人

123

更是搓手无策。

正在凄惶，静悟慌张来讨药方。素臣道："此病非药石可医，唯有宽心排解，若再胡思乱想，虽卢扁再生，也没用的了。"

静悟听了，进内实告。了因得知，呜咽悲啼，了缘焦急，因叫静悟来取她的方子。素臣道："两人病情相同，也没药可医治。只有安心息虑，不费精神，不起杂念才好。"

静悟叹息进内，打从那晚起，了缘也卧床不起了。素臣、双人都不觉惨然。过了两天，这夜忽听一片哭声，了因已是溘然长逝。素臣、双人一阵酸楚，也不禁淌下泪来。

幸而次早船正泊临清，了缘就叫船家上岸，买了棺材，草草入殓，就请法雨进舱，念了入木经，当日就送上岸，寄在一个尼庵里。素臣、双人送丧回船，静悟来请两人进去。只见了缘脸儿瘦削，眼眶深凹，美人胎子已成骷髅，双人心头更觉难受。

了缘见了两人，在枕上哭着道："有一句话，本是难以开口，如今小尼病已垂危，也顾不得羞耻了。我俩人的病，实为余相公而起。如今师兄已死，不能复生，小尼奄奄一息，亦在旦夕。可怜救人一命，胜造七级浮屠。求文相公做主，劝一劝余相公，许收小尼为婢，或者还有生机。就是死了，亦当瞑目九泉。"说罢，泪如雨下。素臣听她说得可怜，也不禁眼皮一红。双人早已簌簌泪下。

素臣因道："余相公是读书的人，家教极严，此事断然不能。但怜你病危，不得不向你提醒，从前恐你们爱惜脸面，不好说及，如今你既自己说破，我可直言无忌了。你这病既为色欲而起，须将色欲来医。但此时现在舟中，画饼岂能充饥，枉自送了性命。我如今给你解释，你譬如余相公已死，浑身肉腐，见之可怕。又譬如自己已死，埋在荒郊野墓，不能亲近生人。屏去万缘，扫除杂念，相思一断，诸病皆除。到得身子好些，急急回家去寻一单夫独妻亲事，了你终身。不然则遇着俊俏郎君，旧病依然复发，少不得要做伤心之鬼。纵然遇着邪缘，毕竟要声败名裂，到了花残污泥，还有谁来再怜惜你？就是你强欲跟余相公，他有正室在家，未知能容与否。就是大度容你，女子到底好妒的多，你也没什么趣味。你要明白余相公并非无情之人，为你终身打算，不得不如此呢。你若再执拗不悟，恐要永做他乡的孤魂了。"

了缘听了这一篇痛切的话，吓出一身冷汗，心头顿觉清凉，身子忽然轻快，就在枕上连连叩头道："小尼感相公开示，迷窍忽开，倘得回生，感恩不尽。"

素臣听了，不禁大喜。双人也破涕为笑。两人又复劝慰一番，方始退出。只见法雨和尚拱手合十道："原来两位女师父的病，都为余相公而起。小僧如在梦中，一毫不知。余相公少年老成，可敬可敬。文相公一番议论，真可使顽石点头了。"

素臣道："这是为人之道，个个应如此，那么世间还有什么淫乱之事呢？"法雨敬服。

过了几天，了缘的病果然大减。到张家湾时，已能起床行走。了缘一等船停码头，就到中舱，向素臣、双人深深拜谢道："文相公救了小尼之命，余相公全了小尼之节，如此大恩，不知何日得报？"说罢，盈盈泪下。

素臣道："你此病虽好，六根尚未尽拔。快依我的话，急急回去，寻一个归宿，以了终身。"

了缘道："相公的话，切切在心，小尼也不上岸，就随原船回家，养起头发，听凭父母择一头亲事，结果终身，再不做浮萍断梗、路柳墙花了。"

素臣大喜道："这话才是，空门中岂你辈少年女子所居之地？京师中又岂你辈少年女子所游之地？"说着，又问回去盘缠可有，了缘点头说有。素臣因说声我们后会有期，遂和双人、意儿同上岸去。后来了缘还俗，果然嫁与一份人家，夫妻到老。了缘感素臣、双人大恩，立了长生牌，朝夕供以鲜花，刻骨纪念，且表过不提。

素臣等上岸，方欲坐车，法雨追上来喊道："文相公怎么不通知一声就走了?"

素臣回头笑道:"因要紧和了缘说话,竟忘记了。"

法雨道:"一路来受了相公许多教训,不胜感激,小僧到公府中去打过七,即到相公寓所来求教,不知尊寓在何处?"

素臣道:"我等行踪无定,彼此若有缘,日后自有再会时候。"说着,遂把手一拱,和双人坐车自去。法雨目送去远,不胜怅怅。

素臣、双人车到五叔观水那儿,叔侄见面,自有许多闲话。双人本是旧知,摆开筵席,畅叙离情。素臣问起时公招己之事,观水忽然掩面涕泣道:"时公死已三日矣!"

素臣、双人正擎杯在手,听了这话,顿时落杯在地,大惊失色。

第四回

铁腿遭殃　麟儿遇暴

素臣泪湿衣襟道："时公所得何病？竟如此快速呢？"

观水道："时公本年老体弱，因朝中权阉靳直无恶不作，心中于是郁郁不乐，那夜又受了寒气，原是一病不起。"

素臣、双人听了，泪下如雨，遂不欢而散。夜里素臣暗忖：此次进京，完全为了时公相招。不料未见一面，已做故人，可见功名与我无缘，因向双人道："时公既殁，留京无益，我意明日动身归去，不知老弟以为怎样？"

双人道："我在船上，一路被了因了缘缠绕，弄得神志恍恍，也无心游京了，素兄定明日动身，那是再好没有了。早知外面有如此麻烦的事，我就闭门不出一步哩。"

素臣听了，忍不住笑起来。一宿无话，次日一早，遂向五叔禀明。观水不便强留，也只得罢了。素臣两人辞别出来，坐车到了码头，雇了三舱，安顿行李住下。

这日到了一个码头，却是小小一个市镇，颇觉热闹。船家告诉明天一早有许多客人上船，所以船泊在江边过夜，客人只管上岸去玩。

素臣听了，笑向双人道："贤弟，可要去玩着闲散一回？"

双人道："我这时却觉头脑有些晕疼，想躺会儿，素兄自己去吧，要不意儿侍候你去。"

素臣道："贤弟既有些不快，就休息一会儿。意儿要服侍你，怎能同去？"说着，遂自上岸。

此时日影西斜，暑气全消，凉风扑面，遍体爽快。素臣一路闲闲走去，倒也逍遥自在。忽然一阵敲木鱼的声音，随风传入耳鼓，素臣急抬头望去，只见一个头陀，生得相貌狰狞，身躯雄伟，额角上生一个桃核大的疣瘤，上有一簇红毛。头上束一条戒箍，把头发束住，拖下来，有四五寸长，连肩带眼地罩着。颈上挂一串念珠，乌黑的竟有龙眼那么大小。赤着一双毛足，盘膝儿坐在一个小酒店的门道，齐巧拦住了门框，好像堵着一只石狮子模样。旁边靠一个大包，街石上铺着一卷金刚经。一手拿着金瓜大的一个木槌，敲着那饭篮大的一个木鱼，笃笃地作响。

诸位，你道这个头陀是谁？待作书的来说明一下吧。阅者还记得头本《文素臣》里火烧普照寺的一回事吗？京中保国寺中的国师继晓自受权阉靳直的托付，欲谋害文素臣。当时继晓国师遂派行昙等三个徒儿出外分头探访。没有几天，其余两个回来说行踪全无。继晓以为行昙没有回来，想来在外一定是找到了文素臣，因无机会，不便下手罢了。继晓日候好音报到，不料好音没有，噩耗倒传来了。说杭州普照寺被人焚烧，当家松庵和行昙都被烧死，据说放火的人，正是文素臣。继晓得此消息，不觉气得暴跳如雷，咬牙切齿，恨声不绝地大骂道："文素臣！文素臣！咱家与你誓不两立了！"

这时，行昙的师兄超凡在旁，见师父如此痛恨，因奋然道："我师不用气坏了身子，只须弟子前去，必拿文小子的首级到来见师。一报师弟之仇，二了王爷之托。不知师父以为怎样？"

继晓道："如此甚好，但务须小心为要。"说着，遂把前日靳直送来要害人的名单，交与超凡。

超凡遂辞别继晓，即日动身，昼行夜宿。一路上见有钱人家，用强化缘；见美貌女子，夜半奸宿。无恶不作，所到之处，均被蹂

128

蹒。这日到了一个镇上，见有家小酒店，柜内有两个妇女。一个年约二十五六，一个年约十七八，还是姑娘模样。妇人腹部隆起，似已有身孕。姑娘面目姣好，楚楚动人。超凡一见大喜，心想：两个都合我的用处。遂在门前蹲身坐下，放下木鱼，笃笃地敲起来。

这时素臣已到店门前站住。里面姑娘见有客官，遂向超凡道："你这大师父好没道理，怎的坐在当门前，阻了我们客人的进出？请你快让过一旁吧。"

超凡听了，好似并不理会，只管敲着木鱼。那姑娘见他如此无礼，不觉柳眉倒竖，娇靥含嗔道："就是要化缘，也不该如此做作。亏你还是佛门子弟，真正是强盗一样了。"

超凡依旧不理，反涎皮嬉脸地望她憨憨笑。那姑娘又气又羞，急得指着他只喊快滚。不料超凡放下木槌，竟一把将姑娘手儿握住，笑道："姑娘骂得好，晚上和你算总账。"

那姑娘羞得连耳根都红了，死命把手挣脱，气得说不出话来。素臣见和尚拦门而坐，心中已经不快，今见他如此目中无人，竟动手调戏姑娘，一时便再也忍耐不住。正欲上前教训他一顿，突见店堂里跳出一条大汉，身穿一袭紫绸大氅，脚下抓地虎头鞋，头上青布勒额，前面打个鸳鸯连环结，身材结实，对着超凡大喝一声道："你这头陀，究竟是向人家化缘，还是存心来调戏良家妇女的？怎么坐在门框里？进不进，出不出？快给我说出道理，要不然使起老子性子来，你可别叫苦。"

超凡不但不怕，只顾敲着木鱼，眼也不瞧，头也不抬，嘴里咿嘟咽嘟地自念他的经。那大汉瞧此情景，焦躁道："这头陀耳又不聋，眼又不瞎，咱老子问你话，你兀自佯憨儿带痴吗？"

超凡低眉合眼，将手敲着木鱼越发勤了。那大汉气得暴跳道："你这贼头陀，可认得山东豪杰飞天龙郑铁腿吗？咱家先礼后兵，你若再不走开，莫怪咱飞起一腿，把你踢到粪缸里去。"

超凡听了，冷笑一声，索性把经卷掩上，眼睛都闭了，如入定一样，只敲那木鱼越发震天价响起来。那大汉到此，登时把头脸涨得血红，一股杀气从丹田里直吊到额角上来，更不发声，将练成的铁腿，向超凡尽力一腿。只听大叫一声啊哟，素臣以为是头陀的呼声，谁知却是那汉自己跌倒在地了。郑铁腿大吃一惊，回头见那头陀，却兀是闭眼静坐，敲那木鱼，笃笃作响。素臣知他有内功，不可轻惹，因走上前去，方欲好言相劝，却见里面又走出两条大汉。定睛一瞧，不是别人，正是前月帮同自己火烧普照寺的豪侠奚奇和叶豪。彼此咦咦的两声，素臣丢个眼色，奚奇遂不招呼。

素臣向超凡道："大师父是不是要化缘？有话好说。江湖上大家都要跑跑的，里面这位姑娘，就布施两斗米吧，算在我的名下是了。"

那姑娘见郑铁腿跌倒，已是吓得面无人色，浑身乱抖，今听素臣这样说，不敢违拗，立刻用布袋取来。超凡偷眼见三四个好汉，都是丰神奕奕，气概不凡，心中也是吃惊。常言道，双拳不敌四手。既然自己已有面子，也就借此收篷，取过布袋，向素臣等望了一眼，冷笑而去。

这时奚奇已把铁腿扶起，和素臣彼此见礼，说及那头陀可恶，大家恨声不绝。又说了一会儿别后情形。正在这时，忽然见厨下走出一妇人，那姑娘一见，便喊道："啊呀，嫂子，那和尚真不是人，若没有这位大爷解围，他还不肯走哩。"

那妇人听了，急向素臣瞧去，不觉咦咦起来，骤然奔到素臣面前叫道："这位可就是文相公呀？"

素臣定睛一瞧，颇有些面熟，但却记不起来。因问道："这位大娘是谁？怎的认识我呀？"

那妇人嘻嘻笑道："文相公贵人，哪儿记得。我倒是时刻不忘。前时蒙相公救出寺来，不想今日在这里会见了。我就是何氏，相公如今可记得了吗?"

素臣哦了一声道:"原来就是何大娘,你怎么住到这儿来了?"

何氏道:"自蒙相公救出,回家把我那口子痛责一顿。我那口子倒有些懊悔从前的错处了。但杭州地方没有一个人不知他是无赖,要想再做好人,也是不能够了,所以只得迁居到这儿来。"说着,重新又泡上四杯茶来。奚奇、叶豪、郑铁腿三人喝了一口,付了茶资,遂先告别而去。

何氏道:"文相公,我们难得遇见的,你别立刻就走,且在这儿吃了饭去。姑娘,你过来,快来叩见文相公。"

那姑娘听了,便笑盈盈地向素臣福了福,叫了一声文相公。何氏道:"这是我姑娘麟姐,我那口子到外面配货去,大约明儿就回来的。"

素臣一见,急忙还礼,因问湖滨刘家可知搬到哪儿去了。何氏道:"这个我们是先搬的,我临走那天,还去望那刘家的姑嫂。怎么现在他们也搬了吗?"

素臣点头。何氏又问素臣寓处哪里,素臣道:"就在沿江的船上,明天就要开的,今天上岸来闲散一回。无意中竟碰见了大嫂,倒是真凑巧得很。"

何氏道:"可不是。文相公明儿要开船,今晚越发应该吃了饭去了。"

素臣道:"我船上尚有朋友等着,恐他心焦,饭是不吃了,大嫂子不用客气。"

麟姐道:"相公既不愿吃饭去,那么点心总该吃些儿的。"

何氏道:"姑娘说得不错。"

麟姐道:"我去做些面条子吃,嫂子陪着文相公聊天吧。"

素臣见姑嫂俩这样诚意,只得答应了。两人又谈了一会儿,麟姐早已端出一碗汤面,让素臣吃过。临走,素臣在怀内取出二两银子。何氏啊哟道："相公吃一碗面，难道还要领赏吗？"

素臣道："不是，不是，刚才那头陀拿去两斗米，我对麟姐说过，原算在我的头上。"

麟姐道："就是算相公布施，也要不了这许多。"

素臣道："不要客气，你们收吧。"

说着，把银子放在桌上，人已大踏步地出了店门。何氏、麟姐追着送出来，依依不舍，口喊"文相公，下次有路过这儿，尽可到小店来喝一杯淡茶"。素臣应了一声，遂匆匆回到船上。

双人正等自己吃饭，见素臣回来，便高喊道："素兄，你怎么到这时才回来呀？"

素臣因把遇何氏事告诉一遍，又问他头晕可好了。双人道："我躺着睡了两个时辰，这时完全好了，想来是疲倦的缘故吧。"

素臣听了放心，两人用过饭，匆匆收拾睡了。等素臣一睡醒来，已有三更天气，听全船客人都还酣然入梦，双人、意儿睡得更浓。素臣因要出恭，遂把篷掀开。只见碧天如洗，一轮皓月，放发出无限光彩。四周万籁俱寂，只有夜风吹动江水，轻轻地激出浪花飞溅的声音。夏夜天热，因懒得披衣，就裹一身单被，赤着腿儿，拖上鞋子，看着船已点开离岸八九尺光景，立在船舱，掩好竹篷，将身一纵，早已跳上了岸。看那岸上一带竹笆，围掩着几间冷摊瓦屋。素臣因拣一块没有月光的所在蹲下。正在出恭的当儿，不料从夜风中又传送来一阵木鱼声。素臣触耳惊心，猛可想起日间的头陀。这贼子夜半出外，绝不怀好意。我要不听见，既然听见，就非探个仔细不可。但这时肚里要拉东西未尽，这可怎么好？因急急拉完。但方才一时又忘记拿了草纸。素臣这时心中真非常焦急，只好随手在地上乱摸，给他摸到两片树叶子马虎擦了擦，把裤子结束停当，再听木鱼之声，早又寂然。

素臣疑惑，也不再到船上去穿衣，就一路走了过去。约莫走二

132

十余间屋面，在转弯一排房屋前，好像里面又送出隐隐悲泣之声。素臣心中奇怪，再走数步，猛然月光耀眼，见那篱边树上，挂着亮晶晶的一个大木鱼，正是那头陀所敲之物，顿时一惊，连忙把披的单被，折叠了束在腰间，走去把门一推，却是关得很紧。因将身一纵，飞上屋檐，却没有半些儿踏瓦之声。慢步走过屋脊一看，只听院子里有息息抽噎的声音，下面虽然暗淡淡很是模糊，但在月光依稀下定睛一瞧，倒也看得清楚。只见一个赤身的头陀，坐在一张小矮凳上。身前摆着一个大浴盆，盆里气腾腾的热水，水里躺着一个女子，却瞧不清楚她面目是谁。身上一丝不挂，两腿分开，跨出在浴盆外面。

头陀是谁？当然是超凡了。他手里拿着一双草鞋，在女人的肚上揉擦。女人哀哀求饶，但却是一些儿不敢动。素臣瞧到此，心头火发，暗想：弩箭可惜并没带在身旁，不然只消一弩就是了。因恐误了女人性命，不及回船去取，随手揭起五六片瓦，将身跳下。正在超凡的背后，趁势向他脑后直劈。只听刮喇一声，瓦片竟震得粉碎，都毕毕剥剥地爆将开去。素臣暗吃一惊，超凡大叫一声，丢下手中草鞋，回头伸手就向素臣腿下抓来。素臣腾开一步，飞起右脚，只听哧的一声，素臣裹着的单被，已被超凡扯破。超凡的左肩，也早着了素臣一腿。超凡喔哟一声，直立起身子，一拳已到素臣的胸前。素臣眼快，伸臂格开，抽出右拳拦腰挥去。超凡让过一拳，不料素臣的左腿飞起，齐巧踢中超凡的背上。超凡站脚不住，便如塌了石壁一般，合面倒下，竟跌在那女人的身上。女人累痛，尖锐地极叫一声，身子已滚出盆外。盆中热水，泼了超凡一头一身，盆早压碎。素臣抢步，正欲一脚踏住，超凡早又滚身挣起，往里就走。素臣喝声哪里逃，超凡猛可转身，照准素臣心窝狠命一腿。素臣急欲后退，可是已来不及，只得伸开两手，接住来脚，假意大叫一声，向后仰天跌倒。超凡大喜，赶上一步，正欲结果，说时迟那时快，素臣叫声来得好，滚地一腿，超凡冷不防，竟翻了一个跟斗。素臣扑身下去，两手紧扼喉管。超凡气急，两脚乱跳，伸出右手向素臣背上一拳。素臣负痛，两手一松，超凡已纵身跃起。素臣看得准确，伸手向他胯下抓去，竟抓个正着。超凡哪里还站脚得住。素臣不让他倒下，拦腰挟住，向前直掼出去。超凡倒地，撞在阶石，头破血流，又忙死命挣起，向屋里直蹿进逃去。素臣抢步追入，一手抓住他胸脯，一手抡着拳头，在那心口小腹两肋里，连打了十多拳。超凡杀猪般地狂叫一阵，两眼一眨，身子已直躺下来。只见他像胖猪一只，眼里、耳里、鼻里、嘴里一齐冒出血来，已是一命呜呼了。

素臣冷笑一声，正要出去瞧那女人的死活，忽见屋角里又钻出一个头陀来。素臣心里一慌，大喝道："不是你，就是我！"说着，赶上一步，那头陀往后便倒。素臣随手一提，哪知这个头陀的衣服没有穿好，提着一边，直扯起来，却滚出一个雪白的身躯，胸前堆着两只高高的嫩乳，已是吓作一团，掩着脸儿浑身乱抖。素臣正待喝问，只见外面那个女人水淋淋地赶进屋来喊道："好汉爷饶命！这不是和尚，是我的姑娘！"

素臣瞥眼早瞧清楚那女人就是何氏，因忙道："何大娘，这是怎么一回事？"

何氏一听口音好熟，仔细一瞧，啊呀一声叫道："天爷，原来又是文相公来救我们性命了。"说着，便即跪倒叩头。忽见麟姐赤身，因忙喊："姑娘，你快往床上去躲躲吧。"

麟姐正在吓得神魂出窍，听是文相公，方才略定了心。这时嫂子又这样说，她绯红着脸儿，连忙站起，抬头见嫂子也是一丝不挂，真是又羞又笑，叫声"嫂子，你自己呢"，便急跳上床去，拉下帐子。何氏被她一提，低头瞧去，猛可理会，自己也是露着肉体呢。一时叫声喔哟，粉颊通红，连忙回身，奔到对面卧房，穿好衣服，又拿一套女衣，来给麟姐穿上。两人一齐跪倒，磕头不迭。

素臣因单被给超凡扯脱，身上也只有衬衣短裤，殊不雅观，就把那件僧衣披上。一面叫她们起来，待我先打发掉这尸首再说。何氏听了，便站起把桌上点的火灭去灯草，剔去灯媒。麟姐又悄悄去开了后门。何氏拿着油灯，照着素臣，把超凡尸体拖出，抛在江里。

三人急急回进屋子，何氏方从头哭诉道："自从相公走后，我们姑嫂就吃了晚饭。为了日间头陀的缠绕，恐再有什么事发生，所以早早关上铺门，进房就睡。谁知到半夜里，那头陀果然跳进屋来，拿着亮闪闪的匕首，禁住我不许叫喊，先把麟姐强奸了，还要带她去，说把她头发剪齐，长随着给他受用，脱了她衣服，给她披上自己僧衣。"

麟姐听到此，羞得捧着脸儿，呜咽哭起来。

素臣道："事已如此，哭也没有用。"

何氏又道："他叫我烧汤，说要洗澡。我没法只得依他。这贼秃屋子里嫌暗，又要到院子里去洗。谁知他自己并不洗，叫我衣服脱下来。我不依他，他就自己动手，说要借我胎子一用。我这一吓几乎晕过去，要想叫喊，四面又没人来救，只得拼着一死。谁知正在被他揉擦得要没命的当儿，相公却跳下来救我了，当时我也不知是相公哩。相公在船上，如何知道贼秃来蹂躏我们呢？"

素臣道："这也真巧，想来你们是不该被他害死的。我在船上睡到半夜里，忽然肚疼起来，要想出恭，忽听有敲木鱼声音，所以我追踪找来了。"

何氏道："真是老天爷请相公来似的，叫我们不知怎样报答才好哩。"

素臣道："我见日间那头陀身边还有一个大包袱，不知方才有带来没有？"

麟姐听了，拭泪道："有的，在我床边……"说到此，脸儿又红起来，连忙站起到床边，提着一个黄包袱，交给素臣。

素臣放在桌上，打开一看，只见一个油纸包，内有晒干的三五具血孩，八九个干心。又一个油纸包，里面两包丸药，一包写着易容丸。弄开一看，约有五六百粒桐子大的五色丸药。纸帖上又注着一行小字："每用一丸，以津唾调搽，可变色，百日碱水擦之即退。"一包写着补天丸，也有五六百粒，却是一色紫红的丸药。也有纸帖，上写"每用一丸，以火酒调服，可御十女。女子服之，可御十男。冷水解之方泄"。

素臣骂声淫贼。不料这时，忽然从窗外跳进一个大汉，大骂："好淫恶的贼秃！不要脸的贱妇！你们做得好事，今天撞在咱景爷手里，定叫你们一个不留！"

素臣、何氏、麟姐三人，冷不防经此一喝，不觉都大吃一惊。

第五回

汗巾骗去　噩耗传来

　　且说景日京自从和文素臣在杭州分手以后，他便先落了客店住下，把素臣交给他的那条春风晓日图汗巾拴在腰间。店小二泡上好茶，问大爷可要喝酒吗，日京托着下巴，心中暗想：我既受了素兄的重托，自当竭力把刘家姑娘找到，但偌大一个杭州，到底往哪儿去找好呢？心中正在烦闷，听小二问自己可要喝酒，因点了一下头道："你且拿三斤来。"

　　店小二道："大爷还要什么菜？"

　　日京道："你怎的这么啰唆，把新鲜的拿上来是了。"

　　店小二连连答应了一个是，便回身退出去。不多一会儿，酒菜上来。日京见一大盘烤牛肉，正合自己的脾胃，心中大喜，点头道："你这人不错，好像是我的儿子，怎么知道我喜欢吃这个东西呀？"

　　店小二听他讨自己便宜，心知是个憨汉，不用计较，因笑道："我和大爷前儿在什么地方见过，所以知道爷喜吃这个的。"

　　日京一面喝酒，一面问道："在哪儿见过？怎的我不认识你呀？"

　　店小二道："大爷贵人，哪儿记得。从前我不在这儿干事，在一家生春楼。前时大爷不去吃过一回吗？我见大爷只叫那菜吃，所以我记在心上了。"

　　日京奇怪道："生春楼我倒是去吃过几次，怎么你把我记得这样牢呀？"

　　店小二把大拇指一竖，笑道："因为大爷乃是天下第一个英雄，第一个好人。"

日京平日最喜人奉承，今听他这样说，心中抓不着痒处，拉开了嘴，哈哈大笑道："你这话可是真的?"

店小二走上来，把酒壶握起，满给他斟一杯，笑道："小的从来不说假话，江湖上的英雄瞧得多，没有一个能及得上大爷呢。"

日京哈哈大笑一阵，把酒向肚直灌，就在身边取出一两银子，递给店小二道："我的乖儿子，老子赏你一两银子，你这人不错……不错……"说到此，握起酒壶，也不筛在杯里，就放在嘴里，咕嘟咕嘟喝了一个痛快，又哈哈大笑起来。店小二拿着一两银子，在怀中一塞，暗暗向他扮个鬼脸，便笑着走出去。

日京把那壶酒喝完，已有五分醉意，心想：我这时且到湖滨去玩一周，也许给我撞见了刘老兄，这倒说不定。因大喊店小二。店小二连忙奔进来，问大爷还添什么。

日京道："不要什么了。我到湖滨去逛逛，你把我房门带上了锁吧。"

店小二答应一声，日京遂大踏步走出。刚才一脚跨出店门，忽儿迎面走来一个道士，手托一盘，口中喊着"谁要看相，什么事情，都能看到"。

日京暗想：刘大哥搬在哪儿，我倒不妨问他一问，也许他也看得到呢。

那道士见日京目不转睛地瞧着自己，因道："这位大爷，可要看相吗?"

日京道："我倒要请你看一看。"

道士道："大爷贵姓?"

日京道："我姓景，咱们到里面坐下谈吧。"说着，回身又叫店小二开了门，两人坐定。

道士道："我瞧得出大爷不是这儿本地人。"

日京笑道："果然灵验，第一句开口，就给你猜中了。"

道士笑道："贫道不是夸口，我知道景爷还不是一个人来的，是不是？"

日京啊呀道："这真奇怪了，你如何知道？"

道士笑道："贫道能知过去未来，焉有不知之理。"

日京道："如此说来，你真比咱的文大哥还厉害呢。我问你，你知道我同来的人是姓什么？"

道士道："这个便当，你同来的是不是姓文呀？"

日京听了，把舌儿一伸，称奇不已，因笑道："啊，你真成了半仙了。"

道士笑道："我是和仙人一样，怎的说半仙呢。我再说给你听，你们到杭州来，是不是来寻人呀？"

日京听了，望着道士，呆了半晌，笑起来道："佩服，佩服，你若再回答我一句，我一定称你仙人。"

道士道："你问吧，我一定可以回答你。"

日京道："你知道我们来找什么样人的？"

道士笑道："是不是一男两女？"

日京跳起来道："正是，正是，你既全知道的，那么请问他们是到哪儿去了？"

道士道："近在眼前，远在千里，你要找他也不难，只要向西走，自然能见他了。"

日京听了，疑信参半，问道："你这话可真？"

道士道："当然真的，你若不信，我可以给你画一道符。这一道符藏在身边，你不用找他，他自来找你呢。"

日京笑道："这是再好也没有了，那么就请画吧。"

道士道："要画在汗巾上才行，你腰间上的那条汗巾拿下来吧。"

日京摇头道："这个不行，那是文大哥托我凭这汗巾去见姑娘的，岂可以画符呢？"

道士笑道："你错理会我的意思了，并不是真的画符上去呀。只要我念咒语上去就行了。"

日京道："那不要紧。"说着，就把那条春风晓日图汗巾解下，交给道士。道士瞧了一会儿，赞不绝口。

日京道："你快念吧。"

道士道："念咒语，旁人不能看的，请景爷回过脸去。"

日京道："怎的有这许多麻烦？也罢，我就回过脸儿是了。"

道士见他背转身去，他一面连喊不要偷瞧，一面把那汗巾藏向怀里，一面又把一块破布取出，折成包好，一面喃喃有词。良久，方笑道："景爷，你回过身来吧。"

日京听了，忙转身道："念完了吗？汗巾呢？还我呀。"

道士道："我给包在里面，你不能打开瞧，一瞧就不灵验了。"

日京道："那么难道永远不能打开吗？"

道士道："你静静坐着，他们自会来找你的。等你们见了面，就可以打开来瞧了。"

日京听了，心中大喜，一面接过破布包，一面谢他相金。

道士道："我这个相金奉送给景爷喝杯酒吧。"说着，遂扬长而去。日京心想：天下竟有这样好人，那真是上界的仙人下凡了。横竖回头刘大哥会来找我，我也不用再到湖滨去了，乐得躺会儿养养神。日京想罢，方欲睡到床去，忽见店小二进来道："咦，大爷怎的不到湖滨去逛逛呀？"

日京笑道："不用去了。我今天碰到了神仙了。"

店小二奇怪道："什么话？哪儿来的神仙？"

日京道："我也知道你不相信，让我讲出来，你就明白了。"

说着，便从头到尾，一五一十地告诉给小二听。店小二啊呀了一声，叫起来道："大爷这可上当了。你快把这个破布包打开瞧瞧，不要这条汗巾给他骗去了。"

日京听了这话，心中倒急起来，再也不管他灵验不灵验，打开一瞧，顿时目定口呆，大惊失色，哪里还有汗巾，早已不翼而飞。

呆了半晌，暴跳如雷，怪叫一声气死我了，立刻奔着出去，早已不见了道士的影儿，真是懊恼十分。因忙向湖滨去寻找，想如碰见道士，定打他一个半死。

谁知一连寻了七八天，璇姑、虎臣固然不曾找到，连道士也杳如黄鹤。日京暗想：这事怎样到文大哥前去交代？但若不前去说明，将来闹出事来，自己又哪里能担当？也只好向文大哥请罪去了。日京打定主意，就动身回吴江去。

这个道士是谁？为什么要把日京的汗巾骗去？这些在《文素臣》三集里自有交代明白，这里且不细述了。

日京回到吴江，直到素臣家里，见过水夫人，方知素臣已动身进京去了。因把汗巾的事也没告诉，只问素臣何日回家。

水夫人道："这个也说不定，前日江西未公家里来信，说未公病危，叫素臣立刻前去一会，我正感无人通知，贤侄来得正好，你若有空，请代为进京去一次。"

日京一听，立刻答应，辞别水夫人，即日动身。一路昼行夜宿，这日到了一个小镇。因要赶紧赶路，错过宿店，天色倒已夜下来。看看三更将近，路上行人全无，四野寂寂，唯有月色如画，照得大地上一片银光。

正在这时，忽见前面一男二女，女的手执油灯，男的身穿僧衣，竟是个和尚打扮，手中拖着个尸首，直抛到江里去。日京心想：这明明是奸夫淫妇，把亲夫谋死，今日撞在咱的手里，可不能放过他们了。因暗暗追随。等日京赶到，早已不见三人影踪。

日京心想：大概就在这家了。因纵身一跃，跳上屋顶。只见屋外一株大树丫枝上，挂着一只朱漆大木鱼，这就愈加证明无疑了。一时心中火星直冒：怪不得文大哥这样痛恨和尚，原来贼秃没有一个是正当的。日京想着，一面跳下屋来。只见屋中灯火通明，里面有三个黑影，一时怒不可遏，拔出宝剑，就破窗而入，直向穿僧衣的人刺去。

谅来诸位已经知道，这穿僧衣的并不是和尚，却正是日京要找的文素臣。当时素臣见来势凶猛，立刻把身一侧，飞起一腿，只听当的一响，那把宝剑早已掉落在地。素臣定睛一瞧，不禁失声叫道："啊呀，贤弟为何无礼？"

日京见剑被踢落，正在着慌，忽听和尚喊他贤弟，一时弄得莫名其妙。仔细瞧去，不觉惊喜交集，立刻倒身下拜道："素兄，怎的竟在这儿？为何又穿了僧衣？这两个女子是谁？"

素臣连忙扶起道："贤弟，说来话长，你为什么却也会到这儿来呀？"说着，回头又向何氏、麟姐道，"两位别怕，这是我要好朋友景相公。"

两人听了，忙过来见礼，一面倒茶，一面便到厨下去烧稀粥去了。日京待两人走后，拉着素臣僧衣袖子急问这是到底怎么一回事。素臣因把如何进京，时公已死，因动身回家，详细告诉一遍。

日京笑道："我险些把你当作贼秃了，现在双人在船里吗？"

素臣道："不错，我问你，你把璇姑的事办得怎样了？可有找到没有？"

日京一听这话，忽然顿足道："小弟罪该万死，竟误了素兄大事了。"说着，便即跪倒在地。

素臣吃惊道："你且起来，究竟发生了什么事？你快告诉我吧。"

日京因把汗巾被骗的事从实告诉。素臣唉了一声，急道："你真太不小心了，要知道江湖上最坏的就是这班测字带看相的人，怎能轻易给他做鬼戏呢？"

日京用手自打其额，连骂该死，这事如何是好。素臣道："事到如今，还有什么法想？贤弟以后千万要小心才是。"

因问此刻打从哪儿来，日京又把水夫人叫自己进京通知，江西未公病危，叫你去望一次。素臣听澹然病危，心中又是一惊，因点头道："那么我不回家了，天明你和双人一同走吧。回家后向我母亲详细告诉，说时公已死，我到江西去了。"

日京点头答应，自拿杯子喝茶。素臣把易容丸和补天丸依旧包好，再看旁边，尚有个油纸包，打开一瞧，只见里面都是些纸札。临末揭出一张，却不是札付了，是一张缉批，上写着"大法王札，为密缉事"，后面列着许多人名。素臣一眼看去，见第二行像自己名姓，连忙细看，见写着"主谋放火，戕杀元勋，凶犯一名文素臣"。瞧到此，心中一惊，啊呀起来，暗想：这法王是谁？怎么要缉起我来了？因忙瞧第三行，只见写的是"同谋放火，戕杀元勋，凶犯一名刘虎臣"，这就笑起来道："是了，这元勋想来就是松庵师徒了。"再瞧第三名是奚奇，第四名是叶豪……第九名却是谋逆行刺女犯一名解翠莲，暗想：这翠莲怎样行刺？倒颇有聂隐娘红线之风，可敬得很。

这时日京见他一会儿吃惊，一会又笑，因忙过来瞧，也是大吃一惊。素臣摇手，叫他不要声张，再瞧其余东西，只有些僧衣僧裤、经卷念珠之类。随手将衣裤一抖，早落出一个银包、一个印囊。掏出印信，见有虎卫国师字样。打开银包看时，约有四五十两光景。素臣把伪批和丸药的纸帖烧去，丸药两包塞进印囊里面，藏在身怀。

这时何氏、麟姐端稀粥出来，说道："两位相公定已饿了，稍许吃些儿吧。"

素臣问："我的单被给和尚扯破，现在哪儿？"

何氏道："姑娘已给相公缝好了。"

素臣道："如此多谢，我们也没肚饿，这时就要回船，你们且把血清洗净了。这儿有五十两银子，你们收下度日用吧。"

何氏一听，正是喜出望外，立刻跪下叩头道："时候尚早，相公就用些儿去吧。再说黑夜怕人，叫我们怎么处呢？"

素臣道："明儿待你丈夫回来商量，弃了此地，别处去住吧。"说着，遂脱下僧衣，依然把单被裹身，携着日京，飞身上屋而去。何氏和麟姐叩头跪送。素臣、日京匆匆出门，赶到船边。看那西天月色虽是皎洁，觉得光是淡了些，想是将及五更了。两人轻轻跳到船上，船身动也没动一动，听那船里众人，兀自酣睡没醒。两人进船，不及说话，就在一只铺上闭眼躺了一会儿养神。

没有一会儿，东方的朝阳早已冉冉上升了。双人一觉醒来，见了日京，不胜惊讶，忙问从哪儿来。素臣向他丢个眼色，又附耳低低说了一阵，双人这才恍然，笑道："想不到一个夜里，你们已做了这许多事情。"遂不便多说。意儿端水进舱，大家洗过脸。果然有许多乘客纷纷跳上船来。素臣见船就要开了，他便叮咛几句，和双人握手别去。

素臣又问了土人，知道往江西的水路，到码头落船，里面乘客颇多。吃过中饭，船便开了。彼此通问姓名，素臣想起伪批的事，暗想不可不防，遂改换了姓白，取名又李，自此众客遂称素臣为白相公了。素臣暗暗留心，唯恐说错。过了几日，口头溜熟，居然是白又李了。

这夜素臣睡在床上，舱外风雨交加，一时不能入睡。想起伪批中第二名即是刘虎臣，这就无怪他要迁居他处了。日京把汗巾给道士骗去，这个道士不知是谁，为什么单单骗这汗巾？想来其中定有道理。可怜璇姑体本柔弱，不知会不会又发生什么意外。一时又想未公回家不久，果然病耗传来，可知他老人家心受刺激，郁结在胸，万一不测，那鸾吹妹妹真不知要如何伤心呢。东思西想，万种愁绪，陡上心头，如沸如焚，终觉有些不自在，一阵心酸，忍不住淌下泪来。

素臣那夜自和超凡赤身苦斗，虽然超凡被他打死，但超凡武艺非寻常可比，素臣不免也受了些微伤，兼之种种失意的事，且又受了些寒冷，竟自种下病根。因他身子结实，一时不能发作，还可勉强支撑。正为了他一时不发作，往后就引出一场大病来。

且说这天船到常山，大家起岸。素臣雇了一乘兜轿，正行到半路之间，忽然乌云四合，下了一阵大雨，把几件青衫都淋得湿透。大雨将住，又起了一阵大风，吹得遍体如冰，毛发俱竖。风过了，就现出一轮红日。身上衣服顿时晒干，但把那些寒气，都逼入骨里去了。素臣身子不觉被病魔又逼进一层。

到了玉山下船，却搭了一只货船，船内装满铅粉，只空一小小八尺地位，更自闷人。望着两旁青山绿水，想起故乡，想起母亲和田氏，不觉自怨自艾，心有感触，遂向船家要了纸笔，作了一首古风，低低自吟道：

远行出门间，举足心自量。
鄙夫念鸡肋，男子志四方。
况值阳九厄，云胡守闺房？
闺房讵足道，顾瞻萱草堂。
仰头发长啸，低头重彷徨。
儿行三千里，母心万里长。
万里有时尽，母心无时忘。
母心无时忘，儿行途路旁。
路旁无深谷，路旁无高冈。
高冈与深谷，乃在慈母肠。
游子动深省，泪下沾衣裳。
儿泪有时干，母心无时忘。
母心无时忘，儿行途路旁。
儿行途路旁，一步一悲伤。

素臣念罢，轻轻叹了一口气。自此以后，心绪更觉不宁。

不一日到了南昌，因到滕王阁去浏览一周，但胸有心事，也无兴欣赏，匆匆到江头雇船到丰城去。次日清晨，船已泊在丰城河下。问到朱家，见门上挂着孝帘，贴着门状。素臣心头别别一跳，猛吃一惊，急瞧一眼，见状上镌着"不肖席珍，罪孽深重，不自殒灭，祸延先考皇明，诰封奉政大夫澹然府君"字样，不禁啊呀一声泪落

145

如雨。进门叫唤，却并无一人。只得把钱先打发脚夫，将行李卸在厅上，又高声叫喊，才有一个老家人出来。素臣只道未能，谁知却并不是。只见老家人向他打量一周，开口问道："相公贵姓？是打哪儿来的？"

素臣拱手道："我姓白，住在吴江，是你老爷的通家子侄。春天里还与你家老爷在西湖相会的。"

老家人道："相公没看见门状吗？先老爷已于四月二十七日去世了。"

素臣点头道："不错，这个我是知道的，我正要进去吊奠，并要会你家的公子。"

老家人叹了一声道："不要说起公子的话了，为嗣了他，唉，真……"说到此，又转口道，"既是相公要吊奠，待老奴进去说知吧。"

素臣听了这话，好生惊讶，难道未公嗣子不争气吗？

不一会儿，那老家人出来道："相公，你认错了，先老爷并没相公这门亲。"

素臣听了一怔，暗想：这是哪里说起？一会儿悟道："是了，你家公子是嗣子，故不知我和你家老爷世谊，你就去和小姐说知吧。"

老家人道："我家公子不在家，这话原是小姐说的。"

素臣啊了一声，奇怪极了：怎么鸾吹竟不认我了吗？那老家人见素臣呆坐椅上，兀是出神，还道是江湖上拐骗的人，因冷笑道："你若要套假书，认假亲，做那脱天的事，只该在热闹人家去。我们这样冷落门户，也不该光降了。我家小姐已回绝你，你只顾呆坐还不走干吗？"

素臣正在满腹狐疑，忽听他说出这等话来，不觉发怒道："你这是什么话？我文相公是拐子吗？"

那老家人听他又说是姓文了，一时好生奇怪，忙问道："咦？相公姓白，怎的又说甚文相公了？"

素臣这才猛可理会，哦了一声道："对了，刚才我说错。我原是吴江文素臣，请你再进去报告小姐吧。"

老家人疑惑十分，怎么连自己姓都会说错？益发道他是骗子了。正欲诘问，忽见屏门后有人伸头一探，齐巧和素臣打个照面，两人都啊呀一声，只听那人喊道："这是文相公呀！申伯伯怎的还不进内去报说呢？"

素臣也叫道："素娥姐，鸾小姐在里面吗？"

那老家人见素娥竟是认识，想来不假了，遂急跟素娥进去。不一会儿，只见鸾吹浑身缟素，哭出厅来道："哥哥，你来迟了，可怜我父亲再不能……见面了。"

第六回

一心侍疾　刻骨报恩

　　素臣听了这话，心痛如割，泪流满颊道："愚兄因有事耽搁，不料老伯已与世长辞。我真悔不该早来一步，与老伯见最后一面……"说到此，喉间早已咽住，几乎哭出声来，一面躬身揖了下去。

　　鸾吹呜咽不止，一面却已跪下，连连稽颡。素臣慌忙也跪在地上，拜了四拜。两人起来，只见中间屏门大开，大厅上停着未公的灵柩。两支白蜡辉煌，一段香烟缭绕中显出未公一个肖像，长眉凤眼，宛如生前。素臣回想湖滨叙谈一幕，不觉悲从中来，走进里面，伏地大哭。鸾吹见此情景，种种悲伤，陡上心头，陪着跪下，哭得更是凄惶，那素娥和老家人也淌泪不止。

　　素臣哭着叫道："老伯，老伯，不想湖滨一别，果不能再见面了。你老人家的话竟成了谶语，唉……"言罢，挥泪如雨。

　　鸾吹听了，心如刀割，更加号哭起来。素娥住了哭，劝道："文相公一路来风霜辛苦，不宜过于悲伤。小姐，你也快快停了伤心，劝劝文相公吧。"说着，把手绢代鸾吹拭泪，将她肩儿摇了摇。

　　鸾吹心想：这话不错。因忙收束泪痕，回头叫声二哥道："你……"但说到这里，再也说不下去，那泪又像断线似的珍珠一般滚下来。

　　素娥含泪道："文相公，小姐劝你不要悲伤了。"

　　素臣正在恸哭，忽觉胸肋疼痛，今听素娥如此说，因想且到明天再哭祭吧，也就止泪起来。素娥也扶鸾吹起来，那家人拧上手巾，叫声文相公。

鸾吹道:"这是申寿,未能在西庄管理。"

素臣点头。鸾吹遂陪进内书房来,只见蛛丝凝尘积寸。申寿取进铺盖,安放东边榻上,一面扫地揩台。素臣取出尺头,递给鸾吹道:"这两端缎子,本是奉上老伯做件衣服的,谁料老伯已做故人。这一端绉纱,是家母寄与大妹的。"

鸾吹双手接过,拜谢道:"侄女没有奉敬老人家,倒叫伯母费心,真是令妹子不安。"

这时素娥又端上茶来,素臣谢过。鸾吹道:"二哥方才为何对申寿说姓白?妹子思之再三,终想不出其人,故而叫申寿前来回绝。后来想着吴江人,莫非就是二哥?所以又叫素娥在屏后细窥,不料果是二哥。"

素臣道:"这其中原有个缘故。"因把超凡头陀伪批中的事告诉一遍,又道,"所以改了姓名,一路上念熟了,竟忘记了呢。"鸾吹主仆三人方始恍然。

不多一会儿,已摆上饭来。鸾吹道:"家中不用荤酒,一时备办不及,恐哥哥饿了,请胡乱用一些儿。"

素臣道:"素饭甚好,愚兄今日才算闻讣,以后俱不用荤菜。"

鸾吹道:"哥哥并无服制,怎说吃素的话?"

素臣凄然泪落道:"老伯待我真像自己子侄一样,即再降一等,亦应比大功之丧,百日之内,自当不用荤酒。"

鸾吹不依道:"这个断断不能的。"

素娥道:"文相公至性淳诚,但究系无服。婢子想来,也不必拘定月日,俟过了老爷百日,再用荤酒,似为两尽。"

鸾吹暗中盘算,只有二十余天,因就允许。素臣也只得罢了,遂自用饭。见鸾吹陪坐于旁,因道:"大妹有事,请自便好了。"

鸾吹听了这话,眼皮儿一红,似有万分哀怨,凄然道:"论起妹子与哥哥患难周旋,情逾骨肉,本应亲陪茶饭,奈嗣弟顽劣,恐引起嫌疑。只在旁边与哥哥叙话，请哥哥不要见罪吧。"说到此，低头垂泪。

素臣听了这话，回忆古庙双栖，玉人在抱，后又脱衣烘火，亲手梳发，种种情景，也是不胜惆怅。因问老伯所得何病。

鸾吹淌泪道："爸爸体本衰弱，兼之西湖落水，受了风邪。又感伤妹妹下落不知，回家就一病不起了。"

素臣甚是感伤，匆匆用完饭，因又问嗣子如何顽劣。鸾吹叹口气道："真是一言难尽。"说着，又叫素娥看看外面。

素娥道："大相公此时正好在赌场中呼幺喝六哩，况且这里他亦绝不进来的。"

鸾吹方道："爸爸病中，请了族亲，立堂弟洪儒为嗣，写上两纸分关，两张遗嘱，将二百亩田留与妹子用度……"

素娥便接口道："文相公和小姐像亲兄妹一般，小姐的姻事理该告知，待婢子代说了吧。"

鸾吹听了，羞得满脸通红，垂首不语。素娥便道："先老爷回家后，就将小姐许配本县世宦东方老爷家。那公子文才相貌俱第一流，与小姐天生一对璧人。老爷这二百亩田写开：小姐在家，即为日用；小姐出阁，即为奁田的。"

素臣听了大喜，站起向鸾吹道贺。鸾吹羞得要死，只是啜泣。素臣见她竟哭起来，因道："妹妹是个明理的人，男婚女配，乃是每个人必经之途，为什么妹妹却做此寻常儿女的态度呢？前蒙老伯嘱咐，愚兄到处留心，但一时却并无佳士能配得上贤妹。如今是好了，做哥哥的也可放下这条心了。"

鸾吹纤手挪拈着衣角，听了素臣这样说，方抬头向他瞟了一眼道："先父又把一百亩田留与舍妹容儿，以十年为期，说日后如能寻着，给她备妆奁，倘寻不着，仍归嗣弟。又留一百亩田，说妹子蒙哥哥救命，奉为遗念。其余千亩，都拨与嗣弟管业。这都是先父亲笔，族亲都与名画押的。哪知嗣弟年幼，终日溺于赌博，自从嗣了进门，丧事一毫不管，却呼卢喝雉。妹子和他拼命吵闹一场，他方才不敢再在家里赌，但已给他败去了千余金。先父世守之业，竟卖去了二百多亩。前日不知听了谁的唆使，口里不干不净地说吴江人怎能得我未姓产业，又说容儿妹子死已多时，遗田早应归我。"说到这里，深深叹了一口气道，"这真把妹子气死了。后来妹子取出分关遗嘱，要往亲族处告诉，他方吓得跑开了。唉，将来正有气淘哩。"

素臣道："蒙老伯厚爱，留田为念。愚兄何人，即无令弟之言，也断不敢受的。"

鸾吹淌泪道："哥哥何出此言？妹子因与哥哥情逾骨肉，故而无话不谈。不料哥哥如此多心……真叫妹子痛心呢。"

素臣忙道："妹妹不要误会，这事原不好意思的……"

说到这里，瞥眼见素娥那双秋波，只管凝视自己，忽听她又啊呀一声，叫道："文相公，婢子瞧你神情，竟是大病之状。不知相公自觉有什么不舒服吗？"

素臣一听，失惊道："素娥姐姐果然精于歧黄，璇妹的话不虚了，请你急拿面镜子我瞧吧。"

素娥连忙取过。素臣接过一照，只见两眼失神，脸白如纸，不觉大吃一惊，遂慌忙又把自己脉息一诊，顿时啊呀道："六脉乱动浮紧弦硬，胃气全无，真脉已俱，合之面色，恐无生理了。"

鸾吹一听，浑身乱抖，泪落满颊道："素娥虽是明白一些医理，如何就可信她？哥哥体本壮实，现在好好儿的，就是有些小恙，天相吉人，必然无事，只须调养几天也就愈了，哥哥怎的说出这等话来？"

素臣道："我自得伯父病危消息，在半途已是种了病根。只因为贱躯素来蛮强，故不留意。刚才被素娥姐姐道破，才觉身子大不自然。我对于此道，亦颇知门径，拿镜自照，又按了脉息，果然病势已深。我当急速回家，最后见老母一面。倘侥幸不死，自当再来望妹妹吧。"

素娥一听，急阻止道："这个断然不可。婢子瞧相公气色，病势已在目前，若到船上发出，既无服侍的人，又乏疗治的法子，岂不要误了大事吗？婢子略知医理，尚可竭力调治，还是安心住下了吧。"

素臣道："你的话固然不错，但老伯已死，我一异姓的少年，孤身卧病在此，恐起外人议论，还是速去的好。"说着，便站起要走。

鸾吹到此，也顾不了许多，将素臣衣袖拉住，淌泪道："蒙哥哥生死骨肉，感入肺腑，若果有病来，自当尽心服侍，虽有外人议论，也只当耳边风过罢了。哥哥还记得社神庙内的话吗？大丈夫不以昭昭伸节，不以冥冥堕行，何嫌何疑，而生枝节？这话妹妹至今犹铭刻于心，哥哥现在怎的自己反避起嫌疑来了？"

素臣听了这话，不胜感激，心中暗忖：病势来已是排山倒海，若欲回家，断断不能。只得答应道："我本拟明日备一薄筵，在老伯灵前痛哭一番，如今给素娥姐姐说破，这会子就觉支撑不住。贤妹请便，我就要歇息了。"

鸾吹道："妹子也本当与哥哥洗尘，如今也不敢了。"说着，遂吩咐仆妇铺设床帐。素臣只觉四肢软绵无力，人已摇摇欲倒。素娥见了，连忙帮同鸾吹扶素臣到床上躺下。鸾吹一面吩咐仆妇熬粥，一面自和素娥进房，忽然含泪向素娥跪倒，哽噎着道："我有一件事和你商量。"

素娥冷不防被她这样一来，大惊失色，要想扶住，哪儿来得及，只得也扑地跪倒道："小姐，你有话只管说，这样可不要折死婢子了！"

鸾吹握住素娥纤手，流下泪来道："文相公自言知医，你又深通此术，都说病势非常，那么目前发作，自必险不可当，难免淹缠床席。一切诊视用药，固须仰仗你的大力，但文相公孤身卧病，一切饮食起居，以及大便小解，当然也必须一个人来贴身服侍，昼夜不离，着意知心地照顾添寒减热，那病方能痊愈。我受文相公救命大恩，本应不避嫌疑，亲身服侍，但我已字人，文相公乃是守礼君子，一定不肯允许。若叫小丫头去侍候，哪里能理会到许多？我仔细想来，只有你是我同心的人，分虽主婢，情同姐妹，要与我前去调护恩兄，须要贴心着肉，形迹全捐，身命不惜。待文相公病愈，我做主将你送他为妾，一则报我的恩，二则完你终身的事。文相公才德俱优，将来事业，不可限量。我在湖上社神庙内不惜身为小星，欲酬其德，谅不致辱没了你。但为了我的事，而要累你劳苦，真叫我心中感到不安呢。"说罢，那泪竟滚滚掉下。

素娥眼皮儿一红道："小姐，你快起来，我对你说，这事终可商量的。"

鸾吹哭道："用不着再要商量，你允许了吧。好妹妹，你若不答应，我就永远不起来了。"

素娥听小姐竟喊自己妹妹，心中一时也感激得落泪道："总依小姐就是了，那小姐快起来吧。"

鸾吹听了，方破涕站起，拉素娥一同坐下道："既承妹妹答应，你以后就不准再叫我小姐，我们结为了姐妹吧。"

素娥道："这个小婢怎敢？小姐……"

鸾吹听了，便把纤手向她樱口扪住道："你再叫小姐，我要不高兴了。"

素娥见小姐如此恩情，反而伏在鸾吹膝上呜咽起来。鸾吹道："快别哭了，文相公的事情，我完全托付了妹子，妹子总要千万当心才好。"

素娥至此，便扑地跪倒在地，拜了四拜，叫了一声姐姐道："这个承小姐厚恩，小婢就依了你。但姐姐千万也要依我一件事。"

鸾吹忙扶起道："妹妹有什么事？你只顾说，姐姐可依得的，是无有不依妹妹的。"

素娥道："文相公固然有恩于姐姐，不过在寺中被松庵禁入地窖，救出的人岂止姐姐一个？妹妹亦是感恩铭腑，与姐姐是一样的。

况且妹妹蒙姐姐另眼相待，姐姐只要吩咐一句话，虽然赴汤蹈火，妹妹亦所不辞的。何况文相公亦是我的恩人，他现在既然病了，我是理应服侍。但文相公是何等样人，姐姐根栽月窟，才貌无双，尚且以礼相待，不肯轻系红丝，妹子出身低微，岂又能入文相公之目？对于小星一事，断断不能，姐姐就做罢了吧。但妹子虽是下人，亦知廉耻，既和文相公日夜周旋，不肯再思别配，只求姐姐念此苦衷，留在身边，服侍姐姐一生，那就感激不尽了。"说毕，泪如泉涌。

鸾吹哭道："妹妹怎说这个话来？真叫我心都碎了。"

素娥亦哭道："姐姐若爱我的，就请你答应我吧。"

鸾吹摇头道："这断乎不可，文相公虽然守礼君子，但原也是个多情种子。妹子与他日夜周旋，恩深义重，虽铁石心肠，也不能无动于衷。姐姐再与你从中竭力撮合，他自然答应了，终不会使妹子失望是了。妹子说服侍姐姐一生，这个绝无这样道理。妹妹，你放心吧，姐姐总不会害你的。"

素娥听到此，忙又跪下哭道："姐姐哪里会害我……"说到这里，已是咽不成声。鸾吹亦流泪不止。

两人在房中商量停妥，厨下已把粥汤熬来。素娥因忙收束泪痕，做了几碟子通气和胃的小菜，和鸾吹又复同走到书房。到了床前，掀开帐幔，听素臣鼻息甚粗，和衣躺卧，昏沉不醒。素娥用手向他额角按去，竟是火炭一般，炙得纤手生疼，因回头告知鸾吹。鸾吹见他两颊绯红，忙叫了两声哥哥。素臣却不省人事，含糊不应。鸾吹芳心乱跳，含泪向素娥道："妹妹，你总得想个法子呀。"

素娥道："姐姐别急，妹子自当细细留心。"说着，速端过一张小凳，坐在床前，定了心神，调了气息，将素臣手腕轻轻拉出，诊过脉息道："文相公脉理，真是精明，适才所说脉象，一些儿也不错。"因加减麻黄汤，就在药箱内撮起一剂药来。

鸾吹早叫小丫头拿进炭炉子，生旺了火，素娥把药放进罐子，和了冷水，架在炉子上面。鸾吹亲自执扇而扇，不多一会儿，煎好了药。素娥用碗倾出，捧到床边。

鸾吹道："我来灌药，妹子扶他起来吧。"

素娥到此，也管不了羞涩，红着脸儿，只得把素臣身子抱起，完全靠在自己怀里。鸾吹将汗巾围好素臣胸前。素娥一手扶正了他头，一手用指捺定他的下唇。鸾吹用羹匙，掏了一匙药汤，灌了下去。谁知那药盘在口中，不进咽喉里去。鸾吹急得满眼流泪。只见素臣嘴角边反淌出药汁来，一时脸上失色，一面扯那汗巾揩拭，一面急问素娥如何是好。

素娥低低道："不要慌张，待这药气通些下去，就可以入喉了。"说着，因将鸾吹手中药碗接过，搁在素臣的唇下，使那碗内的蒸蒸热气，冲入鼻中。又用手指蘸着药汁，揩擦素臣的鼻管。候了一会儿，只听喉间咯的一声，那口内的药汤，就都咽下肚里去了。

素娥也不用羹匙，就把碗口微微一侧，便倒下去一半。鸾吹见了，暗暗佩服素娥，心中十分喜欢。谁知素娥把碗端开，素臣口里又回去药汁来，鸾吹急将羹匙塞进他的口中搁住，一面又替他揩拭下巴染沾着的药汁，一面又轻声问道："素妹，怎么又不肯下去了呢？"

素娥叹道："这病太深了，须慢慢地通去。"因又候了一会儿，方又咽了下去。

鸾吹把羹匙取出，素娥又把碗口倒向嘴去。这样费了一个多时辰，把药顿了几回，方才将次喝完。到临了一口，忽然直呛出来，哇的一声，竟喷得两人淋淋漓漓一面孔的药汁。再瞧素臣喉间作响，气逆神乱，吓得鸾吹花容失色，浑身颤抖起来。素娥连忙摇手，叫她别怕，一面把纤手在素臣胸前按定，自上至下轻轻地抚摩了百多遍，只见素臣脸色方回过原头来。

素娥抽出身子，依然把素臣身子放平，揭过被来，连头盖上。回头向鸾吹道："这夹被不中用，快些拿床棉……"说到这儿，把双蛾紧蹙，站脚不住，竟要倒下地去。

这一来把鸾吹吓得魂灵出窍，慌忙扶住，急道："妹妹，你……你怎么啦？"

素娥道："不要紧，我腿儿麻得站不住，你搀我到椅上坐一会儿就没事了，姐姐快取棉被去吧。"

鸾吹这才知道她被素臣身子倚靠了一个多时辰，无怪要麻木了。因伸手要替她揉擦，素娥急道："姐姐，你别管我呀。"

鸾吹这时六神无主，被她一催，方又匆匆出去。待把一床棉被取来，素娥已把药碗收拾过去，在药罐子里炖上一罐清水。鸾吹亲自给素臣盖好棉被，放下锦帐，回头问素娥道："刚才好好的怎又呛起来了？真把我急死了。"

素娥道："倒药时候，想是心慌，存了些药渣了。"

鸾吹才放心，因叫素娥进房先吃饭去，回头来换我。素娥道："妹子心里着慌，不知怎的竟是很饱，吃不下去，姐姐自去用吧。"

鸾吹道："我哪儿还吃得下饭，你摸摸我胸口，我那颗心儿兀是在跳跃哩。"

素娥伸手抱到她的酥胸，果然忐忑不停。忽然瞥见她脸上药汁，因抿嘴道："姐姐想是吓呆了，满颊药汁，你没觉得吗？"

鸾吹瞧着素娥道："那么妹妹自己呢？"两人听了，这就忍俊不置，急急打盆脸水，两人一同净过。

这时房中早已点起大蜡烛，两人坐在床前椅上，屏息静候多时。素娥见没有动静，遂站起到床边，揭起锦帐，轻轻把手控入被中，摸到素臣的头额，依然焦枯干燥，仍然火炭一般，竟一些儿汗都没有，心中惊讶十分，自语道："这样虎狼的药吃下去，且又盖上这样厚的被儿，怎的一点子都推扳不动？"

鸾吹又急得面如土色道："这可怎么好呢？"

素娥道："姐姐不用害怕，文相公本来体质坚实，非轻剂所胜，且他口角边又流了许多。明日用下重剂去是了。"

鸾吹道："我是不知道什么的，妹妹，你总要好好儿用心才是。"

素娥道："这个当然，还用姐姐叮咛的吗?"

两人在床前守了两个更次，听素臣鼻息粗浊，别无动静。素娥道："谅来没甚要紧，夜已深了，姐姐好去安息了。"

鸾吹点头，又坐了一会儿，再三叮嘱，方才进去。素娥关好了房门，看那炉中的火，已渐渐消化，因忙加了一炉炭火，换上一罐冷水备用。剪去了烛花，又坐了一会儿，觉得身子颇有些儿疲倦，纤手按着嘴儿，不住地打呵欠，心想：总是贴身服侍了。因红晕着双颊，便轻移莲步，竟自揭开帐子，和衣倒在素臣的脚边，侧身而睡。虽然心中难为情，但幸喜房中并无别人，连素臣自己也模糊不知，倒也坦然。一时真正倦极，遂蒙眬入睡。

一交五鼓，素娥惊醒，觉小解甚急，忙去摸素臣，仍是大热未退。因跳下床来，开门进内。只见一路门户俱是虚掩，心中倒是暗吃一惊。走近卧房时，见窗里灯火未灭，听鸾吹长叹一声，低低如念如唱道：

> 静悄勿焦，止噪勿喧闹。
> 炎朝暑朝，怎经这烦恼?
> 苦煞我的哥哥，病倒了哥哥呀，
> 一朝惊啼，芳心如捣。
> 哥哥几时好? 愁将上眉梢。
> 保佑我的哥哥呀，早愈了，哥哥。
> 百事无聊，海棠瘦损了，哥哥苦煞了。
> 汗泪湿鲛绡，胸中似火烧。

素娥步到窗前，却不立刻进房，听到这里，忽然鸾吹在房中又尖锐地极叫一声，这把素娥几乎吓得跌倒在地，不禁浑身颤抖起来。

157

第七回

偎寒偎暖　怜我怜卿

　　素娥急急步入房中，只见鸾吹躲在床上，缩作一团，因忙叫声姐姐道："你……你干什么啦？"

　　鸾吹见是素娥，惊魂稍定，脸儿方渐渐红润起来道："啊，原来是妹妹呀，你怎的一声儿都不响？我见窗外一个黑影，还道是什么鬼怪……真把我吓死了，文相公现在可大好了吗？"

　　素娥方才安心，因扶起鸾吹，纤手轻轻拍着她的酥胸，含笑道："这原是妹子不好，姐姐切勿怕。文相公也不见了什么好坏，仍是沉沉熟睡，姐姐怎么不脱衣服睡呀？"

　　鸾吹听了，拉着素娥手儿道："我是一夜风吹草动，都吃着惊，悄悄地在书房门首走了好几遍，哪里放心得下？"

　　素娥道："哦，怪道一路门儿都虚掩着，我也吃了一惊呢。姐姐一夜不睡，不要累出病来吗？快躺会儿吧。"

　　鸾吹道："你这时做什么来？"

　　素娥被她一吓，倒忘记了小解，忍不住笑道："我是来解溲的……"

　　鸾吹见她笑，还道是因为听了刚才自己的唱，顿时难为情起来。素娥突然瞧她无限羞涩模样，好生奇怪，笑问为什么。鸾吹瞟她一眼道："你还假惺惺作态哩，我是实在闷慌了，且又忧愁极了，所以胡诌了几句，不想被妹妹躲在窗外听去了。"

　　素娥这才恍然，一面抿嘴笑，一面便急到自己房中去解溲了。

一会儿解毕出来，鸾吹叮嘱道："今天你下药须要小心斟酌，能有些效验才好。"

素娥点头道："我自理会，姐姐快养会儿神吧。"说着，遂又急急回到书房。

这时东方已经发白，素娥吹灭了烛火，走到床边，把素臣脉息又诊了一回，看那炉中炭火已尽，连忙又加了燃料拢旺，把罐子中热水倾出，洗了一个脸，然后将昨日药方焙了一焙，撮起一大剂，煎好。正倒在碗内，见鸾吹亦已进来，素娥道："姐姐怎不息一会儿呀？"

鸾吹摇头道："叫我怎样能定心睡呢？你药煎好了，我再帮着给他喝吧。"

两人因到床边，照着前法，灌下药去。这次幸没一些渗漏，两人芳心暗暗欢喜，仍将被儿盖好。候了多时，去摸素臣头额，却仍是一些儿汗都没有。

鸾吹急得搓手不停道："这……这怎么好呢？"

素娥虽胸有主见，被鸾吹在旁这样急法，一时也觉着忙，因把原方减了分量，泡碗汤灌下一催。直到午后，额角上方觉有些汗气。鸾吹欢喜万分，又叫素娥摸他的胸口，可有汗了没有？素娥因把被儿轻轻褪下，伸手一摸，果然也有些儿润湿。本想再摸摸他的小腹，但终觉有些儿不好意思，仍把被儿盖上，对鸾吹道："汗是出了，可是他的神志仍不清头呢。"

鸾吹蹙眉道："妹妹，那么你快用神志清头的药呀。"

素娥听了，忍不住又好笑，因安慰道："大概过一会儿自能清头，姐姐也该去息息了。"

鸾吹道："我总得见了他能开口了，我才放心。"

两人仍悄悄候在床前，将近黄昏时候，忽见床帐俱动，好似素臣在里面转侧，素娥忙把帐子挂在钩子上。只见素臣闭着眼睛，嘴唇掀了掀，含糊地讨茶喝。两人这时芳心真乐得十分，素娥遂把紫苏汤给他喝了。

谁知素臣还叫口渴，要吃冷水。鸾吹道："能不能再给他喝？"

素娥道："我且瞧瞧他的舌苔。"

鸾吹点头，忙着燃了烛火，亲自执着，照在旁边。素娥把他嘴儿掀开，在烛光下只见满舌俱是黑苔，其色黝暗，用指去摸，如火刺一般，干涩碍手。忙取生姜在舌尖上揩擦，又用生青布蘸水绞过，诊了脉息。再按摸他的胸腹，凝眸沉思一会儿。鸾吹把烛安放桌上，急问怎样，素娥道："脉实腹坚，我想给他吃承气汤吧。"

鸾吹道："这事全仗妹妹，姐姐是一些儿也不懂得。"

时光很快过去，倒又交二鼓了。素娥催鸾吹去睡。鸾吹见他比昨日已好许多，也只得进房去了。一会儿，又喊小丫头生素拿净桶和未公所用铜夜壶进来，问文相公现在怎样。素娥恐鸾吹焦急，便道："你去告诉小姐，说已好多了，叫小姐安心睡觉吧。"

生素答应要去，素娥把门关上，心中暗想：病人第一要睡得舒服，文相公衣衫鞋袜俱未脱去，怎能安稳？且通身有汗无汗，亦须按摸，这样多么不便呢？因走近床边，低低地唤道："文相公，我给你把衣服脱去吧。"

素臣昏沉不应，素娥没法，也顾不得许多，先替他鞋袜脱去，再把他外衣纽襻解开，两手将他身子抱起，躺在自己怀中，然后方好褪出袖口，扯出衣服来。这样足足费了一个多更次，方脱盖得停妥。但素娥早已累得筋疲力乏，娇喘吁吁。谁知这一脱衣，素臣竟又受了一些儿感冒。素娥跳下床来，一面拿绢帕，拭着额上香汗，一面把他衣服折叠。觉得袖口里很是沉重，用手摸出，却是铁弩，遂把好好藏过。提起裤带，见有顺袋饱满，遂也藏在枕边。一切舒齐，已近四更。素娥连连打了两个呵欠，方始倒在脚后睡去。

次日，素娥用了一大剂承气汤，服侍素臣喝下。鸾吹又来问可好了没有，素娥告诉已吃了药，瞧他这回如何。正说时，忽听素臣放了几个响屁，鸾吹道："怕没有积滞吗？"

160

素娥摇头道："下面失气，必有宿积。"因又用一剂，果然到夜来，便打下许多粒粪，如铁弹丸一样坚硬。那臭味甚是难闻，生素在旁，掩鼻远避。素娥、鸾吹好似一些不觉模样，只把粗纸铺垫抽换，收拾过去，也不怕纤手着粪。生素见素娥平日最爱清洁，今日如此，不免暗暗好笑。

这样一连两日，粪始拉尽，素臣神志亦清头许多。眼瞧着素娥、鸾吹不惜身份，日夜相伴，又见素娥衣不解带，殷殷服侍，心中感激，真要淌下泪来。屡次欲开口道谢，终被素娥阻止，嘱他静养，因此素臣更加感激。

这天夜中，素臣一觉醒来，急要小解，但不知素娥把夜壶藏在哪头。欲问素娥，却见她压被熟睡，云发蓬松，星眼微闭，长睫毛合成一线，两颊瘦削了许多。想着连日劳苦，所以如此憔悴，一时哪里忍心把她惊动，掀开帐幔，探身自寻，却没找到。在烛光下瞥见橱边放有净桶，只得勉强下床，就桶小解。未及披衣，觉得有些儿寒冷。无奈其便偏偏甚长，等到得床上，已连打了几个寒噤。到了次日，竟又变成疟疾，大寒大热，如祟如狂，叫喊连天，摆摇震地。急得鸾吹泪如雨下，呜咽不止。素娥忙劝道："姐姐别怕，能得转了疟疾，这病倒不甚要紧哩。"

鸾吹如信如疑，但素臣这个疟疾却是厉害得了不得，冷的时候，好像躺身在冰天雪地上，热的时候，好像置身火山中。

这时素臣又大喊叫冷，向素娥讨火。

素娥苦谏道："文相公深通医理，岂可这样蛮法?"

素臣急道："我并不是不知道，但一刻忍受不住。若不这样，亦必立刻冻死了。纵使挨得一两日，尤其在活地狱受苦，倒不如死了干净，免得冰割火燎，啊呀，我……真冷死了……啊呀，我真……冻……死了……"

素臣的上下两排牙齿，咯咯地相打，全身不住地颤抖，双泪直流。鸾吹瞧此情景，心如刀割，哭向素娥道："妹妹，哥哥既如此

161

说，就暂救他目前的急吧。"

素娥亦哭道："妹子并非不依，若如此，竟是饮鸩酒而解渴，立见死亡。"

鸾吹大哭道："难道竟再也想不出法子可来解救了吗？我哪里忍心眼望着哥哥受苦，倒不如我先自尽了吧。"说着，要向壁上撞去。

素娥一把拖住，痛哭道："事到如此，我也管不了许多，姐姐快别悲伤。"说着，附耳遂又低低说了一阵。

鸾吹听了，便扑地跪倒道："妹妹能如此舍命相救，叫我怎生报答？"

素娥慌得急忙扶起，一面又淌泪不止。鸾吹急令仆人丫鬟横七竖八地扛进一座古铜屏风，扯脱座子，平放在地，又生旺了四只火盆，遂与丫鬟仆妇一同退出，把书房门关起，自立门外等待。

这时素臣冷得脸如死灰，眼睛向上直翻，大叫"冷死我了，我再也不能活了"。素娥到此，把衣裙脱去，单留粉红软缎抹胸肚兜和条短裤，站在四只火盆中间，被四面火势逼来，炙至喉吻俱枯，毛发欲燎，浑身似炭，汗出如珠，把雪白粉嫩的肌肉都变成了红色，遂即离开，直奔到素臣怀中，将素臣紧紧搂住。

素臣正在冷得要死，顿觉寒谷春生，怀如暖玉，不觉泪如泉涌道："我本不应越礼至此，实在冷不可耐，素姐如此大恩，到死难忘。"

素娥羞得不敢睁眼相看，粉颊上亦泪如雨下。停一会儿，身子已冷，素娥放手，复又到盆中坐火，再钻入被中。如此三回，素臣觉冷已可挡了，因叫声素姐道："你下床去吧。"

素娥急急跳下，方欲披衣，不料素臣已由冷转热，大呼心中火烧了，掀被跳下床来，把浑身衣服撕破。素娥回头见他脸儿，果然红得血一样，眼睛睁大，好像要发出火来。一时心头乱跳，急把穿上衣服仍又脱下，躺身伏于铜屏上面，须臾冷气钻心，遍身僵直，仰转身子复睡一会儿，冷入骨髓。觉再也忍耐不住，方爬起身来，扑入素臣怀里。素臣浑身火烧，痛苦万分，不得已把她紧紧搂住，如偎冷一般，脸贴脸儿，左颊偎过，又偎右颊，顿觉遍体生凉，爽快无比。睁眼见素娥，两眼紧闭，脸白如纸，牙齿咯咯作响，心中无限辛酸，垂泪道："姐姐，你弱怯身躯，弄出病来，如何是好？"

素娥听他竟喊自己姐姐，便诚恳道："我受文相公活命的大恩，又受小姐万全之托，即粉骨碎身，亦所不辞。区区致病，何足挂齿？只要相公病愈就是了。"

素臣感激得不禁痛哭流涕。不多一会儿，素娥觉身子渐热，遂复向铜屏上取冷，再来拥抱。抱至复热，仍欲下床去取冷。

素臣不放道："此时热已略可忍耐，若再取冷，不特我心里不忍，恐你身体亦要受不住了。"

素娥本是困乏已极，听他这样说，也就罢了，便自下床穿衣。每日预备汤水，冷的时候，给他喝姜汤；热的时候，给他喝紫苏汤；没有发的时候，加减柴胡姜汤，用心调养。

这时鸾吹推门进来，见素臣安静躺着，心中放心。回头见素娥垂泪啜泣，因把素娥抱住哭道："妹妹，你真是我的大恩人了。"

如此过了两天，素臣病势转头，冷热每日只发一次。素娥仍欲偎睡，素臣不允道："现在寒热虽发，却可忍耐，不比前日欲杀欲割模样，若再叫姐姐如此，必定要害你的性命了，这叫我如何……"说到此，泪湿衣襟。

素娥听了，也就含泪做罢，和鸾吹依然日夜服侍。鸾吹终待二更敲后，方始回房安息。

这夜素娥侍候素臣喝过药，两人抵足而眠。睡至三更将近，素娥忽听耳边有呻吟之声，蒙眬惊醒，方知素臣又在发冷。因坐到素臣一头，揉眼问道："你冷得如何？"

素臣不答，唯颤抖不已。

素娥含羞道："相公，要不我来偎你一会儿？"

素臣不语，素娥知他不好意思说，因钻身到被里，和他贴身而卧，闭眼不语。好一会儿，方暖了过来。

素臣淌泪道："我患了一场疟病，谁知累姐姐也好似患了一场疟病。"

素娥含泪道："相公这是哪儿话？"

素臣道："姐姐一会儿烤火，一会儿卧屏，这样岂非也患一场疟病何异？但我病是天然，而姐姐是硬生生地造成。想这种痛苦，真比我十倍。及今思之，令我懊悔不该叫姐姐受此苦楚呢。姐姐恩德，不足言谢，心里记着是了。"

素娥听了，秋波盈盈向素臣望了一眼，猛可理会：他已是好了，我怎的却仍和他睡在一头？絮絮而谈，竟宛如夫妻模样。一时满颊通红，急急掀被跳出，娇羞万状，低声道："相公别说这些话，请静静养息着吧。"

素臣瞧她这样娇媚不胜的意态，心中无限感触，不觉暗暗叹了一口气。素娥见了，一时误会了他的意思，因淌泪道："相公不要悲伤，婢子与小姐早已说过……"说到此，喉间早已咽住。

素臣听她欲语还停，本欲将自己意思说出，但又觉碍口，见她已倒在脚后睡去，默默地淌了一回泪，亦自入梦了。

光阴易逝，匆匆过了数日。素臣外感内伤病已俱去，只不过神虚力弱，气乏心嘈。鸾吹将桂圆、胶枣、雪蔗、冰梨等东西，放在素臣床边，以备素臣一时饥渴之需。素娥定了加减十全大补汤，每日调理，元气渐复。

不知不觉已有半月光景，这天已到八月初二，将近未公百日。鸾吹与素娥商量，日间把书房门闭上，外面夹弄两头小门关断，以免亲族们搅扰。

果然自初四日起至初六日止，接连有族亲及东方亲家公私祭奠，初七日是本家祭奠，鸾吹内外料理，哭泣跪拜，迎送支接，辛苦异常。嗣子洪儒却躲得无影无踪，各处找寻不着。偏是连日大雨，累得申寿找得发昏。到了初七日，鸾吹又央了几个族亲，帮着分头去

164

寻。时候近午，祭筵摆设齐全，单等洪儒回来祭献。直到午后，方才拖泥带水地在雨里被申寿拉回家来。鸾吹瞧此情景，又急又气，心中一阵悲酸，伏在未公灵前，不觉号啕大哭起来。洪儒见姐姐这样伤心，他不但一滴泪水都没有，就是马虎地拜了几拜，刚化了纸钱，就嚷着讨饭吃。

鸾吹愈加气苦，指着他哭道："爸爸嗣你做儿子，原要你为祭祀之主，连日亲族来上祭，通没有人陪待，要你这不孝子有什么用？刚寻得来，哭亦不哭一声，纸钱还没有化完，就嚷着要吃饭哩。我和你到各处去评评道理，看你还有什么脸儿来见人？"

洪儒听了，不敢作声，停会儿方说道："姐姐不要悲伤，我瞧你近日身子益发憔悴了，爸爸既然死了，哭着他又不会活转来，自丧身子，这何苦来呢？我输了钱，还想去翻本。刚才那盘口正有些转头了，却被申老头儿硬生生地拖回来，不要轧出了风头，那是多么懊恼。好姐姐，你千万不要难为我了，快开饭吧。"

鸾吹听了这话，气得浑身发抖，拭了泪道："你终日赌钱，可怜爸爸世传之产，能够你花几年？你若再不省悟，恐日后街上行乞的人就是你的未来生活了。"

洪儒道："饭不开出，我不吃也不要紧。钱既分给了我，就与姐姐无涉。只要骰子一转，便把以前卖的都赎回来了。像我这样人，就会去行乞？姐姐也太小觑人了。"说着，回头就走。

鸾吹一把拉住，气得柳眉倒竖、杏眼圆睁，怒骂道："是你的钱就该凭你去输的了。但今天是什么日子？爸爸还只死了这些日子，你就如此顶撞我，做姐姐的这些事就管不着你吗？好，今天在爸爸灵前，我就让你杀死了吧，省得我瞧了再来管你。"说着，便哭着撞到洪儒身上来。

洪儒到此，方吓呆了，连忙扶住，央求道："好姐姐，快不要吵了，弟弟不去就是了。"

别的仆妇都不敢言语，申寿是老管家，瞧不过，也劝公子不要

165

去。洪儒没法，看看天空中的雨又大，叹口气道："真可惜，我也只好牺牲这个好盘口了，如今姐姐放手了吧。"

鸾吹因放了手，洪儒呆坐了一会儿，用手按着肚子道："姐姐，饭怎么不开？我可要饿死了。"鸾吹方喊人收下祭礼，开出饭来。洪儒坐下，端碗就吃，见鸾吹兀是垂泪，因道："姐姐也吃饭吧。"

鸾吹嗔道："还吃得下饭哩，弟弟终要替爸爸挣口气，那才是正理。"

洪儒听了不语，自管匆匆吃毕，便到自己房里去睡了。鸾吹见此光景，正是又伤心又气恼，伏在灵前，又大哭一场。仆妇们劝住。

鸾吹监看着一切收拾舒齐，已是点灯时分，方才到书房来见素臣。素娥开门接入，见素臣已能倚床而坐，因问："哥哥可大好了？"

素臣谢道："已好多了，老伯百日，我竟不能亲自到灵前哭奠，真叫我心中抱歉极了。妹妹为了我的事，已用尽心力，连日料理家事，更是劳苦极了。方才听妹妹几次哀绝痛哭，只恐有伤玉体，我劝妹妹还宜节哀为是。否则老伯在天之灵，也要不安了呢。"

鸾吹听了，叹了一声，淌泪道："先父百日，亲族都来致奠，就是素娥妹子，关在这儿，她亦尚且早晚要到灵前去哭拜几回。唉，唯有我这不肖嗣弟，竟连日躲在赌场里，直到今日午后，被申寿找回，反与我吵了一场。哥哥，你想这不是叫妹子要更加伤心吗？"说着，又扑簌簌地掉下泪来。

素臣倒也伤心起来，想未公这样好人，竟嗣了如此劣子，不觉眼皮一红道："妹妹切勿自伤身子，想来他终年幼，将来自然改过。但我躺病在这儿，应该要通知他一声的。"

鸾吹道："这个倒也不必。若通知了他，反要淘气哩。"

素臣道："虽如此，但他既来嗣，便是一家之主。我想终以通知他为是，不然怕反而不……"

说到此，鸾吹已理会他意思。点头道："哥哥说得是，他已睡了，就明天告知他是了。"素臣点头。

素娥因问外面已全舒齐了，鸾吹道："都完毕了，妹妹吃了饭吗？"

素娥道："刚才文相公吃剩的半碗稀粥，我吃了已经很饱。"

鸾吹听了，暗想：两人已到如此地步，我不妨拿话向哥哥挑动，看他什么意思。因向素臣道："哥哥这时精神好吗？"

素臣道："不错。"

鸾吹笑道："那妹子就和你聊天一会儿。自从我们分手，哥哥在刘姑娘家里，又住了几天呀？"

素臣听了，便从实告诉一遍。鸾吹不禁喜上眉梢，笑盈盈道："妹子也还不曾恭喜呢。"

素臣红了脸，望着素娥微笑。素娥芳心一动，顿时粉颊现桃花，低头不语。鸾吹瞧此情景，芳心大乐，便笑道："妹子瞧璇姑娘眉目灵秀，相貌厚道，性情温雅，与我素娥妹妹真是一对明珠，足充哥哥的妾媵。"素娥听了偷瞅了她一眼，鸾吹只装不见，依然道，"可惜他哥哥竟搬走了，但这是无妨的，她哥哥既知府上，自然会把妹妹送来的。"

素臣真为此忧愁，听了这话，倒也有理，因点头道："但愿如此，就好了。"

三人谈了一会儿，不觉已交二鼓。素臣催鸾吹道："夜已深了，妹妹连日劳苦，还是早些安息吧。"

鸾吹站起道："我也糊涂了，竟忘记哥哥是病体哩。"说着，便道晚安出去。

素臣忽又叫住道："妹妹，你明日和洪儒弟只说我姓白是了。"

鸾吹心中一怔，忽而理会，因答应自去。这儿素娥关上了门，服侍素臣躺下，自己又洗了个脸，方欲上床去睡，忽然腹中一阵咕噜，竟觉十分饥饿。心想刚才只吃半碗薄粥，现在时隔许久，所以饿了，因伸手到床头去摸茶点。谁知却摸出素臣一个顺袋来，不知里面何物，遂把解散，一看是个印囊。印囊里一个纸包，上写着

"补天丸"三字。因知补天丸是极有补益的药，既在文相公身边，自然更不用迟疑，遂撮起一把，嚼来充饥。谁知因这一嚼，不但廉耻俱无，几乎性命不保。

要知素娥吃后如何情形，请快瞧阅下一节吧。

第八回

含羞却步　负屈入庭

素娥嚼那药时，只觉满口生香，有一种辛热之气，直冲入咽喉，一时心中好生奇怪，知非平常补药，遂急急吐去。但那已化的药丸，早和着津唾沁入腹中去了。急把那桌上茶杯拿来，漱了漱口，一面将药丸包起，仍旧安放在床头，又摸出几只枣子吃了。正欲上床去睡，忽然觉得全身热燥起来，忐忑跳得厉害，脸儿一阵红似一阵，顿时失去原有的理智。那双水汪汪的秋波，凝视着刚才合眼睡着的素臣，心中真有说不出的爱处。坐到床边把弓鞋脱去，纤手把金莲钩起，却是伸缩不宁，小腹内如火炭一般发作起来，一霎时情思迷离，神魂飞荡。任你素娥平日如何贞坚稳重，这时便再也忍耐不住了，身不由主地倒身在床，掀开被儿，竟把自己脸儿偎到素臣颊上去。这就愈觉浑身发软，素臣身上那股热气，直通到素娥肌肉了，好像电流一样，醉麻得心头抓不着痒处，伸手把素臣搂住，樱口中便哼唧起来。

素臣突然被她搂醒，心中吃了一惊，还疑身在梦中，睁眼细瞧，却见素娥脸红如火炭一团，眼儿如水波荡动，紧瞅着自己，不特毫无羞涩模样，还不住叫着亲爱。素臣知她一时情动，不忍严厉责骂，因问道："素姐为何如此模样？"

素娥哭道："我心头如火烧一般，请相公救救我吧。"

素臣道："素姐，你这是哪儿说起？我这次大病，若没有你舍命相救，绝不能生，对于素姐恩德，到死难忘。你既与我沾皮着肉，

169

亦断难再事他人，刚才未小姐因说璇姑之事，把你也夹杂在内，我知她这话也并非无因。但我本来早已打定主意，自你假睡以后，我就存心娶你为妾，原早要和你说明，为的是怕你害羞。你是极明大义的人，此时苟合，岂我所干的事情吗？况我尚在病中，若依姐姐的话，那姐姐二十余天来的功劳，恐怕就成泡影了呢。"

素娥听了这话，心头略清，奈药性发作，绝不能自持，竟呜咽起来道："相公这话原是，但我此时心头好如油沸汤滚，若再迟一刻，我怕再不能活了。"

素臣听了，心里暗想：素娥贴身服侍，二十余天来从未见她动过情，就是假冷假热，这样沾皮沾肉，也不见她有半点邪念。今日何以如此作怪？她是一个闺中处女，就是动情，欲念也绝没这样盛的。莫非她得了什么邪气，而生怪病了吗？因急急问道："你向来稳重，绝无苟且的邪念，今夜忽然如此，其中必有缘故。你快从实地告诉我，我好替你医治。"

素娥忽被提醒，忙答道："我因一时饥饿，到床头找觅茶食，不料却摸出补天丸来，我就嚼了一撮，别的也没有做过什么事。"

素臣一听这话，方才恍然，不禁失声叫道："啊呀，不好了！"即欲推开素娥，预备下床取水，不料却被她紧搂不放。素臣在病中无力，竟推她不开，心中一急，顿时想着床头鸾吹给我放着银罐里面有水浸冰梨，因急忙取出一只，塞进素娥口边道："你误服了毒药，非水不解。快吃了这梨，否则恐怕不救了。"

素娥听了这话，大吃一惊，忙把那梨乱咬而食，便觉一股凉气沁入心脾，连称爽口，欲念便减了一半。素臣又递过一只，叫她速食，并把银罐中水向她口中直灌。素娥此时，好像冷水浇背，心头一清，欲念完全消去。咬定牙关，忙把两手放开，要想掀被下床，谁知竟四肢无力，全身软瘫，一些儿动弹不得。

素臣道："素姐，你现在觉得怎样了？"

素娥羞得无地自容，不觉痛哭起来。素臣瞧她如此海棠着雨，倒又爱怜起来，把两手捧过她脸儿，替她拭去泪水道："我知你苦楚，你不用悲伤。"

素娥含泪道："我虽然是下人，但亦知羞恶。日来服侍相公，一奉小姐严命，二报婢子私恩，即沾肉沾身，而此心漠然不动。何期今夕丑形尽露，廉耻全无？那么日后叫我再有什么脸儿来服侍相公呢？"说罢，泪如雨下。

素臣听了，心中更加爱怜，因反把她搂在怀里，偎着她的脸颊道："素姐，这并不是你的不是。就是圣贤人吃此毒药，恐也不能支持。你将近一月来服侍我，始则涤污撒秽，继则贴肉沾肤，婉转沐席之间，憔悴屏炉之上，此恩此德，刻骨难忘。而尤令我敬爱的是心明于日，皎皎不欺，我岂能为了狂药之故，来轻视你吗？"说着，也凄然泪落。

素娥忽见他为自己落泪，心中颇为欣慰，躲在素臣怀抱里，柔顺得一动也不动，低声道："相公乃是千金之躯，病未痊愈，岂能伤心？我蒙相公开释，感恩铭腑，再也不懊恨了。但相公怎的带着这种东西呀？"

素臣道："这是头陀超凡的东西，本来包内尚有一张药帖，写着每服一丸，可御十女，女子服了，可御十男。当时就给我烧掉了。"

素娥道："为什么不把药丸一同烧去呢？"

素臣道："我因留着预备借以剪除凶孽，不想竟险些儿害了姐姐性命。"

素娥思想刚才丑态，愈觉伤心，那泪又涔涔而下。素臣把她泪水吮着道："素姐不用伤心了，你从今以后，就是我的了。"

素娥听了这话，不禁破涕为笑，在枕上泥首谢道："得能终身服侍相公，真令我感恩不尽了。"说着，因自己浑身裸着，被他紧搂，虽已言明作为他妾，但亦觉难以为情，要想起身，却是丝毫气力都没有。因娇羞万状，嗳嚅着央求道："相公，你拿衬衣裤拿给我穿上吧。"说到此，粉颊早又绯红。

素臣本是病体，兼之刚才受惊，身子亦无气力，待要坐起，却再也不能够了，只得说道："素姐既是我的人了，这些嫌疑就权行不避吧。"

素娥羞得把手掩着娇靥，却是说不出话来。两人唧唧谈了一会儿，都劳乏极了，也就沉沉睡去。

两人这一睡，直到次早红日满窗，兀是没醒。鸾吹在门外走了好几回，总不见开门。心中奇怪，遂叫人把门掮下，仍复上好，然后独自进内，不听有丝毫声息。瞥见床前放着素娥弓鞋，心中一跳，因为素娥并不脱鞋睡的，昨夜竟脱鞋了，其中定有道理。回身将门扣上，走近床边，掀帐一看，果见两人并头而睡。素臣一手搂着素娥粉颈，睡得正甜。

鸾吹脸红耳赤，暗想：怎的这样睡法？好不难看。忽然又见脚后堆着素娥衣服，连衬衣裤也在一旁。羞得鸾吹倒退几步，悄悄走出门外站住，那心头兀自跳个不停。因恐有人撞见，进来取把小锁反锁门儿，然后回房，坐在床沿暗忖道："原来他们两人已效于飞，因贪同梦，所以失晓。只是哥哥病体未痊，怎的竟孟浪至此？素娥这妮子，真也太性急了。倘使哥哥病体又有反复，这个可怎么好呢？"一时又想：两人的事情，恐怕还不是昨夜起的，都是为了这几日关门的缘故。我因在外料理各事，又不常进房去，哥哥近日身子又略好些，成天地关着孤男寡女，一个感他大恩，一个怜她憔悴，温存调笑，以致弄出事来，这倒是我的不是了。怪道昨夜才交二鼓，哥哥就催我回房。鸾吹自在房中猜想。

再说素娥醒来，见时已不早，心中一跳，急把素臣两手轻轻撩过，掀被下床，穿好衣服，打了两个呵欠，到门边去开门，却见门闩早落，心中吃惊道："我昨夜亲手闩好，怎么会开起来了？"遂把门一拉，却听嗒的一声，只拉到一条缝，再也拉不开来，向门缝瞧去，原来锁着。

素娥猛可理会，莫非小姐进来，见我俩并头睡着，只认我们已经苟合，不便叫醒，又恐别的丫头撞见，所以锁门了。唉，小姐，你原是好心，可是错疑我了。一时又想：倘若小姐揭被看过，那我竟是一丝不挂，这……她一定肯定我和文相公……啊呀，这叫我怎好意思再去瞧她呢？

沉吟了一会儿，只得将门敲响，齐巧鸾吹因落了锁，又来门外探看。素娥见鸾吹紧瞧自己，心中愈发不好意思，叫了一声姐姐，便通红双颊，低头匆匆借故出去。鸾吹叹了一声，心想：烤火偎屏，赤体拥抱，这样难怪她。但只要把哥哥不发生意外，也就随他们了。想着，走到床前，见帐子已钩起，素臣醒着，因叫声哥哥道："你今天可大好了吗？"

素臣无心道："今天身子却觉乏了些。"

鸾吹听着有意，因望着他劝道："哥哥病刚才好了一些，一切都须小心，第一保养精神才是。"

素臣却并没理会到这些，以为鸾吹多情，因点头道："妹妹这话不错，我是记牢在心，请你放心是了。"

鸾吹听了这话，心中又觉狐疑不决，但瞧他神情，好像是知道自己所以这样劝他，因此他便这样回答我了。其实素臣并不知觉。这大概是鸾吹的心理作用吧。两人正在互谈，素娥从外进来，站在鸾吹身旁，一声不响，且连连打着呵欠。心中便愈加相信自己猜测是对，但对着素臣又不便直说，只好拉过好手，叫声妹妹，温柔道："我瞧你也够劳苦了，别的事不用去操心，哥哥才说今儿乏了些，妹妹就着意扶持，耐心调养，使哥哥完全复原，这我们是多么欢喜呢。"

素娥觉得话里有因，羞得满面绯红，但又不能辩白，只得含糊答应。鸾吹见这模样，也就不言语了。又劝了一会儿，遂自出去。素娥生旺炉子，煎好了药，服侍素臣喝完。忽听鸾吹一片哭声，素娥吃了一惊，连忙奔出，只见鸾吹气得倒在椅上，浑身乱抖，泪下如雨，洪儒却一溜烟地走了。

素娥方知又是同公子吵闹，因忙把鸾吹扶住，急问根由。鸾吹见了素娥，便一把抱住哭道："妹妹，这个畜生，真把我气死了。"

素娥也哭起来道："姐姐，你快不要这样，何苦自戕身子，他到底怎样冲撞你啦？"

鸾吹淌泪道："我见了他起来，想着素哥的话，便告诉了他，妹妹你想他第一句就说什么？"

素娥拭泪道："说什么啦？莫非怪我们通知得迟了吗？"

鸾吹摇头道："他哪里管这些，他说：'素臣哥哥做什么来？想抢一百亩田来吗？别妄想了，谁不知道这田是我该得的？'我没头没脑地吃他这一句死话，气得我竟回答不出。他接着又道：'随他打官司告状，总是不中用的，姐姐别帮着外头人说话。'"

素娥忙问道："姐姐，你怎样回说呢？"

鸾吹道："我气急了，也嚷着道：'爸爸知恩报恩，写下遗嘱。昨儿才过百日，你就违反他老人家的遗志吗？'你道他再说甚话来？真把我气得个半死。他说知道爸爸弄甚圈套哩。"

素娥听到此，也不禁脸含娇嗔道："这是哪儿说起？"

鸾吹气急道："当时我一把将他拉住道：'好呀，你把爸爸都说起来了，爸爸是何等样人？他弄甚圈套？他既要弄圈套，他不会多给田与我吗？现在一千五百亩田，只发开三百亩给我们，还是弄圈套吗？你这没良心的种子，爸爸把你嗣过来，倒叫你反来诽谤爸爸，我给你到各房去告诉，看谁有理？'他见我怒极了，才吓青了脸，挣脱手逃跑出去了。妹妹，你说吧，这叫我气不气呢？"

素娥见她兀是连连喘气，因用纤手抚着她胸道："大相公敢是赌晕了，怎的竟说出如此没道理话来？怪不得姐姐生气，妹子也气极了。但他话也不能当他真，只好算小孩子话，姐姐也别气了，你尽管气，他却一些儿不觉呢。姐姐身子要紧，大相公不是真正恶人，只因他结交的都是流氓，也许是受了人的主使，明儿告诉族长，狠狠教训一顿是了。"

鸾吹长叹一声，忽又问道："我也气晕了，文相公喝了药没有？"

　　素娥道："刚才正在服侍他喝药，听姐姐哭声就出来了。姐姐，快息一会儿去吧。"

　　鸾吹点头，扶着小丫鬟生素进房去。这儿素娥又急回书房。素臣问鸾吹和谁怄气，素娥叹口气道："还有谁呢，左不过是大相公罢了。"

　　素臣正欲问何事，忽然腹内咕噜噜一声。素娥忙道："你可要大便了？"

　　素臣道："奇怪得很，这剂药吃下去，却很不受用……"说到此，啊呀道："真个要拉了。"话还未完，那响声就连珠花爆地发出来。

　　素娥急掀开被，扯下素臣裤子，方欲拿粗纸去垫，谁知一屁股早已拉出淋淋漓漓的粪水，被褥上好似沾满了糖浆。素娥心慌，连忙拿件旧衣服揩垫，又用草纸替他揩屁股。只听素臣叫声不好，那粪门竟像黄河决口一般，黄泥也似的粪水直冒出来。素娥不及缩手，早已冲了一手一袖子，黏黏连连地湿了一大堆，一时急得不知如何是好。偏是素臣腹中响不绝声，粪水犹如清水直淌。瞧那素臣面色，竟像死灰一样，双眼深凹，气喘不止。素娥心慌意乱，手足无措。这时鸾吹齐巧进来，瞧此情景，吓得目停口呆，半晌说不出话来。素娥扯衣服擦手，一面又擦被褥，一面又揩屁股，丢在地上。回头再拿衣服，却是没有，急欲进房去取。

　　鸾吹顿脚道："你也糊涂了，尽揩还揩得了吗？还是换了被褥吧，唉，真个弄出事来了。"

　　素娥奔出门外，听了末一句，心中一酸，那泪就滚出来。等被褥子取来，素臣又泻了。见鸾吹拿棉花在揩，素娥道："姐姐，你让过一旁，我来收拾吧。"

　　鸾吹哭道："哥哥是泻得昏去了，我瞧你怎样办？"

　　素娥听她竟肯定是为了自己，又不敢辩白，真是有冤没处伸，

175

也只有泪如雨下。这样直到晚上，泻才停止。素臣已不省人事。素娥抱起素臣，鸾吹急急亲自换一床清洁被褥，把素臣浑身揩擦干净。又怕冻了身子，鸾吹也顾不得羞耻，给他套上裤子，盖好了被儿。向素娥哭道："过去事别说了，你现在快想怎样医治的法子吧。"

素娥亦哭道："上两回也吃这药，并不见泻，怎的今天就大泻了呢？"

鸾吹逼紧问道："你可给他冻了身子没有？"

素娥哀怨极了，呜咽道："就是冻了身子，也不会泻到如此地步呀！如今只得把那方加减吃一帖了。"

鸾吹忙去拿出上好人参三钱，素娥配药煎好，给素臣喝下。不多一会儿，素臣又叫不受用。素娥怕又泻了，急替脱裤，拿厚粗纸垫好。果然又泻，直到三更方止。素娥抽出粗纸，索性不给他穿裤，就用被儿盖好。

素臣晕了数次，鸾吹急得啼哭不停，急问素娥用什么方法止他泻。素娥道："这药都是暖胃补虚，升担分利，专止泻泄的。如今吃下去就泻，这叫我再用什么药味好呢？"

鸾吹一听，更加痛哭道："这是我害了哥哥了。"

素娥亦哭道："姐姐，你快不要哭。文相公内部已是虚极，恐防要脱，只有用上好人参来拉他一把吧。"

鸾吹拭泪道："吃了又泻怎么办？我瞧还是干吃吧。"

素娥不由喜欢道："姐姐，亏你想出这个法子，这个好极了。"

鸾吹道："我是急昏了。"因取人参。素娥接过，先放在自己口中细嚼，然后再嘴对素臣嘴哺给他吃，一面呼气灌他。

足有一更多天，素臣方转脸色，气亦温和，微睁眼来，见鸾吹执烛在旁，素娥鲜红樱口，却吮在自己口上。两人兀是眼红胞肿，泪挂如珠。心中一阵感激，也淌下泪来，因问妹妹什么时候了，鸾吹道："已四鼓将近，哥哥现在觉得怎样？"

素臣道："只觉浑身无力，别的倒没有什么。妹妹放心，去睡了吧，别累了身体，反叫我心下不安。"

鸾吹见他苏醒，且时真已不早，因叮咛素娥几句，方进房去。素娥关上，收拾上床，仍和素臣并头睡下，又嚼哺了一二钱人参给他吃。素臣握了她手，淌泪不止。

素娥伤心道："好端端的又哭什么？身子才好些儿，别东思西想了。"

素臣道："妹妹，你真太使我感动了。"

素娥又听他改呼自己妹妹，真欣慰极了，因道："文相公待我恩德，我虽死也乐意……"

素臣急把手扪住她嘴道："妹妹，你千万别说什么死，我唯愿与妹妹同偕白首呢。"

素娥破涕笑了，素臣也微微一笑，因附耳道："下身赤裸裸地怪不舒服，妹妹给我套上裤子吧，这回想来不会再泻。"

素娥点头，随手取过衬裤，就在被里给他穿上。一不留心，纤手触着袋形东西，不觉羞得粉脸通红。素臣亦觉难为情，素娥嫣然抿嘴，瞟着他一眼，便自爬睡了。

次早醒来，鸾吹即来叩门。素娥开门，说他尚安睡未醒，鸾吹喜形于色。候至晌午，素臣醒了，大家商量用药。素娥因问素臣"前日喝的十全大补汤，怎的会泻起来？后来加了人参，怎的又泻？相公精于医理，不知晓得其中缘由吗？我虽略懂些，却再也想不出。姐姐说是我给相公受了寒乏了力，但仔细想来，每夜姐姐走后，我们总早早睡去，这事真令人不解了。"

素娥这几句话原是要辩清自己的纯洁，因不好意思直接对鸾吹说，想叫素臣来解释一下。素臣听了，也自不解。鸾吹听了，颇觉狐疑。

素臣忽然道："煎药的水是井水是河水？"

鸾吹道："连日全用井水，莫非错用了河水吗？"

素娥道："就是河水，也不至于如此大泻特泻呀。"

177

素臣沉思良久道："是了，一定用了天水了。"

素娥一听，也顿大悟道："可不是吗！"遂即喊生素到厨下去问，果系缸中之水。鸾吹大怒，欲责治提水仆妇，素臣急忙阻止。

鸾吹道："这事岂能儿戏？几丧哥哥性命呢！"

素臣道："仆妇知道什么，这是我命中注定，该有此番反复，倒是累妹妹苦了。"说着，三人都觉伤心，不免又落下泪来。自此仍用原方调理，不到三四天，病已退尽，渐渐复原。

鸾吹与素娥俱各欢喜。鸾吹想着洪儒的话，便直告素臣。素臣道："这我早对妹妹说过了，对于分田一事，万万不敢受的。只是他不该疑及老伯，无怪妹妹动气。"

鸾吹叹道："哥哥看这田，固然不足稀罕，但物虽微，却是爸爸一片诚心。言犹在耳，骨尚未寒，而弃先人之命，叫妹妹何以为人？"

素臣正欲解释，只见生素慌张奔来道："小姐，大相公来了。"

鸾吹道："来便来了，大惊小怪干什么？"说着，起身正欲走出，见洪儒已直进书房来，向鸾吹、素娥、素臣三个细细打量。

鸾吹指着素臣道："这位就是姐姐对你说过的白相公，是爸爸得意的人，你快见礼吧。"

洪儒听了，便拱手道："白老哥，小弟来望你了。"

素臣忙起身道："小弟前日造府，适世兄公出，后遇老伯百日，世兄回府，小弟又卧病在床。曾托令姐转达，今蒙枉顾，感谢不尽。"

洪儒嘻嘻一笑，连说哪儿，一面又问素臣名字，素臣遂以又李告知。洪儒瞎七搭八地胡扯一会儿，方才别去。

鸾吹道："这种傻态，令人又气又笑，哥哥切勿见怪。"

素臣沉思一会儿道："世兄此来蹊跷，恐有意外之事呢。"

鸾吹道："有什么意外？左不过想赖田是了，但有爸爸遗嘱在此，还怕什么？"

素娥道："遗嘱内是文相公，今说白相公，岂不是不相符合了吗？"

鸾吹啊呀道："真的我也糊涂了，若不是妹妹提醒，几误大事呢，但这可怎么办？"

素娥道："不要紧，我见遗嘱上写着吴江文白世侄，只消把文字改作之字，就无妨了。"

鸾吹忙取出来一瞧，只见写着"我与大女鸾吹溺水，为吴江文白世侄捞救，留日字号田百亩，以报其德"等语，系行书，那文字竟与之字相仿。鸾吹大喜，即把笔儿略勾，竟成之字了。

光阴匆匆，又过了八九日，素臣完全复原，起身已有三天。这日素娥在园中，折得数枝桂子，笑盈盈进来，向素臣、鸾吹笑道："你们瞧，可开得灿烂吗？"

鸾吹笑道："真个好香，房中平添了清雅，倒很有兴趣。"

素娥正插入瓶中，忽见生素进来道："大相公领了两个差役，要白相公出去。"

鸾吹吃了一惊道："什么？你去回说不在这儿是了。"

素娥道："这个是不能够的，大相公领进来可怎么办？"

素臣听了，心知祸事到来，但自己心地坦白，不必忧愁，就道："我出去是了。"

鸾吹拉住道："哥哥这样身子，怎能出去？这畜生真太胡闹了，让我去和他拼一拼吧。"

素臣道："妹妹不可，他既有差人同来，必经官府，想官府自有公断曲直，我去何妨？妹妹岂可以千金之躯，抛头露脸呢？"说着，整顿冠服自出。鸾吹、素娥急得双泪直流，又不敢出外。一会儿只见生素嚷进来道："啊呀，不好了！白相公给两个差役押去了！"

鸾吹听了，心中一急，顿时跌倒在地。素娥也放声大哭起来。

第九回

气壮理直　玉洁冰清

当时素娥急将鸾吹扶起，一面哭道："姐姐，这个不是哭的时候，我们快叫人去打听打听，究竟是为什么事情？如果真的为了一百亩田，那倒是不要紧的。"

鸾吹被她一语提醒，遂立刻喊申寿去探听，是怎样告准状子的。申寿一听，急急去了。

鸾吹和素娥在房中只顾打旋，不知是哭是笑的好，只觉那一股愤气塞向胸前来，心头忐忑如小鹿乱撞，急得像热锅上蚂蚁一般，方寸乱得如麻。候了一个时辰，鸾吹不觉又掩面大哭起来。

素娥急道："姐姐，你快不要这样，我的心要碎了。"

鸾吹痛哭道："怎的这么许多时候还没回来？难道在堂上用起刑来？哥哥病体才复原，若果这样，是真要他的命了。"

素娥猛听这话，好似万箭穿心，本来劝鸾吹不要哭，这时自己也就痛哭起来。

正在这时，才见申寿气呼呼进来。鸾吹、素娥见了申寿，好像素臣生命就在一开口之际，心头是愈跳得厉害，忙停止了哭。鸾吹怕得不敢就问，还是素娥开口道："申伯伯，你打听得到底怎样啦？"

申寿在门外呆了半晌道："这是要等白相公回来才知道哩，这个时候打哪儿去探听呢？"

鸾吹一听，急得跳脚道："你怎的这样没用？难道白相公也没瞧见吗？"

申寿叹口气道：“这不是老奴没用，实在是老爷死得不好。老爷若在，不要说跟轿进去有威风，就是到衙前送帖甚至闲逛，这班小鬼见了，哪个敢不招呼？还要拉着去喝茶、去吃面，谁不奉承？如今老爷一死，这些差役小鬼就变大了，休说在衙门前站脚，早给他们喝退了。”

鸾吹听他唠叨了一大套，心中愈加气苦，因道：“你不要说了，快到西庄去换回未能来吧。”

申寿听了，咕噜着说了一声“未能来也未必中用”，便自去了。鸾吹想着素臣不知到底如何，叫了一声哥哥呀，便和素娥又呜咽起来。

再说文素臣被差人拥到县前，却并不进衙门，先在一个小茶馆内坐落。刚才坐定，就有把门、站堂、值刑许多差人，及招房、堂差、承行并各项书吏，陆续而来，各拣了座头，拉杂坐下。店小二拿出茶点，各桌上众人都向素臣拱了手，算是招呼过了，便都吃喝起来。素臣瞧也不瞧一眼，自管倒了一杯茶，喝了一口。

原差见他这个模样，便走近来悄悄说道：“那边两位是房里老师，那两位是班中头役，都是极行时的，你可不能轻慢了他们。那位胡髭老师是承行，你的事情，都在他的手里。我现在给你私下请他过来，讲一个规则，省得人多口杂，既多花费钱，又不好看。”

素臣瞪他一眼，冷笑道：“你满嘴里胡嚼什么？你们可都是干公事的，什么私下？什么规则？咱白相公可不懂这些，只同你去见官就是了。”

原差想不到竟碰他这样一个大钉子，一时张大了眼睛，说不出话来。众人听了，便咽嘟咽嘟地的打着市语，好像商量似的。一会儿便齐声道：“就是明讲也好，喂，老三，你直说吧。”

原差听了，便笑向素臣道：“白相公，你是明亮人，咱们几个弟兄，向你拿些铺堂使费。”

素臣笑道：“原来如此，那么说什么规则不规则，我倒很愿意赏你们，可是我客中哪里有钱？"

原差道："瞧你模样也是个有钱的人，你可别刁恶，这是咱们的规则。"

素臣道："又来了规则，我老实告诉你，就是有钱，也绝不赏你们这班狗奴才。"

众人一听这话，都不禁直跳起来，个个摩拳擦掌，预备过来攒打模样。内中一个老者忙阻止道："诸位且慢动粗，承老师，你是承行，还是你去拍拍他醒吧。当场出丑，人家到底也要面子的。"

那胡髭听了，便叫众人坐下，自己摇摆过来，向素臣望了一眼，说道："看尊驾衣冠，倒是宫墙中人。但既涉官司，就是有些微末前程，也是不济事的。况且这个案子重大，只怕对于功名有碍。此时若不破费几个悭钱，将来懊悔可来不及了。就是原告呈词，也该抄着，当官好去办理，你不要转错了念头，自己误了大事哩。"

素臣抬头斜视一眼笑道："真难为了你们好意，方才票上虽未粘词，那原告名字是未洪儒，注语是奸婢谋闺状子，大约可知，何用抄词？这个不消操心。至于这一顶头巾，原算不得前程，你说事情重大，我却看得渺小极了，请你们不用为我担心，若要想我一个钱，除非再去翻个红脚桶。"

承行气得满脸铁青，向老者道："你可听见？我好心劝他，他竟说出这种死话，上堂吃了板子，就要命了。"

堂吏和招房道："别人钱还是隔两日见效，我们的钱上堂就爆响的呢。传话的时候，只消增减一两个字眼，轻重一点子口气，草供上要紧关目，结实的略松泛些，轻松的略结致些，那就便宜多了。"

素臣道："我本没有口供，你传话的好歹叙供得呆活，总不干我事。"

承行的瞅了他们一眼道："你们也有这些热气去换他这口冷气，回头见了棺材，才叫他再把石灰去揞他的眼泪吧。"

值刑的道："到用刑时候，休怪咱们奉承得太厉害了。"

素臣笑道："这个问题还早哩，你别想得太稳了。"

原差道："我们为了你打官司，都跑掉了腿，怎的你竟一个钱都不花吗？"

素臣冷笑道："你们吃的是什么？穿的是什么？为了公事，跑掉了狗腿，干我甚事？再不要啰唣，相公钱身边尽多着，可是只不愿赏你们这班奴才。"

众人怪叫道："从来也不见有这等犯人，开口就说赏字，谁是你的奴才？回头官府就要上堂，大家一齐动手，打他一个满屁股红，才知咱们的厉害呢。"

素臣冷笑一声道："要打不妨，我白相公虽病了多时，但对于你们这通草拳儿，就是每人来一二百拳，我只当叫你们捶背罢了。"

众人听了，倒又大笑起来道："瞧你这身子瘦得一根柴枝似的，还说这大话，真是个傻子。"

这时店小二站在旁边，瞧这光景，便上来道："各位这茶钱是哪个出的？吃了几十壶哩，还有糖片瓜子，哪一样不是钱？瞧这人是不肯出的了，各位只要招架一声，小的就放心了。"

素臣道："这茶几个钱一壶？"

店小二道："每壶二文钱，糖片瓜子都是四文钱。"

素臣在顺袋内摸出二文钱，放这桌上道："我只喝你半壶茶，就算一壶的价钱吧，其余都向吃的人要。"

众人听了这话，个个跳起来，大喊："反了世界了，你打官司，倒叫我们给你出茶钱，你真是做梦哩！"

正在这时，忽见一个老家人气喘吁吁地赶进店来，大叫："各位不消发怒，我来发还茶钱是了。"

素臣把他仔细一看，便叫道："你可是未能？"

未能一见，哟了一声道："小的正是，我是小姐喊申寿来叫我的……"

素臣道："白相公在这儿你怎知道？"

未能一听，立刻会意，便叫道："白相公，这是衙门规矩，不但茶钱我们会钞，而且还要奉敬各位的铺堂使费哩。"

众差役一听，方笑道："到底多活了年纪，才知道衙门规矩哩。"

素臣大喝一声，把未能手中钱袋拿过，向未能道："不许你使一个钱，白相公素来不行贿用钱的。"

众人正在欢喜，谁知又给他泼了一桶冷水，个个恨得切骨，未能也搓手没法。

正在这时，又走进一个人来道："茶钱都是我的。"说着，一面打发，一面把这些人都请出茶铺去了。

未能跌足道："白相公，这人姓计名多，绰号计多星，是出名的恶讼师，他来还茶钱，是包着大相公打一面官司了。"

素臣道："一面两面别管他，你只顾放心回家去，叫小姐和素娥姐不要急，我是绝没有罪的，叫她别瞎用一个钱，便宜了这班狗奴才。"

未能听了，只得急回家去，说回头再来探听。

不多一会儿，原差遂来带素臣进县，知县升堂。素臣昂然而上，点名过堂毕，先传洪儒上去，问了几句，就叫报告计多上去。素臣远远望着，只见计多手指脚画地说了许多话，可是却一些儿也听不清楚。计多下来，上面已传白又李了。素臣慢步踱将上去，向知县只长揖而不拜。两旁差人连声喝跪，素臣面无惧色，坦然处之，端然不动。那站堂的因刚才吃了他气，这时想给他受些苦，用力把素臣向下一拖，一个便在后尽力一揉，却是生根的一般，休想动得分毫。谁知素臣把脚轻轻一扫，两人顿时翻了一个跟头。这时满堂之人都大吃一惊，暗忖怪道茶坊里说大话，原来果然有些把式哩。

知县见他如此倔强形状，冷笑一声道："你是何等前程？"

素臣答道："是生员。"

知县道："你不过是个生员，既有事犯在我的案下，如何不跪？"

素臣道："生员若果有犯法之事，自然该跪，生员本无甚事，如何敢跪？有事而不跪是无官长，无官长即是无朝廷。但话又说回来，无事而辄跪是无学校，无学校亦是无朝廷呢。"

知县怒道："现在有人指名告你，怎么你敢说无事？即使被人诬告，也要本县替你审豁。朝廷设立法堂，正为民间伸冤理枉。被告者俱说无事，要这法堂何用？还不快跪!"说罢，把公案一拍，气得二绺长须都飘起来。

素臣面不改色，滔滔说道："若事有冤枉，被人诬告，在法堂之上，要求老父台伸冤，这个自然是该跪了。若冤既无待伸，状亦断无庸准，便和这法堂就渺不相关了，何敢望尘雅拜，长跪乞怜，以轻朝廷而羞学校之士吗？"

知县听此，勃然大怒道："怎么你竟说状都不该准的？未洪儒告你诱奸了他的婢女，现在又欲图谋他的姐姐，这是奸诱重情，就是果有冤屈，亦须质审始知，怎的竟说不该准的呢？你休得倚恃护符，抗拒长官，只怕咨查过去，革了前程，动起刑来，那时懊悔来不及了。"

素臣淡笑道："老父台不要发怒，听生员一言。进行设立法堂，以为听断之所，即设立律例，以为听断之书。犯事者不得倨傲于法堂，与听讼者不得弁髦夫律例，其制一也。律上明明载着指奸勿论，既非奸所捕获，又无奸情证据，考之律例，两样都无所附。这样想来，见其状即可知其诬，更何用审呢？老父台明明犯着滥准词状之条，怎反说要咨革起生员来呢？未公与生员，三世通家，谊同骨肉，生员因吊奠而病卧其家，即可诬以奸情，那么出外旅游的人是只能露宿的了，在家的人是必须塞门了，在路上同行的男女，个个可指他们有奸情了。哈哈，这是哪儿说起呢？"

那知县一腔盛怒，正待发作，被素臣侃侃凿凿、援古证今、忽庄忽谐、入情入理地一说，顿时目定口呆，竟发泄不出来，欲想寻个驳头，却也无从想起。正在暗暗干急，只听堂吏悄悄提一句道："老爷，只消问那报告讨奸情证据是了。"

知县一想不错，遂即传计多上堂，问道："你家主人告白又李奸情，是否有确实证据？可从实细说。"

计多叩头道："小的主人若不拿着实凭真据，怎敢在老爷前妄告奸情？不要说白又李以一个孤身男子，藏在深闺，奸谋叵测，只消讲他与婢女素娥同床共寝一月有余，这便是奸情确据了。如今只求老爷把素娥提来严审，并令稳婆试验，那白又李的奸婢谋闺便千真万实了。"

知县一听，见事有眉毛，因问素娥今年几岁，相貌如何。计多道："素娥今年十八岁，是个极标致的容貌儿。"

知县大喜道："这状子上单说与婢女素娥有奸，要图谋你家小姐，却并没说同床一月余的话。本县因事及暧昧，有关缙绅体面，故先拘白又李来录供。今白又李刁恶十分，不肯实招，也就顾不得体面，容不得私情了。"因伸手丢下一条火签，立拿素娥听审。一面叫稳婆伺候，吩咐将人犯带过一边，把别的案件先审。

未能得知这个消息，急急飞奔回家。只见鸾吹、素娥正在相对垂泪，因叫声小姐道："大事不好！大相公告白相公和素娥姐有奸情，现在差役来提素娥姐上堂审哩！"

两人一听这话，好像浑身浇着冷水。鸾吹更是着急，心想：素娥和哥哥苟合是真，我亲眼瞧见，今若去验，那我的名节就无从湔洗了。想到这里，一阵剧痛，几乎昏厥。齐巧生素来报，外面差役已来，鸾吹急得手足冰冷，真个跌倒地上。素娥一听，心如刀割，抱着鸾吹，哭叫姐姐。

鸾吹哇的一声哭出来，将素娥搂住道："妹妹，我害了你了。如今当官去审明，你与哥哥俱罹法网，难免要出丑。仔细想来，也没有别的办法，我就先自尽了干净。"

素娥心中以为与素臣同床，也是一样犯法的，所以急得也号啕大哭。今听鸾吹这样说，愈加沉痛，因哭道："姐姐说哪儿话来，爸爸与妈妈只有你一滴骨血，况且素哥坐了监狱，还要姐姐照顾。妹

186

子不合不惜廉耻，和素哥同床共寝，但浑者自浑，清者自清，妹子做事一身当，怎肯连累姐姐呢？姐姐切勿自寻短见，一则爸妈丧葬祭祀无人做主，二则且亦皂白难分，反启外人议论，致污名节，这是断断使不得的。"

素娥正在苦劝，外面差役已大发脾气，立逼要人。未能没法，只好进来催促。鸾吹听了，抱住素娥不放，更加大哭不住。未能急道："小姐，这个时候还来得及哭吗？快些打发素娥姐出去吧，但不用钱是断断不能的，不但官司打不赢，而且还有性命之忧哩。"

素娥、鸾吹一听，面无人色，更是痛哭。还是素娥心肠一硬，便要出去。鸾吹即到房中，取八两银子，交给未能道："凭你去打发，只不要给妹妹吃苦是了。"

未能答应，催素娥走出去。素娥虽然心肠硬起，但究竟从未经此祸事，心头害怕，好像绑法场一般，走两步退一步，眼睁睁望着鸾吹，那泪如雨般地直滚下来。鸾吹心痛如割，扯住素娥还是哭作一团，乱滚到小厅后，只得放手，直看素娥哭出了门，方又赶到灵前，大叫爸爸，号啕大哭，竟昏厥在拜毡上。

那些厨婢因素娥做人忠厚，没一事不在小姐前周全她们，有时遇着疾病，又都亏她医治，所以个个与她要好。今见被差役押去，大家含泪哭送到门口，直到望不见轿子影儿，方才走进屋里。一见小姐昏在地上，大家又吃惊不小，急急扶入房中。生素抱着鸾吹脖子哭喊小姐。鸾吹悠悠醒来，问了一声妹妹真的被押去了吗，便又呜呜咽咽地痛哭起来。

素娥号哭出门，坐在轿内，心中忽想：我虽不应该与相公同床，然事已如此，尽哭也没有什么用。古人云：士为知己者死，女为悦己者容。我为姐姐所知，又为相公所悦，虽死又何足惜？况我所犯还不是死罪，且有苦情，并非有意去干那不知廉耻的事，倘我把前后事情，详细说明给官府知道，或者能怜我因奉主命知恩报恩这点念头，恕我的罪名，也未可知。即使不能宽饶，我便直认其罪，竭力出脱相公，说他病中昏沉，不省人事，同床服侍，全我个人主见，与相公无涉，任他拶逼，我只拼着一死，就可全相公的名节，也不枉相公爱我一场。想到此，便打定主意，收束泪痕，倒一些儿也不害怕了。

不一时轿到县前，那些闲人知系未家俊婢到了，为着奸情，瞧热闹的人不下千余。差役因已受未能银两，遂把闲人纷纷打开，保护素娥进内。齐巧别件案子审完，差役报将上去，知县命带上来。素娥轻移莲步，跪在地上，羞得低垂了头。知县喝声抬起头来，一眼瞧清楚容貌，心中暗吃一惊，想不到丫鬟阵中竟有如此绝色人才。休说一月同床，即片刻同床，也没有脱白的事，这奸情是实，非重治白生不可，才消我刚才心头之恨。因把公案一拍，大喝道：“你主人告你与白生有奸，你须把他何日诱你成奸，又怎样图谋你家小姐，从实说来。本县怜你年纪小，误落白生之局，不来难为你。若支吾不招，便只得用刑了。”说着，吩咐取拶子伺候。

合堂吏役都看呆了，值刑的答应一声，便豁琅地丢落拶子，向素娥提一句道：“老爷可怜你年幼不懂事情，上了人家的当，你只管直招，你是没有罪的。你不见这儿许多人，都为你可惜吗？倘老爷叫用拶，我也下不落手呀。”

素娥只装不听见，虽然拶子抛在脚边，却面不改容，朗朗说道：“白相公系先老爷通家世侄，先老爷和家小姐在杭州溺水，全亏白相公舍命救起。先老爷因感白相公救命大恩，临终遗命，留田百亩，以酬其德，这有遗嘱可证。前月白相公来吊奠先老爷，因过哀成病，卧床不起。家小姐感白相公的恩德，又因家中并无五尺童仆，故命贱婢昼夜服侍是实。家相公恐白相公分田，故此诬告奸情。白相公乃是个坐怀不乱的正人君子，岂肯做此苟且之事？即贱婢下人，亦知以礼自持，不欺暗室。此心可对日月，若有一字涉虚，愿甘立毙杖下。”

全堂众人听她滔滔而说，无不为之动容。知县暗想：又是一个说大话的人。因问："你与白生同床一月有余，可真有其事？"

素娥道："这是有的。白相公奄奄一息，贱婢因奉小姐之命，代主报恩，昼夜在床灌汤灌药，揩拭污秽。只是两心皎洁，从不稍涉于邪，望老爷明鉴。"

知县因气又李顶撞，非要定他罪名不可，因冷笑一声道："这就难信你了，想来不用刑，你也不肯招。"说罢，便大喝用拶。

值刑急得十分，这样美人儿，花朵似的怎能吃得这苦，正在欲前不前，只听素臣大喝住手，向知县道："老父台不问底细，怎能就可动刑？想她乃一弱小女子，如何受得住如此凶刑？岂不成为屈打成招了吗？"

知县被说得哑口无言，只说得一句这个，竟呆了起来，良久方道："如此，且叫稳婆带下验看。"

不多一会儿，稳婆领素娥上堂，说跪禀大老爷，真是个童体，并未破身。众人一听，都替洪儒、计多出了一身冷汗。

知县也暗暗稀奇，不信道："孤男寡女，同床月余，哪有完璧之事？"

正待发话，只见计多跪上来道："老爷不可信她，家小姐现差未能在外挥金四布，这稳婆定得贿混供的。"

稳婆发急誓道："你自己着秃老虎许我二两银子，我不要你，我若受过未能一个钱，就烂掉这两只手。"

知县喝道："不许胡说，我自有道理。"说着，遂吩咐家人将稳婆、素娥一齐领入内衙，叫夫人亲自验看。

满堂众人见知县这种举动，真是破天荒从未见过，心中暗笑。不多一会儿，只见家人和一个丫鬟出来。这丫鬟正是夫人房中的，她向知县低低说道："太太已亲自验明，不特未经破身，眉毛交紧如索，乳头结束如豆，是个守礼谨身黄花闺女，太太喜欢十分，已把她留在房里，备酒饭赏她哩。"说着，便自进内。

原来这县官姓任名信，为人忠厚，居官廉洁，只是有些任性，常要枉断事情，更有一件毛病，就是怕老婆三字，因为夫人才貌两全，且又有些奁资，仰仗的地方很多，所以凡事都受她三分节制。怕老婆的人，一听太太心里喜欢，便好像晴天一个霹雳，顿时呆坐公座之上，作声不得。

大家见一个丫鬟低低说了一阵，老爷便即呆若泥塑木雕，不知葫芦里卖的什么药，好不纳闷。素臣也觉奇怪，正在这时，只见外面走入许多衣冠楚楚的人来，齐告洪儒不孝，望老父台重治其罪。任信一瞧，都是本县有名乡宦，一时慌忙出位，拱手答道："各位老先生请回，晚生自当遵命。"

众乡宦方才下去。一会儿又有众生员齐来说洪儒忘恩负义，要求重责。任信忙又道："各位年兄请回，本县自有公断。"心里暗想：这事情可弄大了。一来夫人喜欢，不敢违拗；二来乡宦生员环堂请法，不便模棱；三来验明童身，无可辩驳；四来看审的拥挤数千人在此，也该顾惜声名。本来和白又李原无怨仇，只为他出言顶撞，致动我怒，但现在想来，白生这人，着实可敬，果然坐怀不乱，如此少年君子，真不容易。一时倒起了爱慕之意，便喝令带上原告。

计多早已吓得面无人色，一会儿差役带上洪儒，只见他浑身发抖，趴在地上，连连叩头。

任信拍案大怒道："好大胆畜生，未老先生嗣你为子，把万金家财都付与你，你敢反害你姐姐！今天执法公断，要打死你这畜生，替未老先生出气！"说罢，便即拖下喝打。

值刑的虽得足洪儒银两，但大老爷发怒，众乡宦不平，无可遮盖，只得伸手把洪儒拖倒在地，一个掀头，一个按脚，扯下裤子。洪儒吓得早已魂飞天外。

值刑一声呼喝，正欲举杖打下，忽见素臣扑地跪下。任信见他自上堂后一味倔强，这时冷不防他竟会跪倒在自己面前，倒反而吓了一跳，心头别别起来。

第十回

严惩讼棍　辱打良医

任信突然见素臣跪下，以为他尚要来羞驳自己，心中大吃一惊，连忙站起道："本县已经知道你是被诬了，现在已在这儿惩治原告了，你有话请起来说吧。"

素臣跪着说道："未洪儒诬告生员，他的罪尚小，妨害闺阁名誉，他的罪就不轻。老父台执法惩治，本来是应该的，但生员和未老伯情同父子，恐老伯在九泉下不安，且姑念洪儒年幼无知，其中必有主使的人，求父台暂息雷霆，免他的责辱，以全缙绅体面，追究出主使，以伸朝廷之法，实为两尽了。"

任信不住点头道："可敬可敬，这样是以德报怨了，你快起来。本县准定严究主使的人是了。"

素臣一听，叩谢起来，站过一旁。那值刑的把板子正举在半空，任信便吩咐免责，放他起来。众差役又呼喝了一声，把洪儒提起，推到案前。任信大声道："你这畜生，凭空诬告白生，难道你不知道是犯法的吗？如今白生不记你的怨恨，反替你跪求。本县若不瞧在白生的情面，这顿板子，你也休想活命了。现在快把谁主使告这状子，从实供出，若有半句虚言，取夹棍伺候！"

差役听了，又一齐呼喝一声。这时洪儒面无人色，好像在鬼门关里刚放转来还魂一样，哪里听得明白？两手抠住裤腰束带，眼睛已是定了起来。瞧着知县这副情形，还道自己要解法场了，双泪直流，一句话也回答不出，两腿抖着，早已跪倒地上，哭喊饶命。

任信见他吓成如此模样，心中又觉好笑，因把公案一击，又喝道："本县问你话可听见了没有？若回答不出，立刻用拶！"

合堂差役又呼喝一声，洪儒拼命磕头，又不知他问的什么，欲问又不敢，因此浑身抖得像发冷热病。

素臣瞧着倒可怜起来，因提他道："父台问你这状子是哪个叫你告的，你干吗不说话？"

洪儒这才听得清楚，回头过来指着计多道："就是这计老哥叫我告的。"

任信大怒道："你这畜生像个什么主子，怎的叫家人用这个称呼？"

洪儒道："青天大老爷饶命，他不是家人，他是专替人家做状子的。我们在赌场里相识的，他叫我这样告，我当初是不敢告呀。"说着，淌泪不止。

任信大喝带这光棍上来，差人答应一声，如狼如虎，把计多拉上跪倒。

任信骂道："你这奴才充作未家家人，在本县面前胆敢再三顶说坐实这奸情。原来你是开赌写状，包打官司的恶棍，左右快与我扯下去先打四十大板！"

计多大喊"冤枉，容小人一言"。任信虎目圆睁，刚才给素臣顶撞怨气，都要出在他的头上，因喝声"打了后再容你诉说"。值刑一见老爷如此盛怒，一刻不敢停迟，立即将计多掀翻在地，举板就打。

任信把惊堂连连拍着，不住地喝道："着实打！着实打！"

这四十大板打得计多皮烂，血肉模糊，如杀猪般地狂叫，叫到后来，竟直挺挺地昏厥过去。看审的百姓，拥堂的生员个个称快。洪儒眼瞧着这顿板子，心中着实感激素臣，但不知以后还要打吗，若也照样打起来，那我小性命是定然不保了。想到此，吓得颤抖不停，魂飞魄散。这时任信复叫值刑的竖起夹棍，套盖双足，用水喷醒，喝计多快快招出，你若再说冤枉，复打四十。

计多到此，也就变成一毫没计了，只得实供道："未洪儒在小的家里赌钱，他说这两天真触霉头，赌钱天天输，家里又有人坐着要分一百亩田去。当时小的问他是何人要分田、为了何事、叫什么姓名，他说姓名都忘记了，单说这人救了姐姐性命，爸爸立了遗嘱，分他一百亩田。小的说外人怎能分你未家的田，我和你同去拜望他，若是个雏儿，便可赖起这田做赌本。未洪儒说这人整天躲在姐姐房中，我自己也没得见他，你怎么能见他？小的听了奇怪，怎的一个男人能成天躲在女人房里？这其中定有奸情。因就叫洪儒去探问这人姓名。隔了几天，洪儒告诉我说不在姐姐房中，却在极里头一间书房中。他进去时候，见那人坐在被里靠着床栏，姐姐坐在床前椅上，素娥正从床上爬下来，说说笑笑，亲热得了不得。小的听了这话，便问素娥是谁、多少年纪了。他说有十七八岁，是个绝标致的丫鬟。小的心想少女孤男，喧笑一室，主仆杂乱，内外不分，大有可疑了。因叫人从西边园内爬墙进去，偷看了两夜。说是小姐每夜二更后回房，那丫鬟却是上床去陪宿的。小的听了这话，以为白又李奸情是千真万真的了，所以才敢代洪儒报告，希图赖田瓜分。这些都是实话，请青天大老爷开恩，小的从此再也不敢了。"

任信听了，向洪儒问这话可真，洪儒连连叩头道："句句真的。"

任信见已录了口供，叫计多打了指印，判着枷号三个月，叫差役押出。一面又向洪儒说道："本当一顿板子打死你这畜生，看你先人面上，白生又代你跪求，本县就饶了你。但以后若再敢有赖田诬告或赌博等事情发生，一定把你处死。"

洪儒听了，满心喜欢，叩头不止道："若再有不法行为，情愿打死。"

任信因唤两名差役，押带洪儒去交与族长，说我老爷吩咐，带他回家到未老爷灵前跪着，听任未小姐以家法惩治。惩治过了，带来回话。她若不允，仍行责处便了。差人答应一声，便押下洪儒。众生员向任信打躬，赞颂任公明断，和众看审的百姓，各自欢然

193

散去。

素臣候他退下，正待道谢，只见任信起身拱手道："年兄少年老成，暗室不欺，真可追踪柳下，实是可敬。请在宾馆少坐片刻，本县退堂，就着家人延请，还要好好儿和你畅叙哩。"说毕，转身打鼓退堂。

当有谏房书吏把素臣请在迎宾馆中，送烟送茶，奉承得了不得。素臣本来不耐烦进去，但因为刚才唐突得太厉害，现在他既以礼相待，尚不失是个好官，自己若再违拗，似乎在情理上有些儿说不过去，只得坐下等候。不多会儿，里面有一片声传请进，谏房慌忙把素臣请上堂来。到月台口，见有一乘轿子在歇在西边，堂上一个女子亭亭走将下来。

素臣定睛一看，却是素娥。素娥也早瞧见，连忙低下了头，偷瞟了一眼，急步入轿中。素臣知道她因众人在旁，不好意思招呼，遂也只装不见，走到堂上。忽听里面一声云板，暖阁开处，只见任信早迎下堂来。两人重新见礼，接到书房里去叙谈了。

且说素娥坐轿回来，在半路上只见一个人在前飞奔，后面追着二三十个人打他。素娥定睛一瞧，正是自己大相公，心中非常奇怪：这几个人为什么要打他呢？难道替我们抱不平吗？一时心里颇觉痛快，暗暗骂声不争气的相公，真是该打该打。

诸位你道这些人是谁？原来鸾吹许字之婿，复姓东方，名叫旭字。他父亲从前曾做陨阳巡抚，后因年老力衰，退归林下，守那家园，以乐晚景。此次洪儒告状的事，他亦知道，因叫人抄词来看。把他气得个半死，心想未公家教严肃，未小姐又颇著贤声，这事从哪儿说起？遂打听审期，纠集了绅士去看审。若奸情虚的，便要严治洪儒；倘若奸情是实，便要当堂退婚。及至审时，素娥两次验体，都是处子，只为赖田起见，诬告奸情，故令众绅士上堂请法。不料素臣反替洪儒求情开脱，东方旭心有不甘，遂约同族中兄弟，候在大街上，单等洪儒出来，上前一顿痛打，把洪儒打得满脸鲜血。后来还是差役劝住，众人方才罢手。这些原是不务正业，终日游荡的一些儿小教训。

再说素娥连连说真是天报应了，不多一刻，早到家门，下轿进内，直走到大厅，只听小姐房中隐隐有哭声送出，心想：可怜她还在痛哭哩。因急忙三脚两步地奔着进房，口中嚷着道："如今是好了，姐姐不用伤心，妹子回来了。"

鸾吹忽听素娥的声气，慌忙止了哭，从床上直跳起来。素娥早到面前，两人一把抱住，便呜咽起来。鸾吹悲喜交集，纤手摸着素娥的脸儿道："啊哟，妹妹，我们莫非是在梦中吗？"

素娥破涕笑道："姐姐，是真的，妹妹真回来了。素哥没有罪，知县还请他到里面叙谈去哩。"

鸾吹听了这话，直乐得把素娥颊儿吻着道："妹妹这话可真？"

素娥道："哪有不真的道理？妹妹否则怎能回来呢？"

这时众仆妇小鬟听素娥回家，都进来挤满了一堂，问官司如何结局的。鸾吹方把素娥放手，素娥遂将两次验看的事，红着脸儿告诉一遍。鸾吹惊喜万分道："这真是鬼使神差，谢天不尽了。"

鸾吹的心中，还只道素娥是破瓜的了，所以说这一句话。素娥却也并没理会，又告诉道："县官夫人真慈和十分，她很爱怜我，并叫两位小姐陪我吃饭。原来他家也有这等美貌的小姐，那大小姐湘灵更是幽雅温文，直令人爱煞了，而且性情又好，和气得了不得，一点儿没有骄傲态度，和我好像熟识了一般。临别的时候，好生恋恋不舍，还叫我时常去玩玩。那夫人留住了我，等外面审完了事，一一告诉我知道，方才送我出来，并叫我向小姐问好。"

鸾吹道："你出门后，我已拼着一死，心中只念着你，不知要怎样受苦，累我直哭到如今。哪知遇着这样好人，真是做梦也想不到，将来我们怎生补报他们呢？"

素娥道："可不是，大相公本来要打个半死，反是白相公代他求情，方才免了。但他板子虽没挨，却也够他了。"

鸾吹叹道："哥哥这人也真太慈悲了，不叫这畜生吃些苦，他怎肯改过？既没挨打，妹妹怎说够了他呢？"

素娥道："大相公走在路上，被二十多个人扭住痛打，打得满头是血，不是也够他忍受了吗？"

鸾吹奇怪道："这是谁代我们出气呀？真也叫我谢天谢地了。"说着，又问白相公被知县请去做什么。

素娥道："这个倒不知道，大概知县也很敬爱白相公的。"

鸾吹见房中仆妇丫鬟都在，因向大家道："素娥为了我受尽了苦楚，现在我已把她收作了妹子，你们从此都该叫她为二小姐。"

众人一听，便都前来见礼，口喊二小姐。这样一来，把个素娥又喜又羞，红着脸儿竟抬不起头来。正在这时，忽见未能进来道："素娥姐姐，你怎的把轿夫搁着不打发他们去呢？"

素娥哟了一声笑道："真的，我只顾说话，竟忘了呢。"

鸾吹听了，忙叫生素取出一串钱，交给未能去打发，这里众仆妇各自散开。只见未能又气吁吁进来道："四房老相公奉官府吩咐，押大相公罚跪在老爷灵前，请小姐去痛打一顿，还要去回销哩。"

鸾吹听了，恨道："他倒还有脸儿来见我吗？"因吩咐开了厅门，点起香烛，一面同素娥走出厅来。只见洪儒直挺挺跪在灵前，果然满脸鲜血。族长坐在旁边，铁青了脸儿。鸾吹招呼了族长，便灵前放声大哭，素娥也呜咽不止。

族长劝道："这畜生瞒得铁桶似的，几乎弄出大事来。亏着天有眼睛，官府明白，本来已经扯脱裤子吃板子，偏是白相公求情，可是终逃不过的，在大街上被东方旭族中弟兄打了一顿。现在官府叫你做姐姐的行了家法，那两位差役方好去回官府呢。"

鸾吹素娥这才知道打洪儒的人是东方旭族中人，因叹口气道："这样伤天害理的人，我也不犯着打他。"

族长道："你不打他，便要当官去打，听说计多这样硬汉，也打得皮开肉绽，昏厥过去，如今还不知有命没有命哩。像这畜生这样

196

身体，怕两下打过，就送掉了小性命哩。鸾吹瞧在他已死爸妈面上，就打他一顿吧。"

洪儒是亲眼瞧见计多吃板子的，听了这话，便跪到鸾吹面前，哭道："姐姐，你救救我的狗命吧，我是下次再也不敢胡为了。"

鸾吹哼了一声道："你还有我这个姐姐在你眼中吗？我是没有能力来救你的。"

洪儒见姐姐不允，便号啕大哭，叩头不已，连喊"姐姐发个慈悲心，打我一顿吧"。鸾吹见他满脸干血，淌着眼泪，模模糊糊，倒也觉得有些可怜，但自己名节几乎被污，且性命也要不保了，又觉恨他入骨，呆呆地坐着，任他叩破了头，也不肯转口。

洪儒见她执意不打，小厅上的差役倒等得不耐烦了，走进来道："打了没有啦？小姐不肯打，让我们带回去吧。"

洪儒一听，吓得魂飞魄散，抱着鸾吹双足，痛哭不已，将头在地上只管乱碰，泪如雨下道："兄弟以后再也不敢了，只求姐姐打我几下，救救我吧。"

鸾吹见他额角在地上一连几砸，鲜血直淌，旧痕新痕，模糊成片，竟像个血人模样，真有些惨不忍睹。但心中实在气极，因假意推在素娥身上道："姐姐把素娥已收作妹子，你快求二姐去，她若答应饶你，姐姐就打你是了。"

洪儒一听，也就顾不得许多，把膝踝跪到素娥面前大哭道："二姐姐，你可怜弟弟吧，下次再不敢了。"

素娥见大相公跪在身边，也可算出了胸中怨气，但到底心中还有些气不愿意理他，就把身子一转，脸儿朝着壁上，就也呜咽起来。

差役瞧此情形，便来拉他道："看来是不会成功了，快快跟我们走吧。"

洪儒央求道："两位老哥，请再等会儿吧，回头多赏你们是了。"

差役道："咱们是公事，再等老爷要怪我们了呢。"

正说时，忽见素臣也从外进来，洪儒见了，心想：还是他肯帮

197

忙。因便站起，急急奔到素臣面前，跪倒哭道："白大哥，你可怜我吧，快劝姐姐打我几下吧，否则小弟是没有性命了。小弟从此悔过自新，若再不长进，就任凭大哥姐姐送官究办是了。"

素臣冷不防给他这样一来，倒是吃了一惊，因忙扶起道："只要老弟能悔过自新，不但你姐姐欢喜，就是老伯在天之灵，也非常欣慰呢。"

洪儒叩头道："白大哥总要救救小弟性命才好。"

素臣道："你放心，我自当与你姐姐说是了。"说着，便向鸾吹叫声妹妹道，"你就饶了他吧。"

鸾吹一见素臣，心中无限酸楚，早又哭了起来道："哥哥，你还代他讨情，你险些儿遭他毒手哩。你可乏力了吗？快休息会儿吧。"

素娥一听，早端过椅子给素臣坐了。洪儒见姐姐这样说，又跪在她面前号哭起来。鸾吹到此，心也软了，因道："我可以饶你，但你需要求二姐姐答应的。"

洪儒一听，便又直跪倒素娥前面来，喊二姐姐饶我。素娥淌泪道："只要姐姐饶你，我是没有不答应你的。"

洪儒叩头谢恩，亲自拿过家法，递给鸾吹哭道："姐姐，你请打吧。"

鸾吹接过家法，对着未公肖像，号啕大哭道："爸爸呀，我怎能打……爸爸，你快来打他吧……"素娥听了，也呜咽不止。素臣也觉伤心，不觉淌下泪来。

族长道："鸾小姐，打几下也就罢了。"

鸾吹听了，只得举起欲打，但一转念间，忽又抛在地上，把洪儒抱起痛哭道："你好好是我的兄弟，我为什么要打你？你以后就悔过自新吧，替爸爸争口气，将来轰轰烈烈做一番事，也不枉爸爸嗣你为子。"

洪儒也痛哭道："姐姐，我将来拿像娘一样看待了，你就快打吧，我再不敢来淘气姐姐了。"

鸾吹拖起道："你只要改过，我何苦要打你。四叔公，只算我打过是了。"

族长道："真是便宜了这畜生，以后再不改过，真变成没心肝人了。"

差役见了，忙道："这个不行，一定要打的啊，不打我们不好回去告销哩。"

素臣一听，便叫未能去拿四两银子来，你们也不用噜苏了。差役一听，把手乱摇道："啊哟，白相公，这我可不敢呀。"

素臣笑道："刚才问我什么私讲公讲，现在怎的不要了？"

差役满脸通红道："白相公不要取笑，小的怎敢？那么你们不能反悔的。"

鸾吹道："这个放心，你回老爷只说打过是了。"

族长方带着洪儒和差役回官去了，鸾吹道："哥哥回房去躺会儿吧，自哥哥和素妹出去，妹子真哭得死去活来，幸而老天见怜，官府明白，真叫妹子谢天谢地了。"说着，又淌下泪来。

素臣道："妹妹不用悲伤，知县任公还要叫吃饭，我因记挂妹妹，所以急来看望，恐怕等会儿还来请帖哩。"

鸾吹道："哥哥这样身子，怎能来回劳苦？就谢绝他们是了。"说着，忽然瞥见素娥靠在枢旁，神气昏沉，满面灰色，不禁大吃一惊，啊呀道："妹妹，你怎么啦？"

素娥低低道："妹子困乏异常，眼前恐怕就有大病来哩。"

素臣也吓了一跳，因急忙过去按她额角，只觉有些微烫，便道："妹妹快回房去躺吧。"说着，遂和鸾吹同扶她进内，让她躺下。

正在这时，忽听未能进来道："任知县果有请帖来哩。"

素臣因素娥有些不舒服，便道："我不去了，只说身子未复原，过几天来拜谒吧。"

未能答应自去，谁知请帖第二次又来了，说一定要相公赏光，否则老爷自己来请了。素臣踌躇一会儿道："那么我去去就来吧。"

说着，又到床边，把手摸着素娥脸儿。

素娥垂泪道："相公你放心去是了，我明天就好了。"

素臣叹道："妹妹为我累苦了，叫我心中过意不去。"

素娥忙道："相公怎说这话呢？"

素臣把脸儿偎她粉颊道："妹妹，你不要称呼我这个，就叫声哥哥吧。"

素娥无限感激，不觉淌下泪来。这时外面来催上轿，素臣只得离开床边，向鸾吹道："妹妹，素妹就请你照顾着吧。"

鸾吹道："这还用哥哥说吗？但哥哥自己也要小心才是，早些回来，免得我们姐妹俩记挂。"素臣点头，遂到任知县家里去了。

那任信为什么请素臣呢？一来要迎合夫人的意思；二来要博大度之名；三来见素臣相貌不凡，少年刚正，议论雄伟，将来必定发达，有心要结识他，所以连连相请。见素臣到来，心里欢喜十分，连忙接入，分宾主坐下。谈了一会儿，仆人早已摆上酒席，任信请素臣上座，素臣谦让道："这儿父台坐吧。"

任信道："白相公如何这等称呼？未免太见外了，老夫虚长了年纪，直率就叫我一声大叔吧。"

素臣忙道："如此小侄就即呼老伯了。"

任信大喜，两人坐下。酒过三巡，问起素臣有何擅长。素臣喝了几杯酒，不觉漏出兵诗医算之事，略略说些大概，已是前所未闻。任信道："老夫有一故交，姓林，现任福建参将，精于兵法，他说六韬三略俱属无用，只有一部《左传》方是兵家要略。老夫当惊以为狂，据他讲来，却颇有些动听。老夫对于诗略知一二，至于医算之学，却从未讲究，只抄着几个丹方，打那归除乘法罢了，不意贤侄年轻，如此广博，真是奇才。"

正说时，忽见里面走来一丫鬟，附耳向任信低说一阵，任信听了，连忙告便进内，一会儿又出来道："贤侄方才讲究医理，字字精深，二小女向有痞症，今日忽然发作，欲求贤侄一诊，不知可否亵渎？"

素臣道："叨承厚爱，岂以亵渎为嫌？但诊脉须在清晨，此时酒后，恐非所宜吧。"

任信道："贤侄一些儿都没醉意，这又有什么要紧？内子因二小女湘莲腹痛如绞，嘱我今晚必要求贤侄一诊，万望答应，感恩不尽了。"

素臣情意难却，只得跟随任公进内。到得门口，素臣便又停步。

任公道："贤侄乃坐怀不乱君子，内子非常敬爱，况二女年幼，可不用避嫌疑的。"

素臣听了，只得跨上，见过老太太，然后方见两个丫鬟扶一个女郎过来，向素臣福了一福。素臣也还了礼，一手执烛，向她面部细看，叫她咳了一声，问明痞在哪儿。次将六脉诊过，问月事行否。湘莲娇羞满颊，低首不答。任公因问任太太，任太太道："还不曾有。"

素臣深思一会儿道："这并不是痞症，乃是肝经积血呢。"

任公道："你如何知道？这病经过许多医生诊视，都说是痞，可是只医治不好。如今贤侄独决其非痞，想来别有见地，请详细告我。"

素臣一面令丫鬟仍扶小姐去睡，一面对任公说道："令爱面色青黯，两目风轮无光，声涩而滞，病在左肋，肝脉结涩，月事不行，非肝经积血还有什么呢？"

任公叹服，遂请坐到桌边，给他开方，一面又喊湘灵道："快来研墨。"

只见一个年约十六七丽姝姗姗过来。任公道："这个大小女湘灵，这位即你世兄白又李便是。"

湘灵听了，便笑盈盈道了一个万福，樱口启处，叫了一声世兄。素臣到此，也只好回喊一声世妹。湘灵便即撩衣伸出纤手研墨。

素臣向任公道："怎敢劳动世妹？老伯也太客气了。"

任公抚髯笑道："贤侄为她妹妹治病，姐姐替贤侄研墨，理该如此。"

素臣遂写一方，是延胡索一两，不用引河水煎服，说道："这病一服就好了。"

湘灵道谢接过，因房中暗绿灯光，不容易瞧明白，遂凑到烛前去瞧。那烛光映着湘灵粉颊，也就瞧得清楚。素臣不觉大吃一惊，叫声啊呀，冷不防地伸出左手，将湘灵胸前衣服扯住。湘灵正在看药方，猛可给他扯住，顿时一惊，缩身不及。素臣早又侧身转立，便把右手去解她衣衫，吓得湘灵魂飞魄散，立刻把药方放在桌上，两手环抱胸前，急叫起来。

任公和任太太做梦也想不到素臣有这种举动，一时气得目定口呆，坐在椅上再也立不起来，口里只喊反了反了。就在这两声反了中，素臣已把湘灵穿的两件纱衫纷纷扯脱，精赤着两条粉藕嫩臂，胸前单留着奶兜，乳峰已半露在外。急得湘灵面无人色，双足噔噔乱跳，浑身已出了淋漓香汗，一面声嘶力竭地叫，一面死命地抵住。素臣却还不肯罢休，腾出一手，只听哧的一声，连湘灵的裙裤都被他扯下来了。这时众丫鬟各执棍棒，也都向素臣头上打下来。

作者到此，就这儿暂时搁笔。如欲知素臣究竟安着什么心眼儿，以及素娥病体如何，璇姑随兄迁居何处，道士把汗巾骗去干什么，以上各节未了的情节，在这《文素臣》三集里自有个小小的结束。并不是作者故意卖关子，还请读者诸君加以原谅。

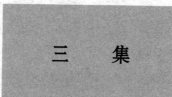

三　集

第一回

回天有术　献艺种缘

素臣给任信的二女儿湘莲看病开方，突然之间，竟把替他研墨的大女儿湘灵一把拖住，扯脱纱衫，还要扯她裙裤。这把湘灵急得没命地竭声大喊起来。

文素臣这一种疯狂的举动，不特使任信和任太太感到万分骇异，就是诸位阅者恐怕也要弄得丈二和尚摸不着头脑了吧，以为文素臣一定是发了神经病，否则房外奔进这许多仆妇，拼命地拿棒向他头上乱打，何以文素臣还是伸手向湘灵身上乱捏乱抓呢？

任信见素臣不管三七二十一地只管要扯自己女儿的裙裤，真是气破胸膛，大叫反了反了。任太太铁青了脸皮，帮着许多仆妇，拿着竹竿门闩，只向素臣头上横七竖八地乱打。素臣好像一些不觉得痛苦模样，还是一味地要扯湘灵的裤子。湘灵吓得浑身冷汗，忘命大叫，几乎叫得声气也没有了，素臣兀是不肯罢休。任信见他竟猖狂到如此地步，立命家人拿枪刀棍棒进来，向素臣斫下。素臣一手拉过椅子，望着众人用力一扫，那些枪刀却纷纷地早被扫落在下，吓得众家人不敢上前，素臣却望着湘灵面目喉头呆呆地出神。

任信见家人不中用，正欲吩咐去叫皂班进来，忽听素臣哈哈大笑道："现在是好了。"说着，把湘灵放下，回身又向任信叫道，"老伯，恭喜你了。"

任信正在怒不可遏，哪儿听见，连喊："反了反了，快叫皂班进来！"到底还是任太太有见识，她见素臣笑容可掬，想来其中必有缘故，遂连忙阻止别喊皂班进来，把手里一根门闩撑定了身子，气吁吁喘喘地说道："众家人不要动手，白相公快些说出道理来。"

素臣刚才被众妇女一阵乱打，倒也有些吃力，退到椅上坐下道："大世妹患的一身闷痘，这病症是非常危险，我在灯光下瞥然看见，黑色已绕咽喉，再停半日时光，恐怕就要闷倒，便成了不救之症。所以晚生情急，舍命相救，老伯和老伯母同在房中，晚生岂敢妄行调戏世妹吗？老伯母不信，可把灯火照大世妹的喉间，黑色定已全退，浑身必已发出痘点，性命就无忧了。"

这时众人听了半信半疑，湘灵躺在地上，气力用尽，哪儿还站得起？任太太忙叫丫鬟扶大小姐进房。湘灵睡倒床上，四肢无力，竟如死人一般，浑身瘫化在那里了。任太太跟着到了房中，拿烛火向湘灵细细照看，果然头面及上半身都发出微红的斑点，因又把她裙裤解开，只见她小腹，腿弯以及臀部各处，俱有红色痘点发现，方才相信白相公的话是真，一时心中又暗暗欢喜。瞧湘灵已是欲睡模样，因吩咐丫鬟把大小姐衣服穿上。一面走出房外，见任信尚自发呆，素臣却把窗眼中的灰尘抓来，泥在自己手里被抓伤的血痕上。众家人环立房中也都出神。

任太太心中实在过意不去，便朗朗地说道："我的湘儿喉间有黑影，起自心胸，已有好几天了。虽然揩擦，却不能退去，心里正在疑惑，实不知就是闷痘逆症。现在蒙相公这样苦心费力救她性命，我们反行冒犯，真是获罪无穷，一切还请相公原谅才好。"

任太太说着，便坐在椅上，两眼望着素臣，好像有说不出的感激。任信一听果然女儿患的是闷痘病，顿时脸上也堆上了笑容，急问道："女儿的身上可真有红色的痘点了吗？"

任太太点头道："不错，果然都有痘点，所以我还得请白相公始终加惠，用药收功。倘我湘儿果真获救，相公实是我们湘儿的大恩人，真令我终身不敢忘了。"

素臣微笑道："这个我自当竭力用药，但老伯母说大恩人，这未免太客气。若见死不救，那还好算一个人吗？"

任信和任太太听了这话，不觉肃然起敬：天下竟有这样少年老成、勇敢果决的好人，真是难得。但他既知是闷痘症，为何不明说呢？任信因开口道："白相公方才既知小女出痘，为什么不明白告诉，用药救疗，而必要如此治法？这个想来定有精微，乞道其详。"

任太太道："不错，老身也很猜疑呢。"

素臣道："大世妹的病症已实，危在顷刻，绝非药石所能疗。小侄乘其不防，猝然拿捉，急褫其衣，更做欲扯脱裙裤之势，使大世妹又惊又怕，又恐又羞，生推死拒，大叫狂号，魂散魄飞，气尽力竭，一身气血无不跳荡，周有毛孔无不开张，然后迷闷之势，得以立见解散，发出红点，流露生机。若用草木之性，去疏通迷闷，虽倾盆灌服，岂能够有这等力量？这也是一时权宜之计，若一说明白，那大世妹一定是只有羞涩，没有恐惧。假使独瞒大世妹一人，而旁观的没有声势协助，我相信大世妹惊骇不至于会到此地步，迷闷恐怕也不能全解，此痘未必即透，生死便也难有把握了。现在是毫无问题，老伯和老伯母是尽可以放心了。"

任信和任太太听他说出这篇道理，方才恍然大悟，叹服道："真华佗复生了。"因一面叫仆役去提取延胡索，这是二小姐的方药，一面叫丫鬟重新泡上香茗。众仆人都咋舌而退。

任信陪素臣用过茶，就请他进房去看痘开方，素臣遂跟任信夫妇进内。任太太问丫鬟小姐可曾熟睡，丫鬟道："方才睡着，现在想已醒了。"说着，便掀起锦帐。任信就在桌边坐下，任太太走到床边，叫了一声湘儿。湘灵回过头脸，却是淌下泪来。

任太太道："好孩子，别伤心，你的病是很危险，全仗你白世兄把你医治好了。现在白世兄又给你来看视开方，你千万不用害羞。"说罢，便向素臣招手。

素臣走到床前，只见湘灵红晕满颊，殊有无限羞涩意态，因也管不得许多，细细瞧过她的脸儿，又拉着她纤手瞧了一会儿，觉得痘色红润，根脚分明，晕色结致，神气清爽，已是无病模样。任太太尚欲解开衣衫，给他诊视胸部，素臣摇头道："这可不必，只要告诉我一些就好了，是否和面部痘点相同？"

湘灵听要给他瞧胸部，娇羞万分，也有些不情愿。今听素臣这样说，芳心暗暗敬佩：他真不愧是个真君子。因轻启樱口，羞答答地告诉了几句。

素臣点头，向任信和任太太笑道："世妹已是无病之身，药以治病，若无病而吃药，是反伤元气，所以就不必开方了。"

任太太道："小女病症已是险极，即蒙神法救活，亦岂能如无病？这个千万请白相公要开个方子，使小女完全脱离病境，这真叫我们感恩不尽了。"

素臣摇头道："老伯母切勿误会，古人云：不药为中医。即小有疾病，尚不可妄投药饵，何况世妹实已无病，自更可不必服药。小侄不惜搠打之痛，正以人命为重，岂有不欲收功于垂成之理？望老伯母放心好了，世妹只需静养数天，自然痊愈了。"

任太太这才转忧为喜，笑着谢道："果是如此，愚老夫妇感恩不尽。"素臣谦逊几句，任信遂送素臣至书房安睡。

这夜里素臣睡在床上，哪里合得上眼，心中想着素娥：她为我累得两颊消瘦，我出门时，她忽然寒热起来，现在不知怎样了？但愿她不要紧才好，万一也病倒了，这叫我心里又怎能对得她住呢？想到这里，心中好不难受，觉得像素娥这样的女子实在也是不可多得。我既允许她做妾，当然不能骗她，但母亲那里，可又要把自己苦衷细细地陈说一遍了。一会儿又想鸾吹真也可怜，孤苦伶仃，偏是嗣弟又这样不争气，幸喜她已配了人，这总算把自己心事放下了一桩。一会儿又摸着自己的头上，忍不住好笑道："怎的竟被刚才这些女子打出这许多块来？"素臣这样东思西忖，只是睡不着，听旁边童儿任锦却是鼻声鼾鼾，酣然熟睡。

正在这个当儿，忽听书房门有人笃笃敲了两下。有个丫鬟声气的喊道："锦哥你快开了门，太太叫我送桂圆汤给白相公吃。"

素臣这时并不觉饿，因就在床上答道："任锦已睡熟了，这桂圆汤烦你拿了进去，说白相公并没有饿，谢谢你太太费心。"

丫鬟方欲进内，忽见上房里又走来一个丫鬟道："咦，锦哥怎不开门？太太因为二小姐吃下药去，屙出许多黑血，怕二小姐屙乏了，所以叫我来问白相公，可有法子来止住它？"

素臣在室内听得明白，因说道："是要屙得尽才好，怎的反要止住它呢？你对太太去说，这是不妨事的。"

正说时，又有一个跑来道："现在不是黑血，是紫血了。"

素臣道："对了，要等紫血下完，方才除得尽病根呢。"

隔了一会儿，三人便悄悄地走开了。约莫顿饭时候又听有人喊道："白相公可曾睡熟了？"

素臣道："还没有睡熟，你的二小姐现在怎样了？"

丫鬟道："二小姐血已止了，肚里痛也住了，请白相公放心，明日太太和老爷面谢呢。"素臣答应一声，听丫鬟噔噔地走开了。这时已五更将近，素臣也已倦极，就沉沉睡去。

这一觉醒来，不觉已次日巳牌时分。素臣披衣起身，任锦送上脸水来道："老爷已来瞧过三四遍了。"

素臣点头，正在洗脸，任信又踱进来，满口致谢道："二小女病已痊愈，只是身子乏些。大小女的痘，方才请专门痘科女医看过，说这痘出得甚好，休养数天就愈。想贤侄神力真是我大小女再生父母了。"

素臣把手巾丢在盆内，回过身子，连说老伯言重。任信一眼瞧见素臣头上许多磊块，点头赞道："头无恶骨，贤侄头上有此奇骨，是极贵之相了。"

素臣听了忍俊不禁，摇头道："哪有这些骨头？是昨晚被尊婢们打肿的。"任信红了脸儿，颇觉抱歉。

不多一会儿，任锦托着两碗莲桂汤进来，请素臣用了。一会又有一个丫鬟拿着梳具，说是奉太太之命，来替相公通发。素臣昨夜被打，鬓发散乱，正欲急需梳理，但见这丫鬟年已豆蔻梢头，事有未便，当即辞谢。

任信道："这丫鬟名小翠，是服侍大小女的，贱内最喜欢她，等闲不令见人，因贤侄是坐怀不乱的正人，故特着她出来服侍，贤侄可不用客气。"

素臣感情难却，只好允了。小翠遂笑盈盈上前，把素臣头鬓解散，用梳通理。素臣一面便和任信闲谈。小翠梳完绾鬓，见一支金簪七弯八曲，枝叶并作一块儿，忙拿入内。任太太接过，用钳修理。却是一支并头莲，系高手匠人造成，玲珑剔透，爱不释手，良久方交给小翠，出来簪好。恰好巾已折就，送将出来，是一顶栗色亮纱方巾，面上盘着玉色如意，中间嵌一块嫩黄密珀。又是一个网巾，两条鸳鸯带子，上坠两个羊脂玉环。小翠便替素臣扎戴好了，方才进去。接着便有一个仆妇进来，手捧方盒，摆着几盆精洁点心，还有一盘百果蜜糕。素臣略为用些，和任信谈了一会儿，随即摆下饭来，水陆毕陈，极其丰盛。

饭后，素臣便即告辞，任信苦留过了节去，素臣道："小侄自到敝世伯家，即发重病，未曾一致薄祭。前月未公百日，亦因病未去一拜。明日是个节日，必须回去哭奠一番，少尽鄙念。老伯父盛情，小侄心领是了。"

任信见强留不得，因道："如此我与贱内说知。"不多一会儿，出来又道，"拙荆说节日既不可留，今日一定要屈贤侄同至江口一观竞渡，少尽愚夫妇寸意，改天专诚再求大教如何？"

素臣见他说得这样客气，只得俯允。素臣、任信遂下船，同到江口。只见岸上男男女女挤得挨肩擦背，没些空缝。江边游船，也有百十余号。三只龙船，在江中颠风播浪，旋转如飞。

两人一面观看，一面饮酒。划了一会儿，三只龙船司鼓太保齐向官船叩头讨赏。任信命门子丢了三个红封，龙船谢赏过去。接着就有一只卖解的船，船上一个少年女子，船中桌上，四面缚着四柄快刀。那女子光着上身，露着半身白肉，只罩了一个大红肚兜，一条苹绿纱裤，将五色带紧扎裤管。一双白细裹脚，黑带绾紧。下穿一对小小燕尾青色结底尖鞋，不着膝衣。在那四把尖刀上，前合后仰，左穿右插。那肚腹背脊，咽喉肋骨，与刀尖离不上半分来去。这把任信瞧得呆了，脸都失色。岸上人和船里的都齐声喝彩，把钱都向船中丢去。

过后又是一只船儿，四面扎缚栏杆，前后搭着绸彩，中间铺着绒毯，两旁挂着刀枪剑戟、鞭铜锤耙诸般兵器。两个花拳绣腿的后生在那里放对，做那泰山压顶、猿猴献果、观音倒净瓶、小鬼跌金刚等把戏。身势甚是便捷，手法亦颇花巧。大家都又喝着彩，丢了赏银过去。

正在这时，忽听岸上和船里人都一齐发笑起来。素臣回头瞧去，只见一只破船，并没有扎缚，也没有铺设，一个瘦矮老人，摇着船里一个晦气色脸儿的汉子，有三十多年纪，几茎黄须，穿一条青布破裤，两根钱串系着，一双半白半黑的破靴，露出脚跟上的红肉，中间想来是没穿袜子。赤膊着空手，捻着一对拳头，上打天，下捺地，前推后拥，侧撞横勾地支那空架子，想要博几文赏钱。谁知岸上船里的人没有一个肯给他，只管哈哈地笑着。那岸上的小孩子们，还都拾起土块，向那破船里乱掷，要叫他摇开去。

任信瞧了，也熬不住笑，向素臣道："这花子没一些本事，怎的也混在卖解数里，要博起赏钱来了呢？"

素臣叹道："老伯未曾讲究这些，所以不知。此人却是有真实本事，可惜众人都喜油拳，以致埋没真才，真是可惜得很。"说着，便在缠袋内捞出两锭银子，命差役丢到破船上去，并大声喊道："这是咱们白大爷赏与你的。"

那汉子见素臣竟赏两锭银子，叩头就拜，尚欲叩问姓名，只听岸上人又大喊道："花子船快摇开去，看后面好的来了。"那瘦矮卖家无奈，只得摇开。

素臣瞧那大汉眼睁睁地望着自己，眼中感激得淌下泪来，心中有了一阵感触，不觉叹了一口气，暗念道："这真是英雄末路了。"

任信见素臣独具慧眼，赏识这个大汉，自然必有道理，遂也不说什么了。大家又去瞧那后面的两只小船，横在江心这只船上，立一根红竹竿，竹竿边挽着一个穿红纱裤的美貌女子，年纪有十八九岁光景。把红绸扎缚裤管，红绸裹脚，红缎弓鞋，胸前束着一幅大红绉纱抹胸，右手捏着一根红布八脚旗。那边一只船上，却是立着一根绿竹竿，竿边挽着一个穿绿纱衣服的美貌女子，年纪只有十六七岁，装束和这边船上女子相同，好像是对姐妹。瞧那妹子的脸儿，较她姐姐更觉艳丽。她的右手也捻着一根绿布八脚旗。两根竿子梢头，横缀着一条五丈多长的细绳，随着那两只手的姿势，在空中不住地摇舞。只见两船的艄上，两个赤膊的壮后生，各有二十以外的年纪，拿一面铜锣镗镗地敲着。绿衣女子船上还多坐一个白发银髯的老者。瞧这光景，好像是父子女儿一家似的。只见两个少女，两对红绿鞋尖，忽地拿着绳子，倒挂在上，手里拿那红绿旗竿，划着那江上水声哧哧地响。一会儿那两个女子把那两对红绿鞋底又忽地立在绳子上，手里两根红绿旗儿被风吹在半空里，飘飘荡荡。两只船儿随着波浪，在风里一摇一摆，那两根竹竿，便是一合一仰。那一条绳索，竟是忽上忽下、忽东忽西地动荡个不停。那两个少女因此也随着忽歪忽斜、忽侧忽闪，却是玲珑活泼得像两只小鸟儿似的。两个少女走到绳索中间，两人故意撞了一下，很险地像要跌落江中，只见她俩各伸纤手，互扭抹胸，把身子一旋，高高地在空中落下脚儿，狠狠地将绳子一蹬，这就见那两根竹竿都朝着江里深深地一拜，只见两只船都望江里直翻转来，一面那绳的一端就向江水里淹下去。那两个少女，这就浑身溅着浪花，好像在雪窝里乱滚。这时岸上和船里有七八千个看众个个都脸儿失色，惊呆住了。任信早吓出一身冷汗，素臣亦暗暗赞叹。

四周是静悄悄的，一些儿没有声息。只听锣声镗的一声响，那两只船上的两个后生便一齐动手，把桨直划开来，那个便仰过去。这两根竹竿遂又复竖起，绳索便直绷得紧紧了。那穿红的女子便飞也似的跑到绿竹竿边，那穿绿的女子便飞也似的跑到红竹竿边，锣鼓声是敲得震天价响，两个少女便水淋淋地一齐落下两条藕臂，各挽长竿，竿头招摇着两条旗儿，拍着四条玉臂，一齐唱道：

> 船儿快快摇，
> 竿儿快快围，
> 旗儿快快招。
> 姑娘的脚儿快快跑，
> 姑娘的眼儿快快瞧。
> 瞧的快，快的跑，
> 锣儿敲得响嘈嘈，
> 鼓儿击得咚咚响。
> 姑娘的歌儿快快唱，
> 爷们儿的钱儿快快抛。

这歌声颇觉清脆动听，岸上船里的众人，没有一个不大声喝彩，纷纷丢钱到小船里去。那时两只小船已合在一处，两个小女各披一件红绿纱衫，手里擎着一杆长柄大筐，望着船缝里直钻进来讨赏。

任信道："走得不错，家人赏她三钱银子。"

素臣在缠袋内也捞出两锭银子来，每一个筐子里各放一锭，说道："这身份胆气也是有本领的，不比平常撮合，可惜都落在卖解数内。"

两个少女似乎也听见这话，四道秋波都凝望了素臣，脉脉含情。尤其那绿衣女子还非常妩媚地嫣然一笑，各自谢赏。当不得那双木桨，望江中一划，便直掠向别船去了。犹见那绿衣女子回眸向素臣又瞟了一眼。素臣被她临去秋波顿时触动心事，觉得此女子活像璇姑。自从和璇姑分手至今，匆匆已将半年，不知跟她哥嫂究竟是往哪儿去了？茫茫大地，又何处去处？想到这里，不胜惆怅。

任信却望着他道："今日本是老夫做东，却累贤侄屡屡破费，心颇不安，且亦太多了，未免有伤于惠。"

素臣笑道："这不过一时赏心，也难得相逢呢。"

任信听他这样说，可见英雄气概，别有心肠，遂含笑无语。不料这时又听得岸上人一齐喧嚷，船里的人都和着道："这个道士来了。"

任信、素臣急睁眼瞧时，只见船上坐一个道士，生得面如黑炭，眼如铜铃，身穿九宫八卦金镶绣扮法衣，赤着一双精毛黑脚，一部红须，从嘴直至鬓发，根根倒掩。起去左手握住令牌，右手仗着宝剑。另有一个女子，穿着一身艳丽的宫装衣服，端端正正地分立在令牌之首，宝剑之尖，从大江中心上流头，趁着水势，直泻下来。

任信远远望着，还道是两个纸人，待泻到跟前，才知是活的，不觉大惊失色。素臣笑道："此不足为奇，乃左道惑众耳。"再看那船时，更不转来，竟已往下流泻去了。

这时日影西斜，天空蔚蓝一色，东边云堆被西边红日反映过来，浮现了无限美好的色彩。江上众船只都已散动。素臣因心里记挂素娥，便拜别任信。未能在堤边候着，跟轿而回，已是点灯时分。素臣走进书房，听见素娥呻吟不息，颇含痛苦之状，知她果真病倒，顿时大吃一惊，那一颗心便忐忑乱跳起来。

第二回

灵前泣血　枕上断魂

素臣三脚两步地跨进书房，只见鸾吹迎出来道："哥哥今天可辛苦坏了，素娥妹妹略有不适，卧在床上，不能再来服侍哥哥，这可怎么好呢？"

素臣道："妹妹，我是早好了，你怎的说这话？倒是素妹病倒在床，我听她声气甚是不妙。本来我待明日哭祭过老伯，就要束装回家，现在是只好医愈了素妹的病，再作归计了。"

鸾吹双蛾含颦凝眸道："哥哥病未复原，如何可再做劳苦的事？我见素妹虽略有寒热，打量过去还不要紧，这个待妹子扶她进我房中去调理是了。哥哥千万不能立刻就回去，总要宽心静养，且到秋凉的时候再回去也不迟哩。"

素臣见她情意真挚，点头道："多谢妹妹为我关心，这时且先让我诊一诊看。"

两人因到床前，鸾吹掀起纱帐，素臣见素娥两颊发烧，愈显明眸如水。她见素臣，尚含笑点头，叫声哥哥回来了。素臣遂把她纤手拉来，诊过脉息，回头对鸾吹道："素妹这病不减愚兄，妹妹近来为了种种家务，已是个积劳的人，自己尚恐病至，怎能料理病人？何况又不谙医理，服侍比较困难。愚兄这次病中，若没有素妹舍命服侍，救我残喘，性命断然难保。如今素妹有病，且此病又为我而起，我岂可视同陌路？所以妹妹放心，素妹我终得给她医愈了才回家的。"

鸾吹听了，含泪谢道："哥哥至性人，妹早知道。但妹劝哥哥就是医愈了素妹，自己也不用急急回家的。"

素臣深感其情，心有感触，微叹一声，却又含笑称谢，一面在身边解下缠袋，说道："这是前天收未能之物，今日在江中已赏去四锭，贤妹请收了。"说着，一面又在缠袋内取出银包，拣了两锭银子，一并交与鸾吹道，"这些请妹妹代备祭席。"

鸾吹道："明日的祭筵已备舒齐，哥哥可不必费心。"

素臣道："妹子所备的怎好算愚兄呢?"

鸾吹没法，只得伸手接过，叫丫鬟生素拿出去，吩咐未能去办，说明天候白相公祭过，再摆本家的祭礼。生素答应自去。

一会儿进来叫用饭。素臣道："我刚才在任公家吃了许多点心，此刻不饿，妹妹请自去用吧。"

鸾吹道："素妹床头摆有干点，那么哥哥饿时就拿着充饥好了。"素臣点头，鸾吹方自退出。

素臣关上室门，回身到床边，伸手在素娥的脸上一摸，心中不觉痛惜起来，眼中酸溜溜地早已扑簌簌地泪下，滴在素娥的面颊上。素娥方自养神，见素臣这个模样，便惊着道："哥哥，你怎的没正经起来? 奴本是下贱之人，承哥哥如此抬爱，得以兄妹相称，此心已感恩铭腑，生死又何足轻重? 哥哥顶天立地，将来要做偌大事业，关系天下，哥哥不吃夜饭，妹已不快，此刻忽又伤感，倘若苦坏了身子，这叫妹子如何担当得起? 再说哥哥自己身体亦没十分痊愈呢。"

素臣听了这话，心中愈加痛感，可见妹虽在病中，芳心犹切切关怀着我。但恐素娥焦急，勉强收束泪痕，安慰她道："我依你的话，总不愁苦是了。"

素娥含泪道："哥哥既不愁苦，为何不去吃饭?"

素臣道："我真不饿，饿了哪有不吃饭吗? 妹妹放心是了。"说着，便把手在她身上一按，不觉甚热，按在皮肤里，热气渐旺，到得骨节之上，竟如那火炭一般。心中暗想：这是骨蒸之病，想我病的时候，累她担饥忍渴，受热受寒，力尽神伤，所以成功这个病象了。心中不免又暗暗伤感，叹息道："妹妹煨火卧屏，这样娇弱身子如何受得住？妹妹这病，真是我害苦你了。"

素娥心中甚觉欣慰，不禁也淌下泪来道："哥哥再说这话，更增妹子心痛，天有不测风云，人有旦夕祸福，妹之病岂真受哥哥之累吗？时已不早，哥哥今天在外辛苦一整日，想亦疲倦，还是早些睡吧。妹妹睡了一夜，明天也就好了。"

素臣听了，更感素娥贤德过人，遂倒在床后，两人抵足而眠。这夜里素娥果然很安静，不见怎样烦躁。

次日黎明，素臣起身，见素娥亦醒，遂又给她按了脉息，悄悄问道："妹妹这几天月事行吗？"素娥红晕了脸儿，含羞地摇了一下头。

素臣道："你这病是骨蒸痨症，须以培肾水为主。俟肾水少足，然后补脾补肺。你是深明医理的人，觉得这般治法可对不对？"

素娥点头道："妹子意思，和哥哥相同。"说到这里，顿时又难为情起来，把脸儿别转床里去。

素臣离开床边，撮了一剂药，开了房门。谁知鸾吹早已在门口伺候，两人相见，各道早安。鸾吹进房问道："素妹的病势怎样了？"

素臣道："病根虽然很深，但还可治得，妹妹不要心焦，现在我已撮了一剂药，只要取水生炭好了。"

鸾吹道："我叫小凤来料理水火的事吧。"

素臣摇头道："今天外面事繁，不用叫她了。"说着，便亲自动手生火。鸾吹因帮着料理。

素娥万分感激，淌泪道："今日吉期，哥哥与姐姐俱备祭筵，妹子理应挣起来拜一拜。"

鸾吹忙道："这个使不得，你睡着还觉吃力，怎能起来？"

素臣也劝阻她。只见素娥在床上两手死力撑住席子，要想坐起，

217

哪知这两条臂膀，好像树枝条被风在吹一样，不由自主地瑟瑟抖个不住，那瘦削的脸儿涨得血红。急得鸾吹慌忙把她抱住道："妹妹，你真要吓坏人了，快躺下来吧。"说着，就扶她睡下。

素娥含泪轻轻叹一口气道："不想竟病到如此地步。"鸾吹再三安慰一番，方才出去料理祭席。

素臣煎好了药，递到素娥口边。素娥道："哥哥，还是叫生素进来吧。我又怎能够劳动哥哥服侍呢？"

素臣叹道："人非草木，谁能无情？昔日我病，妹舍命服侍，今日妹病，我只拿了拿药碗，妹妹怎的说出这话？这不是显见生疏了吗？承妹子多情，允做我侧室，我与你已成一体，妹妹千万再不用说这些客气的虚伪话了。"

素娥听他这几句体贴的话，不觉感激得淌下泪来，一面急急喝完了药，一面凄然道："哥哥恩情，天无其高，海无其深，妹子永远刻骨铭心。现在喝了这剂药去，收效便可。恐怕妹子福薄，已非药石所能疗哩。"

素臣心中好不难受，忍不住也眼皮一红道："只要对症，自然见效。若心不宽，便是有效也要迟了。妹妹何苦说这些话，而自伤身子？只见我如此怪病尚且痊可，那妹妹当然更不要担心了。"素娥听他这样安慰，含泪应诺。

这时生素匆匆进来报道："白相公，祭筵已设，大小姐叫婢子来换相公伴二小姐。"

素臣点头，遂整衣出来，见鸾吹和嗣弟洪儒都站在灵旁。素臣上了香，奠过了酒，便拜了下去。谁知他既拜下去，却不再站起，伏在地上，放声大哭。

鸾吹当初陪着他哭，后来见他哭得声嘶力竭，还是不住，生恐他大病初愈，要哭坏了身子，所以反止了自己哭泣，上前劝他。哪里知道素臣这哭出于痛肠，虽经鸾吹苦劝，却终不能止住。未能站在旁边也哭得呆了。许多仆婢围着看哭都觉心酸，也不自然地纷纷

218

落泪。连洪儒都哭得两眼通红，抽噎不已。

鸾吹见素臣伏在拜毯上，直声哭喊，大痛无休，只得跪了下去，伸手扯着素臣的衣袖，含泪哭道："哥哥，你若伤心得太厉害，旧病复发，这不但叫妹妹无颜对你老伯母，即我爸爸在天之灵，恐怕也要感到万分的不安呢。哥哥，请你不要伤心了吧。"

素臣哭道："愚兄与老伯通家世侄，自不消说。只那岸边一见，即延请入船，非常关怀。至于贤妹，虽为愚兄救起，而店中哭拜，被褥留遗，绝不嫌疑瓜李，稍涉防闲，此非深知经鄙之怀，洞识拘迂之性者，何能至此？古人云：得一知己，虽死无憾！茫茫四海，知我如老伯者，宁有几人？乃临别拳拳，嘱图再会，怜才若命，含意无穷。而愚兄以儿女之私，忍忘肺腑，竟爽巾车，衣冠空在，人琴俱亡。抚今昔之殊，念幽冥之隔，能勿怆入心脾？"素臣说到这里，益加号叫。

鸾吹听他提起旧事，回忆湖边相救、古庙过夜、脱衣烤火种种事情，亦不觉触动心事，万分哀怨，涕泗横流。待欲再用话相劝，不料素臣竟已哭晕在地，不省人事。慌得鸾吹急叫未能把他扶救，自己也管不得许多，亲手掐住他的人中，喊了半日，方才悠悠醒转。生恐他还要再哭，遂和一个小鬟亲自扶掖他到书房，向素娥说道："哥哥哭坏了，我去灵前祭了，立刻就来。"

素娥在房中听素臣哀号之声，已是着急；今见素臣躺在床边，如醉如痴，吓得一缕芳魂竟自飞扑出来，猛可抱住素臣的肩头，呜呜咽咽地心痛不已。鸾吹在外祭毕，如飞回房，也坐在床边，拉住素臣的手儿，连喊哥哥。素臣昏昏地睡了一会儿，睁开眼来，只见自己和素娥并头而卧，素娥的脸颊偎在自己的肩头，兀是啜泣。鸾吹坐在床沿，也是流泪满面。因柔声安慰她们道："我因一时痛心，晕昏去了。这时已平复如旧，怎累你们慌得这种样儿？"

鸾吹、素娥听他说话已很清楚，这才略为放心。素娥道："哥哥，你没知道你刚才情形，可真把我的小魂灵儿都吓掉了。"素臣听她这样说，很温柔的目光中含着无限的感激之意，向她望了一眼，却是默默无语。

这时厨下送酒席进房，生素安摆好杯筷。素臣便要起来，鸾吹道："哥哥只怕还用不得，多躺会儿吧。"

素臣道："妹妹放心，我已完全好了。"说着，便在床上坐起。

这就和鸾吹坐在一排，鸾吹微红晕了脸儿，站起道："今天是节日，我备两席荤酒，打算请哥哥和素妹坐坐。哪知贤妹病势如此，只好改日补请的了。"

素娥忙道："姐姐，你这话妹妹怎样担当得起？"

素臣回头问她可有饿，素娥摇头道："哥哥自己用吧。"

于是鸾吹请素臣上座，自己下首相陪。素臣问洪儒这两天可还去赌，鸾吹道："安分多了，但愿他从此悔过自新，这就是我家的大幸了。"

说着，又随口问素臣在任公家里玩些什么，素臣因把医病及看龙舟等事大略告诉。鸾吹叹道："哥哥这样苦心救人性命，恐怕世上再也找不出第二个了吧。"

素臣道："见死岂有不救之理？这是人类应尽义务，妹妹休得过奖。"

鸾吹愈加敬服，握着酒壶虽也勉强劝上几杯，但都是哭坏了的人，不过应个景儿。鸾吹也不愿他多饮，就叫人撤开去。素娥因鸾吹今日忙碌整天，催她回房去息。鸾吹亦觉乏力，便自走了。

素臣又把素娥脉息诊了一回，素娥道："哥哥医法，如此入神，怎的这一剂药吃下去，一些不见动静？想病已入膏肓矣。"说完，大有凄然泪落模样。

素臣紧偎她脸儿，安慰道："她们病都是风火症候，易于奏功；你这病是原本上来的，何能速效？医下三四日，有些效验，就是对症之药了。病人最忌性急，而病人又都最是性急，抱着今日病明日愈的心理。要知得病容易养病难，不过欲速则不达。所以我劝妹妹切勿性急，总以静养为旨那才好。"

素娥点头道："聆哥一夕话，胜读十年书。妹子绝不再作无为之性急了。"自此以后，素娥也静静只望病体日有见效。

谁知医了几日，如石投水，倒觉胃口里泛泛的，只管恶心。鸾吹瞧了，心中好生奇怪，因问素娥腹内究竟有何不适。素娥想了一会道："妹子前因哥哥病重，每日俱带了些饿。后来爸爸百日那两天，更是一日到晚没吃东西，脾胃想是伤了。哥哥用药，可要带些补脾之品？"

素臣在旁听了，说道："补脾的药，无不襄燥助火涸水，故此不敢轻用。如今妹妹既这样说，加入一二味滋润些脾家的药吧。"说着，便自到外间去配药。

鸾吹见房中只有自己和素娥两人，因附耳悄悄地问道："妹妹的月水儿怎的不来？"

素娥红着脸道："骨蒸如此厉害，已成干血痨症，哪儿还有月事？"

鸾吹双眉含颦，凝眸沉思半晌，低声说道："哥哥医学极精，岂有屡服无效之理？只怕妹妹讳疾忌医，致哥哥错会病原，所以不能立见痊愈吧？"

素娥听了了这话，不觉一怔，喂嚅道："姐姐这话怎讲？妹子实不知自己病由，怎肯讳疾忌医呢？"

鸾吹红着脸儿轻轻抚着她手，温柔地道："我与你情深义厚，如同手足，大概没有什么话不可以说的吧。我瞧你几天来神思倦怠，恶心吐呕，不肯饮食，咳嗽足肿，服药无效，月事不行，不要是有了喜吗？"

素娥听她说出这个话来，直羞得连耳根子都通红了，颤抖地捏着她手，涕泪俱下道："姐姐怎的说出这话？莫非疑心妹子和素臣哥哥有苟合之事吗？妹子即有邪心，臣哥乃盖世英雄、正直君子，岂肯屈就？前日稳婆验试，若果如此，就要弄出大事，性命便不保了，何待今日？"

鸾吹吃惊道："我因那天哥哥尚在病中，前来探问，不料敲门不开，我叫人捐门进来，只见你与哥哥交颈而眠，你的小衣衬裤都脱在床后头。我因恐被别的丫鬟撞见，故而反锁了门去。乃至开门时节，你俩人又都脸儿红红的，似有含羞光景，后来又见你连打呵欠，我竟疑及此事。所以哥哥被诬入庭，当官验试，竟无他事，我还感谢神差鬼使，哪知妹子原本还是个处子，若非今日说明，此疑何由得白？素妹素妹，我险些儿看错你了。"

素娥听了这话，回忆那日情景，当时也曾觉得姐姐话中有因，原来她是早就疑我和他有苟且之事了，这才恍然。因把误服春药的事向鸾吹告诉一遍，又道："若非哥哥以礼自持，恐真要种下了祸根哩。"

鸾吹哦了一声道："哥哥真不下于柳下惠了，但既无事实，为何出门听审那般畏惧？你若早与我说知，我亦不用吓得这个模样了。"

素娥叹口气道："妹子以为一到当官，自必水落石出，不特官府要治男女同床、渎乱礼法之罪，而于公庭上供出秽亵实情，那还了得？故而害怕。谁知只需未涉苟且，便可无罪。现在思想起来，妹子真怨着不懂法律的苦楚了。"

鸾吹听了，方才大悟，不禁惊喜羞惭，谢道："我以小人之心，度君子之腹，开罪无穷，惭感靡尽。但是妹妹的病竟如此深重，如何是好？"说到这里，忍不住又垂下泪来。素娥长叹一声，亦颇感伤心。

谁知这一回长谈，虚火益炽，神气益伤。素臣治了几日，脾不旺肾水愈枯，毛发俱焦，形神并槁，一身大肉落去无存，一个娇滴滴的玉人几成了一杆枯木，毫无生意。起初还呷几口粥汤，后来竟是水米不沾。起初大便小解还能勉强扶掖起来，后来竟直僵僵挺在床上。弄得素臣主意全无，鸾吹只顾哭泣。素娥虽已一病至此，心里却是甚清，知道自己身子是不得好的了，惧怕素臣、鸾吹着急，暗地伤心，表面强作笑容。哪知花容已是枯萎，启齿牵唇，形容更觉可怕，愈增两人悲切。

这天到了五月十二日夜里，素娥见素臣坐在床边，愁眉苦脸，因低声叫道："哥哥，你递一面镜子给我吧。"

素臣恐她对镜自照，见此憔悴形容，徒增伤感，因此不允她道："妹妹，你静静养息着是了，何苦烦心？"

素娥不依，苦苦要了镜子照看，不禁长叹一声道："唉，断无生理矣！"便伸手牵着素臣衣袖道，"哥哥，妹子的死期就在早晚，心中有一句话，早想要和你说，如今是缓不得了。我家本亦世代书香，不幸父母早亡，一兄失手，打死了人，问成绞罪，蒙赦减流，发配广西，直到现在尚不知生死。我自卖入府中，虽蒙老爷小姐青眼相看，自恨已做下人，终身岂能自主？倘误配匪人，固情难苟活，即村夫俗子，亦难偿志平生。幸遇相公垂怜，辱收葑菲，私心欢跃，莫可言宣。哪知道妾身命薄如纸，不能长侍巾栉。妾心私忖，假使能延十年之寿，得承雨露，稍服勤劳，得一男半女，以延血脉，则临危撒手，自当瞑目九泉。何图宿孽已深，朝荣夕萎，从此永远脱离人世，而竟化青燐矣。"说到这里，泪如雨下，咽不成声。

素臣听了这话，心片片碎，肠寸寸断，把镜子烛台放在桌上，躺身倒下，捧着素娥的脸儿，含泪说道："妹妹，你不要说了，真令我心痛极了。"说着，偎着她脸，也不禁泪如泉涌。两人的泪都混在一起。

素娥咽了一会儿，眼望着他又哭道："妹妹死后，相公若肯垂怜，将我尸骸烧化，结骨带回，使我魂魄一路上可以追随哥哥回家。哥哥随便分一块地给我埋着，清明除夕，烧化一百纸钱，供我一碗麦饭，妹子在九泉之下，真感激不尽了。"

素臣亦哭道："妹妹还会好起来哩，何苦要说这样痛断肝肠的话呢？"

素娥道："即使能好，固然大幸，但万事岂能逆料？趁妹子还能说话，一口气未断之前，请哥哥明白答应我吧。"

素臣万般无奈，虽心如刀割，但为要安慰她，只好含泪道："倘若妹妹万一不幸，我必载你棺木回去，择地安葬，将来璇姑娘若得生子，就立在你的名下，岁时奉祭，绝不使你为无祀之鬼。不过我终希望妹妹会好起来，有共叙闺房之乐的一天。"

素娥听了这话，满颊带泪的脸儿上也不禁浮上了一丝苦笑，兴奋地叫道："哥哥若肯如此加惠，妹子含笑入地矣。"说罢，便欲挣起来叩谢，但哪里挣得起，只把头在素臣肩上泥了两泥，忽又哭道，"妹子如何报答哥哥才好呢？唉，想不到我竟命薄如此……"素娥再也说不下去，睁着眼睛干哭，但因哭得久了，这时更哭不出一滴眼泪来。

素臣的心里如有几把小刀在绞转一般，紧紧把素娥的身子抱住，哭得抽抽噎噎地把嘴凑到她的上唇去吻吮。两人默默地温存了一会儿，素娥忽然推开他脸儿道："我已是垂死的人，嘴中有秽气，哥哥，你岂可以这个……呢？"说到这里，明眸向他一瞟，淡白的颊上也会浮起一层红云，无限娇羞地回转脸去。

素臣颇觉伤心，暗想：她本是个很健康的人，完全为了我煨火卧屏，硬生生把她累到这样地步，这简直是我害死了她。自己活了命，倒叫她来给我代死，这叫我哪里还有脸儿来见天下的众人？素臣想到此，心痛如摘。伸手摸她身子，竟是颇凉，且丝毫并无动静，不觉大吃一惊。见她阴盛阳衰，遂把自己外衣脱了，钻进被里，把她贴身搂在怀里，捧过她脸颊，却见她星眼微闭，鼻息微微，像是睡了过去。因又呆想道：怯症本是难医，但没有这般快，不过事情终在早晚了，我此后还要治什么病、说什么医，回去便当把家中所藏医书尽行烧毁，不要再去误人性命了。一会儿又想道：我这人竟也会如此命薄，一个璇姑，现在杳无下落，不知是死是生，尚未可定。素妹病势又危在目前。虽然我有老母在堂，当以理节情。但此二女倘有不幸，则乌啼花落，触处悲伤，更有何心浪游天下？从此当杜门养母，借斑衣之戏，以忘此恨。一会儿又想道：我看脉察症，其为骨蒸痨症无疑，不过我这样对症药吃下去，病势反有增无减，这到底是什么缘故呢？

素臣想着，只觉素娥全身肌肤甚凉，只有下体颇热。素臣心中好生奇怪，把一腿插入她的股间，觉她阴处更热燥得厉害。素臣这就愈加不解，凝眸沉思良久，忽然猛可省悟道："莫非她前日误服头陀的淫药，尚有余毒在内？热邪未清，所以愈补愈燥，这也未可知。"

正在这个时候，只觉一阵冷气直逼上床，一时浑身起栗，毛发直竖。桌上的蜡烛，便奄奄直灭下去，只留一点亮光，似明似灭，连床帐都照不见一些影儿。素臣大惊失色，暗想：见此光景蹊跷，莫非素娥此时就要动身了吗？顿时只觉一股辛酸，直冲上鼻管，制不住那满眶子的热泪，扑簌簌地滚了下来。

第三回

梦来灵药　羞说病情

素臣见素娥竟是要咽气的光景，一面把她身子搂得更紧，一面贴过脸去，候她鼻息却还有一些儿游气。这时素娥的身子身子微微震动，喉间咯咯作响。素臣疑心她要上痰，只听咽的一声，素娥从梦中哭醒来，兀是呜咽不止。素臣这才心中放下一块大石，连忙偎着她脸儿喊道："妹妹，你别害怕，哥哥在你身旁呢。"

素娥微睁眸珠，只见自己身子完全裸着，被他紧紧搂在怀里，一时又喜又羞，淌泪道："哥哥，我真吓死了。"

素臣道："妹妹想是做了一个噩梦吧？但梦中的事，哪儿可以信以为真？你倒说给我听听。"

素娥摇头叹道："这梦大不吉祥，想妹子这两天终逃不过了。"说着，淌下泪来。

素臣道："到底怎样不吉利？妹妹，你尽管告诉我吧，别一个人闷在心里，那对于病体是有害无益的。"

素娥红晕着脸道："我朦朦胧胧地睡一会儿，忽然有个穿黄衣服的大和尚，面目可怕，突然奔进我的房中，将妹子衣服剥尽，手中拿着一蓬草。这草竟像尖刀一般，他把草狠狠向我腹中划下去，妹子顿觉疼痛非凡，害怕得魂儿出窍，所以竭声地大叫起来。哥哥，你想，这是多么不吉利的梦啊。"说到这里，又呜呜咽咽哭道，"只怕和哥哥没有几天可以聚首，就要永远地分别了。"

素臣细细回想她的梦境，猜摹一会儿，一面劝她别哭，一面问道："妹妹，你别伤心，你以为这梦是不吉利吗？我倒说这梦是来救妹妹的性命哩。"

素娥听了一怔，奇怪道："哥哥这话怎样讲？"

素臣道："我问你，你现在腹内觉得怎样？身子觉得怎样？"

素娥道："身子颇寒冷，腹中却甚热燥，被哥哥这样搂着，略觉身子好过一些儿。"

素臣又屈一膝按到她的私处，只觉其热，好像火炭一般。素娥虽然万分羞涩，但却感到无限凉快，微闭了眼问道："哥哥，这是为什么啦？"

素臣哦了一声，说道："一些儿不错，原来果然被这淫药所害。"

素娥忙又睁眼问道："哥哥，你快说原因给我听呀。"

素臣笑道："妹妹有了救了。刚才我猜想妹妹恐怕是误服头陀淫药，尚有余毒在内，现在瞧来一些不错。妹妹小腹既如此热燥，而下处又像火炭一般，这不是明明白白的现象吗？"

素娥一想，也觉很对，因含羞道："那么哥哥说妹子此梦是救星，这又是什么话呀？"

素臣道："穿黄衣服的大和尚，那不是一味大黄的药吗？手中拿一蓬草，又明明是一味甘草药。他划你腹部下去，即是指点你的病原，同时告诉要给你泻一泻才好哩。"

素娥听他这样解释，不禁惊喜交集，破涕笑道："哥哥真不愧是神医了，倘妹子果然愈可，那哥哥真不啻是我的重生父母了，妹子终身不敢忘记。"

素臣笑道："我和妹子既属一体，何必再说此话？"

说着便即起身，又配了一撮泻药，亲自煎好，抱起她身子，服侍她喝下。两人复又搂抱而睡。约有一个更次，素娥腹内便咕噜大响起来。素臣知道她要泻了，连忙掀开被儿。素娥虽然裸着，这时也顾不得羞涩，随素臣给她服侍泻了一阵。幸喜天热，尚不至于受冷。素娥忽然一阵咳嗽，又吐出一口痰来。素臣见这块痰颜色鲜红，

227

腥味中带着芬芳气味，这就对她道："妹妹，你瞧，这正是邪药的见证到了。到了这性命交关的时候，方才显露出来哩。妹妹放心，现在是不要紧了。"素娥芳心亦暗暗欢喜。两人仍又躺下。这时两人都感乏力，便沉沉睡了一会儿。

不觉已五更敲过，素臣醒来，只觉自己怀中抱着的素娥浑身肌肉都渐渐暖和起来。伸手摸她小腹，亦不像刚才热燥，一时心中大喜。

不料经他一摸，却把素娥惊醒。她觉自己果然已好许多，因笑央素臣道："哥哥，天快亮哩，恐怕姐姐要来，这样若被她瞧见，岂不难为情吗？你快把衣裤递给我吧。"

素臣点头称是，便先起身，把素娥衣裤拿给她。谁知素娥不但四肢无力，连身子也如死人一般动弹不得，哪里还能自穿衣裤？素臣笑道："我给妹妹穿吧。"

素娥红了脸，瞟他一眼，无限娇羞地道："这个我怎敢劳动哥哥？"

素臣笑道："昨夜不是我给你脱吗？那么今天原该我给你穿上。再说上次我在病中，亦屡叫妹妹脱衣穿衣，这也可称投我以桃、报之以李了。"

素娥听了这话，两颊更显朵朵桃花，温柔地道："我原不希望哥哥有所报我，妹妹只希望和哥哥永以为好，那妹子一片痴情，也就有安放之处了。"

素臣把她衣裤穿好，捧着她脸儿，对准她嘴唇吻着道："妹妹，你难道尚疑心我收你的话是假的吗？妹子和我数月来贴身沾肉，殷殷服侍，虽然彼此心底光明，如同日月，但妹妹乃是个黄花闺女，自然断难再嫁他人，我若不收你，那不是害了你的终身吗？以德报怨，这我还能算是个人吗？昨夜妹妹说出这样死别的话，我心宛如刀割。倘然妹妹果真物化，我亦必侍奉老母百年后，遁入空门，永做佛爷子弟了。因为我命是你救活，我生而累你死，这叫我如何对得住你呀?"

素娥听了，心中又快乐又感激，忍不住扑哧笑道："哥哥平生最恨释教，今天怎么竟说这话?"

素臣被她问得哑口无言，也不禁笑道："失意人每说消极话，倘妹妹真的不幸，我万念俱灰，虽不皈依佛门，亦当杜门谢客，以终此身。"

素娥无限得意，眉儿一扬道："哥哥为了妹子，真难道负了你平生大志，不求富贵功名了吗? 那么当初璇姐为何三求三拒? 可怜累她真不知淌了多少眼泪鼻涕呢。"

素臣叹道："说富贵草头着露，论功名镜里看花。对于这些，我本来没有意思。你说璇妹的事，并非我没情义，实和妹妹处境不同耳。"素娥听了，愈加敬服，拉了素臣的手，感激得又淌下泪来。

这时听门外有脚步声。素臣因问谁，只听门外鸾吹敲门道："是我，哥哥为何如此早起? 素妹到底如何了?"

素臣忙去开门道："妹妹，你也为何就起来了? 天没甚亮哩。素妹如今是好了。"

鸾吹道："谢天谢地，这便还好。妹子因昨日见素妹病势厉害，一夜未睡。今天一早就醒，放心不下，所以就急急来问了。"

素娥在床上答道："多谢姐姐为我如此挂心，妹子实刻骨难忘哩。"

鸾吹道："哥哥给素妹吃了什么药味? 竟是大好了。"

素臣因把她的病原向鸾吹告诉了一遍。鸾吹听了，心中颇喜，走到床边，见素娥神志安舒，脸上已含有生意，不由笑逐颜开地说道："真个是好了。"素娥也快乐得了不得。

自此调理了七八日，素娥胃口已开，肌肉渐长，血气渐生，脸儿也丰腴起来，而且又恢复了她原有的红润。到了五月三十日，素娥差不多完全已好，也能起床，在房中踱步。素臣、鸾吹自然欢喜万分。

素臣自和任信分手，差不多已有二十余天，县中屡次派人来请，素臣因素娥病正危险，哪里有心思前去，自然只推病后劳乏，在家调护。这天县中又着人来请，素臣意欲再谢绝不去，素娥急道："妹子已好，谅不妨事，若哥哥执意不去，恐县老爷要怪哥哥不近人情，太轻视人了。"

鸾吹听了，亦劝素臣去一次。素臣被她们两人这样一催，只好答应前去。素娥便给素臣换好衣服，坐轿到县衙门里去。

任信为什么这样记挂素臣，不厌其烦地一而再、再而三地来请素臣去呢？这其中原也有个缘故。湘灵自被素臣发狂般地拉衣扯裙一阵乱闹，总算保全了她一条小性命，闷在里面的痘点，一颗颗很显明地发出来。这天黄昏时候，任信在江边看龙舟回家，又急急步到大女儿房中来看视，痘点发得甚好，心中也很安慰。任太太问白相公回去了吗，任信点头称是。两人又极力称赞白又李真是个难得的少年英雄。

过了几天，湘灵的痘症也就痊愈了。但是痘症虽愈，身子懒懒地却又生起别的病来，茶饭不思，只是暗暗淌泪。任信好不纳闷，任太太虽猜到几分，但也不敢断定。

这天夜里，湘灵昏沉而睡，任太太见房中别无他人，只有婢子小翠在旁，因向她招手道："小翠，你过来，我有话问你。"

小翠听了，便忙着过来，眼珠一转道："太太有什么吩咐？"

任太太把小翠肩儿扳着，悄悄问道："你听小姐病中可有什么话说吗？"

小翠凝眸沉思一会儿道："梦中呓语常有，可是听她不清楚。不过小姐她是时时长吁短叹的。"

任太太暗想：这就是了。因又轻声道："大小姐你可知道她患什么病？"

小翠粉脸一红，支吾不答。任太太道："你知道就告诉我，可以设法给她医治呀。"

小翠摇头道："这个大小姐并没告诉我，我哪儿知道？不过我服侍大小姐几年，对于大小姐的性情终有些猜得到……"

任太太道："你猜大小姐到底患的什么病呢？"

小翠迟疑一会儿，方道："婢子是胡猜的，假使太太以为不对，千万饶恕婢子无罪。"

任太太道："你快说吧，我总不怪你是了。"

小翠听太太这样说，便低声儿道："大小姐被白相公当着众仆妇衣裙扯尽，赤身露体。虽说是白相公一片苦心，要救大小姐性命，但大小姐乃是闺阁千金，平日就是婢子也不能轻易瞧见小姐肌肤，今给一个陌生少年男子这样贴身搂抱……太太，你想，这个大小姐怎不要郁郁不乐而患起病来呢……"说到这里，望了任太太一眼，又哧地笑道，"太太，依婢子意思，最好请老爷把白相公接来，问明他有无娶妻。假使没有，就把大小姐许配给他，这样既报了他救命之恩，而且大小姐郁闷亦可打消。白相公盖世英雄，又是正直君子，我们小姐亦是才貌双全，想来正是一对璧人，岂非是个美满姻缘？"

任太太听了，暗暗欢喜，怪不得湘儿这样疼她，原来这妮子真是鬼灵精般地聪敏得可爱，这就不愧是湘儿的心腹婢子了。因笑道："你这妮子才十五六岁的姑娘，什么一对璧人啦、美满姻缘啦，这些都由你女孩儿家说的吗？"

小翠被太太这样一说，直羞得连耳根子都通红，扭转身子要逃，却被任太太拉住道："小妮子，干吗要逃？"

小翠嗫嚅着道："我原说太太不以为然，千万要恕我的。"

正说时，忽听湘灵在床上嘤了一声，便呜咽哭起来。任太太连忙走到床边，掀起纱帐，轻轻拍着她身子道："湘儿，你快醒醒，你梦魇了。"

湘灵微睁星眸，叫了一声妈妈。任太太抚着她脸儿道："好孩子，你到底有什么不快乐？你告诉我吧。好好儿的身子，为什么要饿瘦它呢？你要怎样，妈妈是没有不依你的。"

湘灵听了，明眸里含了满眶子的眼泪，微红了脸儿，欲语还停的意态，愈觉楚楚可怜，轻轻地叹了一口气，却是默默地无语。

任太太柔和地道："咦，为什么不向妈妈说呀？妈妈是你最亲密的人了，你的心事不告诉我，难道还去告诉比妈妈更亲密的人吗？好孩子，妈妈是疼你的，你说出来，我是统依你的。"

湘灵虽然要说，但一个女孩儿家羞人答答的，到底不好意思说出来，明眸含着无限的哀怨，凝望着她妈，低声道："妈妈放心，我原没有什么，只不过心里闷烦罢了。但究竟为什么闷烦，我自己也不明白呢……"说到这里，又深深叹了一声，淌下泪来。

任太太就在床边坐下，俯下身子，向她附耳道："孩子，你虽然不肯告诉我，但做娘的哪里会不明白自己女儿的心事。"

湘灵听了这话，暗吃一惊：妈妈难道是一面镜子，把我心事都照出来了不成？因含羞憨憨笑道："女儿吃妈的，穿妈的，哪儿还有什么心事呢？"

任太太道："别瞒吧，你心里是不是为了白相公给你脱衣扯裙不高兴吗？"

湘灵绯红了脸道："白相公是医女儿的病，救女儿的性命，所以才这样的，我怎的能反怪白相公吗……"说到这里，已是无限羞涩，长叹了一声。

任太太见她口里虽然如此说，心中看似有无限抑郁，这就证明小翠的话大概不会十分有差，因抚着她的手道："湘儿，你心里别抑郁，别伤心，你茶也只管喝，饭也只管吃，待你明儿好了，我叫你爸把白相公请来，问明了他的家世之后，就准定给你嫁过去可好？"

湘灵一听妈这个话，齐巧说到自己的心坎里，心中一乐，几乎要笑出来。但女孩儿家究竟不好放浪太甚，而可以喜形于色呢，于是通红了脸儿不语。任太太见此光景，想已是默允，暗叹女儿真是痴心极了。但假使以自身设想，实在亦属难堪。因便细语喁喁地又劝慰了她一会儿，湘灵方有喜色。

小翠已端上一盅燕窝粥，向湘灵笑了一笑，抿嘴道："大小姐，现在你可以喝些儿了吧？你有好多天米不沾唇了呢。"

湘灵听她话中有因，便瞅她一眼道："你放着吧，冷一冷，我回头吃。"

小翠听了，向任太太使个眼色，任太太会意，知道她当着自己不好意思立刻就吃，因站起道："小翠，你好好服侍小姐，我进去了。"说着，便出了湘灵的闺房。

小翠见太太已走，她便又把粥碗端到湘灵面前笑道："太太走了，小姐终可以吃了吧。"

湘灵瞟她一眼道："又是你这妮子向太太不知说些什么来，所以叫妈对我说出这个话，真令我好难为情。"

小翠道："没有我和太太说出这个病原，怕小姐还不见得就好呢。"

湘灵啐她一口道："你这妮子愈发爬上来了，怎么连我也说出来？再过两年恐怕倒要和我姐妹称呼了。"

小翠噘了嘴道："婢子就婢子，婢子为了小姐事，险些被太太骂了一顿，小姐不感谢我……不，不，婢子吧，这真叫婢子没处讨好了。再过两年婢子原也不必叫小姐了，婢子是应该叫姑奶奶了……"

湘灵呸她一声，笑骂道："别怄我气了，你再胡嚼，明儿不撕了你的嘴。"

小翠道："婢子给小姐撕死了，看还有谁来知道小姐的心事哩。喏，喝了吧。"

小翠沉着脸，把粥碗放在床边的椅上。湘灵笑道："瞧你这副样儿，竟把我当作什么人了？"

小翠扑地笑道："婢子当你小姐呀，敢当什么人呢？"两人忍不住都又笑了。

任太太回到上房，任信正在秉烛看卷，见任太太进来，便急问道："湘儿究系所患何病？怎么茶饭不进？现在可大好了吗？"

233

任太太走近他身边的椅上，悄悄地道："我女儿患的是心病。"

任信听了，变色道："这是什么话？"

任太太忙道："你急什么？她因被白相公拉衣扯裙，心中羞惭交进，所以郁郁而病了。"

任信道："这是人家一片好意，岂能见责于人？"

任太太道："为今之计，只有把白相公请来，问明身世，把女儿嫁与了他，这倒未始不是一头好姻缘呢。"

任信踌躇半晌道："女儿之意如何？"

任太太道："虽没明言，谅已默许。"

任信搓手道："唯恐白生已有妻子奈何？"

任太太听了这话，亦是委决不下：像我们这样人家，若把女儿为人做妾……这……如何说得过去？两人静默许久。任信道："明天且待把白生请来，问明了再作道理。"

任太太点头道："也只好如此。"

不料第二天去请，回来报说，白相公稍有不适，养病在家，改天前来拜谒。这样二十余天来，去请了五六次，终是推病不出。任信好生不乐，且又忧虑湘灵依然病卧在床。

这天任信对任太太道："照你意思，女儿是非他不嫁了。但倘然他家已有妻子，怎么办呢？"

任太太道："女儿亦甘愿做妾。你若再不设法把白相公请来，恐女儿要成不救之症了。"

任信叹道："这真是前世冤孽，那么我亲自去请他吧。"

任太太道："且先叫县役去请。如再不肯来，你自己去也不迟。"

任公答应，吩咐出去。约莫有一个多时辰，家人报道："白相公已到。"

任公一听大喜，立刻整衣迎出去，接入书房。任太太在屏后偷瞧，见白相公果然清瘦得多，心知他有病不假，一时愈加爱惜起来，虽还未做东床，却已大有丈母看女婿，愈看愈中意之概。

234

这时两人分宾主坐下，仆人送上香茗。素臣欠身道："辱承老伯屡次相招，怎奈贱躯多病，以致不克前来，实深抱歉。"

任信道："说哪儿话来？前蒙贤侄神力医治，大小女二小女都已痊愈，贱内感激不尽，心中时念贤侄大恩，故老夫欲请贤侄一叙。不料贤侄稍有贵恙，现在可大好了？瞧脸颊果已清瘦不少了。"

素臣道："托福今已大好。"

任信道："大小女痘症虽已痊愈，乃接着不知又患何病，虽经名医诊视，却不见好，竟恹恹已病二十余天。敢请贤侄再为一视，那愚老夫妇就感恩不尽了。"

素臣慨然答应道："如此，老伯请导小侄诊视。"

任太太在屏后听了大喜，立刻先入女儿房中来告诉。湘灵听白相公给自己来治病，这病明明是为他而生，若给他察破，这是多么难为情的事，意欲拒绝，但任信早已导素臣入室。素臣先向任太太请安，然后至床前诊视。

素臣和湘灵四目相触，竟是像电流一般地直传到各人心灵。湘灵无限羞涩地和素臣点了一下头，伸出纤手，给他诊视。素臣不觉大吃一惊，半晌说不出话来。湘灵见他目不转睛地呆望自己，直羞得连耳根子都通红。小翠也好生奇怪。素臣又见过她舌儿，按了她的左手，问了几句。湘灵已羞得不敢回答，都是小翠代答。素臣更觉着慌，因移步至桌边开方，提着笔却是写不出来，心里暗想：此心病也，心病非心药不医，这……这如何是好？

任太太见他凝眸沉思，不觉急道："白相公，莫非小女病厉害吗？"

素臣这就难了，叫他回答什么好呢？因摇了摇头，就歘歘开了张通气健脾的药方。虽明知无用，但也没有办法，这事岂能直言，且事恐又累及自己，万万不能明告。不过照此下去，她的性命定然不保，我本是救她，至此不觉又变成害她了。素臣无限感叹，一面交过方子。任信叫人去撮。

家人报说外面已摆酒席，请白相公入座。任信遂陪他出去，一同坐下，仆人筛酒。任信接过道："白贤侄并非外人，我们对斟对酌很好，尔等且退。"仆人答应自去。

两人酒过三巡，任信问道："贤侄家居江南，未知双亲可都健在？昆仲有几位？可曾娶亲？"

素臣道："严父早亡，现在只有老母在堂。小侄只有一个哥哥，如今奉母家居。前年母亲已替小侄娶下亲了。"

任信听素臣果已娶妻，脸上顿时变色，不觉喟然而叹。素臣惊问其故，任信移椅靠近素臣，恳切道："老夫不当贤侄外人，当以肺腑相告。大小女自蒙贤侄舍命相救，因此得以活命，此恩不足言谢。乃大小女自以为女儿身份，经贤侄当众扯衣，羞惭难言，虽然舍此不能医治，但彼痴心执拗，因以郁郁成病。贱内最疼此女，今此女若得不救之症，贱内必疾首痛心。故与贤侄相商，如贤侄未娶，即嫁为妻，若已娶，亦当望贤侄收为妾，未知贤侄意下如何？"

素臣听他说出这话，窘得不知如何是好，心想：原来湘小姐此病，他们亦早已知道。那么今日叫我进房诊视，其用意并非在此，而在彼矣。一时红了脸，支吾不能对答。良久方道："世妹乃官宦闺阁千金，岂能屈做妾滕，小侄万不敢当。"

任信到此，不禁也红了脸道："贤侄顾念老夫爱女一片苦心，万望切勿推却。"

素臣沉思良久，搓手踌躇不决，望着任信道："老伯诚意，敢不遵命？乃小侄自有不得已之苦衷。今老伯既不当小侄为外人，小侄亦不得不将真相相告。小侄实乃文素臣是也。"

任信听了，失惊道："原来如此，贤侄实乃江南第一才子，久闻其名，却不曾见过，谁知白又李即文素臣也，但贤侄为何隐瞒？"

素臣听了，只得把西湖覆舟、火烧普照寺以及璇姑、素娥之事，原原本本诉说一遍。又道："今小侄无可奈何已收二妾，若老伯又欲如此，不特有屈世妹身份，且小侄在老母面前，亦不能陈说矣。"

任信听素臣这样年少老成，心中愈加敬佩，因此也愈加要把湘灵许配与他。素臣因任信是县公身份，竟委屈将女儿硬与我为妾，若拗执太甚，未免使他恼怒；但若答应了，万一母亲发怒，岂非害了别人家女儿终身？所以愁眉苦脸，终不能委决。

任信已知其意，因说道："只需贤侄答应，令堂那儿，老夫自当着人去说。想太夫人慈爱成性，岂有不答应之理？"

素臣听他这样说，无可奈何，只得离座向任信拜将下去。任信大喜，不觉笑逐颜开，连叫贤婿少礼。

第四回

心心印就　脉脉情传

任信见素臣已经允许，心中大喜，立刻把他扶起，两人仍然入席，欢然畅饮。素臣在怀中取出金印一颗，内刻"文素臣印"四个篆字，双手交给任信道："老伯，小侄既已答应，本可一言为定。但恐世妹病中难以相信，故而特此奉上这颗金印，以作信物，使世妹心中得到安慰，病魔亦可退去矣。"

任信见素臣想得如此周到，真不愧是个多情丈夫，心里喜不自胜，连忙接过，走到内房，和任太太说知。任太太欢欢喜喜地忙去告诉湘灵。湘灵得此金印，爱不忍释，遂也把自己平日书画时盖章的金印取出，和素臣相换。小翠笑道："这真所谓心心相印了。"湘灵红了脸也笑起来。

任信取了女儿金印，匆匆出外，交与素臣，笑道："聊表小女寸衷。"

素臣小心藏好，觉得湘灵聪敏，不减于璇姑、素妹，心甚欢喜，因此酒落快肠，自然是千杯嫌少了。素臣临别的时候，和任信道："小侄大约于秋后回家，老伯若着人前来，最好亦于此时。"任信答应，素臣遂作别，坐轿而回。

走进书房，见鸾吹、素娥尚在烛下絮絮而谈，一见素臣回家，便都起身相迎。鸾吹道："哥哥今日酒喝多少？为何脸儿如此通红？"

素娥笑道："且满面春风，想来定遇到了一件得意事了。"

素臣笑道："说也有趣，愚兄真被人缠死了。"

鸾吹道："这话如何讲呀？"

素娥已端上了茶，也静待他说话。素臣道："上次我不是告诉过你们吗？给任公的女儿医好了痘症。不料今日我去，任公谈及此事，便硬要把他女儿给我做妾，以报此恩。你想……"

鸾吹、素娥听到这里，都笑盈盈地向素臣福了万福，贺道："恭喜哥哥，又得一娇妾矣！"

素臣听了，红晕了脸儿，望了鸾吹一眼。不料鸾吹水盈盈秋波也向素臣瞟来，四目相接，顿时回忆前尘，又觉不胜怅惘。鸾吹无心再坐，便道晚安回房。

次日鸾吹叫厨下备了酒席，送到书房，向素臣笑着叫道："哥哥在上，听愚妹一言。素娥妹妹虽属下人，原出旧族，与妹子情谊如同骨肉。今又代妹子服侍哥哥，尽心竭力，不避汤火，妹子感之彻骨。现在此席特为素妹而设，一则谢她代我之情，二则与哥哥说明，送与哥哥为妾，万望哥哥切勿推却。"

素臣道："素妹煨火卧屏，舍命相救，情重义深，愚兄感之入骨，不瞒贤妹说，愚兄与彼，虽无所染，却已有约言，正要相求贤妹。今承盛情，愚兄若再虚让，反辜负了贤妹一片大公之德。恭敬不如从命，多谢贤妹为我俩操心。"

素娥一听两人的话，羞涩与喜悦充满心头，立刻盈盈向鸾吹跪下叩头叫道："姐姐如此恩德，真不知叫妹子如何报答。"

鸾吹慌忙扶起，也笑着亲热地叫了几声妹妹。素娥满脸红晕，秋波向素臣一瞟，便又跪下来向素臣谢他曲意收容。素臣搀起道："论理我是该谢你的，现在彼此免了吧。"说着，他向鸾吹却作下揖去谢道，"只有妹妹一片情义，真令我感激不尽了。"

鸾吹慌忙避过，抿嘴笑道："哥哥既说彼此免了，何必再来这一套呢？"

于是三人入席，鸾吹亲自筛了一杯酒给素臣，向素娥说道："本该亲送一杯酒与妹妹的，但既为姐妹，转有不便了。生素，你可斟

239

酒与二小姐。"

生素在旁听了，因笑盈盈地给素娥斟一杯，叫道："二小姐用酒吧。"素娥红着脸儿接了。大家说说笑笑，开怀畅饮。

素臣见素娥不胜羞涩的情景，偶有感触，暗自想道:世上真不知埋没了多少豪杰，即是素娥，姿容秀美，德行温柔，守定识高，奚止闺中之秀。只因久屈，今日骤登绣阁，便有许多局踏之状。因而又想起前日江中支拳的汉子，只因久屈泥涂，致为群儿所辱。想到此，不胜叹息。

鸾吹惊问何事，素臣因把江上支拳的汉子没人识得其本事的事告知。鸾吹道："但是那天未能回家，也说过一花子，支着空拳，一些儿没有本事，白相公倒赏了他几锭银子，岸上人都以为笑谈。我想其中必有缘故，不知那汉子究有何种本领，得邀哥哥赏识?"

素臣道："那汉子生得豹头虎项，碧眼虬髯，浑身赤筋磊块，如葡萄藤一般虬结，没得些空缝。此非运气炼筋，极有功夫者不能支的架子。无目者俱笑为空拳，岂知他两手向天一托，直有上托泰山之势;向地一禁，真有下禁鳌鱼之力。前推后勒，不啻排石壁而倒铜墙;左探右撄，直可攫青龙而鞭白虎。即古之贲育无以过之。愚兄天生膂力，得有真传，与之并驱中原，就未知鹿死谁手呢。"

鸾吹笑道："原来如此，哥哥神力，妹子在湖边习见而知，但不知究竟有多少斤两?"

素臣笑道："没有上秤称过，也不知实有多少。"因一边瞥见那扇古铜屏风，兀自侧在半边，便指着说道："敢怕这扇铜屏也还拿得它动。"

鸾吹、素娥缩舌吃惊道："妹子不信哥哥有此力量。"素臣却笑而不答。

鸾吹忽然想起遗嘱来，因说道："近日嗣弟颇有悔意，要妹子将爸爸遗命的一百亩田，检出文契来，请哥哥收去。"素臣坚不肯受。

鸾吹道："既哥哥坚执不受，等素妹出门时，作为奁田罢了。"

素娥自然感激万分。

大家酒落快肠，斟来就干，不知不觉已有六七分醉意。素臣因鸾吹、素娥不信自己有拿铜屏之力量，遂立起身来，叫生素满斟三大爵，连饮而干，笑了一阵道："愚兄竟大醉矣！"说罢，走过几步，两手去扶正铜屏，提了一提，说道："这屏真倒是个重的。"

鸾吹、素娥还以为素臣真的醉了，都着慌道："啊呀，哥哥，你病体初愈，怎有这个力量？前日五六个人不知费了多少气力，才得侧转，可知是重的了。"

素臣笑道："连日缠绵床席，几令我有髀肉复生之叹。今日且挝一回羯鼓，以博贤妹一笑。"因把三个指头，将铜屏拈住，轻轻举将起来，撮至院内，向上直托，在院中走了几回。

鸾吹、素娥吓得追出来喊道："哥哥，敢怕乏了，快放下来吧。"

只见素臣面不改色，忽地往上一掷，那铜屏就跃在空中，离地有三丈多高，映着那落日光芒，闪闪烁烁和水晶相似，望着素臣头上，直劈下来。只听他大叫一声啊呀，早把鸾吹吓得脸色惨白，素娥更失声哭起来。又听素臣笑哈哈道："两位妹妹别怕。"两人听了，忙又定睛瞧去，只见那铜屏却又安安稳稳托在他的手掌之上了，像似儿童抛接香橼的一样玩法。

鸾吹忙道："快快放下，哥哥真有这等力量。"

素臣放下铜屏，携着两人，重复入席，笑着道："两位妹妹现在可相信了吗？"

素娥笑道："哥哥真把妹子的魂灵都吓掉了，你这气力，别人哪能够打熬出来？"

鸾吹道："正是的，我这时一颗心还吓得别别地跳，我看哥哥的气力恐是天生的，瞧哥哥容貌和身子，谁也不相信有如此神力呢。"

素臣道："天生的气力是死力，打熬出来的气力是活力。我这一点子力量，一半是天生成的，一半也由于打熬出来的。"

三人说着，生素已盛上饭，大家用毕，遂各自安寝。

光阴匆匆，素臣在未公家里一住不觉又有半月，曾往县中亦有数次，知湘灵早已痊愈，两人亦同桌吃过饭，彼此论文讲学，颇觉情投意合。任信夫妇亦暗暗欢喜。

这日县中又着人来请，素臣遂别鸾吹、素娥，到县衙来翁婿相聚，说不尽酒筵快意。任信忽想着了一件事，怅然道："有敝同年之子余双人，才情学问虽远逊于贤婿，但就老夫瞧来，已是铁中铮铮。不料前日有友人来舍，谓他病已多日，势甚沉重，医生都不肯开方哩。惜贤婿远在江西，不然药到病除，还怕他不痊愈起来吗？"

素臣骤然听双人病危，不觉跌足哭道："双人即小婿唯一之良友也，今得他病危消息，我方寸已乱。"说着，便即告别要走。

任信吃了一惊，忙扯住道："贤婿这话真吗？他姓余名双人，不要误会了吧？"

素臣淌泪满颊道："正是余双人，小婿饭吃不下，明日更等不及，岳母那里代为致意，后会有期。"说完了这话，翻身就走。任信哪里拉得住，待追送出来，素臣早已不知去向。任公心中颇悔不该说出这话，只得怏怏回上房去。

素臣回到未家，直进书房，鸾吹、素娥接入，还没开口问话，素臣就嚷着道："烦贤妹们替我收拾行李，我即刻便要动身回去了。"

鸾吹大吃一惊道："哥哥这是打哪儿说起？敢是家中有什么要紧事吗？"

素娥更着慌道："哥哥到底为了何事？竟满面都是眼泪？"

素臣急道："我得知好友余双人病危消息，哪里还能再多耽搁下去？我即刻就要动身回去，对素妹之事，只管放心，我自当将苦衷禀明母亲，想母亲也绝不至于十分拗执的。"

鸾吹、素娥都知素臣是个热肠的人，他要赶回家去医治好友，这正是他的美德处，当然不好意思劝阻他。而且明知劝阻也是不肯，因都说道："哥哥好友病危，理应速急动身，但今日万来不及，一面收拾行李，一面雇觅牲口，明天一早就走是了。"

素臣摇头急道:"有什么来不及?只要一个行囊,牲口沿途雇觅。能赶回家中,倘我好友还未死去,医得他活,固属大幸。即不然,得能握手一诀,也不枉我们相识了一场。妹妹们怎的还说那些远话?若不肯给我收拾,只得空身而去了。"说完这话,已是满颊淌下泪来。

鸾吹一把拖住,素娥也急道:"谁又没说不肯给哥哥收拾行李,那么你千万别性急,等一刻儿吧。"说着,慌忙打起铺陈。鸾吹早给他在缠袋内塞进一大封银子。素臣已向灵前哭别,一手提了铺盖,已是飞步出厅。鸾吹、素娥七跌八撞地直追出来,只听素臣口中说出一句两位妹妹保重,便如飞样地去了。

鸾吹、素娥呆了一会儿,只得携手进来。素娥叹了一口气,眼皮儿已是润湿了。鸾吹不由恨道:"总是这个知县不好,请了去,就给他这一个凶信,真累得我们姐妹俩好苦啊。"

两人正在房中坐定,忽见未能匆匆进来道:"县里打发人送来四样路菜,一百两银子路费,说随后老爷亲来送行。"

鸾吹皱眉道:"人已去远了,还送谁呢?快回他们去吧。"未能答应退出。这里且丢过一旁。

再说素臣一路急急跑了一程,天色早已黑了下来,小鸟儿都括着翅膀,吱叫着归巢。心中暗想:我已错过宿店,且再赶一程,看有破庙暂过一宵也好。约莫又走了三十余里,不料前面已到一带黑魃魃的松林,看似盗匪出没之区。正在毫不介意地前进,说时迟那时快,树林中一阵梆子铃响,就在月光依稀之下,嗖嗖地飞来三支响箭。素臣眼快,两支接在手里,一支把嘴一张,早已咬住箭头。这就见从林中跳出二三十个大汉,为首一个一脸的紫膛颜色,眼如铜铃,声若洪钟,大喝一声道:"靠山吃山,靠水吃水,快留下买路钱来,放你过去。"

素臣心想:果然不出我之所料。因把三支响箭丢下,冷笑一声道:"路乃皇上之路,何来买路之钱?清平世界,岂任汝等狗才猖獗？若要买路钱，文爷身边倒有几个，只是汝没福分拿罢了。"

那大汉一听，气得咆哮如雷地狂叫道："好一个不识时务的孩子，还不留下包裹，敢是要待老子动手不成？"

素臣道："倒要瞧瞧你有多少力量。"

那汉子见他如此倔强，喝声看刀，早已向素臣直劈过来。素臣见他来势凶猛，看得准确，就飞起一腿。只听那大汉啊呀一声，早已仰面跌倒，原来素臣一腿正中他的手腕。今见他已跌倒，因心中记挂双人，不欲和他多缠，遂夺路而走。不料二十多个喽啰早已一拥上前，不肯放松。素臣心里好笑：我存慈悲之心，不来伤害你等性命，谁知你等偏来讨死，这就别怨文爷心狠了。因回身大喝一声，早已一腿扫去，只见喽啰们一连跌倒四五个。

这时为首一个大汉又从地上跃起，分开众人，怒喝道："今日郑爷若不杀汝，誓不为人！"话声未完，就像猛虎跳涧地直扑过来。素臣连忙也施个大鹏展翼，向他一拳掠过去。两人在松林中就各展本领，一来一往，约斗有数十回合。那汉子如何抵挡得住，便即翻身就往林中逃去。素臣紧紧赶上几步，大喊贼子往哪儿逃。谁知一声响亮，素臣身子竟已跌入陷坑。素臣本可以一跃而出，怎奈背上有铺盖捎着，真是英雄无用武之地。只听轰然一声，坑的四周奔出十余个喽啰，拿了绳索，把素臣用铁钩钩起，两手反缚，牢牢捆扎。那大汉回身哈哈大笑，立刻吩咐喽啰押上山去。

这时天色全黑，一弯眉毛儿样的新月，掩映在白云堆里，在闪烁的星光下，依稀还认得出山路是十分险恶。不多一会儿已押到大寨。只见寨门竖着一竿木柱，柱上飘着一面挺长大的旗帜，旗上左右画着两只黑熊，中央写着"黑熊岭"三字。寨门内站着的个个都是彪形大汉，一见那汉子，口喊："郑三爷，可是拿到了一只肥羊？"郑三笑着点头。只听一声梆子，素臣抬头瞧去，远远已见山寨的聚义厅上，灯烛辉煌，早坐着一个盗婆。瞧她年纪只不过二十五六岁左右，虽是戎装打扮，但两颊红若玫瑰，一张樱桃小口，露着雪白牙齿，眉若远山，眼如秋波，虽非倾国倾城，倒也着实有几分姿色，不过眉目间终不脱淫荡风骚之气。

作书的趁素臣未走到大厅，就把这黑熊岭的内幕情形向阅者叙述一下。原来这个盗婆名叫吴媚娘，学得一身好本领，嫁与郑天龙为妻。天龙有两个兄弟，一个天虎，一个天豹，四人占据黑熊岭已有多年，官府因他势力浩大，无法剿灭，也只好由他。不料天龙那年被一个江湖好汉打中一镖，竟一命呜呼，从此媚娘便成寡妇。天虎、天豹见嫂子美而艳，都欲得而为妻，各献殷勤。媚娘原是十足道地的淫妇，自然是鱼我所欲也，熊掌亦我所欲也，因此天虎兄弟俩几乎反目厮杀起来。后来媚娘把他们劝开，并约法三章：第一章是她为寨主；第二章是兄弟每月各十五夜一人，前来寨主房中陪伴，不得争论；第三章是即使外面有白嫩肥羊捉上，自己瞧得中意的，两人都须退避，不得喝醋。天虎兄弟虽然稍有不愿，但因媚娘本领非常，实在有些害怕，也只好勉强应允。

且说天豹把素臣解到大厅，媚娘便即娇声喝道："哪里来的小子？倒是个好模样儿。见了咱家，还不快跪？"

素臣见她这样如花似玉的一个美人儿，竟然会到这里来落草为寇，心中已不胜奇怪，今又叫自己跪下，不觉勃然大怒道："好一个不安分的女子，不好好儿在闺中守着礼教，却大胆敢在此做盗匪之营生。一旦撞着官兵，前来相剿，那时你身首异处，才感激我文爷的话哩。我文爷是何等样的人儿？岂能跪向你这个小小女子？今文爷被汝用奸计捉上，要杀就杀，何必多言？"

媚娘见她如此倔强的态度，不觉柳眉倒竖，杏眼圆睁，意欲将他斩首，但仔细把他打量，又觉得实在是个好模样儿，英挺非凡，心中甚是爱他。一时又想他只管自称文爷，这厮莫非就是京中要捉的文素臣吗？若果然是他，那真是天网恢恢，自投山寨。我若把他献给靳王爷，这我的功劳真可不小，也许有做王妃的可能了。

原来这黑熊岭还是靳直的耳目，因为靳直要篡位，所以他结纳天下好汉，连绿林盗匪都收为心腹，预备造反时，以为接应。媚娘原是个淫毒妇人，她知靳直好色如命，自己把素臣送去，正可作为觐见之礼，而自己也存着了做王妃的欲望，对于天豹天虎，根本谈不上爱情，只不过作为自己临时的泄欲器具罢了。

媚娘主意打定，便稍改面容娇声问道："听你声音不像北方人，我今问你，姓什么？叫什么？从实说来，若有半句虚言，定不饶汝。"

素臣冷笑道："别多放屁，要杀就杀，不然就放了我，我尚有要紧事呢。"

媚娘见他强硬得如此，不由敬爱起来，心生一计，喝道："你真不怕死吗？我晓得天下除了江南文素臣不怕死外，此外便很少了。你是江南口音，又自称文爷，莫非就是文素臣吗？"

素臣见她脸上并无恶意，暗想：这女子她倒也知道文爷的厉害吗？因大声叫道："文素臣就是我，你便怎么样？"

媚娘一听果然是的，芳心暗喜，慌忙跳下虎皮交椅，满脸堆笑，伸出玉手，亲释其缚，纳诸上座，笑盈盈福个万福，叫道："文爷果然当今豪杰，小妇人有眼不识，多多冒犯，还请文爷海涵。"

天虎、天豹见嫂子如此模样，明知定必看中了他，想来今夜大家没有希望，只好快快退回营房去，设法自找女人去寻乐。

素臣再也想不到她会改容释缚，以礼相待，一时亦只好抱拳道谢，并问女子姓名，因何落草。媚娘听了，便圆个谎道："小妇人姓吴名媚娘，嫁与陈大兴为妻，本为县中千总，因和官府不睦，竟将奴夫以私通江洋大盗为名，把奴夫斩首，故而奴就占住山头，创立本寨，专行打击贪官污吏，并不抢夺单身客商。素仰文爷乃顶天立地之英雄，意欲请文爷奉屈归寨，共图大事，万望文爷金口一诺，实为敝寨大幸。"

素臣见她说话的意态骚形怪状、勾人灵魂，换了别人，也许要中她的圈套，但我生平最恨淫贱之人，哪里瞧得入眼？若和她翻脸，事情也觉不好。因婉言谢绝道："多承寨主美意，敢不遵命，奈因友人病危在即，不敢久留片刻。既蒙释放，恩同再造，意欲日后来至尊寨效劳。今特告辞，后会有期。"

媚娘见他转身要走，不觉笑道："文爷既不愿入伙，何必匆匆就道？此刻夜已昏黑，路上固有不便，且前面亦无宿处。你此刻下去，恐怕他们也不允许你下山哩。"

素臣听了这话，猛可理会，没有媚娘命令，他们喽啰怎肯放行？一时回过头来，望着媚娘，倒呆呆地怔住了。媚娘忍不住嫣然一笑道："咱想文爷且在敝寨过宿一宵，且待明日，咱们再重行计议，你想怎样？"

素臣心知今夜万万不能离开山寨了，料想一夜工夫，亦绝无什么意外，因只好含笑道谢。媚娘见他答应，直乐得眉飞色舞，心花儿都朵朵开了，因命人把文爷伴到南书房里去暂息。

媚娘把素臣留住在寨，究竟有什么用意在内呢？原来媚娘既要把素臣献给靳直，又要想和素臣真个地销魂几夜。这实在是个困难的事，不能两全，所以她想出先亲热而后翻脸的主意，预备给自己玩厌了，再献上去，这不是个两全其美的办法吗？可见媚娘心里的淫毒，真是甚于蛇蝎了。

且说喽啰引着素臣出了聚义厅，素臣抬头见碧天如洗，万里无云，夜风吹在身上，已含有秋天意味，心中想着双人病势，到底不知要紧否？璇姑又不知漂流到何处去？我这条汗巾被景日京这个憨大给一个道士骗去，其中究竟有没有关系？这次到江西，哪里料到又会收了两个妾，母亲知道了，会不会责骂……想到这里，素臣只觉无限心事陡上心头，仰天长叹一声，全身顿时感到有阵说不出的凄凉。

喽啰见素臣对天呆立，便叫道："文爷，别想心事，也别害怕，咱们寨主是个多情的美人儿，今夜准给你许多好处，快跟我到书房去吧。"

素臣啐他一口，只好跟着他转了几个弯，到一个院子，里面种着奇异花朵，好像别有境界。喽啰高喊道："容儿，快来服侍文爷进内，回头寨主立刻就来。"喽啰喊毕，早已回身自去。

素臣抬头望去，只见里面室中奔出一个十岁左右的女孩子，齐巧和素臣打个照面。两人仔细定睛一瞧，顿时惊喜交集，不觉都大声咦咦起来。

第五回

良朋陷盗　稚妹出危

那女孩一见素臣，便即上前一把抱住膝踝，连喊道："哟，你……不就是我的素臣哥哥吗？我的爸爸和姐姐现在到底在哪儿呀？"

素臣又惊又喜，抚着她的头发，忙问道："你可就是二世妹容儿吗？自从你湖中落水以后，愚兄到处都寻到，却不见贤妹踪迹，以为定遭灭顶。不料竟在这里相遇，这真是意想不到的事，你快把你经过告诉我吧。"

容儿道："容儿是我的小名，我叫金羽，素臣哥哥，说起来话长，我正好苦呀。"金羽说到这里，眼皮儿一红，不觉淌下泪来。

素臣连忙牵着她手，到靠窗边站住，抚着她小手道："羽妹别伤心，哥哥可以把你救出去，和你鸾吹姐姐一块儿去相逢，你说吧。"

金羽含着眼泪道："我和姐姐落水以后，两人的手兀是紧紧拉住，不肯放松。不料被几个浪头一冲，我喝了几口水，人就糊糊涂涂昏去了。等我醒来，我的身子已在客栈的床上了，旁边站着一个相貌很怕的大汉。我害怕得很，就哭着喊爸爸和姐姐，他说他名叫郑天龙，是他把我救起的，叫我不要啼哭。又问我爸和姐姐在哪里，他可以送我回去。那时我心中暗想：爸爸和姐姐也和我同时落水，他们有没被人救起，这哪儿知道？万一已死，这叫我如何是好？我心中无限悲伤，也没回答，就哭了起来。他见我不回答，又百般哄我，我把实情告诉了他，叫他伴我到抚台衙门去。因为抚台是我爸爸好友，他一定会替我设法。当时天龙答应，叫我养息一天。谁知次日他就把我带到这里来，叫我服侍她的妻子吴媚娘，不知不觉到现在已有半年多了……"说到这里，那泪便又扑簌簌地滚下来。

原来郑天龙那时亦受了靳直的命令，到杭州来捉拿文素臣，齐巧遇着湖中出蛟，山洪暴发，在湖滨边竟给他救了金羽。听金羽要自己把她带到抚台衙门去，这是自己对头，怎能够前去？见这女孩子伶俐可爱，活泼美丽，所以便悄悄把她带回山寨来。本来他的意思，是要媚娘认作个干女儿，奈媚娘是个好色的女子，对于子女不放在心中，所以不要，说我们年纪正轻，难道自己不会养了吗？天龙一听，原也不错，因此把金羽作为婢子了。

且说素臣见金羽这样伤心，想她小小年纪，就陷在贼人的手里，一时倒引起了无限的同情，安慰她道："妹妹千万别哭，那么他们可待你好吗？"

金羽道："总算还没有十分虐待，当初我原不知是盗窟，后来才明白。那时我心中既害怕，又记挂爸爸和姐姐，差不多天天在眼泪中过生活。真是天可怜我，今天叫我遇见了哥哥，这真是我的重睹天日的日子到了。"

素臣道："媚娘丈夫叫天龙，天龙现在可死了吗？"

金羽道："天龙是三个月以前被一个人打死了。媚娘这个不要脸的淫贱女子因此就无恶不作了。哥哥，等会儿她来了，你千万要当心，不要上了她的圈套才好。"

素臣点头道："这个我理会得，妹妹尽管放心。"

金羽忽又问道："哥哥，你知道我的爸爸和姐姐现在都平安着吗？"

素臣听了这话，陡然想起未公，不觉长叹一声，含泪低声道："妹妹，可怜你爸爸已经死了……"

金羽一听这话，小心灵中顿时感到一阵剧痛，叫了一声爸爸，竟是昏倒地上。素臣大吃一惊，连忙把她抱在怀里，捏住她的人中，叫喊妹妹快醒。良久金羽方哭出声来道："苦呀……我的爸爸永远不能见面了。"

素臣给她拭泪道："妹妹，你轻声些儿，这里不是哭的地方，你快不要伤心。"

金羽这才止住哭，淌泪问道："哥哥，我爸爸到底怎样死的？那么我的姐姐呢？你也快告诉我吧。"

素臣因把过去的事情，告诉了一遍。金羽哭道："怪不得几月前，我做了个梦，梦见爸爸对我微笑。这样说来，爸爸竟是对我哭了。"说着，又呜咽不止。

素臣好好劝她一会儿，正在这时，忽听外面有脚步声音，金羽知道有人来了，急忙收束泪痕，跳下素臣的身怀。只见两个喽啰端着酒菜上来，摆在桌上。金羽给素臣斟上一杯茶，滴溜圆的眼珠向素臣一转，悄悄地道："哥哥千万留心。"素臣频频点头。

不多一会，媚娘早已姗姗而来。只见她已脱去戎装，穿了便衣，更觉体态轻盈，婀娜多姿。笑嘻嘻地喊了一声文爷道："叫你等候好多时候，真对不起得很，我们坐席吧。"说着，竟已伸出纤纤玉手，来拉素臣。

素臣只觉她手儿柔若无骨，好像糯米团似的，一时身不由主随她坐下。媚娘便亲自斟了一杯酒，送到素臣面前，殷勤劝道："文爷乃盖世英雄，今日得能驾临敝寨，实在是三生有幸。今特备薄筵，万望文爷不弃，互相痛饮数杯，这真使我感恩不尽了。"

素臣忙拱手道："说哪儿话来？寨主如此盛情，敢不遵命？但路途辛苦，不宜多饮，还请寨主原谅。"

媚娘道："那么就少饮几杯吧。"

素臣见她这样相劝，若一味地推辞，她一定要恼怒，但是喝了，又怕其中放着什么毒药。但仔细一想，她果真要害我性命，何必在此时呢？这就大胆喝了一杯。

媚娘又连连相劝，素臣却苦苦谢叩。媚娘见他如此胆怯，便叫金羽上饭，一面笑对素臣道："文爷只管放心，奴家绝无歹意欲加害于你，你可不必这样不安的神气。"

素臣听她这样说，倒微红了脸儿笑道："寨主这是什么话？我虽然在此，却安如泰山，怎么会疑心寨主有什么歹意呢？"

素臣这话其中有骨子，媚娘却不理会，扑地一笑，绕过那无限媚意的俏眼，水盈盈地只管向素臣瞟来，同时把那三寸金莲却踢到素臣的脚上来。素臣只装不知，低头吃饭。

一会儿，两人用毕。素臣连打呵欠，意思是催她可以回房。媚娘理会道："文爷既然辛苦，那么早些儿睡吧。"说着，便嘱金羽好生服侍，就和素臣含笑点头而去。

素臣心中好不奇怪，就问金羽道："羽妹，瞧她神情，并无什么意外的念头，不知她尚有什么计谋吗？"

金羽凝眸沉思良久道："哦，是了，今天早晨亦捉上一个男子，关在北书房里，恐怕这无耻贱妇先到北书房缠那个去了。"

素臣因问了金羽山寨上的路径，见时已二更，便叫金羽自去安睡。素臣移步倒身在床，只觉一阵细香触鼻，从被褥里散发出来，令人心魂飘荡。素臣深恐半夜里尚有意外，不敢熟睡。这时忽然起了一阵狂风，竟把房中烛火吹灭。素臣倒是一惊，连忙起身，原来窗门并没有关闭。因走到窗边，只见对面房中灯火通明，似有两个黑影，一男一女，男的被绑在椅上，女的好像全身裸着，一丝不挂。虽然是黑影子，亦显出高高奶峰、纤纤细腰、圆肥臀儿，十足的曲线美来。素臣暗想：这对面房中一定是北书房了，这不要脸的淫妇，竟淫到如此地步，真所谓丑态毕露了。心中好不恼怒，恨不得立刻飞身过去，挥剑把她一斩两段，方消心头之恨呢。

正在这时，忽见那女子黑影，直扑到男子的身上去，这就听得一阵粗暴的声音大骂道："好个不要脸的女子，胆敢如此调戏于我，我景爷素来不好女色，不要说你脱得一丝不挂，不能动摇我的心，即使你再做出淫荡的样子来，我景爷也不会动情呢。贱妇，我瞧你还是早死了这条心，要想景爷答应你，万万不能……"

　　从夜风中吹送过来，声音是特别清楚。素臣颇觉耳熟，心中好生奇怪，猛可理会，这人自称景爷，莫非就是景日京吗？对了，一定是他。他是个铁中硬汉，素来不爱女色，听了这话，不是他还有谁？但这个憨大为什么也会到这儿来呢？不要我家里又出了什么事吗……想到这里，忽听对面房中又娇声叱道："你若不答应我，我就杀死你。"

　　听那男子又咆哮道："景爷既已被捉，要杀就杀，何必多言？"

　　媚娘把手中宝剑一扬道："你果真不怕死吗？"

　　素臣见此光景，再也忍耐不住，不要真的手起剑落，这如何是好？想到这里，立刻开门出去，寻路到北书房窗口，探眼从窗缝中望进去一瞧，那男子果然是景日京，那女子当然是媚娘了。再瞧那媚娘的骚态，真把素臣气得个半死。她把宝剑架在日京的脖子上，故意把她身子不住地扭着，她那两只奶峰这就不停地颤抖，腰肢摇摆，下身动得更是厉害。这种浪漫行动，实在难以寓目。

　　大凡一个人的心理，女色多半是欢喜的，不过往往情动的，是为了楚楚可怜，所以爱惜起来。像媚娘这种丑态，不但不足以动人情欲，而且是增加人的鄙视。一经鄙视，心中就觉憎厌，这哪儿还引得起人的爱呢？不过日京他面对着她，到底瞧不下去，只好闭了眼睛。媚娘见他竟是铁石心肠，恨起来就要挥剑斩去。不过自己碰着男子着实也不少，没有一个不顺从我，让我玩弄个畅快，如今遇到这样硬汉，实在还是初见。好奇心动，就把一肚皮怒火，暂时压下，伸出一腿，把那小脚挑起，直向日京胯下按去。

　　素臣瞧到这里，无可再忍耐了，遂破窗直入，大喝"贱妇休得放肆"，早就一拳向媚娘后脑击去。媚娘把头一低，身子已跃开丈远。这时日京也吓了一跳，睁眼一见从窗外跳进的正是文素臣，顿时不觉喜出望外，大叫道："文哥速救小弟。"

　　素臣把手向他绑绳轻轻一拉，早已纷纷断开。媚娘见素臣破窗而入，一时大怒道："文小子，老娘待你不薄，胆敢破咱好事。今日若不把你一剑两段，定不知老娘的手段厉害。"说完这话，也不管全身是裸，毫不羞涩地跨步赶来，提着利剑，向素臣头顶直劈。

素臣忍不住好笑，伸手把她手腕搁住，腾出左拳，向她胸前就打。媚娘眼快，伸出纤掌，向前一推，这力量倒也不小，素臣的拳儿竟被推缩回来。素臣乘其不备，猛可飞起一脚，向她下部踢去，媚娘丢下宝剑，身子向后退去丈远，齐巧坐在桌上，她便伸手拿起茶壶，向素臣掷过来。素臣叫声来得好，早已接住，反掷过去。媚娘闪身避开，立刻一个大鹏腾空，反扑过来。素臣迎住，两人就大打起来。日京因为两手被绑得麻木，这时已好，亦加入战圈，帮着抵抗。素臣见她果然不弱，一时情急智生，就猛可地把她三寸金莲狠命一踢，媚娘这一痛，真是痛彻心扉，大叫一声啊呀，站立不住，仰身跌倒。素臣、日京同时赶上，各执一只小脚，东西分开。只听媚娘没命地叫喊一声，身子早已被两人撕为两半，鲜血直淌满地。一代尤物，从此一命呜呼。

素臣忙问日京道："贤弟为何在此？我家中可有甚事？"

日京道："太夫人甚健，没有什么事。愚弟因汗巾被骗，心中非常抱歉，所以和双人回家后，即又动身出外，立志寻找这个王八道士，同时亦寻访你的宠人。谁知路过这里，竟被捉上山寨。若非文哥到来相救，恐弟必被淫妇所害矣。"

素臣慌又问道："愚兄顷得友人报说，双人兄病危在即，可真有其事？"

日京道："双人前果曾有病，如今业已愈可，哪儿有什么病危在即？这次愚弟出外，他还送我呢。"

素臣这才放下一块大石，笑道："如此恐人传错了。"

日京因问素臣未公病体如何，怎么也会至此，素臣遂也从实告诉一遍。日京听未公已死，很为叹息，听素臣又连得两位爱妾，忍不住又哈哈大笑，连连道贺。素臣笑道："贤弟且别道贺，我们快设法脱离盗窟吧。"

日京道："一不做二不休，烧他一捧火，杀他一个不剩，岂不大快人心？"

素臣听了，真觉快人快语，心中大喜，便点头称是。两人走到聚义厅上，悄悄地真个放起火来。一会儿火势蔓延，守夜的喽啰立刻鸣锣，搜集喽啰救火。这时天虎、天豹正在房中搂着女子寻欢，一听警锣大敲，心中都各吃惊，慌忙起身，仗剑奔出。齐巧遇着素臣、日京。两人瞧得清楚，挥剑就劈，四人打作两对。不上三五个回合，天虎、天豹早被斫死倒地。

素臣见寨外喽啰数百名，各执戒刀，围将上来，因大叫道："众喽啰听着，寨主都已杀死，汝等欲活命者，速即抛刀改过，回家骨肉团聚，以做安分良民。不然文爷宝剑无情，那时悔之晚矣。"这时众喽啰一听寨主都已被杀，蛇无首不行，遂都纷纷跪在地上叫饶。素臣日京把库房打开，所有金钱，都分派遣散，喽啰大喜，俱狂呼万岁。诸事完毕，天已大明。素臣又叫众喽啰齐集场上，好好地教训一番，个个都欢天喜地地回去。

素臣回身进来，见日京拿着火棒还在东点西燃。素臣猛可记得，慌忙问道："南书房可曾烧去？"

日京道："已在烧了。"

素臣一听，大惊失色，翻身如飞样地奔去。只见火势甚旺，烟雾弥漫。素臣这一急，非同小可，这就奋不顾身，蹿入室中，奔到后房。只见金羽已昏厥在床，素臣忙将她抱在怀里，急急奔出。怎奈火势已燃至房中四周，无路可走，素臣几乎被烟闷得透不过气，暗自叹道："此番吾命休矣！"

耳中还听日京在外大喊道："文哥，你有什么宝贝留在里面？这样火势，你蹿进去，敢是不要性命了？"

素臣心中一急，不觉情急智生，立刻双臂护住金羽，就地一滚，这就直滚到屋外。吓得日京连忙扶起道："文哥，你真把我急死了。"

素臣深吐口气道："贤弟，你这一把火不打紧，险些把她小性命都送了。"

日京定睛一瞧，这才见素臣怀中还抱着一个女孩，急问道："这孩子是谁？"

素臣且不回答，把金羽放在地上，解开她的衣衫，两手给她上下提伸，用人工呼吸法救她。金羽方才悠悠醒来，一见自己身子躺在地上，雪白胸口露在外面。虽然年幼，但女孩儿羞涩乃是天性，不觉红晕了脸颊，一骨碌翻身坐起，见素臣和一个陌生男子在旁，便忙叫道："哥哥，这……是怎么一回事呀？"

素臣见她知觉已清，心中大喜，立刻把她扶起，给她扣上纽襻，告诉她强盗都已杀死，这位景大哥不知妹妹睡在里面，所以烧房子了。我急得不知如何是好，慌忙将妹妹抱出。你回头见南书房，火势不是已穿顶了吗？金羽回头一见，果然火光融融，心中非常感激，便向素臣拜将下去道："哥哥真是妹子救命的大恩人了。"

这时日京在旁倒瞧得呆了，素臣几时有这样一个小妹妹呀？怎的我从来也没知道？忍不住开口问道："文哥，这位到底是谁呀？我真弄不懂了。"

素臣笑道："我给你们介绍，这位就是未公的二小姐。"说着，又向金羽道，"妹妹，这位是我的好友景大哥。"

金羽听了，便笑盈盈向日京福了一福，叫声景大哥。日京这才恍然悟道："哦，原来就是未二小姐，不知因何也坠在这里？"素臣代为告诉一遍，日京听了，也颇感叹。

三人见东方朝阳已从地平线上直升高空，遂各自背包袱，匆匆寻路下山。金羽早已香汗盈盈，不胜娇怯模样。素臣道："这里地面冷静，不但没处雇车，连牲口也没有，妹妹怎能步行？还是愚兄抱一程吧。"

金羽憨憨笑道："哥哥岂不受累吗？"

素臣笑道："这样娇小身子，宛如黄莺儿一般，也重不了什么。"说着，就把金羽抱在怀内。走了十余里路程，见前面树梢蓬处，露着一角屋子，日京笑道："如今是好了，前面一定是酒家，我们先去吃些点心吧。"素臣点头称是。

将近酒店时，金羽要跳下来道："哥哥，前面人多，你给我放下吧。"

素臣因放她下来，携着她手，三人步进酒店。即有店小二迎上来道："大爷们请坐里面清洁的。"说着，把抹布向桌上擦了一下。三人坐下，店小二泡上茶，问吃什么。

日京道："十斤陈酒，一盘烧羊肉，一盘烤牛肉，一盘大葱，都要嫩的。"店小二答应下去。

金羽攀着素臣手臂，问道："哥哥，能不能送我回家？若能使妹子和姐姐见面，这真叫妹子终身不敢忘哩。"

素臣道："这个还用妹子说的，难道哥哥把妹妹就抛在路上不管了吗？"

金羽听了，明眸里含着无限感激之意，向素臣凝视许久，忽然淌下泪来。素臣连忙抚着她手，安慰她道："好好儿的怎又伤心了？"

金羽叹道："想不到这次回家，竟不能见爸爸的面了。"

素臣听她说出这话，也引起了伤感，不觉长叹一声。这时店小二把酒肉送上，日京高喊道："大家不要难过了，快喝酒吧。"说着，把酒壶握来，向两人满斟一杯。

金羽勉强含笑道："多谢景大哥，妹子不会喝酒。"

素臣道："那么就少喝一些儿得了。"

日京道："一杯酒总可以喝的，来来，大家别客气。"说着，便握着杯子就喝。素臣见他痛快，忍不住笑了。

三人喝了一会儿，素臣把筷子夹着牛肉，送给金羽。金羽连声谢道："哥哥，我自己会夹的。"

日京望着金羽，嘻嘻笑道："未三小姐怎么老喊哥哥？你是该叫一声姐丈哩。"

金羽听他忽叫自己三小姐，又要叫素臣为姐丈，心中好生不解，微红了脸儿，暗自想道:莫非姐姐已嫁给他了吗？一时望着两人，便呆呆地怔住了。

素臣因笑着把素娥和你姐姐已结为姐妹，并已给我做妾，你的鸾姐亦已配人，并有一个嗣兄叫洪儒，统统告诉金羽。金羽这才完全明白，不觉喜滋滋道："原来如此，哥哥果然还是我的二姐丈哩。"

日京听了，忍不住又哈哈笑了一阵。三人用毕了酒饭，素臣付去钱，叫店小二雇两只牲口，向日京道："我把羽妹送回家去，不能多耽搁，就要走的，所以贤弟不妨和我同去，大家就有了道伴。"日京听了，唯唯答应。一会儿店小二把牲口雇来，素臣和金羽同坐一骑，鞭子一扬，早已哗啦啦一阵马蹄声向前飞跑而去。

待到了未公家里，时已午后。鸾吹和素娥用过了饭，正在上房里闲谈。一会儿谈到素臣回家后，那位朋友不知可医得好；一会儿又谈金羽妹妹落水至今，已将半载有余，还是杳无信息，想来终是凶多吉少。说到这里，两人又感伤一回。不料正在这时，忽见生素急急地奔来，满面笑容地嚷着道："如今是好了，大小姐、二小姐，三小姐回来了。"

鸾吹、素娥骤然听了这话，都不约而同地站起问道："你这话可真？三小姐回来了吗？你可是在做梦？"

生素笑道："真的金羽小姐回来，还有白相公跟一个景相公陪了来的。"

鸾吹、素娥不觉都惊喜欲狂，撞撞跌跌奔出厅来，身子还没到厅上，口里先妹妹妹妹地乱嚷。等到见了面，金羽早已投入鸾吹怀里，姐妹两人抱头大哭起来。

无限伤心地哭了一会儿，素娥因劝住了她们。金羽又和素娥行了姐妹之礼。鸾吹请素臣、日京坐下，未能送上茶来。鸾吹因问素臣羽妹在哪里救得，素臣把经过事告诉一遍。一面又把日京介绍，彼此见了礼。这时金羽倚在鸾吹怀里，絮絮地诉说半年来的所受苦楚。姐妹两人说到伤心地方，忍不住都又呜咽起来。

鸾吹站起要向素臣谢救命大恩，素臣道："彼此都成至戚，妹妹何必再来客套？"鸾吹只得罢了。

这时日京要向未公灵前吊奠，鸾吹不敢，素臣道："景贤弟与愚兄情同骨肉，既已到此，理应如此。"鸾吹不敢有违，叫未能开了灵门。日京吊毕，金羽跪在未公灵前，望着未公遗像，连叫数声爸爸，竟哭昏在地。鸾吹、素娥一面哭，一面把金羽救醒。金羽犹纵哭不已，素臣、日京不禁泪湿衣襟。这时洪儒在书房闻声赶出，彼此又都见礼。洪儒自经这场官司以后，果然性情大改，终日书房攻读，步门不出，这也是未公慈厚为人，所以嗣子能悔过自新。

当时请素臣、日京至书房坐谈，素娥扶鸾吹、金羽亦回上房细诉衷情。知他们还未用饭，遂立刻叫厨下备了酒饭，开了出去。洪儒陪他们用过，素臣、日京便要告辞。洪儒苦留不住，就进上房来告诉。鸾吹等三人一听，都急急赶出，前来相劝。金羽更是抱住素臣不放。素臣没法，只得答应暂住一宿。次日，坚决要行，彼此各道珍重，洒泪而别。素臣、日京商量停妥，预备进京一游，并找寻璇姑下落，两人一路进发。

这日到了德州地方，两人下了客店。店小二道："爷还是进京的？还是瞧大言牌的？若是瞧大言牌的，就替爷预备早饭哩。"

日京一听有大言牌瞧，心里高兴道："我们就去瞧瞧，究竟这些大言不惭的人有多少力量。"

素臣这次来京，原无目的，今听日京这样说，也就由他。正在这时，忽见店门外走进一个壮汉，日京喜得跳起来，怪叫道："咦，咦，这不是刘老兄吗？"

素臣定睛一瞧，果然是刘虎臣。这真所谓踏破铁鞋无觅处，得来全不费工夫了。虎臣这时亦已瞧见，立刻抢步上前，大叫道："文大哥，你真找得我好苦呀！这条汗巾你怎么会被一个道士拿去？我妹子还以为文大哥有了什么意外，竟是哭得死去活来。"

虎臣说时，把那幅绣有春风晓日图的汗巾拿出来给素臣瞧，素臣心中明白，日京大吃一惊，顿时羞惭得说不出一句话来。

第六回

巨惊艳色　智失黄金

　　且说文素臣在虎臣家里答应收璇姑为妾后，住了三日，虎臣遂送素臣回家。两人临别，约定禀明母亲后，前来相接。虎臣便欢欢喜喜地回到家中来，石氏问他可曾见太夫人，虎臣道："因为有许多不便，所以我没进内，只向四周邻居打听一回，知道水夫人是非常慈和，田氏是非常贤德，文大哥说禀明了母亲，立刻就来接妹妹回去，想来文大哥是绝不失信的。"石氏和璇姑听了，亦是暗暗欢喜。

　　谁知从前来吓诈的那两个官差心里记恨，因府县发下告示禁约，不能奈何虎臣，就去悄悄报与靳直的侄儿子靳仁的仆役王卜知道，说虎臣的媳妇和妹子都是美艳无比，十分可人。王卜为了要奉承主子，就向靳仁告诉。原来靳仁狗仗着叔父的势力，在杭州城里无恶不作，家中养有一百多个壮丁、两个老师，还有一个狗头军师名叫陆实，十分阴险，奸计多端。靳仁作恶，无不同他商量。

　　这天靳仁得知这个消息，他原是色中饿鬼，喜得心花怒放，立刻把陆实叫来，问他如何把璇姑姑嫂两人得来。陆实道："这个只需今天夜里派二十个壮丁去，以查夜为名，将两人抢来便了。"靳仁大喜，吩咐壮丁夜里动手。谁知这事齐巧被一个仆妇蒋妈知道。蒋妈是石氏旧邻，前曾受惠于石氏，当时得此消息，以作报答，就匆匆前来告知。

　　石氏、璇姑一听，真急得魂飞魄散，虎臣道："急也无用，为今之计，不如暂时搬到我表舅张老实那儿去躲避一下，再作道理。"石氏、璇姑听了，也只好如此，立刻整理细软包袱铺盖，悄悄逃到张老实家去。

当夜靳仁派壮丁前来抢劫，人儿早已没有。靳仁心知必有人泄露消息，心中好生不乐。陆实道："公子不用焦急，小的总给你想法去找来是了。"于是陆实时常到虎臣家的左右前去探听，是搬到何处去的。这天齐巧素臣偕同日京前来相接，竟是扑了一个空。素臣遂把那条汗巾交与日京，托他代为找寻。这些事都被陆实听去，所以假扮道士，向这个憨太岁把汗巾骗去。

天下事凑巧起来真凑巧，虎臣既搬到张老实家，过了两天，他便又到素臣家去告诉。不料素臣因京中五叔来信又到京中去了。虎臣纳闷非常，回家途中正遇着陆实拿了汗巾向人询问。虎臣一见这条汗巾，是妹子交给素臣做纪念的物件，如何落在道士手中？想来这事定有蹊跷，便上前假说知道，领他前去。陆实信以为真，心中大喜。谁知虎臣把他带到冷静地方，问他汗巾从何而来，陆实仗着主子势力，开口大骂。虎臣一气，竟失手把他打死，心知闯祸，立刻取了汗巾，匆匆回家，把这事告诉媳妇和妹子知道。

璇姑一听大惊失色，凝眸沉思半晌，忽然呜咽哭道："这事看来，文相公恐已被人害了。"

虎臣大惊道："妹妹这话打哪儿知道？"

璇姑道："妹子把这条汗巾交与文相公，他定必爱若珍宝，岂肯轻易给人拿去？现在汗巾既落在道士手中，文相公不是也有危险了吗？"说罢，又哭泣起来。

石氏、虎臣一听果然不错，深服姑娘心细如发，一时也急得不知如何是好。虎臣因劝慰道："妹子恐怕是多虑了吧？我到文大哥家里询问，他们回说业已进京。想来这汗巾定是文大哥遗失的，他身子绝然无恙。妹妹别伤心，为兄的即刻动身，赶进京去找他是了。"虎臣说毕，便即背了一个包袱，匆匆出门进京去了。

且说石氏姑嫂自虎臣进京，天天吃素念佛，保佑两人平安回来。

谁知等了一个多月，不特文素臣杳无信息，连虎臣也似石沉大海。石氏姑嫂真焦急得日夜不安，时常从梦中哭醒。两人因此疑窦丛生，央求张老实到庙里去求神起数。纷纷杂杂，把两人早糊涂涂地又哄过了一个多月。到后来索性不去问占卜了，纳着头镇日地你看我、我看你，如泥塑一般，出神呆想。

到了七月十五这一天，老实作享了祖先，备下一桌素饭，要请石氏姑嫂过节。老实的妻子毛妈道："我们同宅住房的人，唯有你我男女俱用，成年地没有喜事，酒杯儿也没给邻居们看见，只有他们家里，时常娶亲嫁女，养儿育女，都请我们去吃过喜酒。如今这一席虽是素菜，却也好看，刘家姑嫂因她大哥没信，终日愁闷，茶饭都是懒得吃。我的意思，要把这儿三四邻舍请来坐坐，一来还了他们的礼，二来说说笑笑，给刘家姑嫂两人散一散心，你道好吗？"

老实连连点头道："你这主意很好。"

毛妈听了就连忙到左右四邻，把这些赵大、钱二、孙三、李四的妻子强拉过来。一面又到石氏房中道："原是专为你俩人买这点子素菜，倒是我那口子说，你们终日愁闷，该请几位邻舍来陪坐，大家谈笑一会儿，散散你们的心。"

石氏、璇姑心头有事，本欲谢绝，奈她这样盛情，自然不好意思拗执，所以只得出来与众人相见。那四个邻妇里面，算钱二的妻子最有钱，李四的妻子有嘴，见了石氏姑嫂，便先开口说道："啊呀，再不晓得毛嬷嬷家里藏着两位天生的美人，怎不早给我们个信儿呀？"

石氏听了，红了脸儿道："大娘不要取笑。"

钱二嫂也笑道："真个好标致的模样儿，就是这里主子王公子家中几个姨娘姐姐，也差得远哩。"原来张老实是给人家管花园的。

李四嫂笑道："一点子也不错，真像天仙化人似的。"

石氏、璇姑胸有心事，只懒懒客气几句，毛妈遂请大家入席，一面喝酒，一面说话。正在兴头，忽见门外一个眉清目秀、扎着双丫髻的小孩子，朝着屋子里嘻嘻地只是笑。李四嫂呀的一声，直立起来道："大姐连日怎的恼着？这会子好风也吹着仙人下凡哩。这里不是我的家，说不得贵人不踏贱地，但屋子里有两个美人儿，你可瞧一瞧，怎的就不进去呢？"说着，便身子直奔出去。

石氏听说，回头也向门外一望，只见李四嫂已把一个俊美的姐儿拖进来，手中还抱着一个小哥儿。毛妈也慌忙来拉她道："真正难得下降的，请坐会儿吧。"

这时众邻妇都站起来，你一句我一句地奉承。李四嫂拖过孩子，叫声"桂哥儿，可要豆炙饼吃"。一面向石氏姑嫂介绍道："这位姐姐叫作春红，是大奶奶房里第一位得用的姐姐，柴房米房银库钱房各处的钥匙，都是她一手掌管。"

钱二嫂又接着道："这个桂哥儿是大奶奶的亲生公子，别人谁敢亲近他？只托姐姐照料。一家大大小小，里里外外谁敢不奉承大姐？我这大姐又是个好性格儿，每日欢天喜地，待我们重话也没一句儿。我这大姐且还做得一手好针线，就是里面姨娘们一个赛一个的好花绣，都比不上她哩。"

石氏、璇姑听了，只得也站起，含笑点头。春红两眼只向璇姑瞧着道："你们话说上一大套，这两位还没给我介绍哩，真个生得好模样儿。"

李四嫂忙笑道："这位是石大嫂，这位是刘姑娘，是张大娘的亲戚，暂时来住着玩儿几天的。刚才我见了，就啧啧称赞是个美人儿，石大嫂还说我取笑哩，如今连大姐也这样称赞，可见是真的了。石大嫂，你还不知道哩，就是上等画的人儿，大姐也不肯轻易说一声美。她说好时，还有个错的吗？"

春红听了，便和璇姑、石氏招呼点头。毛妈道："大家别站着，春姐姐也喝杯儿去吧。"

春红正欲回答，忽见两个小丫鬟气喘吁吁奔来道："啊呀，大姐原来在这里，真累我们好找，快些进去吧。"

春红啐她一口道："看你这个样儿，可是反了吗？兵马渡过江来也不用急得这样哩。"

那个小丫鬟揩拭着脸上唾沫道："大爷等着出门，说是大热，要换单衫袍子哩。"

春红听了，嗔道："她们都是死人，样样都缠着我，我还没和璇姑娘说句话儿哩，你可也瞧见这样好的美人儿。"

那小鬟仰着头，瞧着璇姑，竟真的看呆了，忽然又急道："好姐姐，你就等会儿再来和这位姑娘叙谈吧，大爷等得焦急得了不得呢。"春红被她催不过，只得抱着桂哥儿和众人作别，回进里面去。这里石氏和璇姑也无心多喝，匆匆用过饭，先回房去。众邻妇抿着嘴儿，向毛妈道了谢，也都欢然散开。

春红究竟是谁呢？原来张老实管的花园主子，姓王名连成，颇有才貌，性极慷慨，父亲世忠，现任兵部尚书，母亲和氏，随任在京。因家中产业甚多，所以留他在家掌管。连成不耐烦这些收租放债事情，却喜坐守家园，专门寻花问柳。正妻曹氏虽然厉害，他尚娶三个美妾。可是他还玩不够，见一个爱一个，家中所有丫鬟，没有一个不给他搭上手。丫鬟见大爷欢喜，自然曲意奉承，所以王府里没有一个清洁的人，简直变成淫乱世界。这个春红就是曹氏心腹婢子，亦是连成最宠爱的婢子，因此春红自然就大红而特红的红人了。

且说春红跨进上房，连成兀是跳脚，曹氏大奶奶道："看你急得像个什么？春红来了。"

连成回头见了春红，便忙问道："你在什么地方呀？死了不进来了？"

春红噘了嘴道："就算我死了，你叫别人去取好了。"

连成只得赔笑道："是了，我错骂了你，你快给我找吧。"

春红这才把桂哥儿交给大奶奶，偏偏慢条斯理地一面到橱边取衣，一面向大奶奶笑道："哥儿要往大街里玩去，走到张老实家门口，只见里面两个女人，生得真好模样儿，一个年纪小一些的，更是生得齐整。我心里很是爱她，所以在那里和她们搭讪了。"大奶奶瞅她一眼，意思叫她别多说。春红没理会，取出纱衣服，给连成换了，他便头也不回急急地出去了。

大奶奶埋怨春红道："你这妮子偏是个快嘴，当着你这个风流爹怎么说出这话？你不见他喜得眉飞色舞，我谅他也没什么要紧事儿，这时恐怕是到张老实家去了吧。"

春红听了，这才理会，一时也懊悔不迭道："啊呀，我真个竟忘记了。因为她这个姑娘实在生得太美，不过我瞧这姑娘虽然生得艳丽，但非常端庄，性气高傲，绝不是容易上钩的鱼儿，恐怕爷也想不到手哩。"

大奶奶道："你倒说得好风凉话儿，你大爷是个什么样身份儿？姑娘们见他生得这样风流，哪有个不爱他吗？"

春红道："奶奶放心，我总叫爷不成功是了。"

不说两人在房中商量，谁知连成这个风流公子果然被曹氏猜着，他匆匆地奔到张老实家里，见院子里果有两个女子，在拿桶向井里吊水，预备洗衣。连成惊为天人，意欲上前搭讪，谁知两人早退回房去了。原来这两人正是璇姑和石氏。连成兀是呆了一会儿，方匆匆奔回家去，劈面撞着春红，春红笑道："爷这份儿急地向我取服，怎么没出去会客吗？"连成却没回答，自管奔到二姨的房中去。

原来二姨名叫荷仙，父亲乔子财是仁和县中仵作。因和钱二嫂有亲，荷仙便时常往来，连成垂涎好久，子财知之，但暗令其女通奸，然后再潜行捕捉，因此诈了一笔大财。荷仙便嫁至府中，做了第二房姬妾，家中俱呼为二姨。生得娇小身材，心灵性巧。因大奶奶颇有醋意，拘管防闲，不许任听连成作为，她就翻转样儿，不做酽醋，却做饧糖，一心迎逢连成，替他想些诡计，奸骗外面女子，所以连成爱得像掌上明珠、爪中之肉一样。凭着大奶奶这般风力，一月之内，还是要到荷姨房中去陪她三夜五夜。荷姨见有功效，益发贴心贴意，替他划策设谋了。

这天连成到她房中，当然又要和她商量去了。荷姨见连成到来，笑脸相迎，连成就把璇姑之事告知，求她设计。

荷姨笑道："这有何难？是在你家墙门的人，怕她飞到哪儿去？只需不叫大奶奶和春红知道，包你事成便了。"

连成将她一把抱住，连吻着嘴道："我的好二姨，你快告诉我的法子吧。将来事成之后，一定重谢你。"

荷姨一面哧哧笑，一面勾着他颈儿，悄悄道："天下事有了银子，没有做不来的。只消叫张老实到一秘密所在，许他些银子，叫他做牵头，或和那女子明说，或是暗中照应，只要弄得上手，便是果然贞烈的人，也没有不顺从了。可是春红千万别让她知道。"

连成道："果然妙计，但是张老实不肯做牵头，那可怎么好呢？"

荷姨笑道："大爷怎的这样没见识？随他这样老实人，见了银子就会不老实的。你索性和他直说，做得成给他许多银子，现在先给他两锭。他若不肯，你就吓他送官究办，并连夜赶出屋子，不许他管园，叫他和妻子露天去睡觉。他漆黑的眼珠见了雪白的银子，又怕没有屋子住，又怕送官吃板子，又想着后头尚有许多银子，他还肯老实不依你吗？"连成听了这几句话，直乐得心花怒放，把个二姨发狂似的吻了一回。

谁知两人的话，都被春红躲在窗外听了去。原来春红是个伶俐女子，她见公子一心一意地奔进二姨房中，所以悄悄跟来偷听，果然被她听去秘密。她冷笑一声，暗想：果然不出我大奶奶所料。这时她亦不声张开去，只管暗暗察防，且待事情成实，就和大奶奶一同给公子一个当头棒喝，这才显我的手段厉害呢。春红打定主意，自管走开。

这里连成和二姨肉麻一会儿，就匆匆到他书房间里，喊人到花园把张老实叫来，悄悄地把荷姨所教之言，从头到尾，告诉明白，并在袖内摸出一锭雪白银子，说道："事成之后，再给九锭。"

266

老实一听这话，吓得目定口呆，半晌说不出一句话来。连成喝道："你装聋作哑，肯依则依，如不肯依，立刻押你去打板子，撵你出门了。"

　　老实这一惊，更非同小可，吃板子还不过受此痛苦，如今若要赶出屋子，那我两老不是要做叫花了吗？因此就把良心抹煞，连连答应，说回家和老婆商量，再给大爷回音。连成方才大喜道："这事成了，不特九十两银子不少你丝毫，且还要着实看顾你哩。只是明日一定要给我回音，这一锭银子只管拿去，不许推却。"

　　老实没法，只好唯唯答应，收了银子，匆匆回家，悄悄与妻子说知。毛妈天良发现，埋怨不该答应，老实道："我原不肯答应，公子说要送官，又要赶我们出屋，又要把我们去拶拶子，你这副老骨头可挡得住吗？"

　　毛妈听了，也害怕起来。这时又见老实从怀中摸出一锭银子，吃了一惊道："怎的这银子有这么大？我眼里从来也没能瞧见过，这是谁给你的？"

　　老实笑道："这是公子赏我的，事成之后，还是这样大的九锭，而且尚要另眼看顾我们，真有说不尽的好处在后头呢。"

　　毛妈见钱眼开，这就拉开了嘴儿，转愁为喜笑道："这便顾不得许多了，公子是个贵人，就是璇姑娘配他做妾，也不算辱没了她的好模样儿。那么你既得了银子，也该想个法子，究竟怎样骗她呢？"

　　夫妻两口捏紧了银子，捣鬼了一会子，总没计较。毛妈道："且藏好了银子，拿夜饭给她们吃了，和你躺在床上细细长想吧。"老实答应。于是两人忙忙地拿了夜饭，送到屋里，叫石氏姑嫂用饭。

　　石氏道："姑娘和我肚里都不受用，舅妈请便。"

　　毛妈胸有心事，也不多说，和老实胡乱吃了一口，就睡到床上，两人细细商量。老实忽然想着主意，毛妈连忙询问，老实又连说不妥不妥。毛妈想了一会儿道："我倒有个主意了。"老实方欲问时，毛妈也摇头说不对。

直到更余，老实方欢喜道："这是极妥的了，明日你就骗她姑嫂两个，进去拜见大奶奶，再不就说大奶奶叫进去，料她们不敢违拗。我自与公子说知，在二门里候着，抢到花园里成亲，你说好吗？"

　　毛妈摇头道："几日前我曾劝她们到里边去见见大奶奶，往各房走走，散散心，她们把头几乎摇落。况且里边人多口杂，白日里拖拖扯扯，闹得大奶奶知道了，那你我这两副老骨头恐怕要保不牢了呢，我如今倒真的有一条好计了。"

　　老实忙问何计，毛妈道："你便出门去了，借宿在亲眷家，我便推着害怕，要石大嫂来相伴。那时璇姑娘只有一人，就叫公子预先伏在床下，等石大嫂到我房中来，就叫公子出来向她求爱，她见公子这样风流少年，敢也肯了。"

　　老实大喜道："这真是妙计，她就是不肯，男子汉力量，璇姑也抵敌不过，只要弄上了手，生米已成熟饭，公子有的是银子，璇姑娘她跟哥哥苦了一世，也没有见过大银子，怕不情愿吗？我们这一锭银子也就稳稳拿牢了。"

　　两人说得高兴，毛妈笑起来道："可是我的主意好呢，我成日听见里边杀猪宰羊，吃得满嘴的油。我和你好的时候，过冬过年，也只买得半斤四两的猪肉，这羊肉是从来也没尝过它是什么滋味。如今有了银子，你要买一斤羊肉，蘸着葱酱，给我尝尝呢。"

　　老实笑道："这还用说的吗？我和你还是做亲时节的棉裤，总过了两年，就当掉了，至今没有傍着棉裤影儿。这事若成了，我们还得做两条蓝青布棉裤，大家受用哩。"

　　毛妈道："这更好了，将来银子多了，每日买他两块豆腐，多着些油，和你肥肥嘴儿。我和你也有四五十岁人了，又没有儿女，有了银子，若不受用，那真是个痴汉了。"

　　老实道："休说后来许多看顾，只要有了他后来九锭银子，也不愁没男女了。拼着一锭大银子，讨一个小丫头，生得一男半女，我与你就有靠了。"

毛妈正在欢天喜地，忽听此言，发急起来，骂道："你这老失时老短命，我嫁到你的家，替你烧茶煮饭，洗衣括裳，铺床扫地，春米捣粮，一日到晚，手忙脚乱，略空闲些，还帮你上两只鞋儿。这样辛苦，可曾尝着你半斤四两肉儿鱼儿？有一顿没一顿挨饥忘饿，到如今还是我出主意赚来的银子，你倒要想讨小老婆了，你叫人心痛不心痛？你这天杀的黑良心，可比那强盗的心肠还狠着三分，这我好苦啊！"

老实听她竟哭起来，急忙用手把她嘴儿扪住道："不要哭，被隔壁听见了，可不是玩的。我和你说着笑话哩，你何必信真？谁要讨小老婆，就是活乌龟，那你总可以相信我了。"毛妈哪里肯信他，只是呜咽地哭。

老实发急道："你还这样地哭，我那银子不见了。"

毛妈这才停止了哭，吓得直跳起来道："天杀的，这可不是当耍。"

两人慌忙起来，各处去摸，可是再也摸不着，这把两人真的都几乎要急得哭出声来了。

第七回

威武不屈　狂且悔过

　　毛妈见老实也脸儿变了色，以为真的没有了，急道："刚才我端夜饭时，不是你亲手藏好的吗？穷鬼终是穷鬼的命，得了一锭银子，怎么就会不见了？"

　　老实被她提醒，方才记起，立刻向灶下火种内去取了火来，从破棉絮笼子里倒出来，向毛妈一扬，笑道："别急，别急，这不是吗？"

　　毛妈立刻伸手抢来，紧紧搂在怀里，笑起来道："真把我吓掉了灵魂儿，我有一个罐子在床底下，向来有一个钱便藏在内，从没走失，如今还是放在罐子里去吧。"

　　老实皱眉道："不好不好，一两个钱不打紧，这是一大锭银子哩，怎好随随便便乱放？万一被贼子偷去了，可怎好呢？我想不如放在笼里，塞向底下去，贼就不得知道了。"

　　毛妈摇头道："也不好，贼会偷罐子，难道不会偷笼子吗？"

　　老实搔着头皮道："那么除非捏在手里，否则终是不放心，但却不得睡，这真是没法可想了。"

　　毛妈忽地笑起来道："有了有了，把些棉絮将银子裹好，揭起草席，拿一条绳子，把银子扎紧在床中间的竹片上，我和你夜夜一头睡，两个身子压住草席，就是有了贼来，也偷不去了。单只怕垫破了席子，却拿什么来过年？"

　　老实笑道："你真呆笨，如今有了银子，过起年来，还要买一条

270

布褥子受用哩。这席子就破掉了也不打紧，你又愁苦什么？"

　　毛妈听了，笑得满额角都是电车路，点头道："正是，我和你老运亨通，三月前头，那抽牌算命的婆子，要了我一条麻绵，替我抽着一张牌，原说我前世是财主人家的媳妇，守着一柜金银，将来还有好日子过，真个被她算着了哩。"夫妻俩人将银照法藏好，整整欢喜了半夜。

　　到了次日清早，张老实急急赶进二墙门来，公子已出小厅，一眼看见，连忙把他叫到密室里，连成问道："事情只得怎样？"老实遂把妻子的主意，说了一遍。

　　连成满心欢喜，叫他稍等一会儿，他便急到荷姨房中，坐在荷姨的床边，将老实的话述了一遍。荷姨沉吟良久道："这算计不妥当……"

　　连成一听，把她拥入怀里，急道："少年女子，非贪富贵，即恋才子，见了我这般风流俊俏的公子，哪有不情愿的呢？"

　　荷姨笑道："大爷有所不知，大凡美貌女子，喜的是有才有貌多情多意的人儿。大爷虽才同子建，貌比潘安，她在黑夜之中，如何知道？和她未识一面，未交一言，有什么情儿意儿呢？所以我说不妥。"

　　连成道："我和她见是曾见过的，不过彼此均未说话，而且她也不知我就是公子。黑暗之中，若要向她求欢，那简直是和强奸一样了，这有什么味儿？你想得丝毫不错，这老实真可恶，怎的说这不中用的计策来诱我？"说着，就把她身子捺在床上要走。

　　荷姨拉住笑道："大爷这样聪敏，为什么也笨起来？张老实是管园子的人，想得出什么好计策呢？你提起笔来，诗词歌赋全能，为什么不先卖弄些给她瞧瞧？"

　　连成道："那么怎样给她瞧呢？"

　　荷姨瞟他一眼道："可是又要我来给你想法子了？"

　　连成把她胸前下身一阵乱摸笑道："我的好人，夜里谢你是了。"

荷姨扭着身子，咯咯地笑，附了他耳道："你叫张老实夫妇假说屋子渗漏，请大爷去瞧，那时就好领到那女子房中，门口再预先叫几个家人堵住，使她不便出来。然后大爷低声下气地和她见礼相会，说几句知心着意的话儿，称赞她的姿容，怜惜她的穷困，流露出无限风流温顺的意态，卖弄些锦绣才华，使她芳心暗动，情兴勃发，到晚来然后贴身拥抱……这样一步一步做下去，任她铁石心肠，还有个不依你的吗？"

连成听了这话，猛可把她身子搂得紧紧的，向她颊上的肉儿最好吻下来似的，笑得一张嘴合不拢，打着哈哈道："卿真巾帼良才，好似帷帷中随何陆贾，令我心花朵朵都开了，晚上一准重谢你。"说着，便急走出房，到密室中来，和老实说了，一面又回到自己房中，换了一身华丽衣服，叫了四五名家人，吩咐了他们，竟直往老实家来。

这时璇姑方在梳洗完毕，石氏巧在厨下，连成即和老实夫妇打个照会，就步进璇姑房来。众家人只放毛妈一人跟进，就都齐站门口，把石氏隔在外面。

璇姑忽见华服少年蓦然直入，一时羞得满面通红，没做理会处，低头凝视自己脚尖。连成见她梳妆后更是艳丽，家中姨娘姐姐一个都及不来她，心中这就愈加爱煞，假意问毛妈道："这位小娘子何姓何名？向居何处？缘何到此？似乎颇有些面熟，哦，是了，想那日前来，在院子中曾见一面，大概就是了。"

毛妈道："这是我的表姑娘，姓刘名叫璇姑，向在湖边上住，有些事情，暂住在此。"

连成听了，慌忙向她深深一揖，叫道："原来是刘姑娘，不知尊驾下降，没叫拙荆前来候得，休得见怪。"

璇姑没法，只得站起还礼。正色道："屋里狭窄，男女混杂不便，请外面去坐吧。"

璇姑话还未完，忽听李四嫂一路笑进房来，说道："小媳妇在那

272

边倒脸水，看见大爷身影，吓得连忙撩掉了，两步并作一步地赶来。大姑娘你说什么话？大爷可不是外人，我们都靠着他的洪福过日子，他能进得你我的房屋里来，这便是天大的造化。你看大爷这样的相貌，皇帝也落后，将来入阁拜相、中状元，都是稳稳儿的。大爷又作得一手好文章，前日新考了案首，连明年的解元都捆在蒲包里。你心上有什么事，只要对大爷说一声儿，他便给你摆布得停当。就是姑娘的哥哥去了这么多天不回来，也只需求大爷一句，大爷马上可以吩咐了知县太守，行一角文书，任你琉球日本，跑到海外去了，也会找得转来的。"

连成见来了一个大帮手，心中大喜，笑道："这位姐姐，年纪又小，人物又好，可惜生在小家，只怕错了对头，若有人提挈，便也配得王孙公子，朝朝寒食，夜夜元宵，受用那风流美满的福气。我是个最有热肠的人，今日有缘，遇见这位姐姐，少不得要给她寻个才貌兼全的少年公子。四嫂子，你瞧像我大爷这样相貌，可也合得过来？不辱没这位姐姐吗？你代我问一点子口风，就好替她留心哩。"

李四嫂忙道："啊呀，大爷这般相貌，就是走遍天涯，恐怕也拣不出第二个。这大姑娘好不伶俐，她眼中自有分量，怕不知道吗？"

连成道："相貌固然要好，文才也是要紧的，一有了文才，便风流倜傥，不是土木偶人了。我并不敢夸口，这诗词歌赋，只要有个题目，就直滚出来。除了唐朝杜工部李太白，或者让他一筹，其余的诗人，就也不在我的眼里。"

李四嫂笑道："大爷也太客气，杜工部李太白恐怕也不及大爷呢。"

连成见她唱得好，乐得心花怒放，这就更吹得响道："虽然有了才貌，不过还要多情才好，若不知惜玉怜香，一味使着痴公子的性儿，就把那一枝好花，被狂风骤雨都打落了，那岂不可惜？我常想古来多少女子，空自生得聪敏标致，不能遇着多情的宋玉，白白地

273

凄凉愁闷，枉度青春，真是可怜极了。"

李四嫂笑道："对呀，里边的大奶奶，我们也不敢在她跟前多说多话，这几位姨娘姐儿们，哪一个不喜欢小媳妇的？只要说起大爷来，个个眉花眼笑，说大爷是第一个多情的人，大爷的诗词歌赋，外面没人不称赞，但小妇人是目不识丁的蠢货，却一些瞧不懂。大姑娘是聪敏的人，大爷有什么文章，倒可给她看看，便知大爷是个真正的才子哩。"

连成道："我的诗集文集，刻在外边人家都读烂了，拿来请教，只恐姐姐不肯相信，如今求姐姐命题，要一首就一首，要十首就十首，还是给姐姐当面考试的好。"

璇姑见两人一搭一挡地吹唱，脸儿涨得血红，却是眼观鼻、鼻对心地呆坐。李四嫂见她不语，就自动手，把桌上摆着的砚墨研起来，一面笑对璇姑道："最好请姑娘立刻就出十来个题目，大爷就一连地作它十来首诗，教小媳妇见个世面，好在人前去说几句海话儿。"

连成听了，便走至桌边，只见桌上有许多竹纸，纸上蝇头细楷，写许多题目，画出许多日轮月轮，合半规全规的弧矢弦径，切割各线。连成虽不甚懂得其中之奥妙，却也略知一二，早已急了一惊，失声道："原来姐姐如此聪敏，竟在这里推天算地哩，就是这一笔字，也写得如鲜花一般，叫人爱煞。我的家中，颇多天官之书，因没有传授未曾习学，若小妾们有姐姐这等才貌，我真不惜拜为名师，结为益友，成年成月地在闺中领略教训，还肯出门一步吗？"一面说，一面提起笔来，在一张洁白的绢纸上，写了一律桂花式的情诗。字体狂草，比十七帖还难认。

连成喜滋滋地把这首诗拿到璇姑面前，璇姑急得双泪直流，安然站起，把身子面到壁上，头也不回，耳如聋，口如哑，真是囫囵鸭蛋，无缝可钻。弄得连成伸手拿着这首诗，竟缩不回来。

李四嫂怕弄僵了，忙替连成收篷道："大姑娘年纪小，有些羞答答不好意思来接，大爷把这诗就放在桌上，停会子她自会看的。待她看过了，才赏识大爷的才华，还怕不拿着纸儿流水般地送到里面去求大爷作吗？"

连成得风便转，把诗放在桌上，轻轻地说道："我是情重的人，见了大姑娘这样可怜的人儿，我不知要怎样安慰她才好，谁知倒恼了她。好姐姐，别动气，算我的不是吧，过几天准向你赔个小心。"说着，又问毛妈道，"昨日你男人说屋子有漏，请我出来看过，好叫匠人收拾，你可指我看是哪几处。"毛妈听了，连忙东指西点地鬼混一回，连成只好怏怏回去。毛妈、李四嫂亦悄悄退出去了。

璇姑等连成一出房门，就回身把桌上那张诗笺拿过，撕得粉碎。石氏早亦奔进房来，见她要哭的神气，便说道："姑娘，真把我急死了。这公子真令人讨厌，来吹这没有眼的笛子。方才我要赶进门来，却又被他家人拦住，我又没知里面在做什么，直把我几乎急得要嚷起来，但又恐触犯了他，惹出事来。如今我们是怎样好呢？"

璇姑淌泪道："我也是这个念头，没有发作，如今只须紧防着他。万一事急，唯命一条而已。"

石氏眼皮一红道："这才是正理，我从前落在和尚庙中，也是这般主意……但是……唉，我想姑娘若没有和文相公做过亲，现在还是闺女，遇着这等势力的人，拘不过他，贪他才貌，做了他侍妾，也还不甚辱没，强如嫁了村夫俗子，辜负一世聪敏。如今当然是不消说，要从一而终，顾不得性命的了。"

璇姑哼了一声道："我现在何尝不是个闺女？只一心相许，三夜同床，虽未合欢，已如并蒂。休说文相公圣贤学问，豪杰胸襟，有才有貌，能文能武，比这恶奴相悬天壤。就是一个蠢蠢无才奇形怪状的人，我也只知一马一鞍，心无二念，任他才如子建，貌比潘安，一毫也不能动摇我心的。"

石氏听了，不觉肃然起敬，啧啧称赞道："姑娘和我性格一样，这才相配是姑嫂呢。"

说着，两人默了一会儿，忽然又道："怪不得昨夜毛妈两口子喁喁地咕噜一夜，今日公子突如其来，又吩咐家人堵住了门，买嘱李四嫂帮同引诱，可见毛妈夫妻两人已受公子贿赂，要你为妾了。我们孤身两个女子，无从逃避，只有牢守此心，以死自誓，再无别法的了。"

璇姑望着她点头道："嫂嫂之见，正与我合。我们如今也不必作楚囚之泣，也不必作杞人之忧，更不必和毛妈夫妇讨论，倒安心息意，静以待之。他早发动一日，就是我命该早尽一日，迟发动一日，就是我该迟死一日。或者天可怜，哥哥一旦忽然回来，就可高飞远走，保全身命，交还文相公了。"

两人打定主意，竟像毫没有事的人一样，在张老实夫妇跟前，并不发一言半语。老实夫妇自己虚心，当然更不敢先来兜搭。

且说连成恐事不妥，屡次着人问信，终没动静，心里又欢喜起来，暗想：人非草木，孰能无情？她一个羞怯女儿，在众人之前怎好和我调情弄意？此时不发心计，可知晚间之行，必然无虑。想到这里，乐不可支，单等晚饭用过，就叫小僮向老实讨了信息，安心等候。

这晚老实果然托故外出，毛妈必要石氏相伴。石氏抵死不肯，倒是璇姑道："不妨，我主意已定，迟早总是一般，嫂嫂就同在这儿，也不济事，倘若他叫几个家人，把你我一齐捉去，更是厉害。不如任他恶奴自来，见就这般决裂，或者息了念头，固属千万之幸。不然与他拼个死活，亦是大数难逃。"石氏听她说得这样透彻，只得含着眼泪，去与毛妈同睡。

连成在秘室中候至人静，袖着几十两银子，悄悄地走到老实家来，蹑手蹑脚地踅至璇姑房门口，用手推那房门，却并没闩上，连成心中大喜，走进室中。只见璇姑手托香腮，兀自出神，却没听见连成进来。

连成走至前面，深深一揖，温和地叫道："璇姐姐，你一个人可寂寞吗？小生特来陪伴姐姐。"

璇姑骤然瞧见他果然黑夜到此，一时把心一横，害怕的成分都被愤怒赶走，突然站起，柳眉倒竖，杏眼圆睁，喝道："你这人既然知情达理，为何毫无人格？深夜闯入人家闺房，意欲何为？"

连成扑地跪倒在地，央求道："我自见姐姐，几至废寝忘食，心中爱你，真难形容。我的好姐姐，你就答应了我吧，我绝不待亏于你，将来娶你入府，把你像鲜花样地供养，你可怜我一片痴心吧。"

璇姑急道："你再不出去，我便叫喊了。"

连成又在袖内取出银子，送到璇姑面前，叫她收受。璇姑气极，把银子接来，向窗外直抛到院子里去。连成见她富贵不能淫，心中暗想：一不做二不休，谅她一个小女子，有多大能力？因骤然扑上去，把璇姑抱住，哼道："我的亲人，我的宝贝，你再不答应，我要死了。如今迫不及待，只得放肆了。"说着，便伸手去扯璇姑裙裤。璇姑情急，就低头在他臂上狠命咬了一口，痛得连成怪叫一声，连忙放手，欲火早已减了一半。

璇姑得脱，退至壁房，意欲逃出院去，连成伸开两手，口喊"姐姐，你就咬死了我，我也爱你"，就又直扑上来。璇姑气得浑身发抖，一句话也说不出来，连忙闪过一旁，瞥见桌上放着一把皮刀，她咬紧银齿，伸手拿来，一面大喊有贼，一面早已把皮刀向他戳过去。连成到此，也觉害怕，立刻翻身就逃。璇姑抱着决死之心，非将他淫贼结果不可，这就追了出来。

正在这时，忽然大门外灯火通明，闯进许多人来，只听有女子声音喊道："请姑娘住手。"

璇姑连忙住步。连成抬头瞧去，顿时大吃一惊。你道这些人是谁？原来却是大奶奶曹氏，带着大姨三姨春红并几个大丫鬟都来了。连成见了大奶奶，好如老鼠见了猫，顿时浑身乱抖。

大奶奶怎么会知道呢？这当然是聪敏的春红暗暗打听出来的。当时璇姑瞥眼瞧见春红，心知是里面奶奶来了，因仗着胆子，提着皮刀，愈加要赶过去刺连成。春红慌忙把璇姑抱住道："璇姑娘，你千万别动手，我们奶奶来了。"

这时石氏和毛妈也都出来，见事情弄大，毛氏吓得脸无人色，一面连忙搬出两根凳子，让曹氏坐下，又忙请安。曹氏怒气冲冲，向连成大喝道："好呀，你如今色胆真比天还大了！"连成早已吓得坐倒地上，不敢作声。

曹氏又叫璇姑坐在旁边，向她细细打量，真觉是国色天香，不禁惊喜道："姑娘贞烈如此，真令人佩服，一切万望瞧在我的面上，饶他一次吧。"

璇姑犹柳眉倒竖，余怒未平道："若不瞧在奶奶脸上，我不把这个浪子杀死，替我们女界吐气，绝不甘心。"

石氏在旁瞧了，这才放心。曹氏问是谁，璇姑道："是我嫂子。"

石氏遂也上前请安。曹氏笑着点头，也叫她坐下，暗自想道:果然一对好模样儿。

这时春红又拾来一只元宝道："奶奶，这个元宝在院子角里，想是爷的物件，不知为何在此?"

璇姑一听，气着道："想你年纪轻轻，正该力求上进才是，怎的仗着几个臭钱，只想在女人那里占些便宜！你要知道，女人不是个个淫贱的，休想错了念头……"说到这里，越说越气，猛可站起，又要把皮刀去刺他。

曹氏这才明白连成是拿银子去诱惑她的，心中更加佩服，慌又扯住道："姑娘息怒，待姐姐痛责是了。"

石氏忙也把她皮刀拿去。春红却望着连成抿嘴笑。曹氏回头向连成狠狠数落道："你也算是黉门秀士，书礼中人，却专门做那种猪窃狗偷的事，一妻三妾，丫头里面收过的还有许多，难道是我不贤，惯做那河东狮吼吗?你既顶了秀才的名目，就该静坐书房，温习经史，以图上进，难道这顶头巾就够你终身了?可不辱没了祖父的脸面?又且公婆只生你一子，更该安分守己，保养精神，免得作病生

278

灾，使他两个老人家在京忧虑。就是你自己也该打算，身子关系非轻，上有父母，下有哥儿，岂止千斤重担，怎还不知爱惜，一味耗损精神？别人会献殷勤撮鬼神，你只道她是功臣，可知道暗里伤了你的阴骘，折了你的寿数，你还蒙在鼓儿中哩！"

连成听了大奶奶这篇正大光明的话，心中也有些懊悔，但二姨的代我设策，她又怎样知道呢？想来又是春红这妮子搬的是非，但也奈何不得，只好哑口无言，受她教训。

这时曹氏又把毛妈喊出，喝道："你这没心肝的人，见了银子，就会抹煞良心，陷害自己的亲戚，真是老不成材。若非瞧在璇姑娘脸上，定将你送官究办。"

吓得毛妈屁尿直流，伏在地上，叩头道："这事我一些不知，全是我这老不死的那口子主张，万望奶奶饶恕。"

曹氏喝道："还不快把那银子拿出交还，你想拿稳了吗？"毛妈两颊像血喷猪头一样红，十分痛心地只好把那锭银取出还了她，又连连叫饶。

曹氏见时近二更，因叫春红把公子扶进屋去，自己又向璇姑道谢，叫璇姑和石氏明天进里面来玩玩。璇姑见大奶奶做事豪爽，心里颇觉痛快，遂也笑着点头。曹氏便领大姨三姨众丫头和璇姑作别回去。这里毛妈把门关上，也无颜和璇姑石氏说话，就悄悄逃进房去睡了。次日老实回家，还和他狠狠闹了一场，转是璇姑和石氏把两人劝住了。

且说春红这夜把连成扶进大奶奶房中，在枕上曹氏又软软硬硬劝了半夜，连成一块顽石也就有些点头了。从此以后，曹氏只不许连成进荷姨房去。荷姨心知自己代设计谋败露，心中非常怨恨，因为不惯独守闺房，就整些细软物件，跟同府中一个壮年仆人卷逃走了。连成气得半死，曹氏倒很快活，对他说道："你若从今以后，能悔过自新，我就把春红给你收房。"连成听了，这才又满心欢喜，连连答应改过。从此春红便补了荷姨的缺。连成果然不敢再干拈花惹草、偷香窃玉的工作了。

　　且说璇姑和嫂子石氏在老实家里一住又是半月，仍不见哥哥回来，心中真焦急万状。且见老实夫妇近来口出怨言，如有嫌着两人的意思，璇姑便和嫂子商量，预备到扬州赵家庄的姨母家去住几天，省得被人惹厌。石氏也是赞成，遂和老实夫妇说知。两人也不留她们。到了次日，石氏姑嫂整理行李，动身出门而去。因这一出门，以下便又引出曲折离奇的故事来。

第八回

怜卿解厄　暗地摧梁

　　且说文素臣和景日京一路进京，在德州地界的一家客店内忽然遇见了刘虎臣，彼此惊喜交集。虎臣取出汗巾，问素臣如何遗失，当时日京大惊失色，羞惭满面。素臣却微笑问道："刘兄这汗巾是从哪儿得来？"

　　虎臣因把过去的事，细细告诉了一遍，又说道："妹子得了这汗巾，以为文兄遇害，哭得哀哀欲绝，我心中一急，所以动身就上京中来找你了，不想果然找着，这是天可怜我了。"

　　素臣听璇姑为这汗巾而痛哭，心里也颇伤感，眼皮一红，险些掉下泪来，因勉强镇静态度道："那么你出外将近半年，她们的生活怎样办呢？"

　　虎臣道："这个倒不用忧愁，她们是住在我的表舅家里，且当时身边也还有文哥给我五十两银子呢。"素臣听了，这才放下一桩心事，把汗巾拴在身怀。

　　虎臣又追问如何遗失，日京听急了，立刻抱拳打拱道："刘老兄，这事说来惭愧，我真抱歉极了。"说着，便把自己不小心，被道士骗去的话告知。

　　虎臣道："这就对了，我们相遇情形是符合的，但我不明白这个道士究竟是什么人，骗老兄汗巾有什么作用。"

　　三人猜了一会儿，却是不晓得。日京犹抱歉不停，虎臣道："这些小事，景兄何必挂齿？"

281

正说时，店小二开上饭，素臣道："不想今日遇见刘兄，心中痛快万分，非得痛饮不可。"于是又喊店小二拿酒并添杯筷，三人欢然畅饮。素臣又告诉自己经过，虎臣听他又得两妾，心中大喜，举杯相贺。三人直喝到二更，方才各自安寝。

次日饭后，素臣和虎臣说明，三人问了路径，就一路投东门外法轮寺去瞧大言牌。只见一路上男男女女，车水马龙，拥护得了不得，都是瞧大言牌的。出了东门，远远望见一座大寺。寺前一座高台，台前两根旗杆，杆上扯起黄布长旗，看看走近，见那旗上现出斗大的黑字，一边写的是"任四海狠男儿争夸大口"，一边写的是"遇一个弱女子只任低头"。日京笑道："不想是个女人，这也奇怪了哩。"

素臣道："你别瞧轻了女人。我前日在丰城，看那两个卖解女子，可真了不得，真也有胆气哩。"

虎臣因问怎么一回事，素臣把江上走索之事说一遍。虎臣道："这真可算绝技了。"

三人说时，已走近台前，只见东首台柱边，放一双朱红木斗，斗里横着一株红竹竿，竿上五色彩线穿一扇锡边着绫面竖头牌，随风招扬，下写"大言牌"三字。日京瞧了气道："吾兄若肯出场，便可先打碎此牌，过后上台比了。"

素臣笑道："天下能人岂止一个？你休说傻话。"

大家抬头瞧去，见一个大匾额，匾额上横着大红全幅彩绸，绸底下露出四个大金字，是"天下无双"。素臣笑道："这才真是大言不惭了。"

又见台柱上挂着一副板对，上写着"踢倒南山擒白虎，踏翻北海捉苍龙"，再看那台上，却是三个座头，正中一张交椅，高高地架起，在一个盘龙座上，是绣花金红纱椅披，安一个藤心缎边暗龙纹的坐垫。两旁两张交椅，一色披着白丽金椅披，也安着缎边藤垫，后面一字排开四支豹尾枪。东边斜摆一张红柜，柜上天平戥子、纸

282

墨笔砚之类，柜边一字儿摆着四张椅子，西边斜摆着一座架子，插着诸般兵器。台顶席篷密密地不露一些日光。飞角四柱俱用彩绸缠挂，里嵌着铜球铜镜，耀眼生光。下面铺着全场绒毯，簇起九凤奕花色。四面游人拥挤得水泄不通，言语嘈杂。那台的四周，远远地搭着篷帐，卖那花酒吃货。也有星卜挂招，也有走方卖药，更有撑着红伞卖糕饼的，嘴里高声喊叫："一个大钱一块！"那些卖糖果的，掂着那铜甄孩响作一片，闹得人心发嘈。

进寺看时，那山门大殿，虽然高大，却是倒败，只有几个乡里妇人在殿中拜泥佛，数木罗汉。看那募化装金的南海观音。几个晦气脸的和尚跟着要钱，并无热闹。走出寺来，对着擂台，又是一座小方台儿，也挂彩红，却是没匾对扎缚，很是平常。中间设着两个座儿，却有一张公案，围着一条朱红桌围。

三人正看得完，忽听得人声鼎沸，远远地纶旗摇曳，鼓乐喧哗。两支头号高一声低一声地吹将近来。几对枪棒过去，只见前面两个女子，骑着白兔也似的细鬃白马，后面一个道士，骑着黑虎也似的滚毛黑马。

素臣定睛细瞧，猛可记得这两人正是丰城江中所见的人。奇怪得很，这厮怎么又到这里来作怪了？再瞧那女子有六七分姿色，看那个道士，竟是黑字煞星临凡，样子非常怕人。后面喝道之声，又是一位官员过来，掌扇上写着德州副堂。不多一会儿，各都上台去，那道士便向擂台上居中高坐，两个女子列坐两边。那官员坐在小台左边，看上去约四十左右年纪。一个金黄面孔，嘴上搭着几根燕毛短须，一手拿着白纸折扇，一手撮着青纱圆领，不住地乱扇。

正在这时，只听得小台上两支头号齐齐地掌了三声，便发起擂来，擂了三通鼓，那台上的人，齐齐又发了一声喊，把台下众看客的嘈杂都怔住了，静悄悄地没有一些儿声息。只见那道士掀起胡须向台下大声扫话道："贫道兄妹三人，在四川峨眉山学道，奉峨眉真人法旨下山，普度通晓法术、精熟武艺、练习拳棍之人，同归大道。

列位看官，不可当面错过，果有英雄本领，即请上台。"道士说毕，台上人又齐齐发一声喊。

只见台下人丛中早挤出一条大汉，跳上台去，那道士立起身子，把手一摆道："请坐柜上。"那大汉便向柜内坐下。那柜上一个人敲着天平，大汉在身边就摸出四五锭小银子。那柜上人撩下天平，提出戥子，秤了一秤，在柜内取出一封银子，问了大汉，拿纸笔写了些什么，叫大汉画了押。一个走下台来，如飞到小台上连银递与州同看过，判着日子，压在公座之上。

只听那小台号起，连掌三声，许多人役齐喝一声放打，这边台上众人也齐齐发一声喊，就见那喊声里擂台上右边坐的一个女子，把身上的纱衫裙绦卸去，露出一条元色绉纱抹胸，下穿黄金纱裤，管上扎着紫抽带儿，缠着绿抽裹脚，着一双大红缎子平底凤头鞋。只见这大汉也剥去身上布衫布裤，露着黑漆也似的一身黑肉，两乳上一撮黄毛，一条黑漆生布裤儿，管上拴着蓝布带子，缠着白条裹脚，一双深青色布头班缎子鞋。

两人各立门户，走到身间，那女子两手紧护小腹，卖个上身破绽。这大汉就使乌龙探爪，去抓她杏花桃腮。那女子忽地一闪，蹲着身子，使个喜鹊登株，把一只小脚尖点，觑定那大汉肾囊，假意虚挑。这大汉忙使金鸡劈腿姿势，把右脚尽力一撩。那女子蓦然仰卧，两腿放开，使一个玉蟹舒钳势，向大汉腰胯里生生地一夹，夹得这大汉小便直淋作一堆，蹲在地下，如棉条一般，更是挣扎不动。那女子笑吟吟起身来，慢慢穿裙，这大汉苦奄奄挣下台去，台下众人看出一身臭汗，齐齐喝彩道："这女子好手段也！"

喝彩声未息，那东边早飞上一个女子，手捻一锭银子，当的一声响，望天平里掷去，把衣裙一卸，就去与那女子放对。素臣仔细一瞧，见那女子就是那丰城江中唱歌走索的一个年轻的，绿抹胸绿裤带绿裹脚绿鞋，一身全绿，宛似仙子凌波。那擂台上左边坐的一个女子就慌忙脱去衣裙，露出鹅黄绉纱抹胸，一条浅紫纱裤，元色抽带扎管，白绫裹脚，穿一双天青素缎鹅顶头衔珠鞋。

那掌柜的人平着银子，取出两大封银来喝道："快立文契！"

穿绿女子哼了一声道："打死便了，谁要偿命？立什么文契？"

那道士哈哈大笑道："来得正好，今日才遇有缘人了。"

那台上左边坐的女子便来接手。绿衣女子也就入步，重新放对。两个女子都使着含杂步儿，紧走起来，一来一往，走有一二十个回合。素臣看台上女子，只辨着招架，已渐渐地招架不迭，香汗盈盈。绿衣女子却身似蛱蝶，毫不费力地穿来穿去，灵活非常。

日京乐得笑道："这就遇着道儿了，问她还写天下无双的牌子吗？"

话还未完，只见右边坐的黑纱抹胸女子，仍把裙子脱卸，忽地也加入战圈，三个女子丁字儿站着厮打。台下众人俱愤怒起来，只碍着官府镇住，不敢哄闹，却嘈嘈杂杂地议论。

日京和虎臣早已大喊起来道："反了反了，天下有这样混账的事？"说着，都要飞身穿上去。素臣生恐闯祸，慌忙阻止。

正在这个当儿，突见台下早又飞起一个女子，撞入场中，捉对儿敌住。浑身红抹胸红裤红裹脚，红鞋红带。素臣认得是丰城江中一同唱歌走索的女子，好像是绿衣女子姐姐的一个。这时台下众人，几万道目光都盯住在台上，瞧得出神。日京、虎臣这才吐了一口气道："终究有人抱了不平的。"

素臣见她们打得热闹，在台上左穿右插，仰后迎前，骨节珊珊，星眸炯炯，金莲簇簇，玉臂纷纷。四朵桃花娇靥，红黄紫绿四色裤儿，闪闪烁烁，参参差差，如黄鹂绕柳，粉蝶拍花，燕子穿帘，蜻蜓戏水。把看的人儿眼光霍霍地都耀花了，哪里还顾得场规，不住地连珠炮也似的喝彩。那州官睁大了眼，落开了口，急切再合不拢来。素臣看那台上女子，脸红颈涨，气乏神亏，看那唱歌走索的红绿女子却是眼明手快，气旺神充，心中不觉也暗暗赞叹。

不料这时又见那道士闭着双眼，牵动嘴唇，念念有词，那唱歌两女子顿时变起脸来，摇摇欲倒的神气。素臣知是道士弄的邪术，想着预备的袖弩暗中助她一弩，除了这个妖道。偏是在未公家里被素娥洗衣服，掉在那边。但此刻若不想法救她，那红绿女子的性命定然不保。一时情急智生，也就不管一切，把肩头一摆，看的众人竟是纷纷让滚，闪落两边，分开一条路来。

素臣抢上一步把东边台柱用力一扳，只听豁喇一声雷也似的大响，如山崩石塌一般，早把柱子扳断，那台便直卸过来。台上的人连桌椅柜架等物都一齐滚落地下。只空了道士一个，挽着西北角上台柱，悬空站立台上。台下跌伤压坏的，惊喊爬滚，四边的人一齐发喊，顿时秩序大乱，如粪窖中蛆虫般地乱搅。

素臣尚欲去救那两个女子，只见已被两个后生汉子背着，如猛虎一般地打开一条血路，往西直奔而去了。素臣因忙回身，找着虎臣、日京，急急回店里去歇下。

日京把大姆指一竖，笑道："那柱子足有三四尺粗，除了老哥，恐怕再也没有人折得断哩。"

虎臣道："文兄为什么要把台柱折断呀？那两个红绿女子不是很占优势吗？"

素臣道："贤弟不知道，那道士在使那邪术害两个女子哩，若不是我把台柱拉倒，恐怕那女子的性命就有危险了。"

虎臣、日京方才恍然悟道："怪不得道士念念有词，这真不要脸的东西，可惜那两个女子现在不知怎样了。"

素臣道："不瞒二位说，你道这两个红绿女子是谁？原来就是丰城江中走索卖解的，所以才有这样身手呢。"

三人正在这样说话，忽见有人在门口一探道："造化寻着了。"

素臣忙看那人，有二十多年纪，走跳江湖的打扮。他向素臣扑地跪倒。素臣大吃一惊道："壮士贵姓？我与你素不相识，为何如此？"

那人低低说道："小人解天熊，领着妹子在江湖上走跳，前日在丰城江中蒙爷赏了两锭银子，至今犹感念不忘。今日打擂被妖道暗算，又蒙爷奋力相救，真是小人的重生父母了。"

素臣因恐传扬出去，于己不利，因谎道："打擂时，我不过在那里闲看，后来台拥倒了，我们就回来了，何曾有什么搭救之事？你莫非认错了人吗？"

天熊道："人多眼暗，看的人都认是拥倒的，唯有小人看得真切，如今妹子被妖道魔住了，小人本领又低，不敢胡乱，正在干急，忽被爷把小人推开，扳折台柱，救了妹子性命，这是小人亲眼目睹，哪里会认错呢？"

素臣连连摇头道："不是，不是，你准错认了。"虎臣、日京见素臣不认，心中好生不解，意欲代认，却又怕素臣责骂，所以站在旁边发呆。

只见天熊叩下头去，淌泪说道："爷不肯承认，真教小人没法。但小人两个妹子，被魔病危，久闻爷是个神医，要求爷去救一救，爷如再不肯承认，小人的妹子就没命了，只是辜负爷一番救拔之恩了。"

素臣听了，大吃一惊，一面把他扶起，一面急问道："你如何知道我是神医？你妹子可真魔着了吗？"

天熊道："妹子不魔，敢谎着爷吗？那日蒙爷赐赏，小人们感激，问着人都说是一位名医，医好县里老爷的病，请来看龙船的，所以知道了。"

虎臣、日京这就再也忍耐不住，忙道："既然如此，素哥抱救济世人之志，就答应了吧。"

素臣道："你叫我医病，何不早说？偏是要牵连着那倒台的事做什么呀？如今也别多说，你快领我们去吧。"

天熊听了，破涕为笑，叩谢不已，立刻领着三人到了一个小酒店中。走进一个房间，又见一个后生壮汉前来跪接。天熊道："这是哥哥天彪。"

素臣连忙扶住道："切不要客气。"

这时又从后间走出一个鬓须雪白的老者，素臣尚认得出那天江中走索时这位老者亦在小船中，我曾猜他为父子，不知究竟是谁。只见那老者向素臣深施一礼道："不知英雄到来，老朽有失远迎，罪甚罪甚！"

素臣连忙回礼不迭，问天熊是谁，天熊道："是家父解遂良。"

素臣暗想：果然不出我之所料。因也把虎臣、日京和他们介绍，遂良道："小女现昏迷不醒，万望白英雄垂怜，救治活命，真令人感恩不尽。"

原来素臣和人只说白又李，听他这样说，因叫他引入后房诊视。只见一张榻上躺着两个红绿少女，脸色灰白，口吐唾沫。素臣看了脸色，又把两人纤手握起，垫了书本，诊过了脉，便又走出外间，开了方子，却是大黄牙皂两味，注明分两，又要劈砂五钱。天虎立刻就去买来。

素臣又到里面，用笔蘸饱朱砂，在女子心窝里叠写"邪不胜正"四字，又在字的四围画一个大圈，浓浓地圈将进去，把字迹都圈没了，就是一轮赤日一般。将两味药末用绿豆冷汤送下，只听得两个女子心窝里咽的一声，须臾满腹咕咕地作响，一霎时大小便齐下，泻了一裤的尿屎，胶连着许多痰块，竟是霍然而愈。

众人俱各大喜，天彪、天熊陪素臣到外间敬烟敬茶，遂良出来亦笑谢道："如今小女是全好了，白大爷真神医也！"

素臣道："这些邪术伤人，原没有什么稀罕。"

因问老丈是哪儿人，遂良长叹一声道："老朽本为成和县知县，娶妻朱氏，生两男两女，不幸朱氏早亡，孩子俱喜武艺，因请名师教授。不料五年前老朽因不满上司，以致革职为民。老朽浮沉宦海二十余年，到末了还是两袖清风，因此流落江湖，借卖解以度生。唉，老朽回首前尘，真不胜感叹。"素臣听了，亦觉惆怅。

正在这时，那后房里便娉娉婷婷走出两个少女，遂良忙道："我儿快来叩谢白大爷救命大恩。"

两少女听了，便盈盈拜倒在地，口称"白大爷，多谢救我姐妹，此恩至死不忘"。素臣忙叫起来，不必客气。两少女就站立一旁，明眸转了转，粉红颊上浮现了浅笑。

遂良指着红衣女道："这是大小女解碧莲，今年十八岁。"又指绿衣女道，"这是二小女解翠莲，今年十六岁。"

素臣一听"解翠莲"三字，猛可想起，忙问翠莲道："你可是去行刺杭州靳直太监的侄儿子靳仁的解翠莲吗？"

碧莲、翠莲骤然听了这话，不觉花容失色，遂良和天彪、天熊亦变了脸色。翠莲忽又向素臣跪倒道："小女正是，爷如何知道？万望爷保守秘密。"

素臣连忙摇手道："这个我自然理会，你千万别这样，快些起来，不知究系为了何事？"

翠莲站起道："在爷跟前不敢说谎，可是没有刺着。事情是这样的：我们姐妹俩在西湖卖解，那靳直太监的侄子瞧着我姐妹俩的解数，他便放了五十两银子，要我姐妹两个去做妾。我们不依，他就送到县里去拶打。我的爸和哥哥因石卵不敌，就连夜逃去。我一时气愤，黑夜里就到他家，寻到一所侧楼口，见那厮和一个道士两个和尚在里面吃酒。我就在楼窗里飞剑进去，却被那道士把手里的筋子点掉。一个和尚从窗口跳出来追赶，我见事不好，就似飞般地跑掉了。"

素臣道："可惜得很，如今你可知他差有本领的人在外面要拿你吗？"

翠莲忙道："爷如何知道？"

素臣因把打死头陀，搜出伪檄之事说了一遍。虎臣跳脚道："啊呀，我也在内吗？"素臣笑着使个眼色，虎臣就也不语了。

翠莲望着爸爸哥哥道："他们既然各处访查，我们却只顾在外边卖解，将来恐怕难免要着了他们道儿，这可怎么好？"

天熊叹道："若不卖解，拿什么盘缠？今日又白折了十两银子，两件衣裙。"

遂良自语道："你姐姐已配张家，我倒可以把她送去，只是你如何好？只要莲儿有了安身处，我和你两个哥哥什么地方不好去混饭吃？唉，可怜的孩子，随了爸爸不觉已苦了五个年头了。"翠莲和碧莲都含羞低头，默然无语。素臣瞧着，也觉可怜。

遂良忽然站起，向素臣打躬道："白爷在上，老朽冒昧，求白爷一事，万望允诺。"

素臣一怔道："解老丈说得太客气，你有什么事儿相商，不妨说了出来。我如能办得到，绝不会不肯帮助的。"

遂良大喜，说道："自丰城江中得了白爷的赏银，心中感激，无时不在想念。今又把小女救起，这真再生父母。二小女虽然生得丑陋，却还聪敏伶俐，鄙意欲请白爷收作婢子，终身服侍白爷，一来报了白爷救命大恩，二来使小女有了归宿，不致于抛头露脸再在街上卖解，给他们缉拿。这事求白爷答应了，老朽没齿不忘。"

翠莲听爸爸说出这话，羞得红云满颊，她那秋水盈盈的明眸，滴溜圆地向素臣含情脉脉地一瞟，拉着她姐姐逃到后房间去了。日京、虎臣听了，心里倒代为欢喜，正欲劝素臣答应，不料素臣却站起谢绝道："老丈美意，敢不遵命？奈我是有妇之夫，恐有屈令爱。况见死而救，乃人类应有之义务，若因此而望报，这还能算一个人吗？请老丈原谅，此事万万不能允许。令郎刚才说缺乏盘缠，鄙人倒可以帮一些忙。"说着，把鸾吹给他一百两银子，取出五十两来道："区区之数，不必客气，咱们后会有期。"说完这话，便立刻和虎臣、日京回身走出。谁知天熊、天彪两人抢步上前，对着素臣双双跪了下来。

第九回

神女生涯　野禅结果

素臣正欲跨步走出，忽然被天熊、天彪跪着拦住，倒是一怔道："两位请起，何必如此？"

天彪道："恩爷既然不愿，也不用急急就走。"

素臣道："我并非为了这事而走，实在我们还得干正经去。"

天熊道："恩爷既救我妹子性命，又慷慨赠银，小人们无论是猪狗心肠，岂有无动于衷吗？恩爷千万不可立刻就走。"

素臣急道："我不走是了，你们快站起来吧。"天彪、天熊方才站起。

遂良望着素臣几乎要感激得淌下泪来，说道："刚才爷说出真姓名叫文素臣，不也是檄文中要捉拿的一个吗？那么京中也不是爷久留之地，还是快回江南，老朽挈带子女，即日回家，把爷立个长生位，终日供拜，天下像爷这样好人，实在再也找不出第二个了。"

素臣道："多蒙老丈忠言劝告，我实非常感激，我们若有缘的，日后自有再见面的日子，再见了。"说着，便又和遂良等匆匆作别，果然动身预备回家去了。

且说遂良待素臣走后，不觉长叹一声。这时翠莲和碧莲在后房早听得清楚，见爸爸叹气，就走出来劝道："爸爸何必伤心？女儿只愿终身服侍爸爸百年后，能得一庵修道，以终此身，已是心满意足了。"说到这里，不觉凄然落下泪来。

碧莲见妹妹这样说，气道："妹妹如何说出这样消极话来？爸爸之所以要文爷收留，是叫妹妹报他的恩，文爷现在既然拒绝，妹妹自可另嫁他人，为什么要遁入空门呢？这不是文爷救了你，反变成害了你吗？"翠莲默然不语，当夜匆匆用毕了饭，一宿无话。

次日遂良预备回南，父子兄妹五个下了船。这日船到闸口歇下，碧莲见翠莲闷闷不乐，遂携她上岸去散心。两人到了岸上，只见前面江边泊着四只官船，打着靳太监的旗号。翠莲是惊弓之鸟，心中暗吃一惊，悄悄说道："姐姐，岸上耳目众多，有许多不合，我们还是回到船里去吧，省得生出事来，我一个人不打紧，倒累爸爸哥哥姐姐也受苦，心中怎能安呢？"

碧莲道："妹妹这话不错，但我得打听一下，这奸贼不知又要做什么？这儿停了四只官船呢。"

说着，适有一个童子走来。碧莲因问道："哥儿，这四只官船是打哪儿去的？里面乘的是谁呀？"

那童子望了两人一眼，嘻嘻笑道："两位姐姐胆子不小，怎的还敢在街上走吗？这船是由江南一路进京，里面都是标标致致的姑娘。靳公公特地觅来去给东宫太子玩的。像你们这样美丽女子，倘被他们瞧见，一定也要捉进京去哩。"

碧莲姐妹听了，都吓了一跳，明知靳直要谋反，故而先用美人计来蛊惑东宫，两人慌忙退回船里。

晚上，碧莲姐妹心里闷得慌，遂坐一小船，到江心去划着玩。两人抬头，只见碧天如洗，万里无云，一轮皓月，放发出无限清华，映着动荡的江水，水面起了鱼鳞点点的银色光芒。夜风吹来，遍体凉爽。翠莲悄悄道："姐姐，我们何不划近大船边去望望，看有多少美貌女子在舱中。"碧莲点头说好，两人遂划动木桨，轻轻划到第二只官船旁边。

只见舱里灯光很明，看进去比较特别清楚，果然有许多妇女，都生得柳眉杏眼，芙蓉其颊，杨柳其腰，靠近这边纱窗旁坐着两个女子，更是出色。一个小的愈艳丽无比，实可称得倾国倾城。但她脸上并无笑意，蛾眉紧锁，一排雪白的银齿微咬着殷红嘴唇，忽然回过头来，对天长叹一声，自语着道："我的素臣哥哥呀，你到底在哪里啊？天空中月儿是圆了，难道我们两人就没团圆的一天了吗？"

翠莲猛可听了这个叹声，虽然她是说得很轻，但因为夜里静寂的关系，所以倒也颇觉清晰，顿时芳心一动，对碧莲叫道："姐姐，你可听见这个女子的话吗？"

碧莲回头道："怎的没听见？这女子到底是谁呢？"

翠莲凝眸道："莫非就是文素臣的夫人吗？"

碧莲道："这也说不定。不过既是文爷的夫人，为什么却也被他们搜罗去了呢？"

翠莲道："你知道现在是个什么世界？他和你讲什么公理？只要你生得美貌，他需要用得着你，他便有武力可以把你捉了去，你敢犟得一句嘴吗？"

碧莲叹道："现在真成个黑暗世界了。"

翠莲道："妹妹的意思，我们既受了文爷的大恩，正无从报答，如今倒要把这个女子问个明白。倘若真的是文爷夫人，我们应该要设法把她救出来才是，这样我们方对得住自己的良心，不知姐姐以为怎样？"

碧莲道："妹妹的意思和我正巧相合，今夜已晚，不便行事，我们回去且告诉了爸爸，再作道理。"

于是两人回到船里，把这事悄悄告诉了遂良。遂良欢喜道："我儿能知恩报恩，这样才对，这船明日一早就要开的，那么我们明日就上岸去住客店吧，早晚可以行事。"大家商量停妥，方才各自安息。

诸位，你道官船里那两个女子，果然是璇姑和石氏吗？却是一些儿不错。两人怎么会被搜罗在内呢？原来石氏姑嫂搬出了张老实的家里，匆匆地到埠头落船，预备到姨母家去住几天。不料在船里遇着一个婆子，四十上下年纪，问起石氏到哪里去，石氏道："到扬州赵家庄去。"

那婆子笑道："这真巧极了，我也是到赵家庄去的，这样路上彼此都有了照应。"石氏姑嫂听了，只道路上有了伴儿，谁知这婆子就是扬州蕊香院里的老鸨呢。

船到扬州，老鸨开了舱门，扶着两人上岸。石氏因久未到来，路径有些模糊，老鸨道："我代两位雇轿吧。"石氏还连连道谢。

三人坐了三顶轿子，约莫有一个时辰，轿子停下，三人出来。石氏、璇姑见地方不像，因忙问道："这儿不是赵家庄呀！"

老鸨笑道："这儿是我的家，两位请先到我家去坐一会儿怎样？赵家庄离这儿不过三五里路程，回头我送你去好了。"

璇姑道："一路上已多承照料，如今又怎好意思来吵扰？"

老鸨道："刘小姐，别客气，我们都是自己人一样，坐坐也只不过喝口淡茶罢了。"说着，便伸手敲门。

只见门开处，就有许多粉头出来迎接。石氏和璇姑心里一怔，意欲停步，却见老鸨向众人使个眼色，那些粉头这就一哄上前，拉的拉、推的推，把两人拥到屋里，关上大门。

那老鸨坐了中堂，众粉头铺下红毡，叫石氏姑嫂两人行礼。璇姑、石氏方知受骗，一时又急又气，满腔怨愤，都发泄出来，大骂无休，痛哭不止。

老鸨冷笑一声道："你们若好好听从娘的话，娘绝不待亏你们。倘然倔强不听，哼，休怪老娘不客气了。"

璇姑听了这话，气得柳眉倒竖，凤目圆睁，娇声大喝道："反了反了，在青天白日之下，汝这恶妇胆敢拐骗良家妇女，这真目无皇法，一旦向官府告发，一叫汝前去吃搁子，也不知皇法的厉害呢！"

老鸨听了，不觉勃然大怒，立刻吩咐剥脱衣裙，拿过马鞭，亲自动手，就狠狠抽了四五十下，骂道："不先给你个下马威儿，你拿老娘当着什么人哩！"

可怜璇姑、石氏粉嫩的肉儿，怎禁得住她这样狂抽？顿时雪白

294

的肌肤上显出一条红一条青的颜色来。两人起先还会哭喊，直到后来，竟是晕厥过去。老鸨就命仆妇把两人关入房中，用水喷醒。璇姑、石氏呜咽不止，仆妇劝了一会儿，老鸨怕两人寻死，叫老妈子监视。

晚上开上饭来，璇姑、石氏哪里要吃，预备一死完事，因此第二天就恹恹病了起来。老鸨急欲令她们接客，所以只好延医诊治，都说病势危险，老鸨心中着急，暗想：我以为骗进两只活元宝，不要反而赔两口棺材钱吗？这也真叫作大触霉头了。

谁知两人卧病在床，竟拖延了两个多月，直到重阳节后方才略有起色。老鸨又令粉头百般哄劝，璇姑、石氏总不发一言，抵死不从。老鸨意欲再拷打起来，但又怕再拷出病来，还要花医药费，一时也弄得没了法儿。

这夜她跪在两人面前苦苦哀求道："两位好小姐、好奶奶，两月来我给你也花去了二三十两的银子，却没有替我挣一个钱，你也可怜我吧。只要你能答应我接客，怕我还不把你当作老祖宗一样看待吗？"

璇姑、石氏听了，都哭着道："我们全是好人家女儿，岂肯做此不知廉耻的丑事？这个念头，你千万打消了，我们是存心一死了事。你若怕赔棺材钱，放出良心来，那么就请你把我们姑嫂两人放了吧。"

老鸨见两人心如铁石，至此真束手无策。把她们放了吧，心中又不舍得被花去的二三十两银子；若养在家里，既不肯接客，那倒不如去养两只狗儿猫儿好吗？狗儿也会看门，猫儿也会捉耗子，叫两人去做些什么呢？因此踌躇不决着又过了四五天。

这日乌龟进来，向老鸨悄悄告诉道："你不用焦急，我得了一个消息，京中放下几只官船，是来寻觅美人，愿出重金收买。这两个女子既然不肯接客，何不卖了出去？也好得一票横财。"

老鸨正在没法，一听这话，心中大喜，就立刻叫他去办，乌龟答应自去。直到午后，方喜滋滋地回来道："已经接洽停妥，两个人三百两银子，明天把两人骗出去是了。"

老鸨听了，乐得心花怒放，当夜就对璇姑、石氏道："我见你们两人也很可怜，既然不肯接客，住在这里无益，明天就给你们回赵家庄去吧。"

两人一听，便叩谢不已道："娘肯放我们回去，这真使我们感激不尽了。"

到了次日，老鸨就雇了两乘轿，叫璇姑、石氏上轿，抬到官船码头。当由小太监接着，一见两人，果真是天香国色，心中大喜，一面打发了银子，一面叫璇姑、石氏两人到舱内梳洗。姑嫂两人真弄得丈二和尚摸不着头脑，后来问了同舱中别的女子，方才明白自己又中了老鸨的圈套。但两人既抱了决死之心，明知啼哭无用，因此也就坦然。

且说翠莲姐妹既和父兄商量停妥，到了次日，便进城落了宿店。天熊、天彪去办了鱼篮等物，买只小船，放在船中。翠莲道："今天我和姐姐先去探听个确实，哥哥可以不必同行。人多了反累手脚。"碧莲称是。于是两人便下小船，把船划了上来，望着绣凤白旗的官船慢慢地划过去。

将近中舱，碧莲便伸起挽钩，轻轻挽住，翠莲便拿着鱼篮，安着两尾大金色鲤鱼，飞身跳上大船，蹲在船沿上，一手推开纱窗，把头探进窗去，喊了一声卖鱼。那船上各人一来因是女人，二者年纪甚小，三者姿容秀丽，哪里肯撵她开去，都出神地呆看着两人，由她去买卖。

翠莲口中虽喊着卖鱼，但她那双滴溜乌圆的眸珠早已灵活地向舱中众女人打量个仔细。只见昨夜所见的那两个女人，今天却坐在对过，正和自己打个照面。这就紧紧睃她一眼，好像是专和她说话似的喊道："这河上都是山东人卖死鱼的，我是吴江人，养的好鱼，若是吃过吴江鲜鱼，尝着滋味，不要当面错过了。"

原来这个女子正是璇姑，一听吴江两字已是触心，又听她说不要当面错过，心中更觉奇怪。且又见她只用眼儿频频向自己示意，莫非这个美丽姑娘是文郎叫她来的吗？想文郎半年多不见，哥哥说他进京，或许他如今正在这儿左右，打探我在船上，所以叫那姑娘来送信吗？若果如此，那我和嫂子就有生望了。璇姑眸珠一动，这就有了主意，便直站起身子，急急走近窗边说道："我是最喜欢活鱼的，你果然是吴江人吗？"

　　翠莲一听话中有了回音，心中暗喜，想果然是个聪敏女子，因笑答道："这鱼全靠吴江水生养着它哩，奶奶不信可以瞧的，那鱼还兀是跳着哩。"

　　璇姑听了，益发信是素臣所使，顿时喜形于色，假作看鱼的死活，一手提那鱼，一面把头低着，却直侧过翠莲的胸前来。翠莲就凑到璇姑耳旁，轻声问道："奶奶可是文素臣的夫人？"

　　璇姑听她说出"文素臣"三字，那是千真万确，这就管不得许多，连连点头。翠莲忙又道："文爷我认识他，特地来救你。晚上人静开了这窗，我有要紧话和你说哩。"璇姑忙又点头。

　　这时那些女人，也都拥到窗前，有的和翠莲搭讪问话，有的伸手看鱼。璇姑道："这鱼我甚喜欢，你要多少钱？到舱上去问管事的支取，若有好鱼，再送几尾来，你就去吧。不要耽搁你，误了你的正事。"

　　翠莲也见人多碍眼，忙说道："这尾鱼要八十文老钱，谁领我去支吧？"璇姑因叫一个使女领翠莲到船上来支钱。

　　那管事的是个中年太监，性极风骚，见翠莲在船舱口，不便来调戏，推着要买鱼，已跳下小船去和碧莲勾搭。碧莲怕决散了事，凭他涎着脸儿说些风流，却只是望着他眯眯笑，不作一声。这太监喜得遍体软麻，正欲再进一步摸她手，忽被使女要讨鱼钱，打断兴头，好生不快。却又看着翠莲年纪更小，心里方又喜欢，连连答应，如飞般地跳上大船，骗翠莲到艄去给钱。收了活鱼，一面向腰间摸出铜钱，两只眼睛钉在翠莲脸上，手里把那铜钱颠来倒去，哪里数得清。

翠莲催促道："公公，快些儿吧。"

太监笑起来道："好性急的孩子。"因胡乱数了八十文钱，交给翠莲，悄悄把翠莲手心搔了一下。

翠莲发急道："你这人怎么是这样缠账？咱是好人家女儿，你休认错了人。"

那太监这才放手，让开了路，笑道："你有好鱼，只管拿来，咱多给你钱好了，你急什么？咱与你是一般样的人，怕我给你吞吃了不成？"

翠莲也不回言，急走出艄，如飞下船，把这事告诉了碧莲，两个便喜喜欢欢地回去了。

碧莲姐妹匆匆走进客店，不料在门框子里正走出一人，翠莲性急，两人竟撞了一个满怀。翠莲慌忙停步瞧时，不觉羞得红晕了满颊，芳心顿时又惊又喜，反而呆呆地说不出一句话来。

你道这个人是谁？原来就是文素臣。文素臣怎么也到这个客店来呢？他自和虎臣、日京和遂良等分别后，就回到宿店，算清房饭金，便和三人匆匆就道回南。这天到济宁州地方，时已黄昏将近。三人见前面一座山岭，颇觉险恶，虎臣道："天色已夜，不便前进，还是找个宿店再说。"

日京指着那边树梢蓬中道："这边露着一角黄墙，想来定是庙寺，我们何不前去借宿一宵？"

素臣点头称是，三人紧赶几步。就见一座寺院，很是庞大。素臣见是"天道寺"三个大金字，因上前叩门。就有个小沙弥出来问道："客官可是烧香？天已黑夜，明日早来吧。"

素臣摇头道："不是烧香，我等三人乃是路过客商，请小师父进内通报一声，可否暂宿一宵？"

小沙弥把三人打量一会儿，点头道："那么请进内来。"说着，便匆匆奔了进去。

素臣三人早已踱进大殿，只见禅室里走出一个大和尚，向素臣合十。素臣忙亦还礼，问方丈法号，和尚道："小僧法号了尘，敢问大爷尊姓大名？"

素臣道："小生姓白名又李，这两位都是我的好友，多承大师父允许借宿，感激得很。"了尘客气一会儿，吩咐小沙弥陪三人到客房里去。

素臣待小沙弥走后，便悄向两人道："我瞧这了尘生得油头紫面，暴眼赤腮，绝非善良之辈，今夜可要防着些。"

日京道："果然，小弟见他贼眼溜溜，好像很注意我们的神气，恐怕今夜还有一场厮杀哩。"

于是三人不敢睡觉，各执宝剑，等待动静。约在三更时分，忽听远处有阵女子谑笑声传入耳鼓，素臣好生奇怪，便悄悄开门出来，循声而往。只见西首那边一座房屋，里面灯光通明。素臣叫日京、虎臣两人且停步大殿前的院子里，自己蹑手蹑脚地走近屋边，纵身跳上屋顶，毫无一些声息。

素臣做个燕子入巢之势，两脚翻钩屋檐，从窗缝中望将进去，顿时不觉面红耳赤，悄悄骂声淫贼可杀。原来里面摆着一席酒，桌上山珍海味，十分丰盛，一个和尚正是刚才见面的了尘，他袒胸露臂的怀中搂一裸体女子，你喝一口酒，她喝一口酒，各人用嘴凑合着传递。那女子亦有六七分姿色，颇觉面熟，却记不起是哪里见过。

正在这时，素臣又听得一阵淫声谑浪的哼声，这就见了尘回过头去笑道："萧道兄，你们别乐得这样厉害呀，回头还要去杀这三个小子哩。"

素臣跟着了尘回眸看去，不觉勃然大怒，原来西边一张炕榻上，还躺着一对精赤的男女，女的全身像一只白羊，男的却是全身像只黑猪，正在腾云驾雾地打着架。素臣仔细一瞧，猛可想起，原来这黑脸汉子和那两个女子就是打擂台的道士兄妹，既然兄妹，怎的可

299

以如此模样？这真比禽兽都不如了。

诸位，你道这到底是怎么一回事？原来这道士姓萧名玄空，那两个女人，大的叫朱爱英，小的叫杨美英，都是人家孤孀，被玄空骗来，教授了几路拳法，白天里算兄妹，夜里就成了夫妻。都是靳直的心腹人物，出外访查文素臣、解翠莲、刘虎臣等一班人的。这天在德州摆设擂台也是为了这个缘故。所以他见翠莲上台，便说是有缘的人来了。谁知正欲施用邪术伤害她性命，忽然台柱倒了，当时他着官府派兵各处搜查，奈素臣、翠莲早已离开德州了。玄空见搜查不着，遂带爱英、美英回南而来。路过天道寺，因里面了尘和尚是他知己好友，所以进内拜访。了尘见玄空带着两个美貌女子，心中乐得大喜，立刻殷殷招待，住了几天。两人因为知己，且这两个女人又不是玄空真的妻子，所以很慷慨分一个给了尘受用，因此两人日夜饮酒作乐。今日素臣等前来借宿，了尘告诉玄空，玄空猜他就是文素臣，所以定三更后前去行刺，不料早被素臣察破。

且说素臣心头怒火高燃，立刻飞身跃下，和虎臣、日京说知。两人一听，大怒道："淫贼如此可恶，此时不结果他们，更待何时？"说着，便在地上拾起一块石头，抛入窗中。只听里面大叫有刺客，三人早已破窗而入。只见了尘和玄空已披衣跳起，虎臣、日京抢步上前，手起剑落，美英、爱英正在乐得销魂之间，骤然受此一惊，急欲逃避，哪里来得及？只见鲜血飞溅处，两人的身子早已被虎臣、日京一剑挥成两段了。了尘、玄空见心爱的人儿被杀，这一气不觉暴跳如雷，一个手执宝剑，一个手执禅杖，狠命击来。

素臣等三人见房内地位小，施展不开，就飞身跳出院子，玄空、了尘亦追着出来，五个人就在院子中大战起来。这时寺中警钟大敲，四面涌出百余个小和尚，个个手执亮闪闪戒刀，围杀过来。三人哪里放在心上，剑光起处，只见人头滚滚落地。但是人儿越杀越多，把三人围得水泄不通。正在危急之间，忽然从天空飞进三条好汉，簌簌飞射过来三支银镖，对准了尘、玄空面门射去。了尘、玄空哪里防得到，只听大叫一声，两人都早翻身跌倒。小和尚见师父倒地，都大吃一惊，四散奔逃。素臣一剑劈下，了尘的腹部划破，肚肠流出而死。玄空尚欲挣扎站起，却被虎臣狠命一脚，玄空竟被跌出数丈以外，脑袋撞在石柱上，头破血流而死。

这时三人便放一棒火，那天道寺就燃烧起来。素臣回身连忙向飞进三位好汉叩谢救命之恩，彼此一见，都啊呀起来。原来这三人，一个是闻人杰，一个是叶豪，一个是奚奇。大家各道别后情形，叶豪道："我们久知天道寺乃是淫恶之地，所以前来剿灭，不料却遇文兄，真是大幸。"

六个人既把天道寺烧了，奚奇等便握别而去。这时天已大明，素臣等三人遂到客店暂住。听说靳直官船停在闸口，便和虎臣、日京出城去看，同时预备雇船回南。不料才出门口，即与翠莲撞个满怀。翠莲固然觉难为情，素臣却也颇觉不好意思，两人这就怔怔地呆住了。

第十回

欢承四美　乐叙天伦

　　且说翠莲见自己竟会和素臣撞了一下，这真是意想不到的事，一时羞得两颊通红。素臣想起自己拒绝纳妾的事情，如今和她见了面，倒也觉有些儿不好意思。还是日京指着道："姨姨，我们又遇见了。"

　　翠莲被他这样一说，不禁嫣然露齿一笑，无限娇媚地道："真的，和三位爷又遇到了。文爷，我们正有件事儿欲找你，如今是好了。"

　　素臣暗吃一惊，忙道："有什么事情？"

　　碧莲道："请文爷和二位爷到我们爸的房中去细谈吧。"于是五人到了房中，又和遂良父子相见，彼此各道别后情形。

　　遂良道："小女昨夜游江，听官船上有个女子暗自独叹，话中有带文爷的名儿，当时小女肯定那女子定是文爷的夫人，意欲把她救出，所以又留住在客店。刚才两人去探听，不知可真的吗？"

　　素臣吃了一惊，什么话？难道我发妻慧娟妹被搜罗在内了吗？因急问翠莲是怎等模样的一个女子。翠莲道："是个瓜子脸儿，眉淡而细长，眼珠乌圆，鼻梁挺直，嘴小齿白，约莫十六七岁年纪……"

　　虎臣听到这里，嚷起来道："啊呀，如此说来，竟是我的妹子了，不知可有我的媳妇在内吗？"

　　素臣暗想：只有十六七岁年纪，那准是璇姑了。因忙道："两位今天去探听，可有问她姓名吗？"

翠莲秋波盈盈瞟他一眼道："刚才我和姐姐扮了卖鱼的人到船上去，悄问那女子可是文爷的夫人，她点了点头，我说晚上夜静，再和她细谈，她也答应。她身旁常有个妇人模样的女子坐着，可是却没知道究竟是不是刘爷的夫人。"

素臣、虎臣一听这话，竟是一些儿不错，都道："想来是了。但她们好好儿地住在亲戚家里，怎么会被他们搜罗去呢？"

翠莲道："两位爷放心，今天夜里终叫你们见到夫人是了。"

素臣、虎臣俱各站起，向翠莲姐妹深深一揖道："如此真感激不尽了。"

慌得翠莲、碧莲还礼不迭道："恩爷说哪儿话来？咱姐妹俩受恩爷再生大恩，虽赴汤蹈火，万死不辞。今恩爷如此说话，叫咱姐妹何颜见人呢？"

遂良亦道："这话正是，文爷千万别客气。"

天彪道："大凡无论何事，都是一个巧字，我们怎能料到在此又会和文爷相遇？咱心中很是痛快，大家痛饮几杯如何？"

日京拍手赞成道："彪兄这话对了，我们预祝两位姑娘今夜前去，必然事成。"

于是天熊吩咐小二拿酒拿菜。翠莲、碧莲不好意思入席，就退到后房里去。天熊叫道："妹妹别走，这儿三位爷都不是外人，不妨同席来喝几杯。"

翠莲回头过来，却只管哧哧地笑，碧莲拉着她手笑道："妹妹，哥哥既然这样说，我们就不必避嫌疑了。"于是大家入席，天熊、天彪握壶，给各人斟酒。

酒过三巡，素臣见翠莲两颊愈加娇艳，眼皮低垂，默默无语，宛如一盆海棠，但脸上却含有无限怨抑的样子。素臣想起前事，心中也起了一阵莫名的惆怅。一会儿翠莲和碧莲站起道："三位爷多喝杯儿，咱们失陪。"

日京喊道："忙什么，再喝一杯儿吧。"

翠莲道："喝醉了，怕晚上误了二位爷的事，我们也得去收拾一下。"说着，又向素臣露齿嫣然一笑，便和姐姐同到后房去。素臣、虎臣心中非常感激，尤其素臣更觉有阵说不出的滋味。

夜里，客船俱已停泊，翠莲姐妹悄悄划到官船旁边，见舱口果然等着一个少女。两人大喜，立刻轻轻跳上，璇姑接着，亦喜不自胜，急问道："大姐，文郎现在何处？他如何请你来的？如今怎样去法？"

翠莲正欲告诉，忽然舱中又走出一美妇人来，吃了一惊，倒退数步。璇姑道："大姐别害怕，这是我嫂子石氏。"

翠莲一听，忙问道："大嫂的相公，可不是叫刘虎臣吗？"

璇姑惊喜道："正是，这是我的哥哥，大姐何由知道？"

翠莲欢喜道："文爷刘爷都在城里客店，我背负着你们下船去是了。"

石氏因为已受了一次的骗，吃了许多苦，今见翠莲突如其来，心中好生疑讶，因对璇姑附耳低说一阵。璇姑凝眸沉思道："嫂子这话正是。"因回头对翠莲柔声道，"大姐冒险前来相救，我们姑嫂自然非常感激，但我们到底是初见，不晓得文郎可有信物给你带来？"

翠莲听了一怔道："这个……文爷倒没有给我带来，但是奶奶只管放心，咱们姐妹俩绝不是歹人。"

璇姑道："我们姑嫂前曾受骗坠入火坑，受尽了千辛万苦，如今又被献上京去，咱们虽自誓必死，心里还想着靳直是个宦官，就到他家，还不妨事。倘若造化，东宫看不中意，或问知我们已有丈夫，放将出来。文郎的年家故旧颇多，可以设法赎身。若落奸人之局，今日性命，便不可保。这个大姐请你原谅，并非我们不相信，实在我们乃是惊弓之鸟，吓怕了。"

翠莲虽觉这话有理，但我们原不是骗子，因急道："奶奶这话虽是，但我实在是真正文爷托我前来。事情颇急，快别胡猜疑了。"

璇姑道："你明天拿文爷信物来是了，反正这船还要停泊一天，后天才开呢。"

翠莲道："这不是容易的事，往返多么不便，今夜我们就走吧，回头终给你立刻瞧到文郎是了。"说到这里，忍不住瞟她一眼笑了。

璇姑原不知她还是一片天真孩气，心中这就愈加疑惑，说道："你若有信物，明天带来，我们就跟你下船，否则宁愿死在京中的。"

翠莲见她说得这样决裂，暗暗焦急，连连催劝，璇姑、石氏更加不放心了，因道："你若强逼我下船，我就喊起来，不要怪我薄情。"

翠莲没法，只得叮嘱道："那么明夜里仍旧等着，千万别忘记。"璇姑连声道谢，翠莲快快而回。

姐妹两人急急到客店，把这事告诉素臣。素臣一面连道辛苦，一面暗叹璇姑有见识、有志节，因把怀中那条春风晓日图汗巾取出，交与翠莲道："这就是信物了。"翠莲接过藏好，大家回房安寝。

直到第二天夜里，翠莲姐妹俩又坐船前去，见璇姑仍旧在那里候着，翠莲把汗巾向她一扬道："奶奶，现在可相信了吗？"

璇姑接过一看，奇怪道："这东西在我哥哥身边，现在怎的又在文郎处了呢？"

翠莲急道："你哥哥也在一块儿，我的好奶奶，你再不相信，我要急得跳江哩！你瞧我也只不过十六岁的女孩儿家，难道有什么恶心计来骗奶奶吗？"

璇姑、石氏听她这样说，几乎感激得要淌下泪来，说道："多谢大姐这样热心，此恩此德，没齿不忘。昨夜有冒犯之处，千万恕我，这时不便叩谢，到船上再拜恩吧。"翠莲一听，也不回答，伸手向碧莲一招。碧莲知事已成功，就飞身跳上，两人各负一人，跳下小船，鬼不知神不觉地就脱离了这只官船。

碧莲摇动木桨，只听轻微水花飞溅之声，瑟瑟作响，那小船身子，早已似箭般地飞向前进了。璇姑欲向两人拜谢，翠莲急把她扶住道："奶奶不要客气，这儿船小，别掉下水去，那可不是玩的。"

璇姑、石氏只得做罢，因问两人姓名，如何和文郎相识。翠莲笑道："我们是姐妹两个，我名叫解翠莲，姐姐解碧莲，这次在德州打擂台，被妖道魔住，幸遇文爷得救，才得活命。后来又蒙文爷赠银，此恩此德，亦是终身不忘。天下事有凑巧，我们跟爸和哥哥回南，那夜听奶奶叹声，里面带文爷姓名，故而冒险相救，以报文爷救命大恩。谁知昨天在这里又和文爷、刘爷、景爷相遇，奶奶，你想这事可巧吗？"璇姑、石氏一听夫婿果然有了下落，心里这一喜欢，真乐得不知如何是好，掀着嘴儿只是哧哧地笑。

　　翠莲笑道："奶奶，现在不用再疑心了。"璇姑听她声声口口地叫奶奶，不觉红了脸儿，就老实把自己地位说给她知道，并说以后不要称呼奶奶。翠莲姐妹这才知道璇姑乃是素臣爱妾，顿时触动心事，不觉凄然。

　　碧莲因道："承姐姐实告，愚妹亦倾心相吐。"说着，遂将爸爸意思，欲把妹妹给文爷做妾，以报大恩，不料文爷正直君子，谓救人乃人类应尽义务，拒而不收的话告知。璇姑听了，方知素臣真是个顶天立地的英雄，心中暗喜。回眸瞧那翠莲，却是垂首默然，大有盈盈泪下模样。清晖的月光，从碧蓝天空中照射在她的粉颊上，更映得红晕可爱，艳丽无比。璇姑陡然回忆自己被素臣拒绝，费了多少眼泪鼻涕，方得成功，一时不免惺惺相惜，起了无限的同情。因拉过翠莲的纤手，无限温柔地抚了一会儿，说道："你才十六岁，我虚长你一岁，就老实不客气叫你一声妹妹吧。妹妹救我们姑嫂出险，衷心感激，莫可言重。妹妹放心，愚姐在文郎面前，终竭力劝纳妹妹是了。"

　　翠莲骤然听了这话，芳心又喜又羞，一时通红了脸，更抬不起头来。碧莲早抢着谢道："姐姐肯如此加惠，终身感激，妹子这里代妹妹先向你叩谢了。"说着，要跪下来。

　　璇姑慌忙扶住道："姐姐，你不是说小船危险吗？怕掉下水去，如今怎么你也来这一套了？"碧莲笑着做罢。这时万籁俱寂，月光皎

306

然，芦苇密密，江水泱泱，凉风吹来，略有寒意，一叶扁舟，四美容与，细语喁喁，颇觉情投意合，大有相见恨晚之慨。

待船至江边，到了客店，璇姑、石氏和素臣、虎臣相见，不觉抱头呜咽，两人细诉所受苦楚，素臣、虎臣亦觉酸鼻。这时素臣亦把过去之事说与璇姑知道。璇姑听到素臣患病，几至性命不保，心中又觉伤悲，淌泪不已；听到素娥卧屏煨火，又感激涕零；听到素臣收纳素娥，芳心又暗暗欢喜，这真理应如此。后来听到负屈入庭，案情大白，又给知县请去医病，因此又硬把大小姐给与做妾报恩，想来种种事情，都是出于无奈。心里替素臣欢喜一阵，又伤心一阵，欢喜的又得两位爱宠，伤心自己和素臣都患一场大病，几乎性命不保，在当时又哪里知道呢？因又问素臣汗巾何以被道士骗去，害妹妹哭得死去活来。素臣因又告诉一遍，两人又默默淌一回泪。

璇姑忽然想着一桩心事，便悄悄向素臣道："哥哥还记得在妹子闺房所说的话吗？"

素臣一怔道："这个……我说什么话？我却不记得了。"

璇姑破涕笑道："哥哥平生所擅长的有四件事，历算之法，妹妹终算是你的传人了；医宗之法，素娥妹妹实可充之；诗学一事，湘灵妹当之无愧。只有兵法一项，尚是无人，如今眼前正有绝好一个，且人家长辈已有此意，哥哥为何如此无情而忍心拒绝呢？"

素臣惊讶道："贤妹何以知之？"

璇姑因把船中所说话告诉，素臣叹息道："我非寡情，若日后都如这样，我真受累无穷矣。"

璇姑嫣然笑道："欲再娶三个慧姬，每人传与一业，这是哥哥自己说的吧。现在天从人愿，果然已有这样人才，哥哥怎么倒又假惺惺起来了呢？"

素臣问得哑口无语，良久方道："这是愚兄戏言耳，何能作真？"

璇姑正色道："君子一言，驷马难追，况人家女儿身份，已出口请哥收纳，而见拒于哥，叫彼何颜为人？妹子这次被献进京，自誓

307

必死；今能得救，和哥哥相见，全赖彼冒险舍身相救，此恩如同再造。今哥若不纳莲妹，妹愿从死于地下矣。"

素臣见璇姑这样贤德，不觉笑道："卿真推己及人的可儿了。"

璇姑听他这样说，知有允意，因也不再征求素臣同意，就站起身来拉着翠莲手笑道："我的文郎已答应了，如今我就替翠妹做个月老吧。"

这时石氏和虎臣也赞成道："文相公切勿再推却了。"

翠莲羞得低头无语，遂良道："文爷若能收纳，真感恩不尽。"

碧莲因推翠莲叩谢文爷，璇姑也拉素臣站起。翠莲羞人答答地步至素臣面前，跪拜下去。素臣到此，真是无可奈何，只得搀起说道："只是委屈了二姑娘了。"翠莲听了这话，心中不知是喜是悲，忍不住眼皮儿一红，险些掉下泪来。

日京哈哈笑道："我的文哥连得四位爱宠，而且又各有所长，这真可喜可贺，今夜我又非痛饮不可了。"

素臣慌忙阻止道："贤弟，切勿声张，喝酒的时候有哩，这儿不是久留之地，明天若船中发觉，搜查起来，可不是玩的。"众人一听，都道不错，就悄悄熄灯，各自安寝。次日一早，大家就收拾行李，雇车就道，到了另一个码头下船。遂良、天彪、天熊因要把碧莲送到张家去结亲，故而和素臣分道而别。翠莲抱住遂良，依依不舍。素臣亦请遂良天熊兄弟常来舍间游玩。翠莲又和姐姐握手，大家只说得一句保重，早已淌下泪来。

且说素臣带着璇姑、翠莲两个爱宠一路回南，心中颇觉得意。虎臣夫妻团聚，当然亦甚喜欢。日京在旁，一路取笑着玩，更觉有趣。大家欢欢喜喜地回到江南，日京先回家去见母，说明日前是来拜访，各自别去。

这里素臣雇车，给众人坐回家去。老家人文虚一见二公子回来了，连忙接入道："二爷，未家两位小姐在我家已住有三天了。"

素臣惊讶道："真的吗？文虚，快去通报二少奶，说有许多女客到来了。"

文虚答应，匆匆进去。不多一会儿，早见上房里姗姗走出三个丽妹。素臣定睛一瞧，正是慧娟和鸾吹、素娥，不觉喜欢十分，抢步道："大妹二妹哪日到的？"

鸾吹笑道："大前天到的。"

素臣道："你们的璇妹妹来了。"

鸾吹、素娥是认识璇姑的，大家笑盈盈招呼，又给慧娟介绍。璇姑见大奶奶果然仪态万方，十分庄重，便跪拜下去。慧娟见璇姑虽艳如桃李，却没一些儿轻浮样子，心中大喜，连忙扶住道："妹妹平身，何必多礼。"

这时石氏也都来见过，素臣哥哥古心和大嫂子阮氏也都过来，大家见礼。古心、素臣早把虎臣接入书房去坐。这儿众人见翠莲又有另一种美丽，正欲询问，忽听紫函叫道："老太太亦出来了。"大家一听，都站立两旁。璇姑经慧娟说知，她便轻盈下拜。水夫人因叫紫函扶起，细细打量，心里甚是中意。

这时石氏也来见过，水夫人知她是客，便命石氏和鸾吹坐下。水夫人又问璇姑翠莲是谁，璇姑听了，忙又向水夫人跪倒道："这事万望老太太恕贱妾无礼。"

水夫人奇道："吾儿，这话怎么讲？"

慧娟、鸾吹等也好生不解。璇姑因把过去的事告诉一遍，说收纳莲妹完全是贱妾之意，并非相公自愿。水夫人听素臣在外做出这许多事情，所收纳四妾，又是出于万不得已的，一时弄得反而好笑起来。翠莲多么伶俐，也早已跪拜下去。水夫人又打量翠莲又是好模样儿，心中虽然恼恨素臣，但见媳妇都是花朵一般，倒也不好意思说话了。因忙命紫函扶起两人，一面叫她见过大伯姆和大奶奶。又和鸾吹、素娥见礼。

这时水夫人都命众人坐下。鸾吹、石氏、阮氏坐左边，慧娟、璇姑、素娥、翠莲坐右边。水夫人左顾右盼，除阮氏年长一些，此外六人，没有一个不美丽妖媚，各人有各人的风韵，都是芙蓉其脸、杨柳其腰、体态轻盈、眉若远山、眼如秋水，个个都能称得一声美人。

正在这时，素臣整衣而出，跪在水夫人面前，低声道："孩儿出外将近一年，在外荒唐，行为不检，一切万望母亲饶恕。"

水夫人见他这样，便立刻变脸道："畜生，你亦自知罪吗？为娘如何教训于你？施恩不望报，如今你只不过略加惠于人，就胆敢把人家如花如玉的闺女收纳做妾，岂非委屈人家姑娘？况你亦对得住你的妻子吗？"素臣一听，羞惭满脸，伏地不起，口称"孩儿该死，任凭母亲责罚"。

璇姑、素娥、翠莲至此，方知水夫人家教之严，甚于军法，意欲跪求，但又不敢。慧娟早知她们意思，就和她们使个眼色，三人会意，才知大奶奶果然贤德，心中都感恩不尽。于是四人轻移莲步，同时跪下代他求饶。水夫人见四个媳妇一齐跪下，怜她们娇柔弱质，心中又不忍起来，尤其是对于田氏，更舍不得，因叫紫函把她们扶起。四人不肯道："请老太太饶赦了相公，方敢起来。"

水夫人指着素臣道："为娘若不瞧在你妻子脸上，定不饶汝。如今可便宜了畜生，快都起来。"于是大家站起。鸾吹心中甚是感触，又觉有趣，忍不住抿嘴望着素臣笑。这时古心又伴虎臣来拜见，水夫人忙请坐下。正在这时，文虚领一老仆进来，说是丰城任知县遣来，呈上一信，素臣早已知道，慌又跪下告诉。水夫人瞧过来信，笑着叫他起来，说道："这事已由鸾吹姑娘详细告诉，总而言之，你完全出于无奈，姐妹们都帮着你，我也管不得许多，便宜了你吧。"

素臣见母亲如此说，心中大喜，叩谢起来，一面赏了来仆路费，一面素臣备信叫他带回。这时各人全都放下心来，水夫人又告诉素臣，未小姐已给我做干女儿，此后须亲兄妹一样照顾，素臣答应，又和鸾吹重新见礼，一个呼二哥，一个呼妹妹。水夫人大喜，立命摆席。大家围坐一桌，欢然畅饮。

这夜鸾吹跟水夫人上房睡，璇姑、素娥、翠莲三人睡在西厢房。阮氏伴石氏同睡，古心陪虎臣书房安息。水夫人特命素臣到田氏房中去睡。

素臣向田氏打躬作揖，连赔不是。田氏笑道："别涎脸了，妹子怎能放在你的心里？"

素臣握着她纤手道："慧娟妹妹，我若没有把你放在心上，定不得好……"

田氏慌忙把手给他按住了口道："不要你胡嚼什么……"

素臣笑道："妹妹大贤大德，真令我终身感激哩。"

慧娟瞅他一眼，只管笑。两人谈到夜深，素臣道："妹妹，我们睡吧。"慧娟羞人答答，两人宽衣解带。这夜里两小口子久别重逢，说不尽的恩爱缠绵，话不完的旖旎风光。直到三更敲后，方才沉沉入睡。

自从这天起，文府里就热门起来。要收拾四间新房，又预备一间客房，给虎臣夫妇安住。日京、双人和水梁公等亲友都来和素臣叙阔别之情。

光阴如流水般地过去，忽忽已有旬日，素臣接到任信来函，说大小女湘灵于十月十五送到府上完婚。素臣一算，尚有五天，心中欢喜，忙来告知水夫人。水夫人知湘灵是知县千金，这次定有妆奁随来，于是日便叫仆人至埠头相接。果然任信特雇大船两只，满装妆奁。湘灵既到文府，拜见水夫人，又欲拜见大奶奶，慧娟不允，福了万福。

这时新房早已布置舒齐，湘灵所有妆奁不止一副，都分房送开。水夫人早已择定十月二十日黄道吉日，给四人圆房。水夫人因四房媳妇并非庸俗脂粉，当然另眼相待，废止奶奶称呼，按年龄呼姐妹。四人当然感激万分。田氏本是贤德之人，亦不介意，彼此相亲相爱，绝无一句多嘴，而且对于水夫人孝顺非凡，水夫人亦是欢喜。

从此以后，素臣每日在闺房里对着一妻四妾，焚香啜茗，不是

311

论诗，就是谈兵，不是讲医，就是推算，追三百之风雅，穷八门之神奇，研素问之精华，阐周髀之奥妙，把尘世功名富贵，会给浮云太虚。水夫人因朝廷昏淫无道，宦阉专权，到处捉拿素臣，所以亦不愿他再露头角。素臣如愿以偿，就在家中享受着闺房画眉之乐，真可说得一句其乐融融了。

《文素臣》一书，就在三集做一圆满之结束。作者非不欲照坊间的《野叟曝言》编下去，因命名既各不同，事实自不无稍异，阅者谅之。

附　　录

从鸳鸯蝴蝶派谈到冯玉奇小说

裴效维

《民国通俗小说典藏文库·冯玉奇卷》将收录冯玉奇的百余种小说作品，此举极其不易。现在，我愿以这篇文章给出版者呐喊助威。尽管我人微言轻，但我毕竟是一个中国文学的研究者，为鸳鸯蝴蝶派说些公道话是我的责任。

冯玉奇是一位鸳鸯蝴蝶派作家，因此我们要想了解冯玉奇，必须首先厘清有关鸳鸯蝴蝶派的一些问题。

一、何谓鸳鸯蝴蝶派

鸳鸯蝴蝶派作家平襟亚在《关于鸳鸯蝴蝶派》（署名宁远）一文中对鸳鸯蝴蝶派的来历说得很清楚：

> 鸳鸯蝴蝶派的名称是由群众起出来的，因为那些作品中常写爱情故事，离不开"卅六鸳鸯同命鸟，一双蝴蝶可怜虫"的范围，因而公赠了这个佳名。
>
> ——载香港《大公报》1960 年 7 月 20 日

可见鸳鸯蝴蝶派并不是一个有组织有宗旨的小说流派，而是因为当时流行的言情小说多写一对对恋人或夫妻如同鸳鸯蝴蝶般相亲相爱，形影不离，因而民间用鸳鸯蝴蝶小说来比喻这种言情小说，那么这种言情小说的作家群当然也就是鸳鸯蝴蝶派了。这种说法应该是可信的，因为民间常用鸳鸯和蝴蝶来比喻恋人或夫妻，很多民间文学作品中不乏其例。这一比喻非常形象生动，但并无褒贬之意，因此不胫而走。

传到新文学家那里，便加以利用，并赋予贬义，作为贬低对手的武器。但新文学家对鸳鸯蝴蝶派的界定并不一致，大致有两种看法。

一种看法认同民间的比喻说法，即将鸳鸯蝴蝶派小说局限为通俗小说中的言情小说，将鸳鸯蝴蝶派局限为言情小说作家群。鲁迅是这种看法的代表，他在 1922 年所写的《所谓"国学"》一文中说："洋场上的文豪又作了几篇鸳鸯蝴蝶派体小说出版"，其内容无非是"'卿卿我我''蝴蝶鸳鸯'"（载《晨报副刊》1922 年 10 月 4 日）。又于 1931 年 8 月 12 日在社会科学研究会做了《上海文艺之一瞥》的长篇演讲，其中对鸳鸯蝴蝶派小说更做了形象而精辟的概括：

> 这时新的才子 + 佳人小说便又流行起来，但佳人已是良家女子了，和才子相悦相恋，分拆不开，柳阴花下，像一对蝴蝶、一双鸳鸯一样。

——连载于《文艺新闻》第 20、21 期

此外，周作人、钱玄同也持这种看法。周作人于 1918 年 4 月 19 日在北京大学文科研究所小说研究会做《日本近三十年小说之发达》的演讲中，就说现代中国小说"还有《玉梨魂》派的鸳鸯蝴蝶体"（载《新青年》第 5 卷第 1 号）。次年 2 月，周作人又发表《中国小说里的男女问题》（署名仲密）一文，认为"近时流行的《玉梨魂》，虽文章很是肉麻，（却）为鸳鸯蝴蝶派小说的鼻祖"（载《每

周评论》第 5 卷第 7 号）。与周作人差不多同时，钱玄同在 1919 年 1 月 9 日所写的《"黑幕"书》一文中也说："人人皆知'黑幕'书为一种不正当之书籍，其实与'黑幕'同类之书籍正复不少，如《艳情尺牍》《香闺韵语》及'鸳鸯蝴蝶派小说'等等皆是。"（载《新青年》第 6 卷第 1 号）这种看法后来被人称之为"狭义的鸳鸯蝴蝶派"看法。

另一种看法却将鸳鸯蝴蝶派无限扩大，认为民国年间新文学派之外的所有通俗小说作家都是鸳鸯蝴蝶派，他们的所有通俗小说都是鸳鸯蝴蝶派小说。这种看法的代表人物是瞿秋白和茅盾。瞿秋白从小说的内容方面来扩大鸳鸯蝴蝶派小说的范围，他在《财神还是反财神》一文中说，"什么武侠，什么神怪，什么侦探，什么言情，什么历史，什么家庭"小说，都是鸳鸯蝴蝶派小说（见人民文学出版社 1953 年 10 月版《瞿秋白文集》）。茅盾则从小说的形式方面来扩大鸳鸯蝴蝶派小说的范围，他在《自然主义与中国现代小说》一文中认定鸳鸯蝴蝶派小说包括"旧式章回体的长篇小说""不分章回的旧式小说""中西合璧的旧式小说""文言白话都有"的短篇小说（载 1922 年 7 月《小说月报》第 13 卷第 7 号）。这种看法后来被人称之为"广义的鸳鸯蝴蝶派"看法，而且逐渐成为主流看法，以致后来的文学研究者都接受了这种看法。

新文学家不仅在鸳鸯蝴蝶派的界定问题上分成了两派，而且在鸳鸯蝴蝶派的名称上也花样百出。如罗家伦因为徐枕亚等人好用四六句的文言写小说，便称其为"滥调四六派"（见署名志希的《今日中国之小说界》，载 1919 年《新潮》第 1 卷第 1 号），但无人响应。郑振铎因为《礼拜六》杂志为鸳鸯蝴蝶派的主要刊物之一，便称其为"礼拜六派"（见署名西谛的《新文学观的建设》一文，载 1922 年 5 月 21 日《文学旬刊》第 38 号）。这一说法得到了周作人、茅盾、瞿秋白、朱自清、阿英、冯至、楼适夷等人的响应，纷纷采用，以致使用频率越来越高，知名度越来越大，终于成为鸳鸯蝴蝶派的别称了。于是"鸳鸯蝴蝶派"和"礼拜六派"两个名称便被新文学家所滥用。如郑振铎在《新文学观的建设》一文中称"礼拜六派",而在《〈文学论争集〉导言》一文中却称"鸳鸯蝴蝶派"(见上海良友图书公司1935年10月出版的《新文学大系·文学论争集》卷首)。还有人在同一篇文章里既称鸳鸯蝴蝶派,又称礼拜六派。如阿英在1932年所写的《上海事变与鸳鸯蝴蝶派文艺》一文中说:张恨水的所谓"国难小说",与"礼拜六派的作品一样,是鸳鸯蝴蝶派的一体","充分地说明了鸳鸯蝴蝶派的作家的本色而已"(见上海合众书店1933年6月出版的《现代中国文学论》)。

茅盾在20世纪70年代觉得统称鸳鸯蝴蝶派或礼拜六派都不合适,于是提出了一个折中的看法,他在《紧张而复杂的生活、学习与斗争(上)——回忆录(四)》中说:

> 我以为在"五四"以前,"鸳鸯蝴蝶派"这名称对这一派人是适用的。……但在"五四"以后,这一派中有不少人也来"赶潮流"了,他们不再老是某生某女,而居然写家庭冲突,甚至写劳动人民的悲惨生活了,因此,如果用他们那一派最老的刊物《礼拜六》来称呼他们,较为合式。

——载1979年8月《新文学史料》第4辑

事实是该派在"五四"前后没有根本变化,都是既写言情小说,又写其他小说,将其人为地腰斩为两段,既显得武断,又无法掩盖当时的混乱看法。

这些混乱的看法导致后来的文学研究者无所适从:或沿用"鸳鸯蝴蝶派"的说法(如北大本《中国文学史》和《中国小说史稿》、复旦本《中国文学史》和《中国近代文学史稿》等);或沿用"礼拜六派"的说法（如山东师院本《中国现代文学史》等）；或干脆别出心裁地称之为"鸳鸯蝴蝶—礼拜六派"（见汤哲声《鸳鸯蝴蝶—礼拜六小说观念的价值取向及其评价》，载《苏州大学学报》1992年第2期）。这可真算是中国小说史上的一出有趣的滑稽戏了。

二、如何评价鸳鸯蝴蝶派

鸳鸯蝴蝶派的开山作品是1900年陈蝶仙的言情小说《泪珠缘》，因此鸳鸯蝴蝶派应该是指言情小说派，这也就是后来的所谓"狭义的鸳鸯蝴蝶派"，但被新文学家扩大为"广义的鸳鸯蝴蝶派"，实际上也就是民国通俗小说派。

鸳鸯蝴蝶派与同时期的"南社"不同，既没有组织，也没有纲领，而是一个在思想倾向和艺术风格上大体相同或相近的小说流派，连"鸳鸯蝴蝶派"这一招牌也是别人强加给它的。然而客观地说，鸳鸯蝴蝶派确实是一个产生过巨大影响的小说流派。在"五四"以前的近二十年间，它几乎独占了中国文坛；在"五四"以后的三十年间，虽然产生了新文学，但新文学只是表面上风光，而鸳鸯蝴蝶派却一派兴旺发达景象。我对"广义的鸳鸯蝴蝶派"做过不完全的统计：该派作家达数百人，较著名者有一百余人，所办刊物、小报和大报副刊仅在上海就有三百四十种，所著中长篇小说两千多种，至于短篇小说、笔记等更难以计数。在此前的中国文学史上，还没有哪个文学流派有过如此宏大的规模，产生过如此巨大的影响。

鸳鸯蝴蝶派由于规模宏大，又处在历史的一个巨变时期，其成员的确鱼龙混杂，其作品也良莠不齐，但总体来说，它形象地记录了中国二十世纪前五十年的历史，为中国读者提供了丰富的精神食粮，对中国小说的传承起过积极作用，因此应该给予充分的肯定。

鸳鸯蝴蝶派小说已经不是中国传统通俗小说的复制，而是一种改良的通俗小说。在形式方面，它既采用章回体，也采用非章回体，甚至采用了西洋小说的日记体、书信体等，至于侦探小说则更是完全模仿自西洋小说。在艺术手法方面，受西洋小说的影响非常明显，如增加了人物形象和景物描写，结构与叙事方式也趋于多样化，单线和复线结构并用，第三人称和第一人称叙述法兼施，还采用了倒叙法和补叙法。在内容方面，鸳鸯蝴蝶派小说已经扩大了描写范围，反映了当时社会生活的各个方面，甚至已经紧跟时事，及时反映当前的社会现实，被称为"时事小说"。如李涵秋的《广陵潮》描写辛亥革命，而他的《战地莺花录》则描写五四运动，这种及时反映当时发生的重大政治事件的小说，与多写历史故事的古代小说完全不同，显然是一大进步。鸳鸯蝴蝶派的言情小说，也不同于古代的才子佳人小说，而是一种新才子佳人小说。古代的才子佳人小说因面对森严的封建礼教，只能写才子与佳人偶尔一见钟情，以眉目传情或诗书传情的方式进行交流，最后皆是有情人终成眷属的大团圆结局。而这种大团圆结局完全是人为的：或出于巧合，或由于才子金榜题名，皇帝御赐完婚，这就完全回避了封建包办婚姻的问题。而民国年间的封建礼教已经在一定程度上松绑，尤其像上海、北京等大城市得风气之先，恋爱自由和婚姻自主思想已经渐入人心。因此有些鸳鸯蝴蝶派的言情小说也突破了古代才子佳人小说的窠臼，才子佳人已经敢于"相悦相恋，分拆不开，柳阴花下，像一对蝴蝶、一双鸳鸯一样"。其结局也不再全是有情人终成眷属的大团圆，而是"有时因为严亲，或者因为薄命，也竟至于偶见悲剧的结局……这实在不能不说是一个大进步"（鲁迅《上海文艺之一瞥》，连载于1931年7月27日、8月3日《文艺新闻》第20、21期）。言情小说由大团圆结局到悲剧结局的确是一个大进步，因为前者是回避封建包办婚姻礼制，而后者是控诉封建包办婚姻礼制。而这一进步的开创者是曹雪芹和高鹗，他们在《红楼梦》里所写的婚姻差不多都是悲剧。因此胡适称赞《红楼梦》不仅把一个个人物"都写作悲剧的下场"，而且最后"作一个大悲剧的结束，打破了中国小说的团圆迷信"

（《〈红楼梦〉考证》，见 1923 年亚东图书馆版《胡适文存》）。可见鸳鸯蝴蝶派的言情小说在一定程度上继承了《红楼梦》开创的爱情婚姻悲剧模式，因而具有相当的反封建意义。我们可以徐枕亚的《玉梨魂》为例加以说明，因为该小说被新文学家指为鸳鸯蝴蝶派的代表性作品。

《玉梨魂》的故事很简单——清末宣统年间，小学教员何梦霞与年轻寡妇白梨影相爱，但两人均认为他们的这种行为是不道德的。为了得到感情的解脱，白梨影想出个"移花接木"的办法，即撮合何梦霞与自己的小姑崔筠倩订了婚。然而何梦霞既不能移情于崔筠倩，白梨影也无法忘情于何梦霞，结果造成了一连串的悲剧——白梨影在爱情与道德的激烈冲突下郁郁而死；崔筠倩因得不到何梦霞之爱而离开了人世；白梨影的公公因感伤女儿、儿媳之死而一病身亡；白梨影的十岁儿子鹏郎成了孤儿。何梦霞为排遣苦闷，先赴日本留学，继又回国参加了辛亥武昌起义（即辛亥革命），壮烈牺牲。

《玉梨魂》不仅描写了一个爱情婚姻悲剧，而且不同于一般的爱情婚姻悲剧。一般的爱情婚姻悲剧都是由封建势力造成的，即由包办婚姻造成的；而《玉梨魂》所写的爱情婚姻悲剧，其原因却是何梦霞和白梨影自身的封建道德。他们既渴望获得恋爱自由和婚姻自主的权利，又不能摆脱封建道德和封建礼教的束缚，两者激烈冲突，造成三死一孤的惨剧。从而揭露了封建道德和封建礼教的影响力是多么巨大，它已深入人们的骨髓，使其不能自拔。因此，它的反封建意义比一般的爱情婚姻悲剧更为深刻。

其实，新文学阵营也不是铁板一块，虽然大多数新文学家对鸳鸯蝴蝶派全盘否定，但也有少数新文学家态度比较客观，他们对鸳鸯蝴蝶派也给予一定的肯定。鲁迅是其中最突出的一位，他不仅认为某些鸳鸯蝴蝶派的悲剧言情小说是"一大进步"，而且不同意某些新文学家对鸳鸯蝴蝶派消极影响的夸大其词。他说：

至于说他流毒中国的青年，那似乎是过虑。倘有人能为这类小说所害，则即使没有这类东西也还是废物，无从挽救的。与社会，尤其不相干，气类相同的鼓词和唱本，国内非常多，品格也相像，所以这些作品也再不能"火上添油"，使中国人堕落得更厉害了。

——《关于〈小说世界〉》，载《晨报副刊》

1923 年 1 月 15 日

这种客观的观点与前述周作人无限夸大鸳鸯蝴蝶派作品能使国民生活陷入"完全动物的状态"乃至"非动物的状态"的观点形成了鲜明对比。当抗日战争爆发后，鲁迅更提倡文学界的抗日统一战线，主张团结鸳鸯蝴蝶派一起抗日。他说：

我以为文艺家在抗日问题上的联合是无条件的，只要他不是汉奸，愿意或赞成抗日，则不论叫哥哥妹妹，之乎者也，或鸳鸯蝴蝶都无妨。但在文学问题上我们仍可以互相批判。

——《答徐懋庸并关于抗日统一战线问题》，

载《作家》月刊第 1 卷第 5 期

鲁迅不仅提倡团结鸳鸯蝴蝶派一起抗日，而且主张新文学派与鸳鸯蝴蝶派在文学问题上"互相批判"，这种平等对待鸳鸯蝴蝶派的度量，也与那些视鸳鸯蝴蝶派如寇仇，必欲置诸死地而后快的新文学家形成了鲜明对比。

对鸳鸯蝴蝶派给予肯定的不只鲁迅，还有朱自清和茅盾。朱自清认为供人娱乐是中国传统小说的特点，因此不赞成将"消遣"作为罪状来批判鸳鸯蝴蝶派小说。他说：

> 在中国文学的传统里，小说……更是小道中的小道，就因为是消遣的，不严肃。不严肃也就是不正经，小说通常称为"闲书"，不是正经书。……鸳鸯蝴蝶派的小说意在供人们茶余酒后的消遣，倒是中国小说的正宗。

——《论严肃》，载《中国作家》创刊号

茅盾也承认鸳鸯蝴蝶派小说也"写家庭冲突，甚至写劳动人民的悲惨生活"。他还从艺术性方面对鸳鸯蝴蝶派小说给予一定肯定。他认为鸳鸯蝴蝶派的有些长篇小说"采用西洋小说的布局法"，如倒叙法、补叙法，以及人物出场免去套语、故事叙述"戛然收住"等等，这一切是对"旧章回体小说布局法的革命"。还认为鸳鸯蝴蝶派的有些短篇小说学习了西洋短篇小说"截取一段人生来描写，而人生的全体因之以见"的方法："叙述一段人事，可以无头无尾；出场一个人物，可以不细叙家世；书中人物可以只有一人；书中情节可以简至只是一段回忆。……能够学到这一层的，比起一头死钻在旧章回体小说的圈子里的人，自然要高出几倍。"（《自然主义与中国现代小说》，载1922年7月10日《小说月报》第13卷第7号）

鲁迅、朱自清、茅盾毕竟属于新文学派，因此他们对鸳鸯蝴蝶派的肯定是有限的。我们应该摆脱成见与束缚，从中国文学史的角度，对鸳鸯蝴蝶派做出客观公正的评价。

三、如何看待冯玉奇的小说

我们澄清了以上有关鸳鸯蝴蝶派的三个问题，等于为介绍冯玉奇的小说提供了一个坐标，也等于为读者提供了一把参照标尺。读者用这把标尺，就可自行评判冯玉奇的小说了。

冯玉奇于 1918 年左右生于浙江慈溪，笔名左明生、海上先觉楼、先觉楼，曾署名慈水冯玉奇、四明冯玉奇、海上冯玉奇。据说他毕业于浙江大学（一说复旦大学）。1937 年九一八事变后寄居上海，感山河破碎，国事蜩螗，开始写作小说以抒怀。其处女作为《解语花》，由上海春明书店出版。出版后旋即由东方书场改编为同名话剧，演出后轰动一时。那时他才十九岁。由此一发而不可收，至 1949 年 7 月《花落谁家》出版，在短短十来年时间里，他创作的小说竟达一百九十多种，平均每年近二十种，总篇幅应该不少于三千万字，只能用"神速"来形容。这时他只有三十一岁。近现代文学史料专家魏绍昌先生（已去世）所编《鸳鸯蝴蝶派研究资料（史料部分）》（上海文艺出版社 1962 年 10 月出版）开列的《冯玉奇作品》目录只有一百七十二种，也有遗珠之憾。不过我们从这一目录中仍可确定冯玉奇是一位以写言情小说为主的通俗小说作家，因为在一百七十二种小说中，言情小说占有一百二十二种，其他小说只有五十种：社会小说三十四种、武侠小说十四种、侦探小说两种。

冯玉奇不仅是一位写作神速且极为多产的通俗小说作家，还是一位热心的剧作家和剧务工作者。早在他二十六岁（1944 年）时，就担任了越剧名伶袁雪芬的雪声剧团的剧务，并为之创作了《雁南归》《红粉金戈》《太平天国》《有情人》《孝女复仇》五大剧本，演出效果全都甚佳。在他二十七到二十八岁（1945～1946）时，又与他人合作，前后为全香剧团和天红剧团编导了《小妹妹》《遗产恨》《飘零泪》《义薄云天》《流亡曲》等二十多个剧本，演出效果同样甚佳。可见冯玉奇至少写过十几个剧本。

冯玉奇一生所写的小说和剧本总计不下两百五十种，总篇幅可能达到四千万字以上，是名副其实的"著作等身"，是当之无愧的中国最多产的作家，号称多产的同派小说家张恨水也难望其项背。当时的文学作品已是一种特殊商品，冯玉奇的小说如此畅销，其剧本演出又如此轰动，这足可以证明其受人欢迎，这就是读者和观众对冯玉奇的评价，它比专家的评价更为准确，也更为重要。遗憾的是，我们无法看到他的剧作和三十岁以后的作品，也不知其晚景如何，卒于何年。

从冯玉奇的生活年代和创作时段来看，他显然是鸳鸯蝴蝶派的后起之秀，所以尽管他作品如此之多，影响如此之大，而同派的老前辈却很少提到他，这也是"文人相轻"的表现之一。

按说要介绍冯玉奇的小说，应该将其全部小说阅读一遍，但我没有这么多时间，也没有这么大精力，因而只向中国文史出版社借阅了《舞宫春艳》《小红楼》《百合花开》三种，全都是言情小说。因此我只能以这三种言情小说为例加以介绍，这可能会犯以偏概全的错误，因此只能供读者参考。

《舞宫春艳》写了两个纠缠在一起的爱情婚姻悲剧故事：苏州富家子秦可玉自幼与邻居豆腐坊之女李慧娟相恋，由于门第悬殊，秦可玉被其父禁锢，二人难圆成婚之梦。不幸李慧娟生下了一个私生女鹃儿，只好遗弃，自己则郁郁而死。鹃儿被无赖李三子收养，长大后卖到上海做伴舞女郎，改名卷耳。中学生唐小棣先是爱上了姑夫秦可玉家的婢女叶小红，不料叶小红失踪，于是移情于卷耳，但无钱为卷耳赎身，两人感到婚姻无望，于是双双吞鸦片自尽。

《小红楼》的故事紧接《舞宫春艳》：曾经被唐小棣爱过的叶小红的失踪，原来也是被无赖李三子拐卖为伴舞女郎，小棣、卷耳自杀后，小红才被救了回来，并被秦可玉认为义女。经苏雨田介绍，与辛石秋相识相恋而订婚。同时石秋的姨表妹巢爱吾也爱石秋，但石秋既与小红订婚在先，便毅然与小红结婚。爱吾为了摆脱难堪的地位，离家出走，下落不明。石秋奉父命赴北平探望二哥雁秋，在火车站被人诬陷私带军火，被军人押到司令部。可巧爱吾此时已成为张司令的干女儿兼秘书，便设法救了石秋一命。但张司令强迫石秋与爱吾结婚，二人既不敢违命，又固守道德，便以假夫妻应付。

后来石秋回到家里，终于与小红团聚。

《百合花开》写了两个紧密相关的爱情婚姻故事：二十岁的寡妇花如兰同时被四十二岁的教育家盖季常和十八岁的革命青年盖雨龙叔侄俩所爱，而盖季常的十六岁侄女盖云仙又同时被三十六岁的银行家杨如仁和十九岁的革命青年杨梦花父子俩所爱。经过许多曲折后，终于两位长辈让步，盖雨龙与花如兰、杨梦花与盖云仙同场结婚。

由以上简单介绍可知，冯玉奇的这三种小说共写了五个爱情婚姻故事，其中两个是悲剧结局，三个是有情人终成眷属。这正如鲁迅所说："有时因为严亲，或者因为薄命，也竟至于偶见悲剧的结局……这实在不能不说是一个大进步。"其次，这三种小说的五个爱情婚姻故事，倒有四个是三角爱情婚姻故事，但它们的情况并不雷同。唐小棣、叶小红、卷耳的三角恋是一男爱二女，辛石秋、叶小红、巢爱吾的三角恋是两女爱一男，而盖季常、盖雨龙、花如兰和杨如仁、杨梦花、盖云仙的三角恋更为异想天开，竟然都是两辈嫡亲男人（叔侄、父子）同爱一个女子。可见冯玉奇极有编故事的才能，从而使作品更具吸引力和娱乐性。又次，这三种言情小说的描写极为干净，没有任何色情描写。除了秦可玉与李慧娟有私生女外，其他人都非礼勿言，非礼勿行。如辛石秋与叶小红因婚礼当天石秋之母去世，为了守孝，新婚夫妻在百日之内没有圆房。而辛石秋与姨表妹巢爱吾为了对得起叶小红，虽被张司令强迫成亲，却只做了几天假夫妻。

从表现形式和艺术手法来看，我觉得冯玉奇的小说与当时新文学的新小说都受了西洋小说的影响，基本相同。譬如：两者都突破了传统小说书名的套路，不拘一格，尤其采用了一字书名和二字书名，如冯玉奇有《罪》《孽》《恨》《血》和《歧途》《逃婚》《情奔》等；而巴金有《家》《春》《秋》，茅盾有《幻灭》《动摇》《追求》。两者的对话方式也突破了传统小说的套路，灵活自如：对话既可置于说话者之后，也可置于说话者之前，还可将说话者夹在两句或两段话之间。至于小说的结构法、叙述法与描写法，更是差不多的。譬如人物描写不再是"沉鱼落雁""闭月羞花""倾国倾城"之类的千人一面，景物描写也不再是"落红满地""绿柳成荫""玉兔东升"之类的千篇一律，而加以具体描绘。这里随便举一个例子：

> 小红坐在窗旁，手托香腮，望着窗外院子里放有一缸残荷，风吹枯叶，瑟瑟作响。墙角旁几株梧桐，巍然而立。下面花坞上满种着秋海棠，正在发花，绿叶红筋，临风生姿，可惜艳而无香，但点缀秋色，也颇令人爱而忘倦。

　　这是《小红楼》对莲花庵一角的景物描绘，虽然算不上十分精彩，但作者通过小红的眼睛描绘了院中的三样东西——风吹作响的"枯荷"、巍然挺立的"梧桐"、正在开花的"海棠"，从而衬托出莲花庵幽静的环境，曲折地表明了时在秋季。频繁使用巧合手法是冯玉奇小说的显著特点，可以说把所谓"无巧不成书"用到了极致。巧合手法有助于编织故事，缩短篇幅，增加作品的吸引力等，但使用过多则时有破绽，有损于作品的真实性。冯玉奇的某些小说也采用了章回体，但只是标题用"第×回"和对偶句，"却说""且听下回分解"之类的套语已不再经常出现，因此并非章回体的完全照搬。况且章回体并非劣等小说的标志，它在我国小说史上发挥过巨大作用，产生过杰出的四大古典小说。因此用章回体来贬低冯玉奇的小说，也是毫无道理的。

　　冯玉奇的小说也有明显的缺点。它们与其他鸳鸯蝴蝶派小说一样，主要注重小说的娱乐性，而忽视小说的社会性和艺术性，因此没有产生杰出的作品。他是南方人而小说采用北方话，加之写作速度太快，无暇深思熟虑，导致语言不够流畅，用词不够准确，还有许多错别字和语病。还有使用"巧合"法太多，有时破绽明显，这里不再举例。

总而言之，冯玉奇既不是"黄色"和"反动"小说家，也不是杰出小说家，而是一位勤奋多产、有益无害的通俗小说家，他应在中国小说史尤其是中国现代小说中占有一席之地。

2017 年 6 月 4 日于北京蜗居

图书在版编目(CIP)数据

文素臣／冯玉奇著. — 北京：中国文史出版社,2018.3
(民国通俗小说典藏文库·冯玉奇卷)
ISBN 978 - 7 - 5034 - 9975 - 3

Ⅰ. ①文… Ⅱ. ①冯… Ⅲ. ①长篇小说 - 中国 - 现代
Ⅳ. ①I246.5

中国版本图书馆 CIP 数据核字(2018)第 009874 号

点　　校：袁　元
责任编辑：牟国煜

出版发行：**中国文史出版社**
网　　址：http://www.chinawenshi.net
社　　址：北京市西城区太平桥大街 23 号　邮编：100811
电　　话：010 - 66173572　66168268　66192736（发行部）
传　　真：010 - 66192703
印　　装：廊坊市海涛印刷有限公司
经　　销：全国新华书店
开　　本：720 × 1020　1/16
印　　张：21　　　　字数：271 千字
版　　次：2018 年 3 月第 1 版
印　　次：2018 年 3 月第 1 次印刷
定　　价：62.00 元